Le journal de Claire Cassidy

ELLY GRIFFITHS

Le journal de Claire Cassidy

Traduit de l'anglais
par Élie Robert-Nicoud

J'AI LU

TITRE ORIGINAL
The Stranger Diaries

ÉDITEUR ORIGINAL
Quercus Editions Ltd / Hachette UK, 2018

PREMIÈRE PARTIE

Claire

Chapitre 1

L'Inconnu

« Si vous me permettez, dit l'Inconnu, je voudrais vous raconter une histoire. Après tout, nous nous sommes embarqués dans un long voyage, et à en juger par le ciel, nous risquons d'être coincés dans ce wagon pendant encore un bon moment. Alors pourquoi ne pas passer le temps à échanger quelques récits ? Quoi de mieux pour un soir d'octobre ?

Êtes-vous confortablement installés ? Ne vous inquiétez pas pour Herbert. Il ne vous fera pas de mal. C'est juste que le temps joue avec ses nerfs. Où en étais-je ? Que diriez-vous d'un peu de cognac pour vous réchauffer ? Ça ne vous dérange pas de boire à la flasque ?

Il s'agit d'une histoire vraie. Ce sont les meilleures, vous ne trouvez pas ? Et mieux encore, c'est à moi que ces événements sont arrivés, quand j'étais jeune. J'avais à peu près votre âge.

J'étais étudiant à Cambridge. En théologie. Il n'y a pas d'autre sujet qui vaille, à part peut-être la littérature anglaise. Nous sommes de l'étoffe dont sont faits les rêves. J'y étais depuis presque tout un trimestre. J'étais un garçon timide venu de la campagne et je souffrais de ma solitude. Je n'étais pas un de ces enfants gâtés qui se pavanaient en habit dans les cloîtres des collèges comme si Dieu lui-même les y avait inscrits. Je restais dans mon coin, je suivais les cours assidûment, je rédigeais mes dissertations et je m'étais lié d'amitié avec un autre étudiant boursier de première année, un être timide du nom de Gudgeon, le pauvre... J'écrivais à ma mère toutes les semaines. J'allais à la messe. Oui, car j'étais croyant à cette époque. J'étais même plutôt pieux. C'est pour cette raison que je fus plutôt étonné lorsqu'on m'invita à entrer au Hell Club, le « Club de l'Enfer ». Étonné et enchanté. J'en avais beaucoup entendu parler, évidemment. On entendait des histoires d'orgies à minuit, de domestiques qui s'étaient sentis mal lorsqu'ils venaient nettoyer les chambres où leurs réunions avaient eu lieu, de leurs incantations mystérieuses sorties du Livre des morts, *d'ossements enterrés et de tombes grandes ouvertes. Mais d'autres rumeurs encore circulaient. Plus d'un personnage important était passé par le Hell Club : des politiciens – y compris un ou deux ministres –, des écrivains, des avocats, des scientifiques, des hommes d'affaires immensément riches. On les reconnaissait toujours à leur insigne, une tête de mort qu'ils portaient sur le revers gauche de leur veste. Oui, comme celui-ci.*

J'étais donc heureux d'être invité à cette cérémonie initiatique. Elle se tenait le 31 octobre. Halloween, bien sûr. Et bien sûr, c'est aujourd'hui Halloween. Si l'on croit aux coïncidences, tout cela pourrait paraître quelque peu inquiétant.

Pour en revenir à mon histoire, c'était une cérémonie assez simple qui devait démarrer à minuit. Évidemment. Les trois novices devaient se rendre dans une maison en ruine, juste à l'extérieur du collège. Chacun à notre tour, on nous mettait un bandeau sur les yeux et on nous tendait une bougie. Il fallait marcher jusqu'à la maison, monter l'escalier, allumer notre bougie à la fenêtre du premier étage. Puis crier de toutes nos forces : "L'enfer est vide !" Lorsque nous eûmes tous accompli cette tâche, nous pûmes retirer les bandeaux que nous avions sur les yeux et rejoindre nos compagnons. Un festin et des réjouissances de toutes sortes s'ensuivaient. Gudgeon... ai-je mentionné que ce pauvre Gudgeon était un des trois novices ? Il était inquiet car sans ses lunettes, il était pratiquement aveugle. Mais, comme je le lui avais rappelé, nous avions de toute manière les yeux bandés. Un homme peut voir sans yeux les agissements du monde. »

« Donc, dis-je, que va-t-il se passer maintenant ?

— Quelque chose d'horrible, répond Peter.

— Exact, dis-je en comptant en silence jusqu'à dix. Qu'est-ce qui te fait penser ça ?

— Eh bien, déclare Una, le décor, d'abord. Puis minuit à Halloween.

— C'est un peu un cliché, objecte Ted.

— C'est un cliché parce que ça marche, rétorque Una. C'est vraiment angoissant, avec le mauvais temps et tout ça. Je te parie qu'ils vont être coincés par la neige dans leur train.

— Ça, c'est un pastiche du *Crime de l'Orient-Express*, remarque Peter.

— *L'Inconnu* est antérieur à Agatha Christie, lui fais-je remarquer. Qu'est-ce qu'il y a d'autre qui vous indique le genre de nouvelle auquel nous avons affaire ?

— Le narrateur te donne des frissons dans le dos, répond Sharon, avec ses histoires de boire dans sa flasque, et quand il dit de ne pas s'inquiéter d'Herbert. D'ailleurs, c'est qui Herbert ?

— Bonne question, dis-je. À votre avis ?

— Un sourd-muet.

— Son domestique.

— Son fils. Il doit le surveiller parce que c'est un fou dangereux.

— Son chien. »

Tout le monde éclate de rire.

« À vrai dire, c'est Ted qui a raison, Herbert, c'est son chien. Le compagnon animal est une présence récurrente dans les histoires fantastiques, parce qu'un animal peut percevoir des phénomènes au-delà de la compréhension humaine. Quoi de plus effrayant qu'un chien qui regarde fixement quelque chose qu'on ne voit pas ? Les chats sont particulièrement angoissants dans ce sens-là. Songez à Edgar Allan Poe. Et on a souvent considéré les animaux comme proches des sorcières et comme leurs assistants quand il s'agit de pratiquer la magie noire. Mais il y a une autre raison pour laquelle les animaux représentent des personnages utiles. Est-ce que quelqu'un peut me dire pourquoi ? »

Personne ne trouve la réponse. On approche de la fin de l'après-midi, c'est presque l'heure de la pause, ils pensent à leur café et à leurs biscuits plutôt qu'aux archétypes de la littérature fantastique. Je jette un coup d'œil par la fenêtre. Les arbres le long du cimetière s'assombrissent, il n'est pourtant que seize heures. J'aurais dû garder cette nouvelle pour le cours du soir. Mais il est trop difficile d'aborder tous les sujets pendant un atelier aussi limité dans le temps. C'est le moment de conclure.

« On peut se débarrasser des animaux, dis-je. Souvent, les auteurs les tuent pour créer une tension. Ce n'est pas aussi fort que lorsqu'on tue un être humain, mais ça peut être très troublant. »

*

Les élèves de l'atelier d'écriture descendent bruyamment l'escalier à la recherche de leur dose de caféine, tandis que je m'attarde un peu dans la classe. C'est une sensation étrange que de se retrouver dans cette partie de l'école. On n'enseigne qu'aux adultes, ici, les salles sont trop petites et trop mal agencées pour y donner des cours aux élèves du collège. Celle-ci dispose d'une cheminée et d'un tableau un peu inquiétant : un enfant qui tient une sorte de furet mort. J'imagine bien les élèves de sixième disparaissant par la cheminée comme des petits ramoneurs du siècle dernier. La plupart des activités éducatives à Talgarth High se déroulent dans le nouveau bâtiment, une monstruosité des années soixante-dix, tout en verre et en briques de couleur. Le bâtiment dans lequel je me trouve, le vieux bâtiment qui autrefois s'appelait Holland House, n'est qu'une annexe. Il contient le réfectoire, les cuisines et la chapelle, ainsi que le bureau du directeur. Au premier étage, certaines pièces servent à l'occasion de salles de musique ou de théâtre. La vieille bibliothèque aussi est là, elle n'est plus fréquentée que par les professeurs car les élèves ont à leur disposition une version plus moderne dans le nouveau bâtiment, avec des ordinateurs, des fauteuils et des livres de poche dans des présentoirs tournants. Le dernier étage, dont l'accès est interdit aux élèves, abrite le bureau de R.M. Holland qui est encore exactement tel qu'il l'a laissé. Les participants à l'atelier d'écriture sont toujours très excités d'apprendre que l'auteur de *L'Inconnu* a vécu dans cette maison. Il n'en est même pratiquement jamais sorti. C'était un de ces vieux ermites d'autrefois, qui vivait entouré de son intendante et de ses domestiques. Moi-même, je crois que je n'en serais jamais partie si j'avais eu à ma disposition quelqu'un pour faire le ménage, la cuisine, et repasser les pages du *Times* avant de le poser sur un plateau avec mon thé du matin. Mais comme j'ai une fille, j'aurais de toute manière été obligée de me lever tôt moi aussi. Georgie serait sans doute incapable de se sortir du lit si je n'étais pas là pour lui crier que c'est l'heure depuis le bas de l'escalier, un problème que R.M. Holland n'a sans doute jamais connu, même si, en fait, il a peut-être eu une fille. Les avis divergent à ce sujet. Ce sont les vacances de mi-trimestre et, en l'absence des élèves, tandis que je passe mon temps dans le vieux bâtiment, il ne m'est pas difficile d'imaginer que j'enseigne dans une vénérable institution. Certaines parties d'Holland House ressemblent à l'université d'Oxford, si on ne fait pas attention à la présence du nouveau bâtiment et à l'odeur du gymnase. J'aime ce moment de liberté. Georgie est avec Simon et Herbert est au chenil. J'ai l'esprit libre et quand je rentre à la maison, rien ne vient m'empêcher d'écrire toute la soirée. Je travaille à une biographie de R.M. Holland. Il m'a toujours intéressée depuis que dans mon adolescence j'ai lu *L'Inconnu* dans une anthologie d'histoires fantastiques. Quand je me suis présentée pour avoir un poste, je ne savais pas qu'il avait vécu ici. Ce n'était pas mentionné dans l'annonce et l'entretien avait eu lieu dans le nouveau bâtiment. Quand je m'en suis rendu compte, ce fut comme un signe. J'allais enseigner la littérature anglaise pendant la journée et le soir, inspirée par mon environnement, j'écrirais sur Holland, sur sa vie de reclus, la mort mystérieuse de sa femme, sa fille disparue. Ça avait bien commencé, j'avais été interviewée par une chaîne de télévision locale, on me voyait déambuler, plutôt mal à l'aise, à travers les couloirs du vieux bâtiment en parlant de son occupant précédent. Mais depuis quelque temps, je ne sais pas pourquoi, je ne trouve plus ma voix. Moi qui dis à mes étudiants, écrivez tous les jours. N'attendez pas que l'inspiration vienne. Si ça se trouve, vous ne l'aurez qu'à la fin. La muse vous rendra visite quand vous travaillerez. Sondez votre cœur, et écrivez. Mais comme la plupart des élèves, je ne suis pas toujours mes propres conseils. J'écris dans mon journal presque tous les jours, mais ça ne compte pas, parce que personne d'autre ne le lira jamais.

Je devrais sans doute descendre et aller boire un café pendant que j'en ai encore le temps. Je me lève pour aller regarder par la fenêtre. Il commence à faire sombre et une bourrasque agite soudain les arbres. Les feuilles s'envolent à travers le parking et tandis que je suis leur parcours, je remarque ce que j'aurais dû voir plus tôt : une voiture que je ne connais pas et deux personnes assises à l'intérieur.

Il n'y a là rien de particulièrement inhabituel. On est dans une école après tout. Et même si ce sont les vacances, on peut s'attendre à voir des visiteurs. Ce sont peut-être même des membres du personnel enseignant qui viennent préparer leurs classes et finir leur planning pour la semaine prochaine. Mais il y a quelque chose dans l'apparence de cette voiture et de ses passagers qui m'inquiète un peu. C'est un véhicule gris, plutôt anodin – je suis nulle quand il s'agit de reconnaître les voitures, mais Simon saurait immédiatement de quelle marque il s'agit –, d'un genre solide et fonctionnel, un de ces modèles qui pourrait servir de véhicule de tourisme. Mais pourquoi est-ce que ses occupants restent assis là à attendre ? Je ne peux pas voir leurs visages, ils sont tous deux vêtus d'habits sombres et comme la voiture elle-même, ils ont un air à la fois banal et menaçant.

C'est un peu comme si je m'attendais à être convoquée pour une raison ou pour une autre et je ne suis donc pas étonnée quand le téléphone sonne. Je vois sur l'écran que c'est Rick Lewis, le directeur de mon département.

« Claire, dit-il, j'ai des nouvelles épouvantables. »

Journal de Claire

Lundi 23 octobre 2017

Ella est morte. Je n'y ai pas cru quand Rick me l'a dit. Et comme je commençais à saisir pleinement la portée de ses paroles, j'ai pensé : un accident de voiture ou d'autre chose, une overdose même. Mais quand Rick a ajouté « assassinée », ce fut comme s'il me parlait dans une langue étrangère.

« Assassinée, ai-je répété bêtement.

— La police a dit que quelqu'un était entré chez elle de force la nuit dernière, expliqua Rick. Ils sont venus sonner à la maison ce matin, Daisy a cru que j'allais être arrêté. »

Je n'arrivais toujours pas à rassembler toutes ces informations en un tableau cohérent. Ella. Mon amie. Ma collègue. Mon alliée dans le département d'anglais. Assassinée. Rick avait dit que Tony était déjà au courant. Il devait écrire à tous les parents d'élèves le soir même.

« Ça sera dans les journaux, dit Rick. Dieu merci, c'est les vacances. »

J'ai pensé la même chose. Dieu merci, c'est les vacances, Dieu merci, Georgie est avec Simon. Mais je me suis immédiatement sentie coupable. Rick a dû se rendre compte qu'il n'avait pas adopté un ton adéquat parce qu'il ajouta : « Je suis désolé, Claire. » Comme si c'était sincère.

Il est désolé. Mon Dieu…

Puis il a fallu que je retourne dans ma classe pour leur apprendre à écrire des histoires de fantômes. Ça n'aura pas été un de mes meilleurs cours. Mais avec *L'Inconnu*, ça marche toujours, surtout qu'il a commencé à faire nuit vers la fin. Una avait même hurlé en apprenant le dénouement. Je leur ai donné un exercice à faire pour la dernière heure : « Écrivez une scène où le personnage reçoit une mauvaise nouvelle. » J'observais le haut de leurs têtes baissées pendant qu'ils écrivaient leurs chefs-d'œuvre (« Le télégramme arriva à quatorze heures trente… »). Et en même temps, je me disais, si seulement ils savaient.

Dès que je suis arrivée à la maison, j'ai appelé Debra. Elle était sortie en famille et elle n'était pas encore au courant. Elle se mit à pleurer, puis elle dit qu'elle n'arrivait pas à y croire, etc. Quand je pense qu'on était encore ensemble toutes les trois vendredi dernier. Rick m'avait expliqué qu'Ella avait été tuée dans la journée de dimanche. Je me souviens que je lui avais envoyé un SMS sur les résultats de *Danse avec les stars* et que je n'avais pas reçu de réponse. Est-ce qu'elle était déjà morte à ce moment-là ?

Ça allait encore quand j'enseignais ou quand je parlais à Debra, mais je suis seule maintenant, et j'éprouve un tel sentiment de… oui, de terreur… que j'en suis presque paralysée. Je suis assise là, sur mon lit, avec mon journal, et je ne veux pas éteindre la lumière. Où est Ella ? Est-ce qu'ils ont emmené son corps ? Est-ce que ses parents ont été obligés d'aller l'identifier ? Rick ne m'a donné aucun de ces détails et tout d'un coup, ils me paraissent extrêmement importants.

Je n'arrive pas à croire que je ne la reverrai jamais.

Chapitre 2

J'arrive à l'école en avance. Je n'ai presque pas dormi. J'ai fait des rêves horribles, pas vraiment à propos d'Ella, j'étais en train de rechercher Georgie dans une ville ravagée par la guerre, Herbert avait disparu, mon grand-père mort m'appelait depuis une pièce que je ne pouvais pas voir. Herbert avait passé la soirée au club canin, Toutou Baby-sitting, et c'était sans doute la raison pour laquelle je faisais ces rêves angoissés. Mais ce n'est pas pour autant qu'il aurait dû me réveiller en exigeant de la nourriture, une promenade et des danseuses. Je me suis levée à six heures et je suis arrivée à Talgarth à huit heures. Quelques personnes étaient déjà là, à boire du café dans le réfectoire et à essayer d'engager des conversations. On continue toujours à donner quelques cours pendant les vacances. Et j'aime bien essayer de classifier les étudiants. Les femmes avec des gros bijoux originaux font généralement de la tapisserie ou de la poterie, les hommes avec des sandales et des ongles longs viennent fabriquer des instruments à cordes. Mes étudiants sont toujours les plus difficiles à repérer. C'est une des choses que j'apprécie quand je dirige un atelier d'écriture, on a des profs et des avocats à la retraite, des femmes qui ont fini d'élever leurs enfants et qui veulent se lancer dans une activité pour elles-mêmes, des filles d'une vingtaine d'années convaincues qu'elles sont les J.K. Rowling de demain. Mes préférés sont souvent ceux qui ont fait tous les autres stages et qui viennent dans mon atelier parce que c'est le suivant sur la liste juste après l'atelier bougies. Ces étudiants finissent toujours par vous étonner et par s'étonner eux-mêmes.

Je prends un café noir à la machine et je l'emporte tout au bout d'une des tables. C'est étrange d'être là à manger et à boire, à suivre la routine habituelle, à réfléchir à ce que je vais enseigner. Je n'arrive toujours pas à m'habituer à l'idée que je vis dans un monde sans Ella. Même si je considère Jen et Cathy, que j'ai rencontrées à l'université, comme mes meilleures amies, il n'y a aucun doute que je voyais Ella plus souvent. Pendant le trimestre, je la voyais tous les jours. Nous échangions nos confidences, ce qui nous décevait chez Rick et Tony, nous parlions des élèves, de nos succès, nous partagions des ragots excitants sur les rapports entre le pasteur et une laborantine. Encore maintenant, j'ai envie de lui envoyer un SMS : « Tu ne vas jamais croire ce qui vient d'arriver. »

« Je peux m'asseoir ici ? »

C'est Ted, un étudiant de mon atelier d'écriture.

« Bien sûr. »

J'essaye d'avoir une tête à peu près accueillante.

Ted est un bon exemple d'étudiant qu'on aurait du mal à classer. Il a le crâne rasé et des tatouages, on l'imagine plus facilement dans un atelier d'ébénisterie ou d'initiation à la poterie japonaise. Mais hier il a eu quelques bonnes idées et heureusement, il ne veut pas parler du manuscrit qu'il est en train d'écrire.

« J'ai bien aimé ce qu'on a fait hier, dit-il en ouvrant un paquet de biscuits, de ceux qu'on trouve dans les chambres d'hôtel.

— Tant mieux, lui dis-je.

— J'ai repensé toute la nuit à cette histoire de fantômes.

— Elle est impressionnante, hein ? R.M. Holland n'était peut-être pas le plus grand styliste qui soit, mais il savait vraiment faire peur à ses lecteurs.

— Et c'est vrai qu'il a vécu ici ? Dans cette maison ?

— Oui, jusqu'en 1902. Les chambres se trouvaient à l'étage où on était hier. Et son bureau dans le grenier.

— Et maintenant, c'est une école, non ?

— Oui, une école secondaire, Talgarth High. À la mort d'Holland, le bâtiment a été transformé en pensionnat privé, puis en 1970 c'est devenu un collège comme les autres.

— Et vous enseignez ici ?

— Oui.

— Vous racontez cette histoire à vos élèves ? *L'Inconnu* ?

— Non. Holland n'est pas au programme. On en est toujours à *Des souris et des hommes* et *Les Vestiges du jour*. Mais j'ai dirigé un petit atelier d'écriture pour les élèves qui passaient le brevet et parfois je leur lisais *L'Inconnu*.

— Ça a dû leur donner des cauchemars.

— Non, ils ont adoré. Les adolescents adorent le fantastique.

— Moi aussi. »

Il m'adresse un large sourire, révélant deux dents en or.

« C'est vrai que c'est bizarre, cet endroit, ajoute-t-il. Je parie que c'est hanté.

— Il y a quelques histoires qui circulent. On dit qu'une femme est tombée du dernier étage. D'après certains, ça aurait été la femme d'Holland. Ou sa fille. Quelques élèves racontent qu'ils ont vu une femme en chemise de nuit blanche qui descendait l'escalier. Ou qu'on peut voir parfois une vague silhouette qui tombe. Apparemment la tache de sang est encore visible juste devant le bureau du directeur.

— Parfait !

— Oh, lui, il est jeune, plutôt branché, il n'a pas du tout l'air de sortir d'un roman de Dickens.

— Dommage. »

Ted plonge son biscuit dans son thé et celui-ci se désagrège complètement.

« C'est quoi le sujet, ce matin ? demande-t-il. J'ai laissé mon emploi du temps dans la salle de classe hier.

— Créer des personnages complexes, dis-je. Cet après-midi, on attaque le temps et l'espace. Puis tout le monde rentre à la maison. Excusez-moi, il faut que j'aille préparer mon cours. »

Je remonte dans la salle, pour m'assurer que tout est en place, je m'assieds au bureau, et tout à coup, la tête entre les mains, je me demande comment je vais pouvoir tenir toute la journée.

*

La première fois que j'ai rencontré Ella, c'était il y a cinq ans, nous venions passer un entretien pour un poste à Talgarth High. C'était Rick qui nous avait accueillies. Il essayait de nous cacher qu'un tiers du département d'anglais avait démissionné à la fin du deuxième trimestre et qu'il ne disposait que de deux tout petits mois pour trouver deux professeurs d'anglais expérimentés. Il y a quelque temps, je suis retournée voir dans mon journal la première impression que m'avait faite Rick, mais mes notes étaient d'une banalité décevante : « Grand, mince, mal fagoté. » Rick est le genre de personne dont le charme – pour ce qu'il est – agit lentement.

« C'est un département très vivant, nous avait-il dit au cours de la visite de l'école. C'est une école très diverse, pleine d'énergie. »

Mais nous avions déjà compris à ce moment-là qu'il y avait deux postes à pourvoir et que nous n'étions pas en compétition. Nous avions échangé un regard. Nous savions toutes deux ce que signifiait « très vivant ». L'école était au bord de l'anarchie. L'inspecteur avait conclu dans son rapport après sa dernière visite : « Doit s'améliorer. » Mais l'ancienne directrice, Megan Williams, s'accrochait à son poste et elle avait été finalement remplacée deux ans plus tard par Tony Sweetman, parachuté depuis une autre école et qui n'avait que dix ans d'expérience. L'établissement avait depuis reçu une bonne appréciation de l'inspection.

Par la suite, Ella et moi-même avions échangé nos impressions dans la salle des profs, un endroit peu accueillant dans le nouveau bâtiment avec des Post-it couverts de messages du genre passif-agressif : « Veuillez vider le lave-vaisselle de temps en temps, il n'y a pas de raison que je sois la seule à le faire !! » On nous avait laissées seules avec une tasse de café et des biscuits en attendant que le « jury » prenne sa décision. Nous savions parfaitement qu'on nous offrirait ces postes à toutes les deux. Mais cette perspective paraissait moins déprimante grâce à cette femme assise en face de moi : elle avait de longs cheveux blonds, un nez aquilin, elle n'était pas vraiment belle, mais séduisante. J'appris par la suite qu'Ella, qui était une fan de Jane Austen, s'identifiait à Elizabeth Bennet. Mais à mes yeux, elle ressemblait beaucoup plus à Emma.

« Pourquoi est-ce que vous voulez venir enseigner ici ? m'avait demandé Ella en remuant son café avec un stylo.

— Je viens juste de divorcer, lui répondis-je. Et je veux quitter Londres. J'ai une fille de dix ans. Je me suis dit que ce serait mieux pour elle de vivre à la campagne. Et près de la mer. »

L'école était dans l'ouest du Sussex, à un quart d'heure à peine de Shoreham-by-Sea, et à une demi-heure de Chichester quand la circulation n'était pas trop dense. Rick et Tony avaient tous les deux beaucoup insisté là-dessus. J'essayais de songer surtout à cet itinéraire à travers la campagne luxuriante plutôt qu'aux salles de dessin avec leurs vitres cassées et à la cour sinistre où toutes les plantes avaient été tuées par l'air marin.

« Moi aussi, j'essaye de m'échapper, m'avait dit Ella. J'enseignais au pays de Galles, mais j'ai eu une aventure avec le directeur du département. Pas une bonne idée. »

Je me souviens d'avoir été à la fois touchée et légèrement choquée qu'elle se soit confiée à moi aussi rapidement.

« Je ne me vois pas avoir une aventure avec Rick, dis-je. On dirait un épouvantail. »

Elle se mit à chanter la chanson de l'épouvantail dans *Le Magicien d'Oz*. Mais elle, contrairement à l'épouvantail, avait bien un cerveau. C'est pour ça qu'elle aurait dû se méfier de Rick. Elle aurait dû m'écouter.

Trop tard, maintenant.

*

Pendant toute la matinée, j'ai parlé de *L'Inconnu* aux étudiants.

« Il y a souvent des archétypes dans les histoires fantastiques, leur dis-je. Le jeune homme naïf, le confident, le traître, la femme maléfique.

— Ça, j'en connais quelques-unes, fait Ted en s'esclaffant grassement.

— Je ne vois pas ce que ça veut dire, réplique Una. C'est quoi, une femme maléfique ?

Je reconnais tout de suite là le type d'étudiante qui complique les choses.

— C'est un personnage qu'on rencontre souvent dans les romans gothiques. Songez à *La Dame en noir* ou à Mme Rochester dans *Jane Eyre*. Elle descend directement de légendes comme celle du *Conte de la bourgeoise de Bath* où une belle femme devient une harpie hideuse et vice versa.

— J'en ai rencontré, c'est sûr », répète Ted.

Mais je ne veux pas me laisser distraire. Ted nous en a déjà assez dit sur sa vie amoureuse au cours des deux derniers jours.

« Évidemment, dis-je, il y a aussi des légendes comme dans *Lamia* de Keats où un serpent se transforme en femme.

— Mais il n'y a pas de femme dans *L'Inconnu*.

— Non, dis-je. R.M. Holland a tendance à éviter les personnages féminins dans ses œuvres de fiction.

— Mais vous avez dit que la maison était hantée par sa femme », remarque Ted.

Je me maudis d'avoir eu cette petite conversation pendant la pause-café.

« Racontez-nous cette histoire », me demandent plusieurs d'entre eux.

Les plus imaginatifs dans le groupe sont tout à coup parcourus par un frisson de plaisir, mais avec ce soleil d'automne qui pénètre par la fenêtre, il est difficile de croire aux fantômes.

« R.M. Holland avait épousé une femme du nom d'Alice Avery, dis-je. Ils vivaient ici, dans cette maison, et Alice est morte. Vraisemblablement à la suite d'une chute dans l'escalier. On dit que son fantôme est toujours là, qu'on peut la voir parcourir les couloirs du premier étage ou descendre l'escalier comme si elle flottait au-dessus des marches. Certains disent que quand elle apparaît, c'est le signe d'une mort imminente.

— Vous l'avez déjà vue ?

— Non, je réponds en me retournant brusquement vers le tableau. Et maintenant nous allons faire un exercice sur la création de personnages. Imaginez que vous êtes dans une gare et... »

Je jette un coup d'œil furtif à ma montre. Plus que six heures à tenir.

*

La journée n'en finit pas, elle s'écoule comme un siècle, un millénaire. Mais finalement, je dis au revoir à mes étudiants et je leur promets que je guetterai l'apparition d'une critique de leurs prochains livres dans les pages culturelles du *Times*. Je rassemble mes affaires et je ferme la salle à clef. Je cours presque le long de l'allée de graviers jusqu'à ma voiture. Il est dix-sept heures et j'ai l'impression qu'il est minuit. Il ne reste que quelques fenêtres allumées sur la façade de l'école et le vent souffle à travers les arbres. Je meurs d'impatience d'arriver à la maison, de boire un verre de vin, de penser à Ella et, surtout, de voir Herbert.

Si on m'avait dit il y a cinq ans que je deviendrais aussi attachée à un chien, j'aurais éclaté de rire. Je n'ai jamais été de ces enfants qui adorent les animaux. J'ai grandi dans le nord de Londres, mes deux parents étaient des universitaires et le seul animal que nous possédions était une chatte du nom de Méduse qui ignorait tout le monde avec grossièreté à l'exception de ma mère. Mais quand j'ai divorcé et que je suis partie m'installer dans le Sussex, j'ai décidé qu'il fallait un chien pour Georgie. Que ça la motiverait pour aller faire des promenades dans la campagne et que ça diminuerait le nombre d'heures qu'elle passe à regarder son téléphone. Elle pourrait se libérer de ses angoisses adolescentes en se confiant à son compagnon canin. Et je me disais vaguement que moi aussi je pourrais en profiter, un chien m'aiderait à rester en forme et je pourrais rencontrer d'autres propriétaires de chien au cours des promenades. Ce serait bien mieux qu'un club de lecture où il y aurait toujours le danger que quelqu'un vienne suggérer *La Fille du train* comme objet d'étude.

Et c'est comme ça que nous sommes allées à la SPA et que nous avons choisi Herbert. Ou plutôt, c'est lui qui nous a choisies. Parce que c'est comme ça que ça marche, non ? Je voulais un chien assez petit pour pouvoir le prendre dans mes bras en cas d'urgence, mais pas trop non plus, pour que ça reste un chien. Le pedigree d'Herbert est un peu obscur mais on m'a assuré à la SPA qu'il était un mélange de cairn terrier et de caniche. En fait, il a l'air de sortir d'une illustration dans un livre pour enfants. Comme une grosse tache blanche au milieu de la page avec quatre pattes.

Et évidemment, c'est moi qui suis tombée amoureuse d'Herbert. Oh, Georgie l'aime aussi, bien sûr. Elle lui fait faire sa promenade et elle lui confère toutes sortes de traits anthropomorphiques. « Herbert est très timide avec les autres chiens. C'est parce que c'est un enfant unique. » Mais c'est moi qui suis gaga de lui, qui lui confie tous mes ennuis, qui l'autorise à dormir sur – et parfois dans – mon lit. Je l'aime tellement que parfois, quand je le regarde, je m'étonne qu'il soit couvert de poils.

Andy, le propriétaire de Toutou Baby-sitting (je sais, je sais, je vous en supplie, ne me jugez pas), est content de me voir. Il est plutôt jovial et il aime bien discuter. Mais dès que je vois la bouille joyeuse et compréhensive d'Herbert, j'ai presque envie de pleurer. Je le prends dans mes bras, je paye Andy et je regagne ma voiture en courant. Je n'ai qu'une envie, me retrouver à la maison avec mon compagnon animal. Je m'arrête à l'épicerie pour acheter une bouteille de vin et des biscuits au chocolat, Herbert halète juste à côté de mon oreille.

Je vis dans une maison de ville, au milieu d'une rangée d'autres, avec deux pièces en haut et deux pièces en bas, la porte d'entrée est noire avec des ferronneries. Mais cet alignement de maisons est en pleine campagne, protégé à l'arrière par une falaise de craie. Ces logements ont été construits à l'origine pour les ouvriers de l'usine de ciment qui est maintenant à l'abandon (vitres brisées, machines rouillées, et le vent qui souffle à travers les plaques de tôle ondulées sur le toit). Les maisons, par contre, sont toujours là, pimpantes, et les occupants sont plus bourgeois qu'à l'époque. Elles font face à un champ où paissent des vaches qui ne prêtent pas la moindre attention au bâtiment cauchemardesque derrière elles. Nous nous sommes faites à cette maison maintenant, c'est très pratique pour l'école, et à proximité de Steyning où on trouve des cafés agréables et une librairie formidable. Mais de temps à autre, j'aperçois l'usine avec ses fenêtres brisées et je me demande : mais qui peut bien avoir envie de vivre ici ?

Nous sommes au bout d'une impasse et c'est pour cette raison que je m'étonne de voir une voiture garée devant chez moi. Suis-je vraiment surprise ? Toute la journée, j'ai été poursuivie par un mauvais pressentiment. En fait, je comprends ce qu'est cette voiture et je me dis que c'est inévitable. Tandis que je me gare et que je sors mon Herbert tout excité, une femme descend du véhicule.

« Bonjour, dit-elle. Vous êtes Claire Cassidy ? Je suis le lieutenant Kaur. Je peux entrer ? »

Chapitre 3

Le lieutenant Kaur est petite et brune, ses cheveux sont ramenés en arrière en une queue-de-cheval. Elle doit avoir environ dix ans de moins que moi, dans les trente-cinq ans. Elle est gracile, elle a presque une silhouette enfantine, mais elle dégage une impression d'autorité, un peu comme certains professeurs. Derrière elle, un homme plus âgé qu'elle, grisonnant. Il se présente : lieutenant Neil Winston. Ils font équipe, comme à la télévision.

Herbert fait la fête à Kaur mais je le retiens. Malgré toutes ses séances de dressage, il tient toujours à me mettre mal à l'aise.

« Ne vous inquiétez pas, j'aime les chiens », dit-elle.

Elle brosse quand même son pantalon du plat de la main. Comme Herbert est à moitié caniche, il ne perd pas ses poils, mais le lieutenant Kaur ne le sait pas.

Elle porte un pantalon noir avec une chemise blanche et une veste sombre. En civil, mais dans des habits suffisamment neutres pour servir d'uniforme. Je suis sûre que c'est elle et Winston que j'ai vus dans la voiture hier à Talgarth.

« Venez, entrez », leur dis-je.

Nous suivons l'allée et nous entrons par cette étroite porte luisante, de style très citadin. Je ramasse le courrier d'une main, tout en invitant mes hôtes à passer dans le salon. Maintenant qu'Herbert n'est plus en laisse, il se rue dans la cuisine et se met à aboyer sur tout et rien.

« Je peux vous offrir une tasse de thé ?

— Non merci, dit Kaur, juste au moment où Winston répond :

— Avec du lait pour moi et deux sucres. »

La bouteille de vin produit un tintement coupable quand je pose le sac sur le sol de la cuisine. J'espère que Kaur n'a rien entendu. Je sais déjà que c'est d'elle qu'il va falloir se méfier. Je prépare le thé et je dispose quelques biscuits sur un plateau. Puis je retourne au salon avec Herbert qui me suit en sautillant.

« Nous enquêtons sur le meurtre d'Ella Elphick, dit Kaur pendant que je m'assieds. Je crois savoir qu'on vous en a informée.

— Oui, Rick Lewis, le directeur du département, m'a téléphoné hier soir.

— Je suis désolée, je sais que ça doit être un choc terrible pour vous, mais je voulais parler à tous les amis et les collègues d'Ella le plus vite possible. Nous voulons nous faire une idée générale de la vie qu'elle menait pour comprendre qui aurait pu faire cette chose horrible.

— Je croyais... »

Je me tais au milieu de ma phrase.

« Qu'est-ce que vous pensiez ? demande Kaur.

— Je pensais, enfin... je m'étais dit qu'elle avait été tuée par un inconnu, une agression sans motif. Un cambriolage qui aurait mal tourné.

— La plupart des victimes de meurtres sont tuées par des gens qu'elles connaissent, répond Kaur. Et nous avons des raisons de croire que c'est le cas ici.

— Rick m'a dit qu'Ella avait été poignardée.

— Oui, dit Kaur. À plusieurs reprises.

— Oh mon Dieu ! »

Puis un silence. Winston boit son thé. Herbert émet un faible gémissement.

« Donc, fait Kaur en sortant un carnet, vous enseigniez avec Ella à Talgarth High. C'est exact ?

— Oui. Nous enseignons l'anglais. Enfin... nous enseignions l'anglais. Mon Dieu... »

Kaur marque une pause pendant que je retrouve mon calme.

« J'enseigne aux sixièmes, cinquièmes et quatrièmes, ils ont entre onze et quatorze ans. Ella enseignait aux élèves de troisième et de seconde.

— Vous avez dû être de proches collaboratrices ?

— Oui, c'est un petit département. Il n'y a que six personnes en tout. On a des réunions hebdomadaires. Ella et moi-même nous collaborions sur les méthodes de travail, les évaluations, les objectifs.

— Vous vous entendiez bien ? » demande Kaur.

Elle n'a aucun problème à en parler au passé. Mais elle n'a pas connu Ella.

« Très bien.

— Vous aviez une relation personnelle en dehors du travail ? »

Une relation personnelle. C'est une expression étrange pour décrire ce qui nous unissait : les promenades avec Herbert, quelques dîners au cours desquels on mangeait et on buvait un peu trop, de longs échanges sur Messenger sur nos émissions de télévision préférées.

— Oui.

— Quand avez-vous vu Ella pour la dernière fois ?

— Vendredi soir, on est allées voir un film puis on s'est fait un restaurant.

— Vous étiez seulement toutes les deux ?

— Non, Debra Green nous a accompagnées. Elle enseigne l'histoire à Talgarth High.

— Quel film êtes-vous allées voir ?

— Le nouveau *Blade Runner*.

— J'ai envie de le voir, dit le lieutenant Winston. C'était bien ?

— Un peu long. Pas aussi réussi que le premier. »

Je m'étais endormie pendant la seconde partie. Tout ce dont je me souviens, c'est de Ryan Gosling qui marche très lentement dans la neige avec une unique larme qui coule le long de sa joue. Je n'arrive pas à croire qu'on est là à parler d'un film alors qu'Ella est morte.

« Est-ce que vous avez été en contact avec elle dimanche ? me demande Kaur.

— Non, je lui ai envoyé un SMS juste avant les résultats de notre jeu télévisé préféré mais elle ne m'a pas répondu.

— C'était à quelle heure ?

— Autour de dix-neuf heures, sans doute.

— Vous n'avez rien fait d'autre dans la soirée ? Vous avez juste regardé la télévision ?

— Juste une partie de la soirée. J'ai aussi préparé mes cours du lundi. J'anime un atelier d'écriture.

— Vous étiez seule chez vous ?

— Non, ma fille Georgia était avec moi.

— Toute la soirée ?

— Oui. Elle a passé la plupart du temps dans sa chambre, mais elle était dans la maison.

— Et le lundi, vous animiez votre atelier d'écriture. Ça aussi, c'est à Talgarth ?

— Oui. Ils organisent des cours pour adultes pendant les vacances.

— Et où est votre fille en ce moment ?

— Elle est avec son père. Je l'ai amenée à la gare lundi matin. Elle doit revenir demain. »

C'est Simon qui la ramène en voiture. Une bonne chose. Sauf qu'il va falloir que je le voie. Pas une bonne chose.

Kaur et Winston échangent un regard. Ça doit vouloir dire que le ton va changer, parce que Kaur s'avachit légèrement dans mon fauteuil défoncé et me demande :

« Quel genre de femme était Ella ? »

Il est très important que je réponde comme il faut à cette question. N'oublions pas qu'Ella est la victime dans cette affaire. Je ne veux pas qu'on en arrive à dire que c'est sa faute si elle a été assassinée, comme c'est souvent le cas avec les femmes. Le lieutenant Kaur a peut-être une tête à porter un T-shirt qui dit « Une féministe ressemble à ça », mais je ne lui fais pas confiance. Je sais que par sa question elle veut m'inciter à dire qu'Ella avait une vie sexuelle, et donc qu'elle est en partie responsable de la façon dont elle a fini. Assassinée. Poignardée. À plusieurs reprises. Je passe en revue mes souvenirs d'Ella : je me les repasse, j'en efface certains.

« C'était quelqu'un de formidable, dis-je. Très intelligente, très drôle. Tout le monde l'aimait. »

Sauf ceux qui ne l'aimaient pas, évidemment. Mais je continue :

« Ella était un professeur fantastique. Les élèves l'adoraient. Ils vont être effondrés quand ils vont apprendre… »

Kaur n'a pas l'air de trop s'intéresser à ça.

« Elle avait un copain ? » demande-t-elle.

Je le savais !

« Non, pas à ma connaissance, dis-je.

— Des ex ?

— Il y a longtemps. Rien de très récent.

— Elle vous a parlé de quelqu'un en particulier ?

— Elle a vaguement évoqué quelqu'un dans l'école où elle travaillait avant, au pays de Galles. Bradley Quelque-Chose. »

Kaur prend note.

« Elle n'a jamais parlé de quelqu'un qui l'embêterait ? Qui l'aurait harcelée par l'intermédiaire de Facebook ? Quelque chose dans le genre ? »

Je vais m'obliger à aller regarder la page Facebook d'Ella un peu plus tard. Mais pas avant de m'être servi deux verres de vin.

« Non », lui dis-je.

Alors que je crois qu'ils vont encore me poser des questions, je suis étonnée de les voir se lever, parfaitement synchronisés comme s'ils avaient un signal secret.

« Merci, dit Kaur. Vous nous avez été d'une aide précieuse.

— Désolé pour ce qui vous arrive », dit Winston en sortant.

On dirait une réplique dans une série policière américaine. Kaur s'arrête pour donner une tape sur la tête d'Herbert de façon à l'empêcher de se frotter contre son pantalon. Elle n'ajoute rien de plus.

*

Quand ils sont partis, je retourne à la cuisine me servir un verre de vin. C'est à ce moment-là que mon regard tombe sur le courrier que j'ai ramassé un peu plus tôt. Il y a quelques enveloppes officielles que je laisse de côté et une autre qui me paraît très différente, dans un papier épais, couleur ivoire, avec l'écusson de l'université de Saint Jude, Cambridge.

Je sais que c'est ridicule, mais j'ai tout d'abord pensé à Georgie. Elle n'a que quinze ans, elle n'a jamais passé d'examens, alors pourquoi une université de Cambridge m'écrirait à son sujet ? Et même si elle est très certainement intelligente, il est évident que son intention est de survoler ses années d'école en faisant un minimum de travail. J'ai déjà revu à la baisse mes espoirs de la voir suivre des études à Oxbridge, en me disant que n'importe quelle bonne université un peu traditionnelle fera l'affaire. Mais j'ai à peine déchiré l'enveloppe que j'imagine déjà ce qui est écrit : « a attiré notre attention... étudiante extrêmement douée... bourse d'études... »

Mais si cette lettre n'offre pas une place à Girton à Georgie, elle n'en est pas moins intéressante :

Chère Madame Cassidy,

D'après mes informations, vous êtes en train d'écrire un livre sur la vie et l'œuvre de R.M. Holland. J'ai récemment fait l'acquisition de quelques lettres qui pourraient vous intéresser. Je serais heureux de vous les montrer si vous pouviez venir à Cambridge. J'aurai du temps libre la semaine du 23 octobre.

Avec mes sentiments les meilleurs,
Henry H. Hamilton
Professeur.

Je reste un long moment à regarder cette missive. C'est un peu comme si je venais de recevoir une lettre du dix-neuvième siècle, presque comme si Holland lui-même l'avait écrite. Il y a quelque chose de victorien dans cette initiale entre son nom et son prénom. Où est-ce que ce Henry Hamilton a bien pu trouver mon adresse privée ? Mon adresse e-mail, ce serait facile, puisqu'elle est sur le site de l'école. Serait-ce comme ça que cet auguste personnage a pu me retrouver ? Oh mon Dieu, j'espère qu'il n'a pas regardé l'émission de télévision. Est-ce que H.H.H. m'a vue sur YouTube ? Et qu'est-ce que ces lettres peuvent bien contenir ? Elles sont visiblement trop précieuses pour être envoyées par la poste ou scannées.

Mon téléphone se met à vibrer, j'espère que c'est Georgie, mais c'est Debra.

« T'es chez toi ? demande-t-elle.

— Oui, je suis rentrée il y a à peu près une heure.

— Je viens d'appeler les parents d'Ella. »

Je devrais le faire, moi aussi, mais cette idée me pétrifie. J'ai rencontré une fois Nigel et Sarah Elphick, un couple charmant, des gens adorables. Ella était leur enfant unique.

« C'était épouvantable, dit Debra. Qu'est-ce que tu peux dire dans ces cas-là ? Il n'y a rien à dire. Il n'y a rien de pire que de perdre un enfant.

— C'est vrai.

— C'est moi qui me suis mise à pleurer et c'est sa mère qui a fini par me consoler. Je me sens vraiment mal.

— C'est bien de ta part de leur avoir téléphoné.

— Je n'en suis pas si sûre. »

Je l'entends tirer sur une cigarette. Ça veut dire qu'elle doit être dans le jardin, Leo ne l'autorise pas à fumer à l'intérieur.

« Et qu'est-ce que tu peux faire ? Tu es allée voir sa page Facebook ?

— Non.

— Il y a plein de gens qui écrivent des trucs comme "repose-toi au paradis", ou "un autre ange arrive au ciel". Et pour la plupart, ils ne la connaissaient même pas, merde ! »

Je repense au lieutenant Kaur qui me demandait si un de ses ex la pourchassait sur Facebook.

« Des policiers sont venus ici, ils viennent juste de partir.

— La police ? Pourquoi ?

— Apparemment, ils vont interroger tous les amis d'Ella. T'es sans doute la prochaine sur la liste.

— Oh mon Dieu, les garçons vont adorer ça. Deux policiers qui se présentent à la porte.

— L'un des deux est une femme. C'est elle qui fait le plus peur.

— Ils ont une idée de qui a pu faire ça ?

— Ils m'ont interrogée sur ses ex.

— Qu'est-ce que t'as dit ?

— Qu'elle n'avait fréquenté personne récemment.

— Tu ne leur as pas parlé de Rick ?

— Non. »

Je l'entends encore tirer sur sa cigarette. Je me prépare à la question qui va forcément suivre, mais elle se contente de dire :

« Je n'arrive toujours pas à y croire. Qu'Ella est morte. Assassinée. C'est comme un cauchemar.

— Ou un livre, dis-je, j'ai l'impression d'être au milieu d'un livre.

— Toi, t'as toujours cette impression. Tu veux passer ici ?

— Non, ça ira, j'ai une bouteille de vin. Et Herbert pour me tenir compagnie.

— Ça m'a l'air idéal. Il faut que j'aille chercher les garçons chez les scouts dans une minute, puis préparer le dîner. Leo est parti jouer au football avec ses copains.

— La vie de famille, hein ?

— Ouais. C'est bel et bien un piège. Peut-être qu'on peut se voir demain.

— Georgie rentre demain.

— Passe-moi un coup de fil. On aura peut-être le temps de prendre un café.

D'accord, dis-je. Salut. Sois prudente sur la route. »

Je bois mon verre de vin debout, puis je m'en sers un autre. Puis je clique sur la page Facebook d'Ella.

Chapitre 4

Simon arrive le lendemain à seize heures, ce qui signifie qu'il a trois heures de retard. Georgie m'a envoyé un SMS au moment où ils sont partis pour me dire de ne pas attendre à la fenêtre, mais c'est quand même agaçant. J'ai vu Debra ce matin et j'ai fait quelques courses, mais j'aurais pu faire beaucoup d'autres choses dans l'après-midi si Simon n'avait pas cette étrange conviction qu'il faut seulement vingt minutes en voiture pour rejoindre l'ouest du Sussex depuis Londres.

« Je t'attendais à treize heures. »

Ce sont les premiers mots qui sortent de ma bouche quand je m'adresse à mon ex-mari.

« Georgie t'a envoyé un SMS. »

C'est tout ce qu'il trouve à me dire.

« Bonjour ma chérie. »

Je serre ma fille dans mes bras.

« Tu t'es bien amusée ? »

Elle m'embrasse elle aussi, mais se libère rapidement pour saluer Herbert avec beaucoup plus d'effusions.

« Comment il va, mon bébé chien ? Hein, comment il va ? Oh qu'il est beau, regarde-moi cette petite tête ! »

Elle le prend dans ses bras et le couvre de baisers. Simon et moi, nous restons là à les regarder. C'est un de ces moments où nous savons que nous pensons la même chose – pourquoi est-ce qu'elle n'est pas aussi affectueuse avec nous ? –, mais je ne veux pas le reconnaître.

« Il a de la chance, Herbert, soupire finalement Simon pendant qu'il va sortir le sac de Georgie du coffre.

— Tu veux entrer et boire un thé ? » demandé-je à Simon.

Il hésite, il n'a pas vraiment envie de se retrouver coincé dans cette maison avec moi, mais il a sans doute besoin d'aller aux toilettes (il arrive à l'âge où la prostate commence à poser des problèmes).

« Oui, mais alors en vitesse. »

Parce qu'il s'imagine que ça va prendre combien de temps ? Je n'ai pas exactement prévu de lui faire une cérémonie du thé à la japonaise. Je le suis à l'intérieur, consciente que je suis en train de grincer des dents.

Il se précipite aux toilettes et ressort pour me faire un brin de conversation pendant que je me consacre à la tâche pénible et chronophage qui consiste à mettre des sachets de thé dans de l'eau chaude. Georgie a disparu en haut de l'escalier avec Herbert.

« C'est une belle cuisine », dit Simon.

J'ai fait installer une nouvelle cuisine quand j'ai emménagé ici et c'est vrai qu'elle est belle : des portes qui brillent, des plans de travail en granit, un puits de lumière et une vue sur le jardin. Mais Simon fait toujours cette même remarque parce qu'il n'aime pas le fait que j'aie enfin la cuisine dont j'ai toujours rêvé. Nous avons vendu notre maison à Londres quand nous avons divorcé. Mais comme Simon s'est remarié avec une femme relativement aisée, il a pu se racheter un autre logement en ville.

Moi, je me suis exilée à la campagne, alors mes plans de travail en granit, je les ai bien mérités, c'est la moindre des choses.

« Comment va Fleur ? »

C'est la contre-attaque. Je n'ai rien contre la femme de Simon. En fait je compatis souvent avec elle, mariée comme elle l'est avec un homme qui a un système de code couleur pour ses chaussettes. Elle est avocat, comme Simon, mais en ce moment, elle est coincée chez elle avec un enfant de trois ans et un autre de vingt mois. Ça ne doit pas être très drôle, d'autant qu'il ne viendrait jamais à l'esprit de Simon – qui se considère comme un homme moderne – de prendre un congé paternité.

« Ça va, répond-il. Elle est un peu fatiguée. Ocean ne fait toujours pas ses nuits. »

Personnellement, je ne peux pas lui en vouloir, elle doit être traumatisée par ce prénom ridicule.

« Ça doit être difficile. »

Je parie que Simon est parti s'installer dans la chambre d'amis, il m'a l'air parfaitement reposé. Il tripote nerveusement ses clefs, c'est le signe qu'il est inquiet.

« Je suis désolé pour ton amie, dit-il finalement. Georgie m'a montré ce qu'on en dit sur le Net. »

On parle de la mort d'Ella partout. Dans les journaux, à la télévision, sur Internet. Apparemment, on peut transformer sa page Facebook en « mémorial » (Debra pense qu'on devrait le suggérer aux parents d'Ella) pour que le disparu vive à jamais dans le cyberespace.

« Ça a été un choc, dis-je.

— Georgie m'a dit qu'elle avait été son professeur, cette Ellie.

— Ella. Oui, elle lui a enseigné l'anglais en troisième.

— Pour elle aussi, ça doit être un choc. Elle n'a pas arrêté d'en parler.

— C'est son premier contact avec la mort. »

Simon prend un air peiné.

« À part ton père, je m'empresse d'ajouter. Ce n'est pas que j'aie oublié, mais Georgie n'avait que trois ans quand Derek est mort. Maintenant c'est une adolescente en pleine révolution hormonale.

— Et à propos d'hormones, dit Simon, elle voit toujours ce type, là, Ty.

— Oui, je sais. »

Encore un de ces moments de pensée commune. Puis Simon ajoute :

« J'imagine qu'on ne peut pas l'empêcher de le voir.

— Je crois que ça ferait plus de mal que de bien.

— Ça dure depuis un moment, maintenant, non ?

— Depuis l'été, et pour une adolescente, ça représente une éternité.

— Et toi, tu l'as rencontré ? »

Je le lui ai déjà dit, mais je rassemble toute ma patience pour lui répondre :

« Oui, il était parfaitement aimable. Très poli et tout ça. C'est juste qu'il a vingt et un ans.

— Pourquoi est-ce qu'elle ne peut pas sortir avec un garçon de son école ? Quelqu'un de son âge. Ce serait plus normal.

— Ty doit lui sembler cool, il vit seul, il a une voiture. Toutes ces choses, ça compte quand on a quinze ans. »

Et il est beau dans le genre musclé et T-shirt moulant. Mais ça, je ne le précise pas à Simon.

« Bon, mais essaye quand même de faire en sorte qu'ils ne se voient plus, si c'est possible. »

J'en veux à Simon de me dire une chose pareille, comme si c'était facile d'obliger deux personnes à se tenir à distance quand ils peuvent communiquer électroniquement à chaque minute de la journée. Mais j'ai la parfaite réplique.

« Je l'emmène à Cambridge vendredi. Je dois voir quelqu'un à propos de mon livre et j'ai pensé que ce serait une belle sortie. »

*

Simon et moi, nous nous sommes rencontrés à l'université. Il nous avait fallu plusieurs mois avant de nous avouer mutuellement et timidement que nous faisions partie des nombreux étudiants à Bristol qui avaient été refusés à Oxford et Cambridge. J'avais eu un entretien mais on ne m'avait pas fait d'offre, même si j'avais obtenu des notes suffisantes pour être acceptée. Simon, lui, s'était vu offrir une place dans un collège, mais il avait raté l'examen. Je ne sais pas ce qui est le pire. Au début, ça ne m'a pas trop dérangée. J'adorais Bristol et certaines parties de l'université, notamment le Wills Memorial Building qui ressemble un peu à ce qu'on voit à Oxford ou Cambridge si on choisit la bonne lumière. Ce n'est que récemment, depuis que je travaille à mon livre, que je me suis rendu compte du nombre de personnes – des écrivains, des acteurs, des universitaires – qui mentionnent qu'ils ont été à Oxford ou Cambridge. R.M. Holland s'en rend coupable dès la première page de *L'Inconnu*. La règle veut que si vous avez étudié à Oxford ou Cambridge, vous le dites, sinon, vous parlez de « quand j'étais à l'université ».

Simon était étudiant en droit et pendant la première année je l'ai donc complètement ignoré. Les étudiants en droit formaient une sorte de clique à part, tout comme les étudiants en médecine. Moi, j'étudiais l'anglais, je me suis donc retrouvée dans le club théâtre, la société des débats et une relation aussi excitante que dysfonctionnelle avec un étudiant en philosophie du nom de Sebastian. C'est au cours du premier trimestre de la deuxième année que j'ai fait la connaissance de Simon. J'étais en colocation avec Jen et Cathy. Elles étaient adorables et on est devenues de bonnes amies, mais à cette époque, elles étaient très BCBG, des filles chic qui relevaient le col de leurs chemisiers et qui avaient des photos de leur labrador sur la table de chevet. Leur idée de la fête consistait à organiser des dîners : le porc à l'espagnole avec des olives à la façon Delia Smith, les bougies dans les bouteilles de chianti, et les joints qu'on se passait comme le porto, dans le sens inverse des aiguilles d'une montre. Elles tenaient aussi absolument à ce qu'on soit un nombre pair à table, j'avais donc invité Sebastian, même si notre relation était plutôt dans le creux de la vague. Simon était venu avec une fille du département des langues vivantes. Il avait jeté un coup d'œil à la disposition sophistiquée des assiettes et des serviettes sur notre table en Formica et avait éclaté de rire. J'avais croisé son regard à ce moment-là et voilà. Pendant la cérémonie du joint et du porto, nous nous étions éclipsés et nous avions parcouru les rues de Bristol à l'aube, en marquant une pause pour échanger un baiser au Bordeaux Quay tandis que les bateaux se balançaient dans les eaux du port. Puis nous sommes retournés à l'appartement de Simon et nous avons fait l'amour sur son lit avec les draps noirs et le poster de Che Guevara juste au-dessus. Nous sommes devenus inséparables pendant toutes les années d'université qui suivirent. Nous nous sommes mariés à l'âge de vingt-trois ans, quand Simon a été reçu à ses examens et quand j'ai fini ma formation de professeur. Nous étions les premiers dans notre groupe d'amis à nous marier, et si vous m'aviez dit à cette époque qu'un jour je ne pourrais pas le regarder boire une tasse de thé sans être paralysée par mon agacement, je vous aurais éclaté de rire au nez.

Mais cette histoire de Cambridge l'intrigue, je savais que ce serait le cas.

« Ah ? Tu travailles toujours sur ce livre ?

— Oui, lui dis-je, et ça avance très bien.

— C'est celui sur l'auteur d'histoires de fantômes, là ?

— Oui, R.M. Holland.

— Le type qui a tué sa femme ? demande Simon qui pense visiblement que c'est à hurler de rire.

— Personne ne sait vraiment s'il l'a tuée. Ce sera peut-être un des mystères que j'éclaircirai dans le livre. Et il y a aussi l'enquête sur sa fille.

— Je ne savais pas qu'il avait une fille.

— Ça non plus, personne n'en est certain. Il est fait mention d'une certaine "M" dans son journal intime et je crois qu'elle pourrait être sa fille illégitime. Mais on sait qu'elle aussi est morte parce qu'il y a un poème qui s'intitule *Pour M. RIP*. »

Simon frissonne de manière théâtrale, ce qui m'exaspère.

« Bon sang, charmant, le bonhomme. Je n'arrive pas à croire que toutes ses affaires sont encore là, à l'école. Dans le grenier. Pas étonnant que ce soit un endroit aussi bizarre. »

Quand j'ai déménagé dans le Sussex et que j'ai trouvé mon poste à Talgarth High, Simon tenait absolument à ce que Georgie aille à l'école privée à côté. Malgré quelques réticences d'ordre idéologique (que Simon partageait autrefois d'ailleurs), j'ai fini par y consentir. J'avais accepté le travail qu'on m'offrait à Talgarth mais je savais que l'école traversait une crise. Georgie avait dû faire face à de nombreux bouleversements cette année-là, entre ses parents qui divorçaient et le déménagement hors de Londres, on avait donc pensé que Sainte Faith, un petit établissement sélect pour filles, était la réponse à tous ces problèmes. Georgie détesta cette école. Elle détesta ses camarades de classe, tout comme l'uniforme, les règles mesquines, elle y détesta tout. Au bout d'un trimestre, elle s'était retrouvée déprimée, renfermée sur elle-même et d'une maigreur inquiétante (la perte de poids compétitive étant le seul sport dans lequel Sainte Faith excellait). Je l'ai alors inscrite en cinquième à Talgarth et elle a commencé à s'épanouir. Elle a maintenant beaucoup d'amis et elle rapporte des bonnes notes. Simon regrette secrètement qu'elle ne porte pas de blazer avec un étui à violon sur l'épaule. S'il veut façonner ainsi l'avenir de Tiger et Ocean, qu'il ne se gêne pas. Avec les années, il est devenu beaucoup plus tolérant quant aux prénoms exotiques, c'est sans doute l'influence de Fleur. Mais Simon ne peut pas nier que Georgie est heureuse à l'école, il doit donc se contenter de décrire Talgarth comme « le bas du panier » et de faire des remarques sur la vulgarité qui y règne.

« Les étudiants ne sont pas autorisés à se rendre au dernier étage, dis-je, et les résultats au brevet étaient bons cette année. Parmi les meilleurs dans le pays.

— Georgia va devoir travailler dur pour réussir son examen, répond Simon, et il faut qu'elle arrête de passer son temps avec un vaurien de vingt et un ans. »

Même si je partage son sentiment, le fait qu'il ait à le dire m'exaspère encore une fois. Et puis franchement… « un vaurien ». Simon serait-il en train de devenir un personnage dans un feuilleton des années soixante-dix ? Je lui arrache sa tasse des mains et je commence à la rincer.

« C'est pas l'heure de rentrer, là, pour toi ? »

*

Un peu plus tard, alors que je regarde un DVD de *Grey's Anatomy* avec Georgie (nos moments les plus intimes ces jours-ci s'accompagnent forcément de craniotomie ou d'opérations à cœur ouvert), je lui demande :

« Ça te plairait d'aller à Cambridge, vendredi ? »

Georgie ne détache pas son regard de l'écran où Meredith et Derek s'émeuvent devant un adolescent atteint de leucémie.

« Pourquoi ?

— Je dois voir quelqu'un à propos de mon livre. Mais on pourrait déjeuner ensemble et se balader un peu dans la ville. C'est un très bel endroit.

— Qui est-ce que tu dois voir ?

— Quelqu'un qui possède des lettres de R.M. Holland. »

Georgie sait qui est Holland, comme tous les élèves, mais elle n'a jamais manifesté le moindre intérêt à son sujet.

Elle fixe l'écran pendant encore une bonne minute avant de répondre :

« Tu ne vas pas continuer à insister pour que je demande à aller à Oxford ou Cambridge ?

— Est-ce que j'ai jamais fait ça ?

— Très subtilement, dit Georgie tout en tapant un message sur son téléphone sans le regarder. Quand tu es là à me parler de la fille de Machine qui y est allée et qui a passé des années formidables, les bals du mois de mai et toute cette merde. »

Je ne m'étais pas rendu compte que je me conduisais comme ça, même si c'est vrai que j'ai des amis qui ont des enfants à Oxford ou Cambridge. Parfois je me demande si je n'ai pas gâché son avenir et le mien en venant m'installer dans le Sussex.

« Je n'en parlerai pas une seule fois, dis-je.

— Bon, d'accord alors. Est-ce que Ty peut venir avec nous ?

— Non, c'est un moment spécial mère et fille.

— Berk », répond Georgie, mais elle ne dit pas non.

Journal de Claire

Mercredi 25 octobre 2017

J'ai trouvé le courage d'appeler les parents d'Ella ce matin. Je ne pensais pas que j'arriverais à les joindre. Je me répétais mentalement : « Au moins, j'ai essayé. Ils ne doivent pas répondre au téléphone en ce moment. Ce n'est pas très discret d'appeler, en fait. Je crois que je vais plutôt leur envoyer une carte. » On a répondu à la deuxième sonnerie. C'était la mère d'Ella, Sarah. Dès que je me suis présentée : « Claire de l'école », elle s'est mise à pleurer. « Oh, Claire, comment une chose pareille a pu arriver ? » C'était épouvantable. J'essayais de trouver les mots qu'il faut, mais qu'est-ce que ça veut dire dans de telles circonstances ? Ça n'existe pas. Ella est morte et ses parents se retrouvent sans enfants. Tous les espoirs qu'ils ont pu avoir – des petits-enfants, vieillir entourés d'une famille – se sont effondrés. Je lui ai simplement dit que j'étais désolée et je me suis renseignée sur l'enterrement. Sarah m'a répondu qu'elle voulait que le service ait lieu dans la chapelle à Talgarth, ce qui m'a un peu surprise. Je lui ai dit que je serai évidemment présente et est-ce que je peux faire quelque chose, etc. Mais il n'y a rien à faire. C'est ça le problème.

J'ai pris un café avec Debra dans le village un peu plus tôt. Elle est très triste à propos d'Ella. Mais elle éprouve aussi une étrange fascination, elle me pose des questions sur l'autopsie et l'enquête criminelle. Comme si tout ça n'était qu'une série télévisée. Je repense tout le temps aux deux policiers qui sont venus ici, Kaur et Winston. Ils n'étaient pas exactement agressifs, mais ils n'étaient pas très chaleureux non plus. « La plupart des victimes de crimes sont tuées par des gens qu'elles connaissent », avait dit Kaur, « et nous avons des raisons de penser que c'est le cas ici. »

Qui soupçonnent-ils ?

« Rien en ce monde ne peut rester caché à jamais. » Wilkie Collins, *Sans nom*.

Chapitre 5

Nous déposons Herbert à Toutou Baby-sitting et nous partons en voiture de bonne heure pour Cambridge. C'est une belle journée, fraîche et ensoleillée, les champs sont bordés d'arbres repeints aux couleurs flamboyantes de l'automne. Même l'autoroute est supportable. Georgie est branchée sur ses écouteurs, j'écoute Radio 4[1]. Une émission sur le harcèlement sexuel. J'essaye de me rappeler le nombre de fois où j'ai dû subir un commentaire désobligeant, à l'école, à l'université, au travail. Je renonce quand j'arrive à dix. Georgie se débranche et demande si nous sommes bientôt arrivées.

« Bientôt », dis-je en jetant un coup d'œil vers le GPS qui estime toujours avec optimisme le temps qu'il reste avant d'arriver à destination. Encore environ une heure.

Georgie s'avachit sur son siège. Nous nous arrêtons dans une station-service pour acheter des boissons, des bonbons, et passer aux toilettes, puis nous repartons. Nous suivons l'autoroute M11, puis le Fen Causeway et son nom merveilleux. Le paysage s'étend jusqu'à l'horizon, on ne voit plus que le ciel et la route devant nous. Je me souviens d'avoir un jour

1. Équivalent anglais de France Culture. *(N.d.T.)*

lu un écrivain américain qui disait : « Au Kansas, on peut voir quelqu'un s'enfuir en courant pendant des jours. » Ici, ça ne prendrait peut-être pas des jours, mais sans doute plusieurs heures avant qu'une silhouette ne disparaisse au-delà de l'horizon. Ma grand-mère vit dans les Highlands, en Écosse, mais sa maison est dans un petit village de pêcheurs, avec des magasins et une vraie vie. Mon père en est parti le plus vite possible, il s'en est échappé pour aller à l'université d'Édimbourg, puis pour travailler à Londres. Pourtant, j'adore l'Écosse, et la maison d'Ullapool abrite certains de mes meilleurs souvenirs. Mais ici, c'est autre chose. Un étrange paysage morne, même par une aussi belle journée qu'aujourd'hui. On se croirait au fond de la mer.

Mes problèmes commencent à notre arrivée à Cambridge. Je n'arrive pas à trouver Saint Jude et le GPS renonce en marmonnant quelque chose du genre « faites demi-tour dès que vous pourrez ». Finalement, je suis obligée de m'arrêter et de demander mon chemin. Georgie se recroqueville dans son fauteuil. Je dois encore faire le tour de la ville à cause des sens interdits, je passe devant d'antiques arches et j'aperçois au-delà les détails d'un autre monde.

Saint Jude est tout à coup devant moi, presque comme une apparition surnaturelle. Je freine, le conducteur de la voiture derrière moi klaxonne, je manque de renverser un cycliste et je tourne pour passer le porche très bas. Un personnage d'une stature inquiétante sort de la loge du concierge, mais il semblerait que mon nom figure bien sur une liste quelque part, on m'autorise donc à continuer, je passe à travers un cloître où l'herbe est vert émeraude et je débouche sur un petit parking.

« Le professeur Hamilton vous attend au bas de l'escalier de la bibliothèque. »

Je me gare donc à proximité, à côté des poubelles pour les déchets recyclables, et nous sortons de la voiture.

Georgie lance un regard circulaire. Nous sommes entourées de bâtiments Renaissance sur trois côtés, les fenêtres avec de petits carreaux joints par du plomb scintillent sous le soleil d'octobre.

« C'est bizarre, dit Georgie.

— Oui, mais charmant. »

Je ne vais pas en rajouter.

La bibliothèque est de l'autre côté du cloître. Nous contournons la pelouse pour arriver devant une autre petite porte. Je dois me baisser légèrement. Finalement, c'est tant mieux si je n'ai pas fait mes études ici. Je crois que j'en serais sortie avec une commotion cérébrale. Devant nous, un escalier de pierre, sombre et inquiétant, mais on peut lire sur la gauche une pancarte « Bibliothèque » dans un lettrage rassurant qui nous indique que nous sommes bien au vingt et unième siècle. Alors que je m'apprête à ouvrir la porte, j'entends une voix demander :

« Madame Cassidy ? »

Je me retourne. Si moi, j'ai failli me cogner, l'homme qui vient de parler doit quasiment se plier en deux pour passer la porte. Je fais près d'un mètre soixante-quinze mais je dois plisser les yeux pour voir son visage qui se perd dans l'obscurité du couloir.

« Henry Hamilton. »

Il me tend la main.

« Claire Cassidy. »

Mes yeux s'ajustent à la pénombre et je vois qu'il a des cheveux bruns un peu longs qui lui donnent un air de compositeur ou de poète. Il doit avoir la quarantaine, son visage, pour ce que je peux en voir dans la semi-obscurité, est fin et intelligent. Il doit faire près de deux mètres.

« Et voici ma fille Georgia. »

Georgie lui serre la main et marmonne deux ou trois mots inintelligibles.

« Enchanté, dit Henry. C'est votre première visite à Cambridge ?

— Oui, répond Georgie.

— J'espère que vous aurez l'occasion de voir certaines autres universités, Saint Jude c'est du menu fretin comparé à King's ou Trinity.

— C'est du très joli fretin, dis-je.

— Oui, j'aime bien cette université, répond Hamilton. Vous voulez venir dans mon bureau ? J'ai préparé du café. Georgia, voulez-vous qu'un étudiant vous fasse la visite ? »

Georgie me lance un regard assassin mais elle ne répond pas. Hamilton considère que son silence veut dire oui.

Nous montons l'escalier jusque devant une porte sur laquelle on peut lire : « Professeur H.H. Hamilton. » Je me demande si ses amis l'appellent HH. C'est une petite pièce, mais depuis la fenêtre on voit les bâtiments du cloître qui renvoient une lumière dorée. Sinon, le bureau est totalement banal et un peu décevant : des étagères en métal, un ordinateur sur une table qui a l'air de sortir de chez Ikea. Il y a toutefois une cafetière en porcelaine et des biscuits sur un plateau.

Hamilton sert le café puis me demande de l'excuser un instant. Il revient avec un rouquin dégingandé, couvert de boutons d'acné qui luisent légèrement.

« Je vous présente Edmund. Il sera enchanté de faire visiter l'université à Georgia pendant que je vous montrerai les documents. »

Comme Georgie quitte la pièce, je dois me retenir de lui dire de faire attention. C'est ridicule mais je me demande si elle sera en sécurité dans ce décor gothique à vous donner la chair de poule. Et puis je suis un peu déçue qu'Edmund ne soit pas du genre à enthousiasmer Georgie quant à la vie à Cambridge.

« J'espère que tout ira bien, dit Hamilton. Je craignais qu'elle ne s'ennuie.

— C'est parfait. Je voulais qu'elle voie à quoi ressemble une université. Elle n'est encore qu'en seconde, mais ce n'est jamais trop tôt.

— Elle souhaiterait venir à Cambridge ?

— Je crois qu'elle n'y a pas encore réfléchi. »

Hamilton sourit.

« Moi-même je n'ai jamais songé à l'université avant de quitter l'école pour travailler dans un fish & chips. Personne dans ma famille n'a jamais fait d'études supérieures. J'ai lu un article sur Cambridge dans un journal qui a ensuite servi à emballer de la morue panée et des frites. Dans l'article, ils expliquaient qu'on encourageait les enfants de milieux modestes à présenter leur candidature. Je me suis dit : ça ne peut pas être pire que ce que je fais en ce moment. »

Il a un léger accent du Nord que je n'avais pas tout de suite remarqué. Pas de Newcastle comme Simon. Avec une tonalité plus douce.

« Mes parents sont tous les deux des universitaires, lui dis-je. Ils ne parlaient que de ça. »

Un silence, puis Hamilton me demande :

« Comment est-ce que vous en êtes venue à vous intéresser à R.M. Holland ?

— Il a vécu dans l'école où j'enseigne. J'avais lu *L'Inconnu* avant, bien sûr. Mais d'être dans sa maison, ça ajoutait quelque chose. Ça a fini par devenir une obsession. C'est un personnage intéressant et pourtant on n'a jamais écrit sa biographie.

— *L'Inconnu* est une formidable petite nouvelle.

— Oui, les étudiants l'adorent.

— Ça ne m'étonne pas. Moi-même, je ne savais pas grand-chose sur Holland, jusqu'à ce que je trouve ces lettres. Alors j'ai fait quelques recherches. J'ai trouvé cet extrait de l'émission où vous parlez de lui. »

Je fais une grimace.

« Je déteste me voir à l'écran. Remarquez, c'était la première fois que je passais à la télévision.

— Moi, j'ai fait *University Challenge*[1], dit Hamilton. On a perdu et ma mère m'a reproché de ne pas avoir mis de cravate.

— Comment est-ce que ces lettres sont arrivées ici ? Je sais qu'Hamilton était à Peterhouse.

— Elles sont adressées à William Petherick. Vous savez que c'est lui qui a inspiré le personnage de Gudgeon dans *L'Inconnu* ?

— Pauvre vieux Gudgeon.

— Oui, mais contrairement à Gudgeon, Petherick n'est pas mort prématurément. Il est venu enseigner la théologie ici, à Saint Jude. L'université a toujours attiré les gens qui voulaient entrer dans les ordres. Petherick composait de la musique et certains de nos professeurs ont étudié ses partitions, et voici ce qu'ils ont trouvé », dit-il en poussant vers moi une pochette transparente.

Je reconnais immédiatement l'écriture nerveuse d'Holland. Mes mains sont toutes tremblantes tandis que je sors les feuilles.

« Au début, on ne savait pas qui était Roland, explique Hamilton, puis je me suis souvenu du rapport avec R.M. Holland.

— Roland Montgomery Holland. »

---

1. Émission de télévision où deux équipes de deux universités différentes s'affrontent en répondant à des questions de culture générale. *(N.d.T.)*

Je meurs d'envie de lire ces lettres. Hamilton le voit bien, car il me dit : « Prenez votre temps. Je dois répondre à quelques e-mails. »

Puis il se tourne vers son ordinateur.

Novembre 1848

Mon cher Petherick,

Merci pour ta lettre datée du 3. L'amitié est bien un fruit qui mûrit lentement et la nôtre pèse lourdement sur la branche. J'étais très abattu après la mort d'Alice mais, comme tu le dis toi-même, Mariana m'apporte une constante consolation. Toutefois, je m'inquiète à son sujet. Ce n'est pas une vie que de se retrouver prisonnière dans une grande maison vide perdue dans la campagne, avec pour seule compagnie un vieillard irritable. Pauvre Mariana. Prions Dieu pour que son nom ne s'avère pas un mauvais présage. Mais M. est bien un ange, douce et bonne. Je crains malheureusement qu'elle n'ait hérité des défauts de sa mère. Mais je ne vais pas la garder auprès de moi comme un vieux tyran égoïste. Je l'enverrai vivre chez ma sœur et sa famille dans le Shropshire. Ah, mais pas tout de suite. J'ai besoin de sa présence encore quelque temps.

Merci pour ta compassion, mon vieil ami. Comme les pierres de Cambridge me manquent !

Bien à toi,

Roland.

La deuxième feuille est visiblement un extrait d'une lettre plus longue.

… imbéciles du monde de l'édition, il y a des sensations fortes dans La Bête déchaînée, *c'est certain, mais le texte n'est pas dénué de valeur littéraire. Ils veulent uniquement d'autres nouvelles sur le modèle de* L'Inconnu. *Et tu sais comme je regrette cette*

fantaisie. Mariana pense que La Bête *est ce que j'ai écrit de mieux, même si elle n'est pas vraiment un critique littéraire. Mais elle m'est d'un tel réconfort !*

Je suis très intéressé par les nouveaux arrangements pour ton Kyrie. Comme j'aimerais venir à Cambridge pour l'entendre. Mais comme tu le sais, je voyage peu ces temps-ci. Si seulement je...

Et ça s'arrête là. Je relis ces pages et je relève la tête pour scruter le regard d'Hamilton – il a des yeux enfoncés et très sombres –, qui se tourne vers moi.

« C'est... intéressant, dis-je.

— J'espérais que ça allait retenir votre attention.

— Il mentionne Mariana, dis-je, et il laisse entendre qu'elle est la fille d'Alice...

— Parlez-moi de Mariana », me demande Hamilton.

J'ai presque l'impression qu'il va joindre les doigts des deux mains comme un professeur en train de me faire réciter ma leçon.

« Holland a épousé une femme du nom d'Alice Avery, dis-je. Elle était actrice. On ne sait pas comment ils se sont rencontrés, car Holland ne quittait presque jamais le Sussex. Et après la mort d'Alice, il ne sortait quasiment plus de sa maison. Il parle d'elle dans son journal. Au début, il était ébloui, puis les choses se sont dégradées rapidement. Il semblerait qu'Alice ait été mentalement instable. Holland parle d'"hystérie". Un diagnostic très courant à l'époque victorienne, toujours appliqué aux femmes, comme vous le savez sûrement. Ils n'étaient mariés que depuis quatre ans quand Alice est morte. Il parle d'une "chute mortelle", et je me suis toujours imaginé qu'elle était tombée dans l'escalier à Holland House, dans l'ancienne partie de l'école. Le mariage d'Holland et la mort d'Alice figurent dans l'album de famille mais il n'est nulle part fait mention de

Mariana. Toutefois, dans une autre lettre, il écrit “ma douce enfant, Mariana”. Puis il y a le poème. *Pour M. RIP*. À propos de son chagrin après la mort de Mariana. Elle ne devait pas avoir plus de treize ans. Mais il n'y a pas d'autres références à elle, et elle n'est pas enterrée dans le cimetière de Talgarth.

— Il y a un cimetière dans votre école ?

— Oui. L'accès est interdit mais, comme vous pouvez l'imaginer, c'est un lieu très populaire auprès des élèves.

— L'endroit idéal pour une cigarette illicite.

— Et pour tout le reste. Mais dans cette lettre, Holland dit que Mariana a hérité des “défauts de sa mère”. Ce qui semblerait impliquer qu'elle est bien la fille d'Alice.

— Peut-être qu'il l'a effectivement envoyée chez sa sœur dans le Shropshire.

— C'est possible. La sœur d'Holland, Thomasina, était mariée à un prêtre et elle n'était pas trop du genre à écrire des lettres ou à tenir un journal. Mais ils avaient un album de famille, eux aussi, avec la liste des enfants de Thomasina, y compris les deux qui sont morts en bas âge, mais il n'y a aucune trace de Mariana.

— C'est un peu bizarre, dit Hamilton, tous ces témoignages où il répète qu'il a besoin de la présence de Mariana. »

Je suis frappée d'entendre le mot « bizarre » encore une fois. Non seulement parce qu'il n'appartient pas à un registre très universitaire, mais parce que c'est celui qu'a employé Georgie un peu plus tôt pour décrire l'université.

« C'est très étrange, en effet, reconnais-je, mais Holland était un personnage étrange. Et vers la fin il consommait énormément d'opium.

— Comme tous les autres, renchérit Hamilton. Wilkie Collins en prenait tellement que lorsque son domestique a appris ce que lui laissait Collins dans son testament, il a voulu fêter ça en prenant une dose de laudanum, un huitième de ce que prenait son maître quotidiennement, et il en est mort.

— Et il y a miss Gwilt dans *Armadale* : “Qui est l'homme qui a inventé le laudanum ? Je le remercie de tout mon cœur.”

— Je n'ai jamais lu *Armadale*. »

En entendant ça, je me sens assez autosatisfaite, même si on a l'impression qu'il a lu tous les autres livres.

« Vous devriez, il y a un formidable personnage de femme malfaisante, lui dis-je. J'ai déjà entendu l'histoire du domestique. Je me demande si c'est vrai. D'une certaine manière, ça ressemble presque trop à du Wilkie Collins. »

Hamilton éclate de rire.

« C'est absolument vrai ! Qu'est-ce que c'est, *La Bête déchaînée*, un livre inédit ?

— Oui, on trouve quelques notes à ce sujet dans son journal. C'est l'histoire d'une bête qui vit dans la forêt et qui parfois s'attaque à un village isolé pour enlever des jeunes filles qu'il tue et qu'il mange. Mais il y a une certaine ambiguïté, on ne sait pas si on a affaire à un animal ou à un fou. Voire au narrateur lui-même. Holland affirme que c'est entre *Le Chien des Baskerville* et *Dr Jekyll et Mr Hyde*.

— Le manuscrit a-t-il survécu ?

— Il n'est pas parmi les papiers d'Holland House, mais Holland le cite dans son journal. Il adorait les citations. Et on a retrouvé plusieurs lettres de refus envoyées par des éditeurs dans ses dossiers.

— C'est de cela qu'il parlait dans le deuxième document ?

— Oui, le livre est effectivement très à “sensations fortes”. Il y a quelques passages très explicites. Les extraits que j'ai lus m'ont fait penser à un long cauchemar inspiré par l'opium. Mais comme le dit Holland lui-même, les éditeurs voulaient seulement d'autres nouvelles sur le modèle de *L'Inconnu*.

— Et il dit qu'il regrette de l'avoir écrite.

— Oui, il était très jeune quand il l'a écrite. Il venait de quitter Cambridge et vivait dans un meublé à Londres. Il n'avait pas encore hérité d'Holland House. *L'Inconnu* a été publié dans un hebdomadaire puis a été intégré par la suite à un recueil de nouvelles fantastiques. Mais Holland a fini par détester le succès qu'il a rencontré avec ce texte. Et puis il regrettait aussi peut-être d'avoir tué Gudgeon, d'autant qu'il était resté l'ami de Petherick.

— *L'amitié est un fruit qui mûrit lentement,* dit Hamilton. C'est une citation d'Aristote, à propos. J'ai vérifié.

— C'est une image plutôt désagréable. Car un fruit finit toujours par se flétrir ou pourrir. »

Hamilton paraît légèrement étonné, comme s'il ne s'attendait pas à ce qu'une humble diplômée de Bristol soit capable d'émettre un jugement critique pertinent. Mais à ce moment-là la porte s'ouvre et Edmund fait entrer Georgie. Il marmonne quelques mots d'adieu incompréhensibles puis repart. Georgie le regarde d'un air pensif.

« Merci de m'avoir accordé tout ce temps, dis-je en me levant. Est-ce que je pourrais emporter des copies de ces lettres ?

— Bien sûr, répond Hamilton. J'ai beaucoup apprécié notre petite conversation. Vous me direz si vous apprenez la vérité sur Mariana ?

— Je vous enverrai un exemplaire du livre quand il sera fini, dis-je avec ironie.

— Cela me fera très plaisir. »

*

Nous déjeunons dans un charmant café végane et nous nous promenons dans les parties accessibles au public de quelques universités. Georgie m'apprend qu'à Cambridge les cloîtres s'appellent des « courts », ce qui est apparemment la seule information qu'elle a retenue de ce que lui a dit Edmund.

« C'est vraiment la chapelle d'une fac, ça ? dit Georgie en regardant bouche bée les splendides fenêtres gothiques de King's. On dirait une cathédrale.

— Oui, c'est un peu plus important que la chapelle de Talgarth High. »

Et juste comme je fais cette remarque, je me souviens que les parents d'Ella veulent que ses funérailles se fassent là. Talgarth est une école laïque, mais on se sert encore de la chapelle, surtout pour les mariages. Malgré l'horreur qu'inspirent les bâtiments modernes, certaines personnes décident de se marier dans l'école, ce qui est une source de revenus bienvenue pour l'établissement.

Je n'arrive pas à imaginer qu'on puisse organiser des funérailles dans cet endroit, avec le cercueil qu'on va porter sur les marches du perron, la famille endeuillée qui va suivre à travers les couloirs avec les œuvres des élèves d'art plastique qui décorent les murs. Je n'arrive pas à y penser. Je refuse d'y penser.

Sur le chemin du retour, Georgie m'étonne en me demandant ce que contenaient les lettres. Elle n'a jamais manifesté le moindre intérêt pour Holland auparavant.

« Elles étaient intrigantes, dis-je, et il y mentionnait une mystérieuse fille, Mariana. Il s'inquiétait parce qu'elle aurait hérité des "défauts de sa mère".

— C'est quoi ces "défauts" à ton avis ?

— Une forme de folie, j'imagine.

— Sa femme était folle, alors ?

— Sans doute pas. On pouvait enfermer les femmes dans des institutions psychiatriques à cette époque si elles souffraient de dépression post-partum ou si elles désobéissaient à leur mari. Il y a même des cas où on enfermait les femmes parce qu'elles s'adonnaient à la "lecture excessive de romans".

— Ça, ça veut dire que t'es fichue. »

J'éclate de rire.

« On diagnostiquait souvent l'hystérie chez les femmes, le mot vient du mot latin pour désigner… »

Mais Georgie regarde son téléphone et je sens que j'ai perdu mon public. Alors que nous rejoignons l'autoroute, je lui demande l'air de rien :

« Qu'est-ce que tu as pensé de Saint Jude ?

— Ça allait, répond Georgie. Cet Edmund, là, il est un peu du genre pas net. Il étudie les lettres classiques et il fait de l'aviron. Tu sais, comme la course qu'ils montrent à la télé.

— Oui, je sais. »

Tout à coup Georgie se met à ricaner.

« Mais j'ai bien aimé le professeur Henry, par contre. Et toi tu lui as plu. »

Je me débats avec la circulation sur trois voies, mais dès que je trouve le temps, je demande :

« Qu'est-ce que tu entends par là ?

— Tous ces "ça me fera très plaisir", dit-elle en imitant une voix très distinguée qui ne ressemble d'ailleurs pas du tout à celle d'Henry Hamilton.

— Il va vouloir te revoir.

— N'importe quoi. »

Mais je ne peux pas m'empêcher d'être légèrement flattée. Henry semble avoir la certitude qu'un jour mon livre sera publié. J'imagine que ça se passe comme ça dans son monde. On écrit un livre et il est publié. Mais dans le monde réel, c'est très différent. J'ai contacté quelques agents quand j'ai eu l'idée d'écrire sur R.M. Holland et l'un d'eux avait l'air d'être plutôt intéressé. Mais je n'ai pas de contact direct, et parfois, j'ai l'impression que ce livre ne sera jamais fini. J'ai écrit une centaine de feuillets et les jours où je n'ai pas trop le moral je me dis que cinquante d'entre eux sont totalement merdiques.

Quelques kilomètres plus loin, Georgie me demande :

« Ty peut venir, ce soir ? »

Je m'efforce de garder un ton neutre.

« Je pensais qu'on pourrait se faire une soirée tranquille toutes les deux. Se faire livrer des pizzas.

— Ty aime bien la pizza. »

Je ne dis rien.

« Demain, on ne pourra pas se voir parce qu'il travaille. »

Ty a un job dans le pub du village. Je devrais être contente, (ça prouve qu'il n'est pas un « vaurien »), mais d'un autre côté ça me rappelle qu'il a l'âge légal pour boire de l'alcool et même pour travailler dans un bar.

« S'il te plaît, maman.

— Bon, bon, d'accord. »

À quoi bon gâcher la journée, après tout ?

*

Ty arrive peu après dix-neuf heures. Il est à peine dans l'entrée, avec sa veste en cuir, que je vois très bien pourquoi il plaît à Georgie. Il est beau dans un genre adulte, brun, avec une barbe naissante et des muscles partout. J'observe Georgie à la dérobée pendant qu'elle prend sa veste et lui demande quel type de pizza il veut manger. Elle n'a pas l'air follement amoureuse, mais j'espère qu'elle sera assez cool pour ne pas le montrer si c'est le cas. Elle se moque de lui parce qu'il veut de l'ananas sur sa pizza (et elle a bien raison !), mais il se contente de sourire paresseusement et ne se laisse pas provoquer. J'aime bien ça, et j'aime bien aussi le fait qu'il refuse un verre de vin et demande plutôt de l'eau. Tandis qu'on attend les pizzas, je l'interroge sur sa famille. Il vient du Kent et a été élevé par ses grands-parents après la mort de ses parents dans un accident de voiture (je crois que Georgie m'avait déjà parlé de ce triste événement).

« Mais ma grand-mère est très cool, dit Ty. Elle va sur Internet et tout. C'est une surfeuse du troisième âge. Elle suit des cours à la bibliothèque pour savoir se servir du Net.

— Elle a quel âge ? demande Georgie.

— Pas si vieille, elle a soixante-quinze ans. »

Un bon point pour Ty.

« C'est hyper vieux ! »

Un mauvais point pour Georgie.

« C'était positif, ce que je disais, ajoute-t-elle quand je me mets à protester. Les vieux ont euh... beaucoup de sagesse.

— Ma grand-mère me dit toujours que je devrais l'écouter parce qu'elle est sage. Et en même temps, elle suit Kim Kardashian sur Snapchat. »

Ça m'impressionne. Je n'ai qu'une vague idée de ce qu'est Snapchat.

Les pizzas arrivent et nous les mangeons devant la télévision. C'est le jeu habituel du vendredi et même si Ty n'a jamais entendu parler de Michael Gove (il a bien de la chance), il est assez drôle quand il parle de Ian Hislop et *Private Eye*. Visiblement, il n'est pas bête. Ty et Georgie sont assis sur le sofa, je partage mon fauteuil avec Herbert. Il est toujours méfiant envers les invités de sexe masculin et il surveille Ty derrière les poils qui lui tombent devant les yeux. De son côté, la présence d'Herbert a l'air d'inquiéter Ty.

« Quand j'étais petit, je ne pouvais pas avoir de chien à cause de mes allergies, explique-t-il en éternuant, comme pour appuyer ses propos.

— Les caniches, c'est bien pour les gens qui ont des allergies, à cause de leurs poils, dit Georgie, c'est plus comme de la laine.

— Herbert est seulement à moitié caniche », ajouté-je.

Mais comme on en arrive à la fin de l'émission, Herbert accepte de se faire caresser la tête par Ty.

Georgie veut voir le *Graham Norton Show* à cause de la présence sur le plateau d'une célébrité complètement décérébrée. Je suis partagée. Je suis fatiguée après avoir fait toute cette route, je voudrais tenir mon journal, réfléchir à cette journée, aux lettres de R.M. Holland et à cette rencontre avec Henry. Mais est-ce que je peux laisser Georgie et Ty tout seuls en bas, sans surveillance ? Simon me dirait que certainement pas. Il voudrait que je reste là à les regarder d'un air sévère avec un bonnet en dentelle sur la tête. C'est ça qui me décide. Je ne vais pas faire le sale boulot pour Simon. Je leur dis bonne nuit et je monte dans ma chambre. Bizarrement, pour une fois, Herbert ne me suit pas. Il reste dans le salon. Peut-être parce que le feu ne s'est pas encore éteint. De toute manière c'est une bonne chose, parce qu'il va aboyer si Ty se jette sur Georgie. Je ne veux même pas songer à ça, ni aux autres étapes des amours adolescentes. Je me sens vieille, triste et un peu pitoyable. Je ne veux pas être un parent répressif, ou pire encore, jaloux. Mais je n'ai plus embrassé un homme depuis que Simon m'a quittée. Je sais que c'est moi qui ai fait ce choix, mais à ce moment précis ce n'est pas forcément une pensée réconfortante. Je me souviens du lieutenant Kaur qui me demandait si Ella avait un compagnon. Est-ce que j'aurais dû répondre différemment ? Lui dire la vérité sur Rick ?

En tout cas la présence d'Herbert est parfaitement efficace. Ty est parti avant la fin de l'émission. J'entends qu'ils se disent au revoir brièvement sur le pas de la porte et Georgie emmène Herbert pour qu'il fasse son dernier pipi. Puis mes deux bébés montent se coucher.

*

Je crois pouvoir m'endormir rapidement, mais les détails de la journée se succèdent dans mon esprit : la route, tous ces vieux bâtiments et leurs cloîtres, le bureau avec le panneau « H.H. Hamilton » sur la porte, les lettres, Mariana, *La Bête déchaînée.* Au bout d'un moment, j'abandonne et j'allume la lumière. Je regarde mes étagères à la recherche d'une lecture rassurante, P.G. Wodehouse ou Georgette Heyer, et j'aperçois mon vieil exemplaire tout abîmé de Tennyson. Holland disait qu'il priait pour que le nom de Mariana ne soit pas un mauvais présage. Je feuillette ces pages fines pour retrouver le poème :

Sur le milieu de la nuit,
Elle entendit l'oiseau de nuit crier, veillant ;
Le coq chanta une heure avant la lumière ;
Du marais sombre, la voix des bœufs
Vint à elle : sans espoir de changement
Dans le sommeil. Il lui sembla marcher abandonnée,
Jusqu'à ce que des vents froids éveillèrent les yeux gris du matin
Près de la grange solitaire du fossé.
Elle dit uniquement : « Le jour est morne,
Il ne vient point. »
Elle dit : » Je suis lasse, lasse,
Je voudrais être morte ![1] »

Le « marais sombre » me rappelle Cambridge et le paysage le long de la route qui domine le panorama

1. Traduction de Stéphane Mallarmé. *(N.d.T.)*

tout autour, les champs plats qui s'étendent de chaque côté. C'est un poème à vous donner des frissons dans le dos, l'oiseau de nuit, l'obscurité, les vents froids et les yeux gris du matin. Est-ce que la Mariana d'Holland ressentait la même chose ? Voulait-elle mourir, elle aussi ? Il faut que je me renseigne sur elle. Ça pourrait bien être là la clef de mon succès, la raison pour laquelle on accepterait de publier le livre. Mais surtout, j'éprouve une étrange sympathie pour elle, cette jeune fille qui ne semble exister que dans les mots. De toute évidence, Holland l'aimait, mais il était aussi très condescendant à son égard : « Elle n'est pas un critique littéraire. » Mais peut-être que Mariana était intelligente en plus d'être « douce et bonne », elle était peut-être, elle aussi, un écrivain frustré…

Mes rideaux sont légèrement ouverts et je vois la lune très haut au-dessus de la vieille usine, elle illumine les fenêtres brisées et les tours fantomatiques. Je me lève pour les fermer complètement et l'espace d'une seconde la lumière se reflète sur le verre comme la flamme vacillante d'une bougie, au sommet de remparts. Puis tout retombe dans l'obscurité. Un autre vers de Tennyson me traverse l'esprit : « Quatre murs gris et quatre tours grises. » J'ai cette sensation ridicule d'être observée. Je ferme les rideaux et je me tourne vers les étagères. Herbert, qui est assis sur mon lit, grogne doucement.

« Toi, ne commence pas », lui dis-je.

Je choisis *Jeeves au printemps*, et je retourne me coucher. Herbert continue à fixer la fenêtre en se la jouant « animal médium » de façon très agaçante. Parfois je regrette de lui avoir donné le nom du chien dans la nouvelle d'Holland. Je me souviens de mes propos aux étudiants, lundi : « On peut se débarrasser des animaux. » Pourquoi est-ce que j'ai pu dire une chose pareille ?

« C'est bon, Herbert, dis-je. Il n'y a personne là-dehors. »

Je caresse mon compagnon bien-aimé et je me berce des aventures de Jeeves et Wooster avec leurs chapeaux melons, leurs déjeuners au Ritz et un stratagème pour que Bongo Little ne soit pas déshérité parce qu'il veut épouser une serveuse.

Journal de Claire

Dimanche 29 octobre 2017

Je redoute de retourner à l'école demain. Tous les élèves vont être hystériques à propos d'Ella – pour moitié sincèrement bouleversés, et pour l'autre moitié, excités par tout ce drame. Ces derniers jours – Cambridge, le samedi passé avec G. –, j'ai réussi à ne plus trop penser à Ella, mais voici qu'elle revient. Je ne rêve pas d'elle, mais je fais à nouveau des cauchemars. La nuit dernière, j'avais perdu Georgie dans une forêt et je devais lui tracer un chemin en m'arrachant les cheveux. Je n'ai pas besoin de Freud pour savoir que ça vient de ma profonde angoisse maternelle. Ce ne sont pas les pélicans qui nourrissent leurs petits en les laissant manger la chair de leur poitrine ? Je serais capable de faire ça pour Georgie, mais je ne pense pas qu'elle serait ravie de se voir offrir des tranches de chair humaine sur des toasts. Elle est toujours en train de me dire qu'elle va devenir végétarienne.

J'ai appelé papa et maman pour le traditionnel coup de fil du dimanche. Je ne voulais rien leur dire au sujet d'Ella mais j'ai pensé qu'ils avaient peut-être lu un article dans le journal (même s'ils ne lisent que les pages culturelles du *Guardian*). Maman avait l'air de ne pas comprendre ce que veut dire le mot « meurtre ». Elle me demandait sans cesse : « Mais alors, elle est morte ? » « Oui, maman. Elle est morte. » « Mais elle était si adorable ! » dit maman sans bien se rendre compte que les filles adorables se font aussi assassiner. Ni l'un ni l'autre ne se demande comment je suis affectée par le fait qu'une de mes meilleures amies et ma collègue de travail la plus proche a été tuée. Papa a déclaré que c'était « choquant » mais sur un ton qui semblait mettre un terme à la conversation. Maman me dit que c'était très triste et immédiatement après elle me parle des fêtes de Noël et de comment on va s'organiser. Je lui ai déjà dit qu'on ne resterait qu'une seule nuit. C'est la limite de ce que je peux supporter et je suis sûre que G. voudra voir ses amis pendant les vacances. Mon frère Martin reste encore moins longtemps. Il pense qu'il sera « de garde ». Je suis prête à jurer qu'il ment. Ça fait cinq Noël de suite qu'il est de garde, si mes calculs sont bons.

Je raccroche avec un vague sentiment de colère, comme chaque fois. Mais j'ai passé quelques bonnes journées, malgré tout. Hier la copine de G., Tash, est venue à la maison et on a regardé l'édition d'Halloween de *Danse avec les stars*. C'était chouette, on était toutes les trois assises sur le sofa, avec Herbert, on criait des insultes à Craig et on applaudissait bruyamment Jonnie et Susan. Les filles sont sans merci – « il n'y a pas assez de mouvement dans leur cha-cha » – mais j'adore tout ce truc, le bling-bling, les paillettes, les interprétations de chansons pop par un big band. Je me suis brièvement demandé ce qu'Henry Hamilton penserait de tout ça. Sans doute beaucoup trop futile et vulgaire pour lui, même s'il n'est pas l'universitaire à barbe grise que j'avais imaginé. Georgie a dit que « je lui plaisais ». Et moi, est-ce qu'il me plaît ? Un peu, sans doute. Il était assez séduisant dans le genre Abraham Lincoln et c'était agréable de rencontrer quelqu'un qui avait entendu parler d'Holland et qui semble s'y intéresser.

Ce soir, Georgie est sortie avec Ty. Des projets plutôt nébuleux : « On va voir des amis à Brighton. » Inutile de lui interdire d'y aller même si j'ai marmonné quelques mots à propos des devoirs et que je lui ai fait promettre de revenir tôt parce qu'il y a école demain. Il est maintenant vingt-deux heures et j'aimerais bien qu'elle rentre. Au moins Ty a une voiture et elle n'est pas en train de se geler à un arrêt d'autobus. Mais d'un autre côté, il y a de quoi s'inquiéter avec les voitures. Pour ce que j'en sais, Ty est peut-être saoul ou il a pris de la drogue. Défoncé avec l'équivalent moderne de l'opium, comme Wilkie Collins. Pourquoi est-ce que je me méfie encore de Ty ? Bon, d'accord, il est trop âgé pour Georgie, mais il me paraît raisonnable – il n'a pas bu d'alcool vendredi soir – et il est plus intelligent que je ne l'avais cru au premier abord. C'est juste qu'il y a chez lui quelque chose *d'impénétrable*, j'avais l'impression de ne pas voir qui il était vraiment derrière ce masque poli, agréable de beau gosse. Mais il n'est pas du genre à prendre le volant alors qu'il s'est drogué juste avant. Ses parents sont morts dans un accident de voiture, il est sans doute très prudent sur la route. Mais je ne peux pas m'empêcher de l'imaginer en train de déraper à toute vitesse sur la route le long du littoral, avec la musique à fond, Georgie en train de rire, sans que ni l'un ni l'autre ne regarde où ils vont. Est-ce que je dois allumer la radio locale ou chercher sur Google « accident de voiture West Sussex » ? Non, Dieu merci. Je viens d'entendre la clef qui tourne dans la serrure.

Chapitre 6

Je sens une atmosphère étouffante dès que je passe le portail de l'école. L'entrée est encore assez impressionnante, elle date de l'époque Holland House, avec un portail en fer forgé et des lions de pierre de chaque côté. Mais aujourd'hui, l'allée est envahie d'adolescents dans des sweats bleus, les filles avec des kilts qu'elles remontent à la taille pour en faire des mini-jupes qui ne leur vont pas du tout. Les garçons portent des jeans noirs malgré le règlement de l'école qui l'interdit. Ils s'écartent pour laisser passer ma voiture mais j'ai le sentiment qu'ils me fixent avec plus d'insistance encore que d'habitude, ils se donnent des coups de coude et me montrent du doigt. Je les imagine en train de se dire : « Regarde, c'est Mlle Cassidy. C'était la meilleure amie de Mlle Elphick. »

Georgie est carrément à l'horizontale sur son siège.

« Laisse-moi descendre ici », me dit-elle.

Je m'arrête et elle saute de la voiture. Elle se fond à cette foule bleue en quelques secondes à peine. Je continue jusqu'au parking en face du vieux bâtiment. Rick a organisé une réunion du département avant le début des cours. Il est obligé de faire ça, je sais, mais je redoute ce moment. Je prends mon sac plein à éclater de devoirs de mi-trimestre et je franchis rapidement les portes principales, sans regarder à gauche ou à droite.

La salle des profs du département d'anglais est au premier étage du vieux bâtiment, à côté de la bibliothèque. Il y fait chaud l'été et on y gèle l'hiver. Mais au moins les plafonds sont hauts et il y a des fenêtres, contrairement aux salles de sciences qui sont au sous-sol et qui ne voient jamais la lumière du jour. Mais aujourd'hui, quand j'ouvre la porte, un voile de tristesse et de consternation recouvre l'endroit. Vera et Alan sont assis sur le sofa, en silence, Anoushka est en larmes et Rick est debout au milieu de la pièce, comme s'il venait de finir un discours. Un inconnu est assis dans le fauteuil bleu. Je ne vois pas son visage mais je devine que c'est le remplaçant qui va prendre en charge les classes d'Ella.

Dès qu'elle me voit, Vera se dirige vers moi et me serre dans ses bras, c'est une drôle de sensation parce que comme elle est toute petite, sa tête est sous mon menton et son chignon me chatouille le nez. En plus, dans cette salle des profs, on n'est pas tellement du genre tactile. On s'entend bien, on va tous ensemble au restaurant à la fin de chaque trimestre, mais on ne donne pas dans les embrassades, les exercices de cohésion, et on ne parle pas non plus de nos sentiments intimes. C'est donc bizarre d'être là dans les bras de la petite Vera avec Anoushka qui sanglote dans le fond à côté du tableau d'affichage du département. Finalement, Vera me libère et nous allons nous asseoir à côté d'Alan. Il ne pleure pas mais il tient une tasse sur laquelle est écrite « Les vieux professeurs ne meurent jamais » et il tremble furieusement.

« Qu'est-ce que Tony va faire ? demande-t-il à Rick. Une thérapie de groupe ? »

Alan est de la vieille école et ne s'entend pas avec Tony. Son ton suggère que quoi que Tony fasse, il aura tort.

« Il va parler aux enfants à l'assemblée aujourd'hui, dit Rick. On va proposer un suivi psychologique.

— Un suivi psychologique ! » lance Alan sur un ton caustique.

Mais il aimait bien Ella, je le sais. Ils étaient souvent complices quand ils échangeaient des plaisanteries et affichaient leur profond mépris pour la culture new age, « ouvre ton esprit », de Tony.

« Je trouve que c'est une bonne idée, dit Anoushka. Les gamins vont être effondrés. Ils adoraient Ella.

— On est tous effondrés, acquiesce Rick. Mais il va bien falloir tenir le coup. Pour le moment, je voudrais vous présenter Don qui va se charger d'assurer les classes d'Ella cette semaine. Don a beaucoup d'expérience et nous avons de la chance de l'avoir avec nous. »

Don a effectivement l'air d'avoir connu beaucoup d'expériences et pas toutes bonnes. Il a la cinquantaine bien tassée, avec des cheveux épars d'un noir un peu suspect et la peau flasque.

« Je suis désolé d'arriver ici dans des circonstances aussi tristes », dit-il.

Il a un ton que les élèves vont immédiatement qualifier de snob voire « gay » (même si je leur répète sans cesse que ce mot désigne une forme de sexualité et n'est pas une insulte).

« Claire, fait Rick en se tournant vers moi. Je te nomme responsable des niveaux 4 et ça prend effet immédiatement. On se verra un peu plus tard cette semaine pour discuter des prévisions des résultats au brevet. »

Rick m'avait déjà prévenue, je dois donc me contenter de hocher la tête. C'est une promotion mais je n'arrive pas à m'en réjouir.

« Vera prendra les niveaux 3, ajoute Rick. Je sais que nous allons tous nous soutenir dans cette période difficile.

— Est-ce que… Tu sais… On pourrait faire quelque chose pour Ella ? demande Anoushka. Planter un arbre ou doter un prix en son honneur ? Quelque chose pour qu'on se souvienne d'elle.

— Tony va apporter un livre de condoléances, dit Rick, ses parents veulent que les funérailles se déroulent ici, dans la chapelle. On pourra célébrer sa vie à ce moment-là. Mais ce serait bien que le département fasse quelque chose. Réfléchissons-y.

— Et la pièce de théâtre ? » demande Vera.

C'était toujours Ella qui était chargée de la pièce pour Noël. Cette année elle avait choisi *La Petite Boutique des horreurs*. Rick a maintenant l'air totalement effondré.

« J'ai pensé à annuler, mais Tony estime qu'on aura besoin de quelque chose pour remonter le moral des élèves. Claire, tu crois que tu pourrais t'en occuper avec Anoushka ? »

Anoushka retrouve un peu de sa gaieté.

« On pourrait en faire un spectacle merveilleux à la mémoire d'Ella, dit-elle. Tu es d'accord, Claire ? »

Soudainement Ella m'apparaît, devant moi, les mains sur les hanches, les cheveux sur le visage : *T'as mon boulot, dit-elle, et maintenant, ma pièce de théâtre. Tu vas reprendre toute ma vie ?* L'image est si nette que je dois me frotter les yeux pour m'en débarrasser.

« Claire ? »

Rick me regarde.

« Désolée, dis-je, oui, on fera un spectacle à la mémoire d'Ella.

— On ne l'oubliera jamais, renchérit Vera. Elle sera toujours avec nous. »

Je commence à croire que ça pourrait bien être vrai.

*

Rick me retient alors que je m'apprête à sortir. Il a une tête épouvantable : pâle, les yeux rougis, la peau du cou rouge et irritée.

« Comment tu vas ? me demande-t-il.

— Oh, tu sais... »

Je dis toujours à mes étudiants de sixième de ne pas ponctuer leurs phrases avec « tu sais », mais parfois, c'est bien utile.

« Tu as parlé à la police ?

— Oui, mardi, ils sont venus chez moi.

— Ils ont... »

Rick jette un regard circulaire sur la pièce comme si on lui avait demandé de mimer le mot « furtif ».

« Est-ce qu'ils ont parlé d'Hythe ? »

Je le regarde droit dans les yeux. Je n'arrive pas à croire qu'il me pose cette question.

« Non. »

Il se passe la main dans ses cheveux qui se dressent maintenant comme une crête.

« Si jamais ils te le demandent, je t'en supplie, ne leur parle pas d'Ella et moi. Je sais qu'elle se confiait à toi. Qu'il n'y avait pas de secrets entre vous, est-ce que je me trompe ? »

J'ai envie de lui dire, oh que si, il y avait plein de secrets. Mais j'étais au courant évidemment de son aventure avec Ella, si on peut décrire ça comme ça.

« Ce qui s'est passé entre toi et Ella ne regarde que vous, réponds-je. Je n'en ai jamais parlé à personne.

— Merci, dit-il. »

Je suis presque gênée de voir un tel soulagement sur son visage.

« C'est juste... ajoute-t-il, que Daisy est très fragile en ce moment. »

C'est un argument qui me frappe par sa bassesse, même pour quelqu'un comme Rick.

« C'était fini de toute manière, c'était fini entre Ella et moi depuis l'été dernier. »

L'été dernier, ce n'est pas si loin, et avant ça, Rick me disait qu'il se tuerait si je refusais de coucher avec lui. Je suis moi-même surprise par la colère qui m'envahit à ce moment-là.

« Si tu le dis. Il faut que j'aille à l'assemblée maintenant.

— Claire... »

Rick tend la main mais je l'évite. Comme je quitte la pièce, j'entends qu'il reprend son souffle tout d'un coup. Comme s'il pleurait.

*

Il n'y a pas de salle assez grande dans l'école pour accueillir tous les élèves et les professeurs, Tony doit donc s'adresser aux enfants au cours de deux assemblées successives. Je vais à celle des lycéens. Cinq cents élèves sont entassés dans le gymnase avec un panier de basket au-dessus de la tête de Tony qui dessine comme une auréole.

Il se débrouille très bien. Il déclare qu'il n'oubliera jamais Ella et qu'elle a enrichi la vie de ceux qui l'ont connue. Que la façon dont elle est morte est tragique mais que nous devons nous souvenir d'elle vivante, et du rire et de la joie qu'elle a apportés à cette école.

« Au cours de ce grand voyage qu'est la vie, déclare-t-il, souvenez-vous de Mlle Elphick et des valeurs qu'elle représentait. »

À côté de moi, Alan lève les yeux au ciel en entendant le mot « valeurs » mais beaucoup d'élèves sont en larmes et moi-même j'ai les yeux humides. Tandis que les premières et les terminales sortent de la salle, Alan me dit :

« J'en ai marre d'entendre parler de voyage. Alors que personne n'arrive jamais nulle part.

— Moi, j'ai trouvé que son discours était pas mal, dis-je. Ce n'est pas facile. »

Tony descend de l'estrade érigée à la hâte et vient vers nous. Il a une quarantaine d'années, il maintient sa silhouette grâce à des exercices réguliers et à un régime strict. À en juger par les graffitis sur les murs de l'école, certaines élèves le trouvent « mignon ». Il y a aussi beaucoup de jeux de mots autour de son nom de famille, Sweetman[1], mais personnellement je trouve qu'il a les yeux trop rapprochés et il est trop souriant. En tout cas, il ne sourit pas pour le moment.

« Tu t'en es bien sorti, lui dis-je. Ça a dû être un moment difficile. »

Tony se frotte les yeux.

« Un cauchemar. Je n'arrive plus à dormir depuis des jours. La police doit venir aujourd'hui, ils veulent parler aux élèves d'Ella. Il a fallu que j'obtienne d'abord la permission des parents et il y en a beaucoup qui ont refusé.

— Et pourquoi ?

— Tu sais bien comment sont les parents par ici. Certains d'entre eux ont même eu affaire à la police. »

Il a raison, on est dans un coin plutôt bourgeois, mais les parents plus aisés envoient leurs enfants dans des écoles privées comme Sainte Faith. La plupart de nos élèves viennent de ce qu'on appelle un « milieu sensible ».

« Beaucoup d'entre eux ont sans doute été victimes de violences policières, dit Alan qui réagit au

1. *Sweet* : « sucré », « doux », « gentil », « adorable »... *(N.d.T.)*

quart de tour. Comment est-ce qu'on pourrait leur en vouloir s'ils ne veulent pas qu'on interroge leurs enfants ?

— C'est une enquête sur un meurtre, réplique Tony. On pourrait penser qu'ils auraient envie d'aider.

— Et pourquoi ? demande Alan. Pourquoi est-ce qu'ils joueraient le jeu du système ?

— Parce que leur professeur a été assassiné », dit Tony en élevant la voix, puis en jetant un regard circulaire d'un air gêné.

Ensuite il ajoute :

« Épargne-moi ton marxisme d'étudiant, Alan.

— C'est assez traumatisant d'être interrogé, dis-je. J'ai été étonnée de voir à quel point j'étais mal à l'aise.

— On a des soutiens psychologiques à portée de main, dit Tony.

— Pour les profs aussi ? »

Tony me lance un regard qui signifie : ne craque pas maintenant.

« Tu es sûre que ça va, Claire ?

— Tout ira bien. »

Et c'est vrai. Il le faudra.

« Je ferais mieux de regagner ma classe, maintenant », lui dis-je.

Je fais ma première leçon avec des élèves de troisième qui préparent leur brevet. On devrait parler de *Des souris et des hommes*. Mais on en vient forcément à parler d'Ella. Ça ne fait certainement pas partie de mes objectifs pédagogiques mais c'est ce que veulent les étudiants et ce dont ils ont besoin.

« Mlle Elphick a été tellement gentille avec moi quand je suis arrivée à Talgarth.

— Vous vous souvenez quand elle s'était déguisée en Wonder Woman pour le match de volley des élèves contre les profs ?

— Ou quand elle a chanté *Somewhere Over the Rainbow* pour la compétition de chant !

— Elle était si jolie.

— Si généreuse.

— Ses cheveux...

— Sa voix...

— C'était la meilleure prof de cette école. »

Et vous lui avez dit tout ça quand elle était encore en vie ? Ça m'étonnerait, mais je sais qu'à leur manière d'adolescents ils sont sincères. À ce moment précis, ils aiment Ella, elle leur manque et ils sont tristes quand ils pensent à elle. Mais, comme l'a dit Tony, ils sont à l'aube de leur vie. Et ça passera. C'est le présent qui importe pour ces jeunes filles et ces jeunes hommes aux yeux rougis et encore sentimentaux.

Dans quelques années, peut-être même quelques mois, ils auront du mal à se rappeler le nom d'Ella.

Finalement on s'en retourne à la femme de Curley dans *Des souris et des hommes*. Elle aussi a été assassinée, il me semble et Steinbeck ne nous donne même pas son nom.

« Que signifie le fait qu'elle ait une robe rouge ? je demande à la classe.

— Le rouge représente le danger, répond un des élèves.

— C'est la couleur de la passion, dit un autre, ce qui provoque quelques sifflements et bruits obscènes.

— Elle est trop bien habillée, suggère Josh Brown, un garçon très sérieux avec des lunettes. Surtout pour une femme qui vit dans un ranch. On essaye peut-être de nous faire comprendre qu'elle veut manipuler les hommes.

— Qu'est-ce que tu entends par "manipuler les hommes", Josh ? »

Je repense au lieutenant Kaur qui me demande si Ella avait des petits copains. C'est comme ça que ça se passe : une femme se fait assassiner et les gens en déduisent que, puisqu'elle avait une vie sexuelle ou une paire de seins dangereusement affriolants, elle est en partie responsable de sa mort. Je suis sûre qu'elle avait tout un tas de robes rouges dans son armoire, mais ça ne veut pas dire qu'elle méritait de mourir. Je me prépare mentalement à aborder une discussion sur la responsabilité individuelle et le consentement, mais je suis presque soulagée quand la porte s'ouvre et qu'une élève de sixième apparaît. C'est elle qui a le rôle de « messager », aujourd'hui, une idée mise en place pour que les nouveaux élèves se familiarisent avec la disposition de l'école.

Elle est toute petite, on dirait qu'elle a peur, avec ses deux nattes de chaque côté du visage.

« Comme elle est mignonne ! » dit une des filles de la classe qui n'a que trois ans de plus qu'elle.

Nattes me tend un message.

« La police voudrait te poser une ou deux questions, dit le message. Est-ce que tu pourrais venir dans mon bureau pendant la récréation ? T. »

Je lui rends le papier :

« Dis à M. Sweetman que je serai là. »

*

Les lieutenants Kaur et Winston m'attendent dans le bureau de Tony qu'ils ont visiblement accaparé. Des gobelets de café en plastique sont posés sur le bureau, à côté d'une boîte de beignets, comme dans les films. Tony a visiblement été exilé dans le bureau de sa secrétaire. Et la porte qui relie les deux pièces est fermée.

« Bonjour, Claire, dit Kaur, merci d'être venue.

— Puisqu'on en est à s'appeler par nos prénoms, maintenant, dis-je, quel est le vôtre ? »

Elle me fixe longuement avant de répondre :

« Harbinder.

— Bien, Harbinder, je n'ai pas beaucoup de temps. J'ai un cours dans un quart d'heure. »

On comprend que c'est la récréation parce que les élèves remontent et redescendent les couloirs dans un bruit de galop. Sauf en cas de pluie, ils sont censés rester à l'extérieur. Mais de toute évidence, la discipline se relâche aujourd'hui.

« Ça va aller vite », reprend Harbinder.

Elle pousse une pochette en plastique vers moi.

« On a regardé le profil d'Ella sur les réseaux sociaux, dit-elle, et il y a quelques questions que j'aimerais vous poser. »

Je m'attendais à tout sauf à ça. Qu'est-ce qu'elle veut dire par « le profil d'Ella sur les réseaux sociaux » ? J'ai une page Facebook et ça s'arrête là. Je l'utilise surtout pour les groupes de discussion et on en a même un au sein du département d'anglais. Georgie va sur Snapchat et Instagram mais je me sentirais vraiment bête d'envoyer des photos de ma tête ou de ce que je suis en train de manger à tout le monde. Je ne vais pas sur Twitter non plus, parce que je ne suis ni célèbre, ni folle.

« En juillet, vous étiez à Hythe avec Ella pour participer à un stage pour professeurs, dit Harbinder. Et là-bas, il s'est passé quelque chose. Nous le savons grâce aux messages qu'elle envoyait par Facebook. De quoi s'agissait-il exactement ? »

Alors c'était de ça que parlait Rick. La police sait qu'il s'est passé quelque chose à Hythe. Ils savent peut-être même qu'Ella a couché avec quelqu'un, mais ils ne savent pas qui. Je repense à la femme de Curley et à sa robe rouge. Mais on ne parle pas de Rick maintenant, le sujet, c'est Ella.

« Qu'est-ce que vous voulez dire ?

— Nous savons qu'il s'est passé quelque chose à Hythe qui a perturbé Ella, dit Harbinder. Vous étiez présente et vous étiez son amie. J'ai pensé que vous sauriez peut-être ce que c'était exactement.

— Non, c'était juste le genre de stage habituel, vous savez.

— Non, justement, je ne sais pas, répond Harbinder avec un visage impassible. La police du Sussex ne fait pas de stages d'écriture. Que s'est-il passé à Hythe ? »

Je suis consciente qu'il ne faut pas cligner des yeux nerveusement ou détourner le regard.

« Rien, dis-je. C'était le truc habituel. Ça discutait beaucoup, on faisait des tas d'activités en groupes et le soir on buvait des verres.

— Vous buviez ?

— Oui, lui dis-je en m'efforçant de garder une voix ferme. Il y a aussi un aspect amical. Les gens sortent pour boire ensemble, dîner ensemble.

— Avec qui est-ce que vous êtes allée boire ?

— Tout un tas de gens.

— Ella était avec vous ?

— Oui.

— Et Rick ? Le directeur de votre département ?

— Oui, une ou deux fois.

— Pas d'autres personnes de Talgarth High ?

— Anoushka. Elle venait d'être nommée à son poste.

— Là-dedans, dit Harbinder en tapotant les pages d'un rapport, Ella dit qu'elle voudrait oublier Hythe. Qu'est-ce qu'elle voulait dire à votre avis ? »

J'essaye de garder un visage impassible.

« Aucune idée.

— Elle parle de Dr Jekyll et Mr Hythe, dit Harbinder en continuant à me regarder droit dans les yeux. Qu'est-ce que ça peut vouloir dire à votre avis ?

— C'est une faute d'orthographe ? » dis-je en guise de suggestion.

Je suis prête à parier que ni Harbinder, ni le lieutenant Winston n'ont lu le livre.

Harbinder ignore ma dernière remarque.

« Elle dit : "C. est au courant." C'est vous, C. ?

— Je ne sais pas. »

Je détourne la tête, je ne peux pas faire autrement. Je me mets à transpirer et j'espère qu'ils ne vont pas le remarquer. Harbinder se dirait de toute manière que c'est à cause de la ménopause.

Neil Winston prend la parole à ce moment-là, c'est presque un choc d'entendre sa voix. Il a un accent populaire, un ton plat qui ôte toute dimension dramatique à ce qu'il raconte.

« On a trouvé un message sur le corps d'Ella », dit-il.

Je ne m'attendais pas à ça.

« Et qu'est-ce qu'il y avait d'écrit ? »

Neil lit l'écran de son téléphone :

« *L'enfer est vide*. Ça vous évoque quelque chose ?

— C'est une citation, lui dis-je. De *La Tempête*.

— Et qu'est-ce qu'il y a après ? demande Harbinder, même si je suis sûre qu'elle est allée vérifier elle-même.

— *L'enfer est vide et tous les démons sont ici.* »

Chapitre 7

C'est une journée complètement folle et il faut que j'attende d'être rentrée à la maison pour aller voir Facebook. Je n'en ai même pas envie, en plus. Et j'aurais été incapable de me concentrer, avec mes collègues tout autour de moi, les élèves qui viennent frapper à la porte de la salle des professeurs, Vera qui pose tout un tas de questions le plus sérieusement du monde sur le programme. Mais dès que j'arrive chez moi, je m'installe au bar de la cuisine où je prends habituellement mon petit déjeuner et j'ouvre mon portable. Georgie est chez Tash, soi-disant pour faire les devoirs, et Herbert est toujours à Toutou Baby-sitting (ça coûte aussi cher que pour un enfant), et je n'ai pas besoin d'aller le récupérer avant dix-huit heures. Ma cuisine sur mesure ronronne doucement dans le fond tandis que je trouve l'application Facebook.

Je n'ai plus consulté la page d'Ella depuis cette première fois. Peut-être qu'elle ne sera même plus ouverte. Que je me retrouverai simplement face à un écran noir, RIP, le néant. Peut-être que ses parents auront fait ce que Debra avait suggéré et l'auront transformée en une sorte de mémorial, pour que son âme électronique continue à vivre après la mort de son corps. Mais lorsque je clique sur le nom d'Ella, je vois que la page est encore là. Sa photo de profil a été prise au repas de Noël du département d'anglais. Ses cheveux lui tombent sur les épaules et elle porte un chapeau en papier qui ressemble, dans la lumière du restaurant italien, à un bonnet Renaissance parsemé de pierres précieuses. Elle fixe l'appareil photo, les yeux grands ouverts avec un air de défi dans le regard. Qui a pris cette photo ? Je ne sais plus. Dans la section « Photos » il y en a une de moi, prise ce même soir. Je ne souris pas, j'ai l'air plutôt en colère. Comme j'ai une petite tête et que je n'arrive jamais à garder les chapeaux en papier sur le haut de la tête, j'ai l'air d'être le spectre au milieu du festin. *Ne mettez pas ce baume flatteur sur votre âme, ne croyez pas que ce soit à la place de votre faute, ma folie qui vous parle.*

Il n'y a pas de photos d'Hythe et je ne sais pas comment retourner jusqu'à juillet sur sa page. Où est-ce qu'Harbinder a trouvé les commentaires dont elle m'a fait part ? Dans l'appli Messenger d'Ella qui est censée être inviolable ? Dans les messages privés qu'elle a envoyés à d'autres gens ? Je vais voir ma propre page. Je n'ai rien ajouté depuis 2015 (Belle journée pour le treizième anniversaire de Georgie. Me voilà la mère d'une adolescente !), mais j'envoie régulièrement des messages et je participe à des discussions. Mon dernier message sur « Quand allons-nous, nous trois... ? » plateforme de conversation avec Ella et Debra, le dimanche de sa mort. « Une note de 4 pour ce paso-doble ? Ils sont aveugles ??? » Je n'ai plus aucune idée de qui dansait ce paso-doble, mais un commentaire un peu vache sur une émission de télévision un peu ras des pâquerettes ne risque pas de faire beaucoup d'effet au lieutenant Kaur. Et trois points d'interrogation, avec ça. Je suis sûre que je n'ai rien écrit à propos d'Hythe sur les réseaux sociaux mais j'ai dû écrire mes souvenirs dans mon journal. J'écris presque tous les jours et tous les volumes de mon journal remplissent une petite armoire fermée à clef dans ma chambre à coucher. Parfois j'emporte au boulot le carnet dans lequel j'écris, mais les autres, plus anciens – les archives, comme je les appelle –, sont sous clef.

Il n'est que dix-sept heures. J'ai encore un peu de temps avant d'aller chercher Herbert, et Georgie ne va pas rentrer avant une éternité. Je vais dans ma chambre et je me dirige tout droit vers l'armoire. Les carnets sont tous là, de différentes tailles et de différentes couleurs, mais organisés méticuleusement par ordre chronologique. J'ai commencé celui que je tiens actuellement en août. Donc celui où Hythe sera mentionné est le précédent. C'est un moleskine bleu pâle. « Janvier à août 2017 ».

Je feuillette les pages. 20 juillet 2017. Le trimestre avait pris fin la veille, un jeudi. Il y avait eu comme un air de vacances, je m'en souvenais encore. C'était une belle journée. La mer était striée de vert et de bleu avec ici et là des voiliers. J'étais venue à Hythe en voiture avec Ella, les vitres baissées, et on chantait en chœur les chansons qui passaient à la radio. Georgie était avec Simon. Ils allaient passer des « vacances familiales », comme il disait, en Cornouailles. Mais même ça n'aurait pas suffi à entamer ma bonne humeur.

C'était la fin du trimestre, je partais en week-end avec ma meilleure amie et mes collègues préférés. Et en plus, ce stage m'intéressait. Même si l'intitulé sonnait typiquement note de l'Éducation nationale qui ne veut rien dire. *Du journal à l'écriture*. Je n'en étais pas moins enthousiaste. L'année suivante, le département d'anglais à Talgarth allait être un modèle pour tout ce qui est atelier d'écriture.

C'est en tout cas ce que je m'imaginais.

21 juillet 2017

J'ai une belle chambre cette année. Un lit king size. Vue sur la mer et même un sofa qui donne presque l'impression que j'ai une suite. Ella m'a envoyé un SMS pour me dire qu'elle avait juste une chambre double banale. « L'orgie va donc devoir se tenir chez toi. » Et je lui réponds par SMS : « Ha ha. » Peu de chance d'avoir droit à une orgie, mais il y a un petit cocktail de bienvenue le premier soir à dix-huit heures. Je me demande si Paul de Stockport sera là cette année. Ella va encore dire qu'il me plaît. Mais elle a été comme ça pendant tout le trajet. À mi-chemin de la femme du monde et de l'adolescente surexcitée. Cela dit, c'est plutôt agréable d'avoir la compagnie d'un homme qui n'est ni marié, ni gay. De toute manière, j'ai plusieurs heures à passer toute seule dans ma chambre. J'adore être seule dans les chambres d'hôtel. Je peux regarder la télévision, boire des thés parfumés et manger des biscuits. Je crois que ce week-end va être formidable.

Plus tard

Ella m'a vraiment agacée, ce soir. Sa bonne humeur de collégienne s'est transformée en un flirt frénétique s'accompagnant de piques qui m'étaient destinées. « Oh, Claire pense qu'on fait trop de bruit. » « Claire n'aime pas quand on s'amuse. » Elle avait très tôt jeté son dévolu sur Paul de Stockport, elle s'était assise à côté de lui pour le dîner. Je les entendais rire depuis mon bout de table où on s'ennuyait. J'étais à côté de Rick, visiblement déprimé.

Le cours du soir était pas mal. Ça s'appelait « Mon cher journal ». Et on nous expliquait que d'écrire tous les jours améliore notre style même si on écrit absolument n'importe quoi. « Claire tient un journal », a dit Ella, « Ah bon ? a demandé Paul. Je pensais que personne ne faisait ça, sauf dans les romans victoriens. » Ce culot ! Je me suis contentée de sourire et de répondre : « Oh, mais je n'ai pas fini de vous étonner. » Intérieurement, je bouillonnais.

Nous sommes ensuite allés nous promener le long de la mer. Ella marchait à côté de Rick et à un moment j'ai même vu qu'elle lui prenait le bras. Je me suis arrêtée pour regarder la mer, puis quand je me suis retournée, ils étaient presque de retour à l'hôtel. Ils n'ont même pas remarqué que je n'étais plus avec eux.

22 juillet 2017

Il est bientôt minuit. Ella vient tout juste de quitter ma chambre. Je n'arrive pas à croire ce qu'il vient de se passer. Elle était encore hystérique aujourd'hui, mais cette fois, beaucoup plus gentille avec moi. Un peu trop d'ailleurs. Elle me prenait le bras, me disait que j'étais sa « meilleure copine », elle me racontait des histoires où on avait le rôle des deux filles incontrôlables du département d'anglais. J'étais contente de ne pas faire partie de son groupe de travail quand on nous a séparés pour l'après-midi. J'étais dans le groupe de Paul, avec Anoushka, Louise et Beth, deux profs sympathiques venues d'Irlande du Nord. On s'est beaucoup amusés et je commençais à retrouver un peu de plaisir. Notre groupe s'est retrouvé pour le dîner et j'ai vu Ella et Rick, à quelques tables de là, complètement absorbés dans leur conversation. Puis ils ont disparu. J'ai bu un ou deux verres au bar et je suis allée me coucher. Ella a frappé à ma porte il y a quelques minutes. Elle était décoiffée et elle avait les yeux complètement écarquillés. Je me suis demandé si elle avait pris de la drogue.

Elle s'est jetée sur mon lit king size. « Je crois que je vais coucher avec Rick », a-t-elle dit. Je me suis contentée de la regarder fixement. Et elle s'est mise à me raconter comment ils s'étaient roulés des pelles sur la plage « comme des ados » et que ce serait juste une petite aventure de vacances, un truc qui ne compte pas vraiment, sans lendemain. « Mais il est marié ! » ai-je objecté. Elle m'a répondu que Rick était fou d'elle, « complètement obsédé » par elle. « Il m'a dit que c'était comme une maladie. »

C'était exactement les mêmes mots qu'il avait employés avec moi. MOI, il m'avait dit ça à moi, à peine quelques semaines auparavant. « Je suis fou de toi, Claire. Je pense à toi tout le temps. C'est comme une maladie. » Je me rappelle avoir pensé à l'époque que ce choix de vocabulaire était de mauvais augure. « Une maladie. » « Si t'es malade, il faut te faire soigner. » C'est ce que je lui avais dit. J'ai aussi ajouté : « Tu es marié et je ne vais pas coucher avec un homme marié. »

Mais j'avais été tentée. Dieu sait pourquoi, mais j'avais été sérieusement tentée. C'est peut-être aussi pour ça que je me suis mise dans une telle colère contre Ella. Je lui ai crié dessus, je l'ai accusée d'être infantile et idiote. Elle m'a rétorqué que j'étais incapable de prendre du plaisir. « Pourquoi est-ce que tu ne va pas baiser avec Paul, ou avec ce barman qui t'a lorgnée tout le week-end ? Parce qu'il faut toujours que tu sois plus vertueuse que les autres. Mais tu n'es pas plus vertueuse. Juste plus ennuyeuse. »

J'en étais toute tremblante quand elle est repartie. Je crois que je ne lui pardonnerai jamais. Et à Rick non plus.

*

Je me remets à trembler quand j'en arrive à la fin de ce passage. Je me souviens de la petite aventure d'Ella avec Rick. Bien entendu. Ça n'avait duré que ce week-end-là. Au bout de deux jours, Ella en avait déjà marre de lui. Je me rappelle l'interminable retour sous la pluie, Ella qui se moquait de Rick parce qu'il était toujours si sérieux, parce qu'il manquait d'humour et avait un penchant marqué pour la position du missionnaire. On aurait cru qu'il avait plu pendant tout le mois d'août, pourtant sur les photos de Cornouailles que Georgie avait postées sur sa page Facebook on voyait des jours d'été brûlants, des manèges et des kayaks, des barbecues sur la plage et Georgie dans son bikini avec son demi-frère Tiger dans une élégante sortie de bain en éponge.

Rick avait fini par en être obsédé. Apparemment, il l'appelait sans cesse, lui disait qu'il allait quitter sa femme et tout le baratin habituel. J'ai méprisé Rick pour ça, quand je me suis souvenue qu'à peine quelques mois auparavant il était devant chez moi, à m'attendre, à me supplier de coucher avec lui. Mais ce que j'avais oublié, c'est qu'à Hythe j'avais été furieuse, coincée, et aussi *jalouse*. Je m'étais dit que c'était idiot de la part d'Ella d'avoir une aventure avec le directeur de son département. Après tout, c'était bien ça qui avait tout gâché dans l'école où elle avait travaillé précédemment. Et je n'accordais pas beaucoup de crédit aux déclarations d'amour passionnées de Rick. Mais après tout, ça la regardait. Pourquoi est-ce que je me disais que je ne lui pardonnerais jamais ?

Je regarde à nouveau mon entrée dans le journal en souhaitant presque trouver autre chose, cette fois, et c'est là que je remarque une phrase en toutes petites lettres capitales au bas de la page.

BONJOUR, CLAIRE. TU NE ME CONNAIS PAS.

Chapitre 8

Bonjour, Claire, tu ne me connais pas. Ces mots résonnent dans ma tête toute la soirée, tandis que je bavarde avec Georgie sur la nouvelle coupe de cheveux de Tash et que je lui rappelle que son devoir d'histoire est pour demain. Je lui propose quelque chose à manger mais elle me répond qu'elle a déjà dîné chez Tash. Chaque fois que Georgie refuse de la nourriture, un signal d'alarme se déclenche sous mon crâne – alerte à l'anorexie ! –, mais même si elle est très mince (comme moi), elle a l'air en pleine forme. Et de toute manière je n'ai pas faim non plus. J'emmène Herbert faire une dernière promenade. Il y a quelques réverbères dans notre rue, sinon, tout autour, c'est la campagne et l'obscurité. Les voitures sont rares à cette heure de la soirée alors Herbert et moi-même marchons au milieu de la route, parfois il me taquine en faisant semblant de lever la ~~jambe~~ patte au coin d'un buisson puis il se ravise.

Bonjour, Claire, tu ne me connais pas.

Quelqu'un est allé ajouter cette phrase dans mon journal. Je n'ai pas reconnu l'écriture. Elle est fine, nerveuse, écrite avec un stylo qui sert normalement à la calligraphie. Je ne peux m'empêcher de repenser à ce passage dans *Moi, Claude*, où Caligula rend son père fou en écrivant son nom sur les murs en toutes petites lettres (entre autres choses). Une lettre de moins chaque jour, et quand il en arrive au « G » de Germanicus, son père meurt. Qui est mon Caligula ?

Mais toutes ces élucubrations ne me mènent nulle part. Je dois essayer de déterminer qui a pu avoir accès à mon journal. Je l'avais avec moi à Hythe et je l'ai peut-être emporté une ou deux fois au cours des séances de travail. Mais je fais toujours très attention à ne pas écrire quand je suis observée. Même Georgie ne m'a jamais vue consigner quoi que ce soit dans un carnet. C'est une drôle d'habitude que de tenir un journal, et qui trahit un esprit compulsif. Ce n'est pas vraiment un secret, mais je n'en parlerais pas non plus ouvertement avec quelqu'un. Toutefois, Ella était au courant.

D'ailleurs j'ai moi-même transcrit dans le journal qu'elle l'avait dit devant tout le monde. « Je croyais qu'il n'y avait que dans les romans victoriens qu'on faisait ça. » Est-ce que ça pourrait être Ella qui aurait ajouté cette phrase ? C'est le genre de chose qu'elle aurait trouvé marrant – je commence à m'habituer à parler d'elle au passé –, mais d'un autre côté ça ne ressemble pas du tout à son écriture plutôt ronde, déliée.

Et je ne peux pas non plus arrêter de penser à « L'enfer est vide ». *La Tempête* est un des textes au programme du brevet. Je suis sûre que le lieutenant Harbinder Kaur est allée vérifier et que tout le monde connaît ce vers dans le département d'anglais. C'est ce qu'on appelle une « citation clef ». Mais est-ce que Kaur sait qu'elle apparaît aussi dans la nouvelle de R.M. Holland ? Si c'est ça, elle doit penser que ce message m'incrimine. Est-ce qu'elle peut sérieusement s'imaginer que j'aie quoi que ce soit à voir avec le meurtre d'Ella ? Je me souviens qu'elle m'a demandé ce que je faisais ce samedi soir-là. Si quelqu'un était avec moi. Est-ce qu'elle avait à ce moment-là, déjà, des soupçons à mon égard ? Et ils m'ont demandé un échantillon de mon écriture. Est-ce qu'ils font ça avec tout le monde ? Je deviens tellement parano que je commence à me demander si ce n'était pas effectivement mon écriture sur ce message.

Herbert consent finalement à faire son pipi et nous retournons à la maison. Georgie est dans sa chambre. J'entends la musique du générique de *Friends* qui s'échappe de son ordinateur portable. Simon et moi avons toujours été déterminés à lui interdire la télévision dans la chambre, mais avec son MacBook, elle a une télévision, un cinéma, un lecteur de CD, un appareil photo, une caméra, le tout portable, et qu'elle emporte partout avec elle. J'éteins la lumière en bas et je ferme la porte à double tour. Herbert m'observe, la tête inclinée sur le côté comme s'il se demandait pourquoi je m'inquiète soudainement de notre sécurité. Puis je vérifie encore une fois la porte de derrière et j'emporte mon téléphone et mon sac à main à l'étage. Au cas où.

Une fois au lit, je consulte minutieusement le petit calepin bleu ciel, mais je ne trouve nulle part ailleurs trace de cette écriture mystérieuse. Et je n'ai pas le courage d'ouvrir les autres carnets. 1997 : « Lecteur, je l'ai épousé ! » 2002 : « Georgia May Newton et née aujourd'hui. » 2013 : « Mon divorce devient définitif aujourd'hui. Sombre, sombre, sombre. » Je préfère encore sortir mon journal en cours et le compléter.

*

Le lendemain, c'est Halloween et je dois organiser la première répétition de *La Petite Boutique des horreurs* après la fin des cours. Je n'ai pas très envie que Georgie rentre à la maison quand il n'y aura personne, mais je ne veux pas non plus l'inquiéter en le lui disant.

« Je vais arriver tard, ce soir, lui dis-je comme je m'engage sur le rond-point. J'ai une répétition.

— Tu vas vraiment t'occuper de cette pièce, alors ? demande Georgie en quittant son téléphone des yeux.

— Oui, avec Mlle Palmer, et je le redoute.

— Tu m'étonnes, avec Peppa Pig qui joue dedans. »

Peppa Pig, c'est le surnom que Georgie et ses acolytes ont donné à Pippa Parsons, la fille qui tient le rôle principal, celui d'Audrey. Pippa est en première, c'est une grande fille blonde avec une superbe voix de chanteuse et, effectivement, un nez un peu porcin. C'est toujours à elle qu'on fait appel pour les chants de Noël ou pour les compétitions de chant. C'est peut-être aussi pour ça que Georgie ne l'aime pas.

« Je ne vois pas de qui tu veux parler, lui dis-je.

— Bien sûr que si.

— Si tu préfères, tu peux toujours aller chez Tash.

— Tash en fait partie, elle est dans le chœur.

— Tu peux rester pour regarder la répétition si ça te dit.

— Non, t'inquiète pas, je vais aller chercher Herbert et rentrer à la maison.

— Je ne veux pas que tu repartes à pied de chez Andy la nuit.

— De Toutou Baby-sitting, tu veux dire ? »

Georgie prend toujours un accent américain chantant pour dire ça.

« Il y a à peine dix minutes de marche, ajoute-t-elle. Et sur la route principale.

— Très bien. Tu restes sur cette route et tu ne mets pas tes écouteurs. Il faut que tu puisses entendre les voitures qui arrivent.

— D'accord, d'accord… Relax, maman !

— Tu peux inviter quelqu'un si t'en as envie.

— T'es sûre que ça va bien, maman ? Parce que tu ne veux jamais que j'invite qui que ce soit quand il y a école le lendemain, dit-elle en ajoutant des guillemets ironiques sur la fin de la phrase.

— Je me disais simplement que ça pourrait te faire plaisir d'avoir de la compagnie. Tu risques d'avoir la visite des gamins d'Halloween avec leur "des bonbons ou un sort".

— Je leur dis "sort", ça les remet à leur place.

— Il y a des bonbons dans la boîte en métal avec le bus de Londres dessus.

— T'inquiète pas, maman, je n'ai pas peur de quelques gamins déguisés en sorcières. Et j'aurai Herbert pour me tenir compagnie. Tu ne vas pas rentrer très tard, de toute façon ?

— Non, je ne traînerai pas. »

Puis nous gardons le silence pendant le reste du trajet.

*

Tu ne me connais pas. Je repense à cette phrase par intermittence toute la journée. Et heureusement que c'est encore une folle journée. Les élèves d'Ella chahutent le pauvre vieux Don et il faut que « j'aille voir » par deux fois pour lancer des regards sévères et remettre de l'ordre. Je dois aussi m'occuper de tous les aspects administratifs qui ont trait au brevet. J'ai toujours été un peu vexée de voir qu'on avait confié le niveau 4 à Ella et que je me retrouvais avec le niveau 3. Et le fait que le gouvernement change l'organisation du brevet toutes les secondes ne facilite pas les choses. Leur dernière trouvaille, c'est de noter l'anglais et les maths sur neuf plutôt que de A+ à E. « Ça veut dire que je n'aurai jamais un A en anglais, maman », a dit Georgie avec une tristesse ironique quand elle a appris ça. Je n'ai pas osé lui avouer que j'ai pleuré en apprenant cette nouvelle.

La répétition commence à dix-sept heures pour donner aux étudiants la possibilité de rentrer chez eux et de revenir s'ils le désirent. Ça me permet aussi de faire ce que j'ai envie de faire depuis mon petit voyage à Cambridge.

Le bureau de R.M. Holland est resté quasiment intact depuis sa mort. Il est fermé à clef mais en tant que professeur et spécialiste en résidence d'Holland, j'ai la clef. J'ai l'intention de monter là-haut après la fin des cours et de jeter un coup d'œil. J'y suis déjà allée, bien sûr. On fait même des visites guidées parfois. Mais cette fois, je veux étudier de près les photos. Il y en a tout un tas, accrochées au mur ou dans des cadres en argent sur le bureau. Et si Mariana se trouvait sur l'une d'elles ? Je vais les prendre en photo avec mon téléphone et les examiner quand je rentrerai chez moi. Je m'imagine en train d'appeler Henry Hamilton : « J'ai fait une découverte tout à fait intéressante. »

Après mon dernier cours, je me rends rapidement au rez-de-chaussée du vieux bâtiment. C'est généralement très calme à ce moment de la journée car les élèves préfèrent rester dans le nouveau bâtiment. Mais aujourd'hui on croise quelques sorcières et vampires qui espèrent effrayer un pauvre professeur. Compte tenu de la mort d'Ella, Tony a proscrit toute activité en rapport avec Halloween. Les années précédentes on autorisait les élèves à ne pas porter leur uniforme. Et on a même une fois toléré un bal. Mais les élèves n'en sont pas moins surexcités et susceptibles de faire encore plus de bêtises que d'habitude.

« Qu'est-ce que vous faites là ? je demande aux monstres. Vous ne devez pas participer aux activités scolaires de vos clubs ?

— Non, madame », me répond une sorcière en gloussant.

Ashley Quelque-Chose, elle était mon élève en classe de sixième.

« Bon, alors rentrez chez vous. Allez faire le tour de votre quartier pour demander des bonbons ou un sort.

— Ça, c'est pour les gosses », répond un vampire à la voix grave.

Patrick O'Leary. Il est en première, un joueur de rugby et une forte tête.

« Bon, alors allez faire vos devoirs. Allez essayer de lire quelques textes au programme, hein, Patrick. Ça pourrait vous être utile pour l'examen blanc, vous savez ? »

Il s'en va en riant, les autres lui emboîtent le pas. Je les observe jusqu'à ce qu'ils passent la porte, puis je prends l'escalier qui mène au premier étage.

L'accès est interdit aux élèves mais il n'est pas impossible d'en voir quelques-uns qui se glissent là-haut. Aujourd'hui, c'est désert. En fait, on pourrait presque croire que tous les bruits de l'école, les portes qui claquent, les cavalcades sur les planchers, les cris autour du terrain de football, que tout ça s'est tu à jamais. Un silence surnaturel s'installe tandis que je remonte les marches. Ici, un tapis recouvre le sol, ce n'est plus du parquet comme au rez-de-chaussée ni l'épouvantable lino du nouveau bâtiment. Il est vert comme de la mousse et il étouffe le bruit de mes pas. Toutes les portes sont fermées et, comme dans un dessin en perspective, toutes les lignes convergent au bout du couloir où se trouve l'escalier en colimaçon. Une des étranges particularités de cette maison est que la femme d'Holland, Alice, se rendait souvent dans le bureau pieds nus (selon certaines versions, entièrement nue), et après sa mort, Holland avait fait confectionner un tapis spécial avec, en guise de motif, la trace de ses pieds. Il est presque impossible de monter cet escalier sans poser ses chaussures sur ces traces fantomatiques. Et j'ai déjà remarqué précédemment qu'elles sont exactement à ma taille.

Je marque une pause avant de monter sur la première marche. Le silence devient plus oppressant encore, il m'enveloppe. Je cherche mon téléphone portable dans ma poche, espérant entendre une réconfortante petite sonnerie qui va me ramener au vingt et unième siècle, mais je l'ai laissé dans mon bureau. Je commence à argumenter avec moi-même : *Ne sois pas ridicule, tu es dans une école, tu es prof, qu'est-ce qu'il pourrait bien t'arriver ?* Je monte la première marche en mettant les pieds là où Alice Avery a autrefois mis les siens.

La porte s'ouvre facilement. Le bureau d'Holland est devant moi, ses livres sont rangés sur les étagères, ses photos accrochées au mur. Et derrière le bureau, Roland Montgomery Holland en personne m'accueille, bras ouverts.

L'Inconnu

Vous avez froid ? Le vent se lève, n'est-ce pas ? Regardez comme les flocons de neige mitraillent la fenêtre. Ah, le train s'est arrêté à nouveau. Je crains que nous n'allions plus très loin ce soir.

Un peu de cognac ? Prenez un coin de ma couverture de voyage. Je me prépare toujours au pire pour ces expéditions. Un bon principe à suivre dans la vie, jeune homme. Prépare-toi toujours au pire.

Où en étais-je ? Ah oui. Donc, Gudgeon et moi-même, ainsi qu'un troisième camarade – appelons-le Wilberforce –, nous approchons de la maison. Trois membres du Hell Club nous tendent des bandeaux. Ils étaient masqués, évidemment, mais on en reconnaissait certains à leur voix. Il y avait là lord Bastian et son valet Collins. Le troisième avait un accent étranger. Arabe, peut-être.

Wilberforce fut le premier à mettre son bandeau sur les yeux. Il partit avec sa bougie et une boîte d'allumettes à la main, trébuchant comme un aveugle tandis qu'il se dirigeait vers la maison en ruine. Nous attendîmes, encore et encore et encore. Le vent d'hiver rugissait autour de nous. Comme maintenant, oui. Nous attendîmes et au bout de ce qui nous parut être une éternité, nous vîmes la flamme vacillante d'une bougie à la fenêtre. Puis, très faiblement, porté par le vent nocturne, nous entendîmes : « L'enfer est vide ! »

Nous avons poussé un cri de joie et les pierres nous ont renvoyé l'écho de nos voix. Bastian a alors tendu une bougie à Gudgeon, ainsi qu'une boîte d'allumettes. Gudgeon a enlevé ses lunettes lentement et a mis son bandeau sur ses yeux.

« Bonne chance », lui dis-je.

Il me sourit alors. C'est étrange, je m'en souviens maintenant. Il a accompagné son sourire d'un curieux geste des mains, en écartant les doigts comme un boutiquier qui vante sa marchandise. Je me revois aussi clairement que s'il se tenait devant moi. Lord Bastian l'a poussé et Gudgeon est parti d'un pas incertain sur l'herbe gelée.

Nous avons attendu, encore et encore, et encore. Un oiseau de nuit a fait entendre son sifflement. On toussait quelque part dans le noir, quelqu'un d'autre étouffait un rire. Je respirais plus difficilement sans vraiment savoir pourquoi.

Puis, au bout de cette attente, une bougie est apparue à la fenêtre. « L'enfer est vide ! » Nos cris de joie répondirent à celui-là.

C'était maintenant mon tour. On me tendit la bougie et les allumettes. Puis je mis le bandeau. Tout à coup, la nuit me parut non seulement plus épaisse, mais plus froide et plus hostile. Je n'avais pas besoin que Bastian me pousse pour me lancer dans ce voyage. J'étais impatient que tout s'achève. Et pourtant comme mes progrès me paraissaient lents maintenant que je ne pouvais plus voir. Je fus soudain convaincu d'être parti dans la mauvaise direction et d'être totalement passé à côté de la maison en ruine. Mais c'est alors que j'entendis la voix de Bastian derrière moi qui me disait : « Droit devant, pauvre fou ! »

Je tendis les mains devant moi et trébuchai en avant.

Mes doigts heurtèrent un mur de pierre. J'avais atteint la maison. J'avançai à tâtons le long de la façade jusqu'à ce que j'atteigne une ouverture. La porte. Je faillis tomber sur la première marche du perron, et je m'affalai lourdement sur les dalles du sol. Mais au moins j'étais dans la place. Là, le vent soufflait moins fort, mais le froid était encore plus mordant. Et ce silence qui m'entourait de toutes parts, pesant, comme s'il voulait me plaquer au sol. J'étais quasiment plié en deux comme un vagabond sous le poids de son baluchon. J'entendais ma propre respiration irrégulière et sonore. Elle était ma seule compagne tandis que j'entrepris de monter l'escalier.

Combien de marches ? On m'avait dit qu'il y en avait vingt mais au bout de la quinzième je renonçai à compter. C'est seulement quand je voulus en monter une de plus qui n'était pas là que je me rendis compte que j'étais enfin sur le palier. J'avais cru que Gudgeon ou Wilberforce me murmureraient quelques paroles de bienvenue, mais ils restaient muets. Ils attendaient. J'avançais prudemment, il me fallait trouver l'encadrement de la fenêtre et mettre fin à cette comédie. Mes mains essuyaient le plâtre qui recouvrait les murs jusqu'à ce que... Là, enfin ! J'avais trouvé le rebord de bois. J'enlevai mon bandeau et, avec mes doigts frigorifiés, j'eus toutes les peines du monde à gratter une allumette et à allumer la bougie.

Je fis couler un peu de cire fondue sur la fenêtre pour la faire tenir droite.

« L'enfer est vide ! »

Ma propre voix me parvint extrêmement faible. Ce fut seulement à ce moment-là que je me retournai et vis les cadavres à mes pieds.

DEUXIÈME PARTIE

Harbinder

Chapitre 9

Dès le début, j'ai trouvé Claire Cassidy antipathique. Elle était trop grande, pour commencer. Les cheveux courts, bruns, de grands yeux, un cou de cygne et des jambes qui n'en finissent pas. Le genre de femme qui peut porter des robes qui me serviraient de tentes. Même Neil est immédiatement tombé sous le charme. « On dirait un mannequin », m'a-t-il dit. « Dans un magazine de merde », a-t-il ajouté quand il a vu la tête que je faisais. C'est plutôt un bon gars, Neil.

Le premier jour, quand nous nous sommes garés sur le parking de l'école, j'ai tout de suite compris que quelque chose allait de travers à Talgarth High. Connaissant l'endroit, ça ne m'a pas étonnée non plus.

On est restés assis dans la voiture, devant le vieux bâtiment.

« J'ai juste envie de revoir l'école », ai-je dit à Neil.

C'étaient les vacances, j'avais donc pensé que l'endroit serait désert, mais j'avais oublié qu'ils donnaient des cours pour adultes, maintenant. Je voyais des gens qui entraient et sortaient par la porte principale avec des dossiers ou du matériel d'artiste. Ce n'est pas moi qui ferais des devoirs pendant mon temps libre. Mais les goûts et les couleurs…

« Je n'arrive pas à croire que t'étais à l'école ici, dit Neil.

— Eh bien, c'est pourtant vrai, dis-je. Ils ont même rebaptisé une aile, l'aile Harbinder Kaur.

— Sérieux ? »

Le problème avec Neil, c'est que c'est trop facile de le faire marcher. Vraiment.

« Bien sûr que non, c'est à peine si on m'a serré la main quand je suis partie. Tenez, voilà votre diplôme et maintenant foutez-moi le camp.

— Mais tu es allée à l'université, répond Neil qui tient absolument à prouver que ma vie universitaire n'est pas un échec.

— Chichester, ça ne compte pas vraiment. Et puis je vivais chez mes parents. »

C'étaient eux qui avaient imposé cette condition. Je pouvais aller à l'université tant que je restais vivre chez eux et que je ne faisais pas ce que tous les étudiants sont censés faire : alcool, drogue, sexe. Ça ne m'a pas empêchée d'essayer, bien sûr, mais le résultat, c'est que ça m'en a surtout dégoûtée.

Je regardais fixement les marches, les doubles portes, les alignements de fenêtres. Il y avait plus de lierre que dans mon souvenir. Rouge et vert comme sur une carte de Noël. Ma mère répétait sans cesse que cette partie de l'école était magnifique : « On dirait une école privée. Comme Roedean. » Mais ma mémoire était encore trop encombrée de souvenirs pour que je puisse la considérer objectivement.

« Qu'est-ce qu'on fait ici ? me demanda Neil après quelques minutes. On devrait être au commissariat et interroger les parents d'Ella.

— Je veux juste m'imaginer Ella ici, dis-je. Juste une minute. Fais-moi plaisir. »

Je levai la tête vers les fenêtres du haut et je vis que quelqu'un m'observait. Le teint pâle, les yeux sombres.

Claire Cassidy.

*

C'est le dimanche soir à vingt-deux heures que j'ai reçu l'appel. Les voisins avaient entendu des bruits de dispute dans la maison d'Ella Elphick à Shoreham. Des policiers en uniforme étaient allés voir et avaient trouvé une femme d'une quarantaine d'années, morte dans la cuisine. Elle avait apparemment reçu plusieurs coups de couteau.

La police scientifique était déjà là à mon arrivée. Des gyros bleus éclairaient la rue, on avait érigé un auvent devant la porte d'entrée. Ella Elphick vivait dans un de ces cottages pittoresques derrière l'église. J'imagine bien ce que les voisins pouvaient penser de tout ça. J'enfile une combinaison en papier et je mets mes cheveux sous un bonnet. Je voulais voir le corps avant que l'endroit ne soit envahi par les blouses blanches occupées à prendre des photos, à s'agenouiller pour récupérer des échantillons de poussière et calculer l'angle des traces de sang. Je voulais voir cette scène de crime telle qu'elle était.

La petite cuisine était déjà bien encombrée. Un policier était là, il s'aplatissait contre la porte de derrière, l'air vaguement écœuré, tandis qu'une équipe de la police scientifique s'accroupissait autour du cadavre. Ella était allongée de tout son long. C'était une de ces cuisines ultra compacte (plutôt chouette, d'ailleurs, avec des éléments blanc éclatant et du carrelage). Elle occupait presque toute la surface du sol. Elle avait les mains le long du corps comme si on les avait disposées ainsi et elle avait des plaies sur ses mains, de profondes entailles sur chaque paume.

Il y avait du sang partout, sur la poitrine, dans les cheveux, sur les éléments de cuisine rutilants. Je ne pouvais pas voir son cou à cause de l'officier de police scientifique qui était penché au-dessus d'elle, mais à en juger par la couleur du sang, elle avait dû recevoir un coup de couteau dans la gorge. Je regardai ses pieds. J'avais un jour entendu une actrice dire que lorsqu'elle créait son personnage elle commençait par les pieds. Je n'oserais jamais dire un truc aussi con et prétentieux, mais je remarque toujours les chaussures des gens. Ella portait des Converses roses.

« Lieutenant Kaur. »

J'agite ma carte devant les membres de l'équipe scientifique accroupis devant moi.

« Officier Patel, dit le policier en uniforme devant la porte.

— Vous êtes seul ?

— Mon collègue est à l'extérieur. »

Il doit être en train de vomir, les agents de police n'ont pas tous l'habitude de ce genre de trucs.

« Vous avez pu identifier la victime ?

— Ella Elphick. Elle était professeur à Talgarth High. Elle a son badge dans son sac. »

J'ai tout de suite pensé que c'était très mauvais signe. Je n'ai pas l'habitude de crier sur tous les toits que j'étais à Talgarth. Il y a quelque chose d'un peu gênant à être resté dans la région où on est allé à l'école. Et c'est encore pire si vous vivez chez vos parents à trente-cinq ans, même s'il n'y a que Donna et Neil qui savent ça. Il y a trois anciens élèves au commissariat, même si ce n'est pas le genre d'école à avoir une association d'anciens élèves. Mais je suis la seule à bosser sur les homicides.

« Vous avez contacté les parents ?

— Non. »

Donc ça va être à moi de le faire.

« Suivez-moi dans le salon, lui dis-je, passez par-derrière, n'enjambez pas le cadavre. »

Le cadavre. Voilà ce qu'elle est devenue maintenant, avec ses cheveux blonds et ses baskets roses. Je laisse les scientifiques à leurs affaires et j'entre dans la pièce voisine qui est exactement comme je l'imaginais : des étagères de livres, un sofa couvert de coussins, des bougies, des fleurs séchées partout.

Neil arriva en même temps que Patel. Il avait l'air plus énorme que jamais dans sa combinaison blanche, on aurait dit un ours blanc et – comme chacun sait – ils ne sont pas aussi adorables qu'ils en ont l'air.

« C'est un meurtre ? demanda-t-il.

— À moins qu'elle ne se soit tranché la gorge toute seule. »

Patel paraissait pâle même s'il est, comme moi, ce que les ressources humaines appellent une « personne de couleur ».

« Apparemment elle a reçu des coups dans la gorge et la poitrine avec un couteau de cuisine, dit-il. On a trouvé l'arme près de la porte.

— Ils ont laissé l'arme du crime derrière eux ? remarque Neil. C'est idiot.

— Ou c'est très malin. Ça doit vouloir dire qu'il n'y a pas d'empreintes dessus.

— On dirait qu'elle s'est débattue avec son agresseur, elle a des blessures aux mains, suggéra Patel.

— Il faudra les regarder de près, dis-je. Elles ont l'air assez importantes. La même sur chaque main. Je crois que ces entailles ont été faites après la mort.

— Les stigmates, dit Neil. Comme Jésus, ajouta-t-il pour ma gouverne.

— Merci, Neil. Je suis peut-être sikh mais j'ai entendu parler de Jésus. C'est bien le charpentier juif, non ?

— C'est bon, c'est bon. Neil se tourna vers Patel. Il y a autre chose ?

— Oui, un message, dit Patel. Sur un Post-it. Par terre, à côté du corps. »

J'ai songé à ce moment-là que l'assassin était vraiment sympa avec nous. Tous ces endroits où on pouvait prélever son ADN, et maintenant il nous laisse son écriture, pour une analyse graphologique.

« Et qu'est-ce qu'il y a sur ce message ? demandai-je.

— L'enfer est vide, dit Patel.

— Qu'est-ce que ça peut bien vouloir dire ? fit Neil.

— On dirait une citation, dis-je. On vérifiera. Vous avez mis le Post-it dans un sac en plastique ? »

Patel hocha la tête.

« Il y avait du sang dessus ?

— Je ne crois pas.

— Ça veut dire que l'assassin avait dû l'écrire avant, sinon il l'aurait sûrement taché. »

Et c'est à ce très mauvais moment que l'associée de Patel, une jeune femme un peu délicate, fit son apparition. Elle aussi paraissait un peu pâle mais elle se contrôlait. Je lui demandai de fouiller dans le sac d'Ella pour trouver le contact d'un proche.

« Si le téléphone n'est pas verrouillé, dis-je, ce sera facile, allez chercher "maman" dans les contacts.

— Bon Dieu, dit Neil, qui est plus sensible que moi, sans doute parce qu'il a des enfants, les pauvres gens. »

J'inspecte la pièce. Les livres sont pour la plupart des classiques, je le vois à leur tranche. Mais elle avait une télévision à écran plat et des magazines sur la table basse. Après tout, Ella ne passait pas toute sa vie dans les hautes sphères de la culture. Je me demandais ce qu'elle enseignait à Talgarth. À mon avis, l'anglais ou les arts plastiques. Elle avait accroché aux murs deux ou trois sérigraphies à motifs géométriques qu'on n'achète pas vraiment parce qu'elles plaisent. Je me disais qu'il y aurait sans doute le calendrier de la Tate Modern dans la cuisine. Une tasse posée à côté des magazines indiquait qu'elle s'était préparé un thé parfumé.

« Il faut qu'on prenne ça », dis-je à Patel.

Je me demandais ce qui s'était passé. Est-ce qu'Ella était en train de boire son thé et de regarder la télévision quand l'assassin avait sonné ?

« La télé était allumée quand vous êtes arrivés ? demandai-je.

— Non. »

Et son téléphone était dans son sac. Donc Ella n'était pas en train de surfer sur Facebook ni de jouer à Panda Pop. (Deux de mes activités préférées quand je suis chez moi le soir.) Il n'y avait pas non plus de livre ou de magazine ouvert.

« On connaît l'heure du décès.

— On est arrivés ici vers vingt et une heures, répondit Patel. Elle était déjà morte, mais elle était euh… encore chaude.

— Vous avez parlé aux voisins ?

— Pas encore.

— Allez-y maintenant. Vous m'avez trouvé ce numéro de téléphone ? » demandai-je en me tournant vers l'autre officier de police.

Elle hocha la tête et me tendit le téléphone.

« Merci. Comment vous appelez-vous ?

— Olivia. Olivia Grant.

— Très bien, Olivia. Allez interroger les voisins avec Patel. Essayez d'apprendre l'heure exacte à laquelle ils ont entendu les premiers bruits dans cette maison. Neil, toi et moi, il faut qu'on aille parler aux amis et à la famille d'Ella. »

Neil ne bougea pas du sofa.

« Qui est-ce qui t'a chargée de l'enquête ?

— On dira que c'est moi-même, dis-je. Ça facilitera les choses. »

Chapitre 10

Je suis très vite tombée sur le nom de Claire Cassidy. Après avoir parlé à la mère d'Ella – en me contentant de lui dire qu'il y avait eu « un accident » et en lui demandant son adresse pour que la police locale aille lui apporter la nouvelle –, je suis retournée au commissariat avec Neil.

Le capitaine Malone était l'officier le plus gradé dans la section homicide. C'est elle qui m'avait nommée son adjointe, et j'ai toujours su qu'elle le ferait. On a parfois l'impression que Donna n'est pas à prendre avec des pincettes, mais elle sait prendre une décision quand il le faut et elle a les compétences pour mener une enquête. Elle avait fait de celle-ci une de ses priorités et on nous avait fourni suffisamment de personnel et un budget considérable. Nous avions aussi établi un plan d'action. On allait prévenir Tony Sweetman, le proviseur de Talgarth, le lendemain matin. On voulait le surprendre pour voir sa réaction. Nous allions aussi parler avec les principaux amis et collègues d'Ella. Nous avions le téléphone d'Ella et nous avions demandé à son opérateur tous ses messages cachés. Je suis rentrée chez moi vers minuit. Maman n'avait pas veillé en attendant mon retour, mais presque. J'eus juste le temps de voir le pan de sa robe de chambre virevolter dans l'escalier tandis que j'ouvrais la porte de la maison.

Nous arrivâmes chez Tony Sweetman à huit heures du matin. Neil voulait une visite un peu plus matinale encore, mais j'avais pensé que cet horaire serait le moment le moins pratique pour lui. C'étaient les vacances et je savais qu'il avait des enfants en bas âge. Sweetman vivait dans une très belle maison juste à l'extérieur de Steyning. J'avais essayé d'évaluer son salaire. Talgarth a mille deux cents élèves, et après un bref exercice de calcul mental j'en arrivai à la conclusion qu'il devait se faire plus de cent mille livres par an. Était-ce suffisant pour s'acheter le vieux presbytère : pierre de taille, double garage, grand jardin ? Je ne pouvais pas en être certaine, mais j'avais l'intention de vérifier.

Ce fut Sweetman en personne qui ouvrit la porte. J'avais regardé sa photo sur le Net mais je fus surprise de voir à quel point il était jeune. À mon époque, c'était Mme Williams qui était la directrice et elle devait déjà avoir cent ans. Elle n'avait pris sa retraite que trois ans auparavant et elle devait à ce moment-là déjà avoir un pied dans la tombe. Tony Sweetman était brun, sportif, il portait un jean et un maillot de rugby. Pas mon genre – même si j'avais encore l'habitude de coucher avec des hommes –, mais franchement pas mal pour un prof. (Ce n'est pas aussi négatif que « pas mal pour un politicien », mais presque.) Il était aussi très bronzé, compte tenu du fait qu'on était en octobre et en Angleterre. Il revenait peut-être du ski. Ou c'était peut-être encore trop tôt dans l'année ? Ou alors des UV ? De toute manière, à mon sens, c'était un mauvais point.

« Monsieur Sweetman ? Je suis le lieutenant Kaur de la police du Sussex, et voici le lieutenant Winston. On peut vous dire deux mots ?

— C'est à quel sujet ? »

Sweetman lança un regard inquiet par-dessus son épaule. On entendait des bruits de chien et des bruits d'enfants ponctués par la musique du générique de *Bob l'éponge*.

« C'est urgent, malheureusement, dis-je. Est-ce qu'il y a un endroit où on pourrait s'isoler pour parler ?

— C'est un peu difficile... »

Il se passa la main dans les cheveux. À mon avis ils étaient un peu trop longs pour un Blanc. Il en était visiblement très fier et il se tenait très droit comme s'il avait un ballon de football en équilibre sur la tête.

« C'est important, dis-je. Nous sommes de la police criminelle. »

Il me regarda d'un air horrifié et nous invita très vite à entrer dans une petite pièce que je devinai être son bureau. Il y avait des manuels scolaires sur les étagères ainsi que des photos de Tony dans diverses équipes de rugby. Je me demandais ce que faisait sa femme. Même si la présence d'enfants se voyait partout (les pupitres pour les partitions, une télévision avec des manettes de PlayStation), aucune indication quant aux éventuels intérêts d'un deuxième adulte. J'étais assise à côté de Neil sur une espèce de sofa-futon. J'avais été tentée de m'asseoir sur la chaise de bureau mais je songeai que ça pourrait paraître trop brutal à ce stade de l'enquête.

Tony parlait avec quelqu'un à voix basse, derrière la porte. Sa femme ? La nounou ? Une fille au pair ? Il réapparut finalement, plus inquiet que jamais.

« Désolé, dit-il, ma femme travaille et ce sont les vacances scolaires.

— Ne vous inquiétez pas, dis-je, on comprend. Malheureusement, nous avons de mauvaises nouvelles. »

Il s'assit à son bureau et pivota sur sa chaise pour nous faire face.

« Je crois savoir qu'Ella Elphick travaille dans votre école ? »

Sa bouche s'ouvrit légèrement.

« Oui, dit-il.

— J'ai le regret de vous dire qu'Ella a été retrouvée morte hier soir. Nous considérons sa mort comme suspecte. »

J'observais de près les réactions de Tony. Il paraissait sincèrement choqué. Le bronzage se mit à pâlir et il se passa encore une fois la main dans sa chevelure.

« Ella ? Je... je n'arrive pas à y croire...

— Nous voulons parler avec les amis d'Ella et ses collègues, le plus rapidement possible, dis-je. Les premières heures sont cruciales dans une enquête pour meurtre.

— Pour meurtre ? demanda Tony. Vous êtes sûre ?

— Nous n'en sommes qu'au début de notre enquête, dit Neil. Comme vous l'a souligné le lieutenant Kaur, nous traitons la mort de Mme Elphick comme suspecte. »

Je sortis mon calepin. On allait faire un entretien enregistré un peu plus tard au commissariat mais je voulais que Tony sache que je prenais des notes.

« Donc, dis-je, Ella enseignait l'anglais à Talgarth High.

— Oui. »

Tony essayait de retrouver son calme.

« Elle est à Talgarth depuis cinq ans. C'est un excellent professeur.

— Vous êtes directeur depuis combien de temps ?

— Trois ans, et j'ai considérablement relevé le niveau de l'école.

— Félicitations, lui dis-je, histoire de lui faire comprendre que cette remarque n'était pas bienvenue à ce moment précis.

— Je ne voulais pas...

— Est-ce qu'Ella était populaire auprès de ses collègues ? » demanda Neil.

Tony parut alors effondré.

« Tout le monde l'aimait. Vous ne pouvez pas penser… »

Ne nous dis pas ce qu'on peut ou ce qu'on ne peut pas penser, lui ai-je répondu silencieusement. Puis à haute voix : « Est-ce qu'on peut avoir la liste de tous les membres du département d'anglais, et en particulier de ceux qui avaient un lien d'amitié avec Ella ?

— Bien sûr, répondit Tony. Je vous prépare ça tout de suite. Elle avait beaucoup d'amis dans le corps enseignant.

— De qui était-elle le plus proche ? »

Tony tourna la tête vers la gauche, comme quand on essaye de se souvenir de quelque chose. Ou peut-être était-il en train d'admirer le ballon de baudruche plein d'hélium avec un huit dessus qui était coincé au plafond.

« Claire Cassidy, dit-il finalement. Elle aussi enseigne l'anglais. Elles ont commencé en même temps. Et Debra Green, du département d'histoire. Les trois mousquetaires. C'était comme ça que je les avais surnommées. »

Il sourit tristement au souvenir de sa plaisanterie.

« Est-ce qu'on pourrait avoir les renseignements nécessaires pour entrer en contact avec elles ? demandai-je en griffonnant dans mon carnet.

— Je vais les chercher. Tout est enregistré dans un dossier.

— Est-ce qu'Ella avait un amant ? demanda Neil.

— Pas à ma connaissance. Rick Lewis est le directeur du département d'anglais. Il va être effondré.

— Vous avez l'adresse de M. Lewis ?

— Je vais vous la donner. »

Tony ouvrit l'ordinateur portable devant lui et se mit à chercher. Il ne se servait que de son pouce, comme un adolescent. J'étais prête à parier que Mme Williams n'avait même jamais vu d'ordi portable.

« Comment est-ce qu'Ella vous a semblé, la dernière fois que vous l'avez vue ? demandai-je. Elle avait des ennuis ? Vous avez décelé une inquiétude ? »

Tony continuait à regarder l'écran.

« Elle avait l'air d'aller parfaitement bien. Elle attendait ses vacances avec impatience. Vous savez comme c'est fatigant d'enseigner. »

Peut-être que tu es fatigué, ai-je pensé à ce moment-là, mais tu finis ta journée à quinze heures et t'as de longues vacances. Les policiers travaillent jusqu'à pas d'heure, sont mal payés, et on n'est pas nombreux à pouvoir s'offrir un bronzage en octobre. Mais je me suis montrée compréhensive :

« Ça doit être un travail difficile, ai-je dit.

— Et ça le devient de plus en plus, dit Tony en marchant à fond. On a tellement d'objectifs à atteindre, il faut aussi préparer les examens, les tâches administratives s'accumulent. C'est normal, on doit assumer nos responsabilités et l'encadrement, mais parfois c'est un stress terrible.

— Ella était stressée ? »

Tony fit immédiatement marche arrière.

« Oh, Ella arrivait toujours à tout gérer. Les programmes ont changé l'année dernière et ça nous a donné beaucoup de travail en plus, mais Ella s'est chargée de tout ça et on n'a jamais eu de meilleurs résultats. Elle était responsable de tout ce qui concerne le niveau 4 », expliqua-t-il, mais ce qui m'intéressait le plus, c'était la facilité avec laquelle il s'était mis à utiliser le passé pour parler d'elle. Je n'ai peut-être pas eu de très bonnes notes à mes examens d'anglais, mais je remarque les temps des verbes.

Je me suis garée dans l'allée, hors de vue de la maison, pour avoir une brève conversation avec Neil.

« Qu'est-ce que t'en as pensé ?

— Je l'ai trouvé un peu trop lisse. Et je me suis demandé comment il pouvait s'offrir une maison pareille.

— Sa femme est avocate. »

Tony nous en avait informés juste quand on s'apprêtait à partir.

« Ils doivent bien gagner leur vie, l'un et l'autre.

— Et ils laissent leurs gosses aux mains d'une fille au pair étrangère », dit Neil avec toute la désapprobation d'un homme qui a un bébé de dix-huit mois et une femme à la maison pour s'en occuper.

« Moi, j'aurai une fille au pair si je dois un jour avoir des enfants. Ainsi qu'une assistante maternelle et une nounou pour l'allaiter. »

Neil éclata de rire, je ne sais pas si c'était à l'idée que je puisse avoir des enfants ou assez d'argent pour payer tous ces gens.

« Bon, et maintenant ? fit Neil. On devrait demander au psychologue si on peut interroger les parents. »

Un responsable de l'accompagnement psychologique des familles s'était rendu à la morgue avec les Elphick la veille au soir. Ils avaient été placés momentanément dans un logement des services de police. Neil avait raison, nous devions mener un interrogatoire officiel de ces deux personnes.

« Allons d'abord voir Rick Lewis, dis-je. Il habite à côté.

— Pourquoi ? dit Neil en prenant son air buté.

— À cause de ce que Tony a dit sur les petits copains.

— Il a dit qu'Ella n'en avait pas.

— Oui, et immédiatement après, il a mentionné Rick Lewis. »

*

La maison de Rick Lewis était au bout d'une petite rue à Shoreham. Au moins un cran en dessous de la demeure des Sweetman, mais une jolie maison quand même, assez vaste pour accueillir une famille. Rick nous ouvrit la porte, il était grand et portait un pull à col roulé. Je lui montrai notre mandat et lui demandai si nous pouvions avoir un bref échange. Une femme vint le rejoindre sur le seuil. Elle avait une quarantaine d'années, plutôt enveloppée mais jolie, dans une de ces combinaisons qui font robe et pantalon et qu'aiment bien les femmes fortes.

« Que se passe-t-il, Rick ? »

Elle avait l'air légèrement paniquée. *Intéressant*.

« Nous avons de mauvaises nouvelles concernant un membre de votre département, dis-je. Est-ce qu'on pourrait s'installer quelque part pour parler ?

— Oh mon Dieu ! s'exclama Rick Lewis. C'est Claire ? »

Très intéressant.

Nous leur avons appris la nouvelle à tous deux. Il était inutile d'exiger une conversation seul à seul à ce stade et de surcroît, je voulais en apprendre plus sur cette femme. Pourquoi était-elle si perturbée ? Quand j'expliquai à Rick ce qui était arrivé à Ella, elle poussa un petit cri et elle se cacha le visage dans les mains.

« Je n'arrive pas à y croire, dit Rick. Je l'ai vue... C'était vendredi la dernière fois. Mon Dieu, ses parents vont être effondrés. »

Je demandai à Rick de me décrire dans quel état d'esprit s'était trouvée Ella récemment, mais je reçus la même réponse : très bien, un peu fatiguée, elle attendait avec impatience ses vacances. Je demandai aussi à Rick ce qu'il faisait dimanche soir. Un rapide coup d'œil vers son épouse, Daisy, et il répondit :

« On était à la maison, on regardait la télévision. On a commandé à dîner, une bouteille de vin, et on a regardé *Danse avec les stars*. C'est notre petit rituel du dimanche.

— Très agréable », dis-je.

Tony avait le même alibi, à cette différence près qu'il avait mangé un repas de famille équilibré plutôt que des plats à emporter. Mais les Lewis, malgré leur maison pour couple avec 2,4 enfants, n'en avaient pas du tout. Était-ce par choix ? Ça expliquait peut-être le fait qu'ils soient si proches l'un de l'autre. C'est tout juste s'ils n'étaient pas assis sur le même fauteuil.

En sortant, alors que Neil s'entretenait avec Daisy du réseau de chemin de fer, je demandai à Rick comment il s'entendait avec Ella.

« Très bien, répondit-il. C'était quelqu'un de magnifique. »

J'avais compris qu'il voulait parler de sa personnalité, mais j'avais vu des photos et je savais effectivement qu'Ella était plutôt belle, si on aime les femmes grandes, minces, blondes avec des cheveux longs, ce qui malheureusement est le goût de beaucoup de gens. En tout cas c'était un choix d'adjectif plutôt intriguant. *Vous voyez,* dis-je mentalement à Mlle Cathcart, mon professeur d'anglais. *Je peux aussi être bonne en grammaire*.

*

C'est quand nous sommes repartis que j'ai révélé à Neil que j'avais fait ma scolarité à Talgarth High. J'ai été flattée par son étonnement.

« Je n'aurais jamais deviné.

— Pourquoi pas ? C'est l'établissement public local.

— Oui, mais quand même, c'est un truc pourri. Ce n'est pas ce que je voudrais pour Lily. »

Mon Dieu, la gamine n'avait même pas deux ans et ils étaient déjà à penser au collège où ils allaient l'envoyer.

« Mes parents n'y connaissaient pas grand-chose, dis-je. On est tous allés à Talgarth et on s'en est tous plutôt bien sortis. »

Kush travaille à la boutique et Abid est électricien. Mes frères ont cinq enfants en tout et ils portent tous deux encore leurs turbans. Du point de vue de mes parents, c'est là un succès retentissant. Quant à moi, moins on en dit, mieux ça vaut : trente-cinq ans, célibataire, occupée à faire ce que maman appelle « un travail d'homme ». S'ils savaient que je suis gay, ce serait la fin de tout.

« Allons à Talgarth maintenant, dis-je. Histoire de jeter un coup d'œil. »

Chapitre 11

Nous avons attendu le deuxième jour pour aller voir Claire Cassidy. J'étais tentée d'arriver dans sa classe juste à la fin du cours, mais je préférais finalement l'interroger chez elle. Toutefois, j'avais été étonnée quand on s'est arrêtés devant cet alignement de maisons. Je m'étais toujours demandé qui pouvait vivre là, aussi près de l'usine de ciment. Maintenant, je savais.

« Bon Dieu, s'exclama Neil, je n'habiterais pas ici pour tout l'or du monde. Tu sais ce qu'ils disent de cet endroit ?

— J'ai entendu dire deux ou trois trucs.

— Il est hanté. T'as entendu parler de l'enfant qui est tombée dans le ciment ? Apparemment on peut encore l'entendre pleurer la nuit. Et…

— Ouais, d'accord, dis-je en l'interrompant. C'était la même chose à l'école. Tout le monde racontait la même histoire de fantôme à propos d'une femme qui était tombée dans l'escalier dans le vieux bâtiment. Une femme en blanc qui flottait dans les couloirs. Elle était censée apparaître quand quelqu'un allait mourir.

— Je me demande si elle est apparue dimanche soir, du coup.

— On pourra demander à Claire. La voilà », dis-je.

Je l'observais pendant qu'elle approchait dans sa Renault Clio noire, exactement le genre de voiture que j'aurais imaginé pour elle. Elle se gara derrière nous le long du trottoir et sortit. Elle m'agaça dès que je la vis. Elle portait un jean noir et un haut en laine, gris. Ça paraît simple comme ça, mais elle portait un pantalon moulant et des bottes de cuir qui lui montaient jusqu'au genou, un haut en cachemire avec des drapés et une écharpe qui aurait été ridicule sur moi et qui, même si ça me fait mal de le dire, était magnifique sur elle. Elle sortit du coffre un sac de commissions et un sac fourre-tout (de chez Cath Kidston, je l'avais vu dans le catalogue). Puis un petit chien blanc sortit du coffre d'un bond en aboyant furieusement.

Je n'ai rien contre les chiens, mais je préfère qu'ils aient l'air de chiens. Mes parents ont un berger allemand qui s'appelle Sultan. Il est censé garder le magasin, mais en fait il dort sur leur lit et on le traite comme un fils (et bien mieux que leur fille). Il m'exaspère de temps en temps, mais au moins Sultan est un superbe animal, un prince parmi les animaux. Et cette boule de poils toute blanche qui jappe sans cesse était une absurdité, rien d'autre.

Comme j'approchais, le chien se jeta sur mon pantalon noir. Claire essaya de le retenir plutôt mollement. Je me présentai et lui demandai si elle avait un moment à m'accorder. Claire me lança un regard inquisiteur avant de s'excuser pour son animal qui bavait encore et qui apparemment s'appelait Herbert.

« Ce n'est pas grave, dis-je en frottant mon pantalon, j'aime beaucoup les chiens. »

La maison était plutôt charmante. Les murs étaient peints de cette couleur très à la mode entre le gris et le bleu, avec des étagères blanches, un plancher en bois blond. Je voyais bien que Neil était impressionné. Claire nous proposa du thé. Elle parlait d'une voix grave – pas exactement snob mais le genre de voix de présentatrice sur une radio culturelle qui vous annonce un désastre financier. Je voyais que Neil était aussi impressionné par sa personne. Il lui demanda un thé avec deux sucres et elle lui adressa un sourire condescendant. Puis elle disparut dans la cuisine tandis que son sac de commissions produisait des tintements de verre. Elle avait dû prévoir de boire seule ce soir-là. J'entendais le chien qui aboyait dans la cuisine. C'est encore ça le pire avec les petits chiens, le bruit de fond permanent. Quand Sultan aboie, on sait que c'est pour une raison importante. Je jetai un coup d'œil sur la cheminée. Claire avec une adolescente, grande et mince comme elle, mais avec de longs cheveux noirs. L'adolescente avec Herbert. Herbert tout seul. Un dépliant pour un concert de musique baroque. Une carte signée « R. ».

« Elle revient », dit Neil.

Claire posa le thé et les biscuits sur une table basse en bois. La scène me rappelait la maison d'Ella avec sa tasse de tisane.

« Nous enquêtons sur le meurtre d'Ella Elphick, dis-je. J'ai cru comprendre qu'on vous en avait informée. »

Elle hocha la tête en clignant des yeux. Elle avait des yeux immenses et elle savait s'en servir. Je suis peut-être injuste. Elle devait être sincèrement bouleversée.

« Oui, dit-elle, Rick, le directeur de mon département, m'a téléphoné hier.

— Je suis désolée, ça a dû être terrible pour vous d'apprendre ça. Mais nous voulons parler à tous les amis et les collègues d'Ella le plus tôt possible. Nous voulons essayer de dresser un tableau de sa vie pour trouver qui a pu commettre cette chose atroce. »

Claire battit des paupières, lança un regard vers Neil, puis vers moi.

« Je croyais...

— Qu'est-ce que vous croyiez ? demandai-je sans être d'un grand secours.

— Je croyais... J'avais pensé qu'elle avait été tuée par un inconnu. Une attaque sans raison, un cambriolage qui aurait mal tourné.

— La plupart des victimes de meurtre sont tuées par des gens qu'elles connaissent, dis-je d'une voix aussi neutre que possible. Et nous avons des raisons de croire que c'est le cas dans cette affaire. »

Je me tus pour lui laisser le temps d'assimiler cette information. Je n'allais pas encore lui parler de « L'enfer est vide » mais j'avais déjà vérifié et je savais que ça sortait de *La Tempête*, qui était au programme du brevet cette année-là. Ella, Claire et Rick enseignaient tous l'anglais pour le brevet.

Je sortis mon calepin et je lui demandai si elle enseignait avec Ella.

« Oui, on enseigne toutes les deux l'anglais. Ou plutôt on enseignait. Oh mon Dieu ! »

Elle au moins avait remarqué qu'il fallait changer de temps. Elle reprit son souffle pour se calmer. Herbert posa une patte sur sa jambe. C'était plutôt mignon en vérité.

Elle expliqua qu'elle était chargée du niveau 3 et Ella du niveau 4, qu'il y avait six personnes dans le département d'anglais et qu'ils collaboraient étroitement. Je lui demandai si elle s'entendait bien avec Ella. Elle me répondit que c'était le cas, effectivement, et qu'elles se voyaient en dehors des heures de travail. La dernière fois qu'elle avait vu Ella, c'était le vendredi, elles étaient allées au cinéma avec Debra Green puis elles étaient sorties dîner ensemble ensuite. Debra Green était prof d'histoire à Talgarth. Je me souvins de la remarque de Tony sur « les trois mousquetaires ». Claire paraissait nerveuse, même quand elle répondait à ces questions plutôt banales, et je laissai Neil bavarder de films avec elle pour essayer d'établir un rapport de confiance. Après tout, c'était lui qui avait demandé une tasse de thé, et à en croire les psychologues, ça voulait dire qu'ils avaient déjà une forme de relation.

Je lui demandai si elle avait eu des nouvelles d'Ella le dimanche et elle me répondit qu'elle lui avait envoyé un SMS à propos de *Danse avec les stars*, mais qu'elle n'avait pas reçu de réponse. Je déteste *Danse avec les stars*, toutes ces femmes intelligentes et qui ont réussi dans la vie qui viennent se couvrir de paillettes pour revendiquer leur côté « nana ». Ça me donne envie de vomir. J'étais prête à parier que Claire Cassidy avait fait de la danse classique dans son enfance. Elle en avait tout l'air. Elle avait sûrement laissé tomber quand elle était devenue trop grande. Claire disait qu'elle était restée chez elle toute la soirée à préparer son atelier d'écriture. Sa fille, Georgia, était à la maison mais, en bonne adolescente, s'était enfermée dans sa chambre la plupart du temps. Georgia passait quelques jours avec son père pour les vacances et devait revenir le lendemain. Donc, Claire était divorcée. J'aurais pu le deviner rien qu'en regardant la pièce. Aucun homme n'aurait toléré deux bougies parfumées. Elle paraissait beaucoup plus détendue maintenant, appuyée au dossier de son fauteuil, les jambes croisées. Je jetai un regard vers Neil et essayai de prendre un ton neutre pour demander :

« Et quel genre de femme était Ella ? »

Claire sembla réfléchir un long moment avant de répondre. Elle releva la tête, regarda sur sa gauche, croisa et décroisa les jambes, s'éloignant légèrement de nous. Herbert poussa un gémissement. Un téléphone portable ronronna un peu plus loin.

« C'était quelqu'un de formidable, répondit-elle enfin. Très intelligente, très drôle. Tout le monde l'aimait. Ella était un excellent professeur. Les enfants l'adoraient. Ils vont être effondrés quand ils apprendront la nouvelle.

— Est-ce qu'Ella avait une liaison ? demandai-je avant qu'elle ait le temps de réfléchir à la question.

— Pas à ma connaissance. »

Drôle de réponse qui était d'ailleurs la même que m'avait donnée Tony Sweetman.

« Des ex ? repris-je en essayant de prendre un ton léger et amical.

— Il y a longtemps, mais personne très récemment.

— Elle vous a parlé de quelqu'un en particulier ?

— Quelqu'un dans l'école où elle travaillait avant au pays de Galles. Bradley Quelque-Chose. »

J'en pris note.

« Elle n'a jamais mentionné aucune forme de harcèlement ? Quelqu'un sur Facebook ? Ce genre de choses ?

— Non », répondit Claire avec un air de défi.

Il y avait encore d'autres questions que j'aurais voulu poser à Mme Cassidy. Mais avant je voulais consulter ce qu'avait laissé Ella sur les réseaux sociaux. Il y avait quelque chose, là, songeai-je : Ella, Claire, Rick, Tony. Il se passait de drôles de choses dans mon ancienne école. *L'enfer est vide, tous les démons sont ici*.

« Merci, conclus-je, votre aide nous a été très précieuse. »

*

C'est sur le chemin du retour vers le commissariat que Neil avait fait sa remarque, que Claire aurait pu être mannequin. Il a immédiatement fait marche arrière tandis que nous traversions les innombrables ronds-points sur la route de Chichester. Mais je me suis dit qu'il n'avait pas tort. Et est-ce qu'il n'était pas rare d'avoir deux femmes aussi belles dans le corps enseignant d'une école secondaire ? Quand je repensais à mon époque à Talgarth High, tous les profs étaient des vieux croulants mal fagotés. Mlle Cathcart avait une moustache et sentait un mélange de vieille sueur et de talc. Claire Cassidy portait du Jo Malone English Pear and Freesia. Je suis très forte pour reconnaître les parfums.

Est-ce que Claire Cassidy et Ella Elphick avaient inspiré à leurs collègues masculins des passions qui les auraient incités au meurtre ? Je fis part de mes pensées à Neil.

« Tony Sweetman et Rick Lewis sont tous deux des hommes mariés », dit-il en grimaçant comme je dépassais une voiture par l'intérieur. On se partage le volant et il conduit beaucoup plus prudemment que moi.

« Quel rapport avec le reste ?

— Tu penses vraiment qu'elle a pu être tuée par un de ses collègues ? C'était un crime très violent.

— Les coups de couteau relèvent du crime passionnel, dis-je. Il a fallu que le meurtrier s'approche pour la tuer. Ce qui témoigne de la force de ses sentiments. Sans parler du fait qu'ils avaient en plus cette petite citation de Shakespeare entre eux.

— Je n'ai jamais rien compris à Shakespeare.

— C'est pour ça que t'es flic », répondis-je, même si pour être honnête, certaines pièces m'avaient bien plu. Même quand c'était Mlle Cathcart qui nous les enseignait. *Macbeth*. En voilà un bon polar !

« Et n'oublie pas, repris-je, Ella avait déjà eu une aventure avec un collègue dans le passé. Claire vient juste de nous le dire. »

Ses parents nous avaient déjà mentionné Bradley Jones hier. Il était le directeur du département quand elle enseignait au pays de Galles. Ella et Bradley avaient eu une aventure qui selon les termes de la mère d'Ella « avait mal fini ». On allait voir Jones le lendemain.

« Donc Ella a eu une liaison avec Tony et Rick, Claire est devenue jalouse et elle l'a poignardée, dit Neil. Je ne trouve pas ça très convaincant.

— Souviens-toi de ce qu'a dit Rick : "C'est Claire ?" Il se passe définitivement quelque chose, là.

— C'est juste que tu ne l'aimes pas.

— La question, ce n'est pas de savoir si je l'aime ou si je ne l'aime pas, je pense simplement qu'elle cache quelque chose. »

Chapitre 12

On en apprit beaucoup plus sur Ella Elphick au cours des jours qui suivirent. Elle était née dans le Surrey, en 1977, avait suivi les cours d'une bonne école publique, fait des études supérieures d'anglais à Exeter, puis elle avait voyagé en Extrême-Orient et travaillé au Japon pendant quelque temps. Après cinq ans à l'étranger, elle était rentrée à la maison et avait suivi une formation pour être professeur. Ses tuteurs avaient fait des rapports éblouissants sur elle ainsi que ses collègues dans les premiers établissements où elle avait trouvé des postes. Ella avait travaillé dans une école secondaire à Plymouth avant de partir à Cardiff, où elle avait été nommée responsable du niveau 4 (« une erreur », selon sa mère). On n'avait pas encore reçu les rapports de la police scientifique et les voisins n'avaient pas été d'une aide précieuse. Ils avaient entendu des éclats de voix le dimanche soir (« une voix d'homme », avait dit quelqu'un, mais ils n'en étaient pas trop sûrs) et personne n'avait vu d'inconnus approcher du cottage d'Ella. Il y avait des caméras de surveillance à l'extérieur de l'église, mais entre dix-huit et vingt-deux heures, les images étaient d'un ennui spectaculaire : le pasteur, un homme qui promène son chien, et deux adolescents les yeux rivés à leur téléphone.

L'autopsie avait démontré qu'Ella était morte des suites de blessures à l'arme blanche au cou et à la poitrine. Comme je l'avais pensé, les blessures aux mains lui avaient été infligées *post mortem*.

« Les stigmates, commenta Donna. Peut-être que notre tueur était un illuminé religieux. En plus, le message trouvé à côté du corps faisait référence à l'enfer.

— C'était une citation. Je crois que c'est de là que vient la signification de ce message. Une référence à une pièce qu'Ella enseignait à l'école.

— Tu penses vraiment que le tueur a un lien avec Talgarth ? demanda Donna en me lançant un regard sournois. Ton *alma mater* ?

— Je ne crois pas qu'une école publique merdique puisse faire office d'*alma mater*, dis-je, c'est juste mon ancienne école. Mais... il y a quelque chose là-dessous. Le professeur principal, le directeur du département, et même Claire Cassidy. Ils étaient tous nerveux, comme s'ils cachaient quelque chose.

— Le tueur d'Ella s'est approché, dit Donna. Ce qui signifie qu'il y avait une part de passion dans le crime. »

Et c'était vrai. La police parle parfois de distanciation, la théorie étant qu'il est plus facile de tuer à l'arme à feu qu'à l'arme blanche parce qu'on peut se distancier de sa victime. Songez aux attaques de drones. Je suis sûre que les opérateurs n'ont pas l'impression d'être des tueurs et pourtant ils le sont. Le tueur d'Ella s'était approché suffisamment pour la frapper là où il lui ferait le plus de mal. Ce qui signifiait qu'il avait du sang-froid et qu'il ne craignait rien. Ou qu'Ella le connaissait bien.

*

Le mercredi, nous nous rendîmes à Cardiff en voiture pour voir Bradley Jones, un bel homme plutôt fade qui passa la plupart de l'entretien à nous dire que c'était Ella qui l'avait approché, « c'était elle qui avait fait toutes les avances ». Pas la moindre expression de chagrin ou de regret. Malheureusement, Jones avait un alibi pour dimanche soir. Il était allé voir sa fille Sadie dans un ballet. C'est quoi cette folie autour de la danse, tout à coup ? On aurait dit que le dimanche soir tout le pays était en train de danser ou de regarder des gens danser. En tout cas, il aurait été impossible à Jones de voir le spectacle de sa fille au pays de Galles à vingt heures pour ensuite se rendre jusque dans le Sussex et tuer Ella avant vingt-deux heures. Sadie n'était encore qu'un bébé à l'époque où Jones avait couché avec Ella, mais ça aussi c'était sa faute à elle.

« J'étais si fatigué à cause de ces nuits blanches, dit-il en prenant Neil à témoin avec une espèce de sourire masculin – j'ai pas pu résister... »

Je dois dire que Neil m'a fait le plaisir de le fixer d'un air désapprobateur.

« Salopard, commenta-t-il sur le chemin du retour. Il n'a même pas dit qu'il était désolé qu'elle soit morte.

— Ella avait plutôt mauvais goût en ce qui concerne les hommes. Ça a peut-être une incidence. »

Ella avait quitté Cardiff pour Talgarth High, où elle avait été chargée du niveau 4. Et d'après ses parents, elle était heureuse à ce nouveau poste. Le niveau 4 valait mieux que le niveau 3 ? Est-ce que Claire Cassidy était jalouse parce qu'Ella avait un meilleur poste ? Peut-être, mais on avait du mal à imaginer Claire en train de poignarder sa collègue à mort pour quelques points sur l'échelle de l'Éducation nationale. Elles étaient toutes deux des professeurs appréciés et respectés, ça, on le savait.

À la fin de la semaine nous avons reçu ce que mettait Ella sur les réseaux sociaux. Elle était sur Facebook sous le pseudo d'Ella Louise. (Sans doute pour que les élèves ne trouvent pas sa page.) Et sur Twitter @lizziebennet77. Il avait fallu expliquer cette adresse-là à Neil. « C'est un personnage d'*Orgueil et préjugés*. Il me répondit que Kelly avait vu le film. C'était intéressant qu'Ella se voie comme Elizabeth Bennet, vive, attirante, celle qui refusait d'épouser le pasteur ennuyeux et qui défendait M. Darcy. Malgré tout ça, ses tweets n'étaient pas passionnants. Pour la plupart elle retweetait des trucs de gauche et des photos de chats. Sa page Facebook était plus instructive. On y voyait qu'elle était restée en contact avec ses vieilles camarades d'école – Megan et Anna –, qu'elle envoyait des messages à sa maman tous les jours, qu'elle aimait bien le Parti travailliste, John Lewis[1] et les vidéos avec des petits animaux mignons. Il y avait aussi tout un tas de messages sur WhatsApp adressés à Megan au cours de l'été qui mentionnaient « ce qui s'est passé à Hythe » et dans l'un d'eux elle parlait de « Dr Jekyll et Mr Hythe ». Ella avait fait quelque chose qu'elle regrettait pendant le séjour à Hythe. (« Je voudrais que ça ne se soit jamais passé. ») Mais elle espérait que ça resterait secret. (« Dieu merci, c'est les vacances maintenant. C. est au courant mais elle ne dira rien. »)

« Claire Cassidy ? suggéra Neil qui lisait par-dessus mon épaule.

— Peut-être. Je me demande qui est le Dr Jekyll.

— Ça devait être quelqu'un de l'école, s'ils suivaient le même stage. Rick Lewis ? »

Nous contactâmes Megan (podologue à Leeds) et elle nous confirma qu'Ella lui avait avoué avoir couché avec « un collègue de travail ». Mais qu'elle

1. Grand magasin relativement chic. *(N.d.T.)*

l'avait regretté immédiatement après. Pour notre plus grande frustration, Megan ne put pas nous fournir un nom. Un coup de fil à Tony Sweetman nous confirma également que quatre membres du département d'anglais avaient suivi un stage « du journal à l'écriture » à Hythe à la fin du dernier trimestre de l'année scolaire. Il s'agissait de Rick Lewis, Ella Elphick, Claire Cassidy et Anoushka Palmer.

Nous devions retourner à l'école le lundi pour nous entretenir avec les profs et les élèves, mais nous décidâmes de faire venir Rick au commissariat le samedi. De tous les candidats, il était sans doute celui qui avait le plus probablement eu une aventure avec Ella, même si – comme me le rappelait sans cesse Neil (avec un sourire plein d'espoir) – il ne fallait pas négliger l'angle gay. *L'angle gay*, on aurait pu croire que c'était le nom d'un pub à Brighton, et même si je suis la dernière personne à présupposer qu'untel ou untel est définitivement hétéro, ça avait été le cas d'Ella et Claire jusqu'à présent, sans le moindre doute. Il n'était pas impossible qu'elles aient eu une aventure d'un soir à Hythe, mais ça me paraissait peu probable.

Nous fîmes entrer Rick dans la salle d'interrogatoire numéro 1. Donna observait à travers le miroir sans tain. Si Rick avait paru nerveux chez lui, il était maintenant franchement angoissé. Il était plutôt pas mal, grand et mince, avec des lunettes à monture d'écaille qui lui donnaient sans doute un air plus intelligent qu'il ne l'était. Il n'était pas improbable qu'Ella ait pu avoir une liaison avec lui.

Au début, Rick essaya d'imposer son autorité, un peu comme si on était des élèves dissipés de sixième.

« Qu'est-ce que c'est que cette histoire ? demanda-t-il. Je suis très occupé.

— Juste quelques questions », répondit Neil d'un ton apaisant.

Moi, je ne disais rien, je savais que Rick Lewis se méfiait de moi et voulait maintenir Neil sur ses gardes. Après en avoir fini avec les formalités, je demandai :

« Dites-nous ce qui s'est passé à Hythe, Rick. »

Il me regarda par-dessus ses lunettes. Je voyais qu'une de ses jambes s'agitait nerveusement sous la table.

« Pardon ?

— On sait qu'il s'est passé quelque chose entre vous et Ella à Hythe, répondis-je. Pourquoi ne pas nous donner votre version des faits pour que nous sachions à quoi nous en tenir ? »

J'imaginais Donna derrière le miroir. Accusez, compatissez, offrez des alternatives. C'est ce qu'on nous enseigne à l'école de police. Je ne le faisais sans doute pas dans le bon ordre.

« Il ne s'est rien passé », répondit Rick.

Et sa jambe s'agita furieusement sous la table.

Nous étions tous les deux en train d'attendre.

« C'était un stage vers la fin du trimestre, ajouta Rick. Alors tout le monde s'est un peu laissé aller.

— Ella a couché avec quelqu'un à Hythe, dis-je, et nous pensons que c'était vous.

— C'est faux, répondit Rick qui essayait visiblement de garder son calme. Je suis un homme marié.

— Et Claire Cassidy ? » demandai-je.

Il arrêta de s'agiter et s'immobilisa complètement.

« Qu'est-ce que Claire vient faire là-dedans ?

— Quel type de relation entretenez-vous avec elle ?

— Nous sommes collègues et amis, c'est tout.

— C'est une belle femme, dit Neil, sur le ton de la franche camaraderie masculine.

— Oui ? Oui, sûrement.

— Ella Elphick aussi.

— Oui.

— Qu'est-ce que dira Claire si on l'interroge sur votre relation avec Ella ? » demandai-je.

Il dut faire un effort pour contrôler sa voix.

« Elle dira que nous étions des amis, parce que c'est la vérité. »

Après ça, il ne broncha plus. C'est un peu frustrant mais ce petit jeu prend du temps. Nous lui fîmes savoir qu'il était libre de s'en aller.

*

Le lundi nous allâmes à Talgarth High. C'était la première fois que je rentrais dans l'école depuis que j'en étais partie avec mes certificats. L'odeur était exactement la même : un mélange de cire et de pieds. Nous avons signé à l'entrée (une nouveauté, dans les années quatre-vingt-dix on s'inquiétait moins de la sécurité), puis une fille avec des couettes et un badge « Messager » nous emmena le long des couloirs jusqu'au bureau du directeur. Cette partie de l'école n'avait pas changé du tout, on avait l'impression que les mêmes efforts artistiques des élèves décoraient les murs, les mêmes panneaux demandant aux gens de s'inscrire pour la pièce de théâtre de Noël. (*La Petite Boutique des horreurs*. Pfff). Et aussi les panneaux : « Défense de courir dans l'escalier ». Les photos d'élèves découvrant leurs résultats d'examen – les meilleurs résultats au brevet de toute l'histoire de Talgarth. Ça, c'était très nouveau. Mes résultats avaient été plutôt honorables à l'époque, mieux que ceux de mes frères, mais personne n'en avait fait un fromage. Une chose est sûre, on ne m'avait pas prise en photo en train de brandir mon diplôme avec le directeur souriant, aux anges. J'étais plutôt une bonne élève quand j'étais à Talgarth, ça s'est gâté quand je suis allée au lycée, mais j'ai quand même réussi à avoir assez de points pour entrer à l'Université de Chichester. Il n'y a pas non plus de photos de moi en train de recevoir mon bac.

Alors que je remontais ce couloir avec son parquet, ses panneaux de bois et son haut plafond, il me semblait presque impossible, en tournant au coin, de ne pas me retrouver nez à nez avec la personne que j'étais à douze ans, avec mes longues tresses, mon blazer bleu marine, ma cravate tout effilochée au bout, là où je l'avais mâchouillée. L'uniforme avait bien changé depuis mon époque, plus de blazers, plus de cravate, tout avait été remplacé par des sweats. Plus pratique mais pas très élégant. Remarquez, mon frère Kush avait toujours porté une veste en cuir à la place de son blazer et personne ne lui avait jamais fait de remarques. Kush a toujours été cool, ce qui m'arrangeait parce que moi je ne l'étais pas.

Nous passâmes devant les doubles portes de la chapelle, solidement verrouillée. Mme Elphick nous avait dit qu'elle voulait que les funérailles d'Ella aient lieu là. Je n'y étais plus entrée depuis que j'avais roulé une pelle à mon premier petit copain, Gary Carter, derrière l'autel. Nous continuions au-delà de l'escalier principal, où certaines nuits on voit la femme en blanc flotter au-dessus du sol. Je l'ai vue une fois, mais elle n'était pas si éthérée que ça, elle ressemblait plutôt à un ange de la vengeance. Mais je n'allais pas raconter ça à Neil.

« C'est chic, dit Neil en tendant le cou pour regarder au sommet de l'escalier.

— Tu devrais voir le bâtiment moderne, dis-je. Déjà à mon époque, c'était en train de s'écrouler. Il fallait mettre des seaux dans le couloir des salles d'art plastique quand il pleuvait.

— C'est encore le cas, s'exclama notre guide à notre grande surprise. Et il y a des moisissures dans les labos de science. Carrément des champignons. »

Elle nous laissa devant la porte où était écrit : « M. Sweetman, directeur ». Puis elle s'éloigna dans ses grosses chaussures, le plus rapidement possible sans courir.

Nous avions prévu de rencontrer les élèves d'Ella ce matin-là. À Talgarth High, les professeurs gardent la même classe toute leur carrière, ce qui signifie que même s'ils ne voient leurs élèves qu'au début et à la fin de chaque journée, ils les connaissent plutôt bien. La classe d'Ella était la seconde EL, ce qui indiquait qu'elle les avait depuis cinq ans, depuis qu'ils étaient entrés en sixième. Les élèves peuvent être des témoins intéressants, mais il faut y aller doucement. On devait d'abord obtenir les autorisations de tous les parents et la présence de Mme Francis, la sous-directrice, était indispensable durant tous les entretiens.

« Ce ne sont plus des enfants, remarqua Neil en chemin, ils ont autour de seize ans et certains des garçons font ma taille, ils pourraient facilement agresser une femme du gabarit d'Ella.

— Pour ce qui nous concerne aujourd'hui, ce sont des enfants », répondis-je, mais je savais que Neil n'avait pas tort.

Il n'était pas impossible qu'un des élèves soit tombé amoureux d'Ella et qu'il ait réagi violemment après avoir été rejeté. Mais ce n'était pas une théorie que j'allais avancer comme ça.

Tony et Mme Francis (Liz) nous retrouvèrent dans son bureau. Nous avions demandé à faire les entretiens là, en partie parce que la pièce était en dehors du bâtiment principal de l'école et d'autre part parce qu'il y régnait une atmosphère plus solennelle. On était chez le directeur, j'espérais que même à notre époque de sweats et de décontraction l'endroit inspirerait un certain respect.

On avait acheté du café chez McDonald's et je vis l'expression de dégoût sur le visage de Tony quand il aperçut nos gobelets en carton.

« J'ai demandé à ma secrétaire de faire du vrai café, dit-il.

— Prenez un beignet », proposa Neil en lui tendant la boîte.

Tony frissonna d'écœurement.

« Non merci. »

Liz Francis me plut immédiatement. Elle était plus âgée que Tony, et elle avait l'air d'avoir les pieds sur terre dans son tailleur bleu marine et ses talons plats. Elle avait une étincelle dans le regard, comme quelqu'un qui a déjà tout vu et qui ne prend rien trop au sérieux. Elle accepta un beignet en remarquant que puisqu'il y avait de la confiture à l'intérieur ça compterait comme un de ses cinq fruits et légumes par jour.

« Souviens-toi de notre charte de l'alimentation saine, Liz », remarqua Tony en plaisantant à moitié.

Tony expliqua qu'il s'adresserait à tous les élèves ce matin-là.

« Ils seront sans doute tous au courant à propos d'Ella, ajouta-t-il, vous savez à quelle vitesse vont les nouvelles, de nos jours. Je pense quand même qu'il vaut mieux qu'ils l'apprennent par moi. »

Il avait l'air sincère mais aussi conscient de sa propre importance.

« Dans ce cas-là, on interrogera les élèves après », dis-je.

Liz nous avait fourni les emplois du temps des élèves et nous avait préparé un programme. Mais dès que les professeurs partirent, je me tournai vers Neil.

« Retournons voir Claire, dis-je. On va lui poser des questions sur Hythe.

— Elle est en classe.

— On la verra à la récréation, ça va un peu la secouer. »

Neil poussa un soupir.

« Je ne sais vraiment pas pourquoi tu lui en veux tellement.

— Je ne lui en veux pas. »

*

Nous vîmes les étudiants de la classe d'Ella un par un, en présence de Mme Francis. Nous leur posâmes à tous les mêmes questions.

1. Comment est-ce que vous vous entendiez avec Mlle Elphick ?

2. Est-ce que vous connaissez quelqu'un qui ne s'entendait pas avec Mlle Elphick ?

3. Y a-t-il autre chose que vous voudriez nous dire ?

Les élèves répondirent tous qu'ils aimaient bien Ella. Les hommages allaient de « ouais, elle était sympa » avec un haussement d'épaules jusqu'à « je l'adorais » avec des larmes dans les yeux. Je ne prêtai pas trop attention aux larmes. Liz Francis nous avait prévenus que les élèves étaient agités ce jour-là.

« C'est le premier jour après les vacances. Leur professeur a été assassiné. Ils sont sincèrement bouleversés, mais il y en aura aussi beaucoup qui adoreront tout le côté dramatique de la situation, dit-elle avec un sourire. Et demain c'est Halloween, et ça, ça les met toujours dans tous leurs états. »

J'ai toujours détesté Halloween. Maman a tout un tas de bonbons pour les gamins qui viennent frapper à la porte, mais la plupart du temps, ils évitent notre maison, d'abord parce qu'on a un gros chien et ensuite parce qu'on est des étrangers et qu'on s'habille d'une drôle de façon.

Les élèves d'Ella ne paraissaient pas particulièrement surexcités. Certains se montraient très émotifs, certains nerveux, et d'autres donnaient l'impression que d'être interrogé par la police n'était rien d'autre que la routine dans une vie d'ados qui s'ennuient. Personne n'arrivait à nommer quelqu'un qui ne se serait pas entendu avec Ella, et personne n'avait quoi que ce soit d'important à nous révéler. Nous avions demandé au messager d'apporter une note à Claire, et à la récréation, elle fit son apparition, hautaine et méprisante.

« Bonjour, Claire, dis-je. Merci d'être venue. »

Elle s'assit. Elle portait une jupe noire et un pull gris sombre. Très discret et étrangement élégant. Elle était chaussée de bottes, encore une fois. On voyait ses collants noirs.

« Puisqu'on en est à s'appeler par nos prénoms, maintenant, dit-elle sur un ton glacial, quel est le vôtre ? »

Je trouvais qu'elle ne manquait pas de culot, mais je me suis efforcée de rester aimable.

« Harbinder.

— Bien, Harbinder, je n'ai pas beaucoup de temps, j'ai un cours dans un quart d'heure. »

Charmant.

« Ça va aller vite, dis-je. On a regardé le profil d'Ella sur les réseaux sociaux et il y a quelques questions que j'aimerais vous poser. En juillet vous êtes allée à Hythe avec Ella pour participer à un stage pour professeurs. Et là-bas, il s'est passé quelque chose. Nous le savons grâce aux messages qu'elle envoyait par Facebook. De quoi s'agissait-il exactement ? »

J'observai sa réaction, elle jeta rapidement un regard vers Neil puis se tourna à nouveau vers moi.

« Qu'est-ce que vous voulez dire ? »

Elle essayait de gagner du temps.

« Nous savons qu'il s'est passé quelque chose à Hythe qui a perturbé Ella, dis-je. Vous étiez présente, vous étiez son amie. J'ai pensé que vous sauriez peut-être ce que c'était exactement.

— Non, c'était juste le genre de stage habituel, vous savez.

— Non, je ne sais pas, répondis-je. La police du Sussex ne participe pas à des stages d'écriture. Que s'est-il passé à Hythe ?

— Rien, dit Claire en faisant le coup des grands yeux innocents. C'était le truc habituel. Ça discutait beaucoup, on faisait des tas d'activités de groupe, le soir on buvait des verres. »

Je n'allais pas me faire avoir avec cette histoire-là. Il s'était bien passé quelque chose lors de ce stage et ce n'était pas seulement qu'un des participants avait refusé de payer sa tournée. Je lui demandai avec qui elle allait boire et elle me répondit Ella, et comme j'insistais, elle ajouta Rick Lewis. Elle mentionna également un autre membre du département, Anoushka Palmer.

Je lui désignai le dossier devant moi en essayant de lui faire comprendre que je connaissais déjà les réponses à certaines questions que je lui posais.

« Là-dedans, Ella dit qu'elle voudrait oublier Hythe. Qu'est-ce qu'elle voulait dire à votre avis ? »

Claire croisa et décroisa les jambes, un de ses signes de nervosité.

« Aucune idée.

— Elle parle de Dr Jekyll et Mr Hythe. Qu'est-ce que ça peut vouloir dire à votre avis ?

— C'est une faute d'orthographe ? »

Je l'ai regardée de travers. Elle s'imagine sans doute qu'on n'a pas lu le livre. Il se trouve qu'elle a raison, d'ailleurs, mais je voulais effacer de son visage ce sourire arrogant.

« Elle dit : “C. est au courant.” C'est vous, C. ?

— Je ne sais pas », répondit Claire, et cette fois elle paraissait beaucoup moins sûre d'elle. Des gouttes de sueur apparurent sur son front. Une bouffée de chaleur ? Peut-être. Elle a quarante-cinq ans, après tout. Mais c'est peut-être encore autre chose. Le moment était venu pour Neil de mentionner le message, et il s'en tira très bien, d'une voix neutre, sans aucune émotion.

« Qu'est-ce qu'il y avait écrit ? » demanda Claire en murmurant presque. Neil lui répondit et Claire commenta que c'était une citation de *La Tempête*. Elle pense sans doute que ça non plus, on ne l'a pas lu.

« Et qu'est-ce qu'il y a après ? » demandai-je, même si je le savais déjà.

— L'enfer est vide et tous les démons sont ici. »

Ce message la troublait vraiment. Nous le voyions tous les deux. Elle fit mine de lever la main pour s'essuyer le front puis elle se rendit compte de l'effet que ce geste pourrait avoir. Elle se contenta de se passer les doigts dans les cheveux. Très courts, un peu plus épais devant, brun foncé avec des mèches dorées. Très chic.

Je lui demandai un échantillon de son écriture. Elle avait dû comprendre pourquoi mais elle réagit très calmement. Elle écrivit ces mots avec le stylo Montblanc de Tony. *L'enfer est vide et tous les démons sont ici.*

Ce n'était pas la même écriture.

*

Seul un des élèves d'Ella avait quelque chose d'intéressant à dire. Nous en étions presque arrivés à l'heure du déjeuner quand nous nous retrouvâmes face à un garçon du nom de Tom Creeve, tout dégingandé avec des boutons et les tempes rasées. Ils étaient beaucoup plus tolérants concernant les coupes de cheveux à Talgarth de nos jours. De mon temps, c'était courts derrière et sur les côtés pour les garçons et ramenés en arrière pour les filles. Je sais que mon père avait dû venir à l'école pour expliquer que les enfants sikhs ne pouvaient pas se couper les cheveux et que oui, le turban était obligatoire pour les garçons. Mais aujourd'hui, j'ai vu des choucroutes, des dreadlocks, des skinheads et tout un tas de couleurs ratées. Tom n'était pas à la hauteur du look qu'il voulait se donner. Il était avachi devant nous sur une chaise et jouait avec un trou dans son sweat. Mais quand on lui demanda : « Et vous connaissez quelqu'un qui ne s'entendait pas avec Mlle Elphick ? » Il répondit : « Il y a eu cette histoire avec Patrick O'Leary. »

J'échangeai un regard avec Neil.

« Quelle histoire ?

— Patrick lui avait envoyé une carte pour la Saint-Valentin. On était tous au courant. Mlle Elphick l'a dit à M. Lewis et Patrick a dû changer de classe.

— Et qu'est-ce qu'il en a pensé Patrick, de ça ?

— Je ne sais pas, répondit Tom qui avait l'air de paniquer tout d'un coup. Je ne suis pas son ami. »

Il se passa la main dans le peu de cheveux qui lui restait.

« Il ne saura pas que je vous en ai parlé, hein ?

— Cette conversation est entièrement confidentielle », lui répondis-je pour le rassurer.

Tandis que nous attendions que le pauvre messager trouve Patrick, Liz essaya de remettre l'affaire en perspective.

« Ce n'est pas si grave que ça. Il arrive souvent que des élèves tombent vaguement amoureux de leur professeur et la seule chose à faire, c'est de ne plus jamais se retrouver seul avec cet élève. Ella a fait ce qu'il fallait en prévenant Rick.

— Ce Patrick, c'est quel genre de garçon ?

— Très intelligent, très sportif aussi, il joue au rugby, mais il a eu pas mal d'ennuis depuis qu'il est ici.

— Quel genre d'ennuis ?

— Il s'est bagarré, il répondait aux professeurs, ce genre de choses.

— Il me fait penser à moi-même quand j'étais à l'école », commenta Neil.

Mais Patrick O'Leary ne ressemblait en rien à Neil. Un beau brun qui roulait des mécaniques. Il s'assit en face de nous, les jambes écartées. S'il avait été à côté de moi dans un train, je lui aurais donné un coup de pied.

Je ne perdis pas de temps :

« J'ai cru comprendre que vous avez un jour envoyé une carte à Mlle Elphick pour la Saint-Valentin. »

Patrick ne parut pas particulièrement désarçonné. Il s'autorisa même un léger sourire.

« Ouais et alors ?

— Mlle Elphick vous en avait parlé ?

— Ouais, répondit-il avec un haussement d'épaules. Elle m'a dit que je n'aurais pas dû lui envoyer ça, mais c'était juste histoire de rigoler.

— Et elle l'a rapporté à M. Lewis, le directeur du département ?

— Ouais et il m'a bassiné que ce n'était pas correct. "Nous devons maintenir des limites", fit-il en adoptant une voix aiguë et un peu précieuse censée imiter celle de Rick.

— C'est pas très sympa, ça, fit Neil sur le ton de la complicité masculine. De dire que c'était histoire de rigoler. »

Patrick lança un regard par en dessous vers Neil. Il comprenait bien ce qui se passait.

« Franchement, ça m'a pas dérangé.

— Vous avez vu Mlle Elphick en dehors de l'école ? Vous êtes allé chez elle ?

— Non, répondit Patrick en se redressant sur sa chaise. Si on vous dit le contraire, c'est des mensonges.

— Qui pourrait prétendre le contraire ? »

Patrick ne répondit pas. Liz se pencha en avant.

« Tu n'as pas à avoir peur, Patrick, mais il faut répondre aux questions.

— Chais pas, répondit-il finalement.

— On vous a transféré dans une autre classe, non ?

— Ouais.

— Ça a dû être un peu dur ? demanda Neil.

— Ça va. Je ne les vois pas beaucoup. J'ai toujours mes copains.

— Et qu'est-ce que vous ressentez à l'égard de Mlle Elphick, maintenant ? » demandai-je.

Il me regarda droit dans les yeux.

« C'est dommage qu'elle soit morte, dit-il. Mais c'est tout. Je ne pense pas à elle. J'ai une copine. C'était juste pour rigoler. »

*

Tony nous proposa de déjeuner dans l'école, mais je n'en avais pas très envie. Le réfectoire est dans la partie ancienne. Et je sentais les odeurs de cuisine depuis le bureau. Tony nous informa qu'il y avait aussi une cafétéria où on pouvait « acheter des parts de pizza et tout ce qu'on veut » mais je lui répondis qu'on allait sortir prendre un peu l'air. On devait voir encore quelques élèves et tous les professeurs du département d'anglais. Je me disais qu'un fast-food sud-africain à Chichester nous aiderait à garder notre concentration.

Nous nous dirigeâmes vers la voiture de service. Il y avait des sweats bleus partout qui produisaient le même genre de grondement sourd qu'une foule de supporters de football. Un groupe d'adolescents traînait sur le parking. Je voyais bien qu'ils s'apprêtaient à allumer des cigarettes. Ils avaient cet air à la fois sournois et provocateur. Un professeur approcha :

« Qu'est-ce que vous faites là ? Vous savez bien que vous n'avez pas le droit d'être sur le parking. Vous n'allez pas déjeuner ?

— Je surveille ma ligne, monsieur Carter », répondit un des garçons.

Nous étions en train de passer devant le groupe à ce moment-là et je m'arrêtai pour regarder le professeur. Une veste en tweed, une cravate verte, des cheveux clairsemés, l'air un peu perdu.

Gary Carter n'avait pas changé.

Chapitre 13

« J'ai vu Gary Carter, aujourd'hui, dis-je à maman.

— J'aimais bien Gary, dit-elle en arrêtant momentanément de couper ses légumes.

— Toi, t'aimes tout le monde.

— Ce n'est pas vrai. Je n'aimais pas ce petit garçon à l'école primaire qui t'a fait tomber du toboggan. Et je n'aimais pas beaucoup non plus Margaret Thatcher.

— Tu n'aimais pas ce type de Ukip à la télé l'autre soir.

— Oui, mais je serais aimable avec lui s'il entrait dans le magasin, dit-elle en repoussant ses cheveux en arrière du revers de la main. Mais ce racisme idiot, ça ne me plaît pas trop. »

Typique de ma maman. Elle prend toujours très au sérieux des situations hypothétiques. « Si la reine venait déjeuner à la maison, je ferais très attention à ce que je lui donnerais à manger parce que le prince Philip a des problèmes de digestion. » « Si j'étais pilote de Formule 1 (elle ne sait pas conduire), je demanderais à ce qu'on m'apporte du prosecco plutôt que du champagne à la fin de la course. On a quand même les bulles et c'est bien moins cher. » Et son sens de l'euphémisme est assez typique aussi. Maman « n'aime pas beaucoup » le racisme. Les génocides la mettent vraiment en colère. Et « la guerre n'est pas une bonne idée quand on y réfléchit ».

« Gary est professeur à Talgarth, maintenant, dis-je. Je lui ai parlé aujourd'hui. Il enseigne la géographie.

— T'as toujours été bonne en géographie. Tu dessinais de très belles cartes.

— J'ai arrêté en cinquième, maman. »

Mais c'est vrai, je dessinais de belles cartes. J'adorais colorier le contour des continents en bleu et dessiner les montagnes avec un petit triangle blanc au sommet.

« Il est marié, Gary ? »

Elle manque vraiment de subtilité quelquefois. Elle ne me regardait même pas, elle était en train de mettre de l'ail et de l'oignon dans une poêle et observait tout ça en train de frire.

« Je ne le lui ai pas demandé. »

En fait si, et il n'était pas marié. On avait aussi pris rendez-vous pour aller boire un verre le lendemain soir. C'était surtout pour récolter des ragots sur les professeurs de Talgarth, mais je préférais ne rien dire à maman. Je ne voudrais pas qu'elle se fasse des illusions, et ce n'est pas bon pour elle de vivre des choses trop excitantes.

« Il a bien réussi s'il est devenu professeur, dit-elle d'un air faussement détaché en ajoutant des épices.

— Ce n'est pas beaucoup mieux que d'être dans la police, lui répondis-je, légèrement sur la défensive.

— Absolument, je suis tout à fait d'accord, dit-elle en se tournant vers moi. Je suis toujours très fière de dire que tu travailles dans la police. »

J'en doutais. J'étais convaincue que mes parents changeaient de sujet chaque fois que mon nom était mentionné au gurdwara. « Et que fait Harbinder maintenant ? » « Elle est mariée ? » « Elle a des enfants ? »

Sultan se mit à aboyer, ce qui signifiait que papa rentrait à la maison. Je jetai un coup d'œil vers l'horloge, un drôle de machin en cuivre qui a la forme de l'Inde. La petite aiguille est sur Mysore. Dix-neuf heures. Le magasin ferme à vingt et une heures, ça doit être Kush qui a pris la relève.

Mes parents tiennent une épicerie à Shoreham. Ils vendaient aussi des DVD mais Netflix a mis fin à cette activité. Maintenant ils font la plupart de leurs bénéfices avec la vente d'alcool. Même s'ils ne boivent ni l'un ni l'autre, pas même ma mère qui rêve d'asperger les podiums de Formule 1 avec du prosecco.

Quand j'étais jeune, nous travaillions tous au magasin et il fallait que j'appelle mes parents en hurlant chaque fois que quelqu'un voulait acheter du vin ou de la bière. Je n'ai jamais douté du droit de qui que ce soit à acheter ça. Aujourd'hui, il n'y a plus que Kush et papa, et parfois le fils de Kush, Hakim, pour servir. Ils passent beaucoup de temps à vérifier des papiers d'identité.

« Regarde, Bibi, dit papa lorsqu'il me vit. Notre petite fille est à la maison. »

Il dit ça parce qu'il sait que ça m'agace. Il se pencha pour m'embrasser et je sentis son aftershave. Mon père n'a jamais eu l'air fatigué ou négligé, il a toujours été d'une élégance et d'une propreté irréprochables. Son kurti est toujours d'une blancheur immaculée et son turban bleu foncé. Il sent toujours l'aftershave et le savon, même après avoir travaillé toute la journée au magasin.

« Comment avance l'enquête ? » demanda-t-il en prenant une cuillère pour goûter le curry, une habitude qui rend ma mère folle.

— C'est si triste, remarqua maman, cette femme, ce professeur, elle était si belle, j'ai vu sa photo dans le journal.

— Ce serait moins triste si elle avait été laide ? demandai-je.

— Attention Bibi, intervint papa.

— Bien sûr que non, rétorqua ma mère avec dignité. C'était juste une remarque.

— Cette enquête est vraiment pénible, dis-je. On est quasiment sûrs qu'elle connaissait l'assassin, ce qui devrait réduire le nombre des suspects. Mais ce n'est pas le cas.

— On ferait bien de fermer notre porte la nuit, dit maman.

— C'est ce qu'on fait tous les soirs, répondit papa. Et en plus on a un chien de garde. »

Ils se tournèrent tous les deux vers Sultan avec les yeux de l'amour. Il était étalé sur le sol, histoire de casser les pieds de tout le monde.

« Il ne nous protégerait pas, dis-je. Il est trop mou.

— Il a été dressé pour tuer, dit papa.

— Par qui ?

— Par moi. Sultan ! dit-il au chien. Fais le mort. »

La queue musclée du chien frappe le sol.

« Il fait déjà le mort, dis-je. On mange dans combien de temps ? J'ai le temps de prendre une douche ? »

*

Je n'avais jamais eu le projet de vivre chez mes parents à l'âge adulte. Je suis entrée dans la police tout de suite après l'université, et au début j'ai partagé un appartement avec trois autres élèves de l'école de police. Mais, je ne sais pas, au bout d'un moment, ils ont fini par m'énerver. Ils étaient totalement désordonnés et ils ne préparaient jamais un vrai repas. Ils rentraient à deux heures du matin avec des kebabs, et le lendemain je retrouvais des canettes de bière et des feuilles de laitue partout dans la cuisine. Ils buvaient le lait que j'achetais spécialement pour moi et passaient leurs soirées devant des émissions de télévision ineptes. Au bout d'un an, je suis retournée chez papa et maman. Ça devait être temporaire. J'avais même entendu maman dire à tante Dipa : « En attendant qu'elle se marie. » Ils risquent d'attendre un moment. Les mariages entre personnes du même sexe ne font pas partie de la Félicité de l'Union (ce n'est pas le nom d'un paquebot de croisière, c'est la traduction littérale de l'expression qui désigne la cérémonie de mariage chez les sikhs). Mes parents ne savent pas que je suis gay et dans mon état d'abstinence proche de celui du pape, j'ai le sentiment que ça ne vaut pas la peine de le leur dire. Peut-être que j'attendrai qu'ils abandonnent tout espoir de me trouver un prince charmant. Je crois qu'en fait ma mère pourrait l'accepter. Elle s'entend très bien avec Steve et Duncan, qui tiennent le salon de toilettage pour chiens en face du magasin. Et elle adore Graham Norton. Mais je suis quasiment sûre que, comme la reine Victoria, elle n'a jamais imaginé que deux femmes pouvaient coucher ensemble. Autant ne rien dire pour le moment. Comme je disais, il faut lui éviter les émotions fortes à son âge.

Mais tout compte fait, ce n'est pas si mal de vivre chez mes chers parents. J'ai une chambre à coucher avec une salle d'eau et une source inépuisable de repas délicieux. Mes parents ne me demandent pas à quelle heure je rentre le soir, même si je sais que ma mère ne trouvera pas le sommeil tant qu'elle n'entendra pas ma clef dans la serrure. Ils ne me cassent pas trop les pieds pour que je me trouve un copain et maman a finalement renoncé à me présenter des lointains cousins du Pendjab. La plupart du temps, j'apprécie leur compagnie. J'adore regarder des vieux films avec eux le dimanche, et écouter maman s'imaginer qu'elle ressemble à « une Ingrid Bergman indienne », puis les commentaires sarcastiques de papa. « Et le voilà, le comique étranger tellement lobotomisé qu'il ne peut même pas prononcer correctement son propre nom. » J'aime bien voir mes frères le week-end et surtout mes nièces et mes neveux. C'est chouette d'être la tante hyper cool avec le talkie-walkie de la police et un deux tons sur ma voiture. Même si mes belles-sœurs disent encore parfois : « Elle aime tellement les enfants, quel dommage que… » Mais je n'aime pas particulièrement les enfants. Non, c'est insultant de dire ça. J'en aime certains, tout comme j'ai un groupe d'amis restreint mais sélect. « T'es trop difficile quand il s'agit de choisir », me dit maman. Elle a épousé le premier homme que ses parents lui ont présenté. Elle a eu de la chance, mais ça ne change rien au fait qu'elle aurait pu se montrer un peu plus difficile au moment de choisir.

Après la douche, je suis allée vérifier mes e-mails dans ma chambre. Mon téléphone était en train de vibrer. Donna. J'enfilai quelques vêtements parce que ça n'aurait pas été correct de parler à ma patronne enveloppée dans une serviette.

« On a eu les résultats de la police scientifique », annonça-t-elle. Elle parlait la bouche pleine et j'étais sûre qu'elle était encore au bureau en train de manger des frites. Donna est mariée avec deux jeunes enfants et elle m'a un jour avoué que c'était plus facile d'attendre au boulot jusqu'à ce qu'ils soient couchés.

« Intéressants ? demandai-je.

— Il n'y a pas d'empreintes sur le couteau.

— Et le message ?

— Rien. Apparemment, il y a des traces d'emballage plastique. Mais ça peut aussi vouloir dire qu'il a été stocké dans un de ces sacs de congélation.

— On peut retrouver la marque du sac ?

— Non, ils sont tous pareils. Il y en a treize à la douzaine.

— Autre chose ?

— Notre meilleure trouvaille, c'est un fil qui s'est pris dans un buisson dans le jardin. Il a l'air de provenir d'un vêtement d'extérieur. Une veste de randonnée cirée ou quelque chose comme ça. Le laboratoire est en train de l'analyser en ce moment même. »

Je songeai au bronzage de Tony Sweetman.

« Une veste de ski ?

— Peut-être. Comment est-ce que ça s'est passé à l'école ?

— Une chose intéressante : un élève de seconde était amoureux d'Ella. Il lui a envoyé une carte pour la Saint-Valentin.

— Ils ont quel âge à peu près en seconde ?

— Quinze ou seize ans. »

J'entendis un mâchouillement méditatif à l'autre bout du fil.

« Oui, c'est bien assez vieux pour ça.

— Ouais, répondis-je, bien assez vieux. Et il était costaud, un joueur de rugby. Il n'avait pas l'air obsédé par elle non plus. Il répétait sans cesse que c'était juste histoire de rigoler.

— Ça peut être une piste. On peut vérifier.

— Il n'a pas un alibi très solide, dis-je. Il affirme qu'il était chez lui en train de jouer à des jeux de guerre sur l'ordinateur.

— Comme tous les adolescents un peu partout dans le monde.

— Et il n'y avait personne d'autre avec lui à la maison. On pourrait voir s'il est localisable sur l'ordinateur.

— Intéressant, commenta Donna. Faut voir.

— J'ai rencontré un vieux copain qui est devenu prof dans cette école, dis-je. Je dois le rencontrer demain. Je vais essayer de récolter quelques ragots.

— Bonne idée.

— Ma mère est très excitée, elle se dit que c'est peut-être l'homme qu'il me faut. »

Donna éclata de rire.

« Qu'est-ce que tu manges ce soir ? Dis-moi ça que je puisse un peu saliver. »

Donna n'est venue dîner chez nous qu'une seule fois, mais elle ne s'en est toujours pas remise.

« Agneau passanda, chappatis et riz.

— Je peux venir m'installer chez vous ?

— Rentre chez toi, Donna, dis-je. Je t'apporterai des chappatis au bureau demain. »

Chapitre 14

J'avais momentanément oublié que c'était Halloween. Je devais retrouver Gary au Compass qui est dans le village le plus proche de Talgarth High. Les rues grouillaient de sorcières naines et de petits diables, tandis que des parents en pleine adoration encourageaient leurs enfants à se livrer à une soirée de mendicité bourgeoise. *L'enfer est vide et tous les démons sont ici*. J'espérais que quelques-uns d'entre eux iraient frapper à la porte de maman. Elle adorerait s'attendrir sur un tas de mini-zombies. Moi, à sa place, j'aurais éteint la lumière et fait la morte.

Même le Compass s'était mis au diapason. Je dus me baisser pour éviter des toiles d'araignée accrochées au plafond et arriver jusqu'au bar. Je vis Gary assis à une table dans un coin devant une bougie en forme de citrouille.

Gary tint à payer la première tournée. Il prit une pinte de bière mais je me contentai d'un jus d'orange. Les gens s'imaginent souvent que je ne bois pas parce que je suis sikh, mais en fait je me laisserais facilement tenter par un verre de rouge ou un gin tonic. Papa et maman ne touchent pas à l'alcool et il n'y a jamais rien à boire à la maison, même si un jour maman m'a acheté une bouteille de Baileys à Noël « parce que c'est ce que boivent les jeunes ». C'était totalement dégueulasse, comme du vomi mélangé à du café en poudre. J'avais envie d'un grand verre de merlot mais je devais conduire et je n'allais pas me mettre à boire en compagnie de Gary.

« À notre époque, Halloween ça n'existait quasiment pas, dis-je quand il revint à notre table avec les verres.

— C'est l'influence de l'Amérique. »

Il avait dû répéter cette phrase souvent.

« On le voit partout à l'école, ajouta-t-il.

— Oui, mais en Amérique, les gamins s'habillent avec toutes sortes de costumes, non ? En superhéros, en princesse, dis-je, moi qui ne suis jamais allée aux États-Unis. Ici, c'est que des trucs de magie noire. Oh, comme c'est mignon, on va habiller les gosses en cadavres ressuscités ! »

Gary éclata de rire.

« Sacré Harbs, toujours la même ! »

Je ne savais pas trop ce qu'il voulait dire par là. Toujours aussi drôle ? Toujours aussi acerbe et bizarre ? Et ça faisait des années qu'on ne m'avait plus appelée « Harbs ».

« Ça fait combien de temps que t'enseignes à Talgarth, lui demandai-je.

— Dix ans, répondit-il avec un petit rire comme s'il était gêné. Ça a été mon tout premier poste. Pitoyable, non ? Être toujours là, à vivre et à travailler à l'endroit où on a grandi.

— Au moins tu ne vis plus chez tes parents.

— Non », répondit-il en éclatant de rire encore une fois avant de comprendre ce que je voulais dire.

« Parce que toi, si ?

— Oui. Toujours chez papa, maman.

— J'aimais bien ta mère, dit Gary. Je n'oublierai jamais ces repas chez toi. Je n'ai jamais aussi bien mangé. Mais ton père et tes frères me faisaient toujours un peu peur.

— Ils sont doux comme des agneaux. C'est ma mère qui a une main de fer à la maison.

— J'ai toujours pensé que tu te marierais, dit Gary. On dirait que tous ceux qu'on connaissait à l'école se sont mariés et ont des enfants. Sauf moi.

— Et moi, réponds-je. Je ne me suis jamais mariée.

— Mais t'es entrée dans la police, dit Gary qui tenait visiblement à me remonter le moral. C'est cool.

— Vraiment ?

— Mais ouais ! T'as…

— Ne me demande pas si j'ai une arme à feu. »

Gary rit encore une fois d'un air gêné.

« Désolé.

— Les officiers de police en Angleterre ne se promènent pas avec des armes à feu, dis-je sur un ton plus conciliant. Mais j'ai suivi une formation.

— C'est toujours plus cool que d'être prof de géo.

— C'est comment d'enseigner à Talgarth ?

— Ça va. »

Il prit une gorgée de bière et essuya du revers de la main la mousse sur sa lèvre supérieure.

« Tony est un directeur exigeant, toujours à demander des chiffres et des statistiques, il connaît tout le jargon à la mode. Mais il n'y a aucun doute que l'école s'est améliorée grâce à lui. La discipline est bien meilleure. Les élèves n'ont plus à craindre de se retrouver enfermés dans le placard à fournitures. »

Il rit et je me demandai s'il parlait d'expérience.

« Ça a dû être dur cette semaine, dis-je. La nouvelle à propos d'Ella. »

Le visage de Gary se déforma en une grimace. Il est plutôt en forme pour son âge, mais parfois il a l'air d'un vieillard.

« Ça a été épouvantable. Tout le monde colportait tout un tas de ragots sur elle. Même des gens qui ne la connaissaient pas. »

Intéressant.

« Tu connaissais Ella ? »

Il rougit.

« Un peu. On participait au spectacle annuel de l'école. Elle chantait et moi... si tu te souviens... je joue de la guitare. »

Mon Dieu ! La guitare de Gary... ça faisait partie des choses que j'avais réussi à oublier avec les années. Mais il me dit ça avec des étoiles dans les yeux qui suggéraient qu'il se considérait encore comme le Jimi Hendrix de Shoreham.

Je me dirigeai vers le bar pour chercher la tournée suivante. J'étais tentée de prendre un verre de vin pour m'aider à supporter les souvenirs qui allaient nécessairement suivre, mais il fallait que je reste attentive. C'est du boulot, ce que je fais là, me dis-je.

De retour à la table Gary me déclara qu'Ella était « quelqu'un de formidable ».

« Et très talentueuse, avec ça, elle savait danser, chanter. Elle aurait pu faire une carrière d'actrice.

— Elle avait un copain ? »

J'avais posé la question de façon un peu trop abrupte et il parut un peu pris au dépourvu.

« Est-ce que... tu soupçonnes... ?

— Je veux juste me faire une idée du genre de personne qu'elle était, dis-je d'un ton apaisant.

— Non, je ne crois pas qu'elle avait un copain, dit Gary. Elle avait évoqué quelqu'un dans son ancienne école en une ou deux occasions. Je crois qu'elle en avait beaucoup souffert. Elle ne voulait pas être à nouveau impliquée dans une relation.

— Impliquée ?

— La plupart des profs sont mariés ou ont des compagnons », dit-il, vaguement sur la défensive.

Ce n'est pas ton cas, songeai-je.

« Et elle n'aurait pas eu une liaison avec un homme marié ?

— Non, je suis sûr que non. »

Gary paraissait maintenant très mal à l'aise.

« Elle était vraiment séduisante, dit-il finalement. Les gens racontent toujours tout un tas de choses.

— À propos d'Ella et Rick Lewis ? »

Gary poussa un soupir de soulagement.

« Alors t'en as entendu parler. Je ne voulais rien dire. Les gens ont beaucoup parlé de Rick et Ella mais je pense qu'il n'y avait rien entre eux. D'abord Rick était amoureux de Claire.

— Claire Cassidy ?

— Oui. Tu l'as rencontrée ? Elle est aussi prof d'anglais. Plutôt belle, mais un peu snob à mon goût. En tout cas, Claire et Ella étaient de grandes amies.

— Oui, je l'ai rencontrée, dis-je. Alors Rick en pinçait pour Claire ?

— Oui. On était tous au courant. Il y a quelque temps, il était vraiment mordu. On m'a dit qu'il allait se poster devant chez elle pendant des heures. Il est marié, mais ça ne l'en a pas empêché.

— Et qu'est-ce que Claire pensait de Rick ? » demandai-je en repensant à la petite maison à l'ombre de la vieille usine. Est-ce que Rick avait aussi poursuivi Claire ? Dans ce cas-là, pourquoi est-ce qu'elle n'en aurait pas parlé à Tony pour qu'il le vire ?

Gary ne put s'empêcher de rire une fois de plus, mais cette fois, c'était sur un mode cynique et désabusé.

« Claire n'accorderait pas la moindre attention à Rick Lewis. C'est le genre de femme qui ne sort qu'avec des banquiers. »

C'était de toute évidence l'idée que se faisait Gary d'un homme richissime.

« Et les élèves, est-ce qu'il y en avait un qui aurait été séduit par Ella ? Ce sont des choses qui arrivent, non ?

— Je sais, dit Gary en plongeant un regard mélancolique dans sa bière. Je me souviens que j'avais le béguin pour Mlle Creed. Tu te rappelles ? La prof d'art dramatique. J'étais fou d'elle.

— Non, je ne me souviens pas du tout, dis-je. Je n'ai jamais été une fan de théâtre. Alors, est-ce qu'un ado est tombé amoureux d'Ella ?

— Pas à ma connaissance. »

C'était comme s'il se rappelait tout d'un coup qu'il parlait à un enquêteur.

« Tu ne peux quand même pas soupçonner un des élèves ? dit-il.

— Je crois qu'Ella connaissait son assassin, répondis-je. Ça veut dire que tu dois le connaître, toi aussi. »

Ma dernière remarque jeta un froid.

*

Je repartis après avoir fini mon verre. Je n'aurais pas pu digérer un autre jus d'orange et Gary s'était mis à parler du « bon vieux temps ». Il avait peut-être des souvenirs heureux des fêtes d'ados et des matchs de football, mais moi, j'avais renoncé à tout ça du jour où j'avais quitté Talgarth High. Ne jamais regarder en arrière, c'est ma devise. Gary suggéra qu'on aille manger un curry un de ces jours. Il rigole ou quoi ? Pourquoi est-ce que j'irais dans un restaurant indien quand ma maman fait les meilleurs currys d'Angleterre ? Je marmonnai quelques paroles suffisamment neutres pour m'échapper vers ma voiture sans m'engager. Je proposai à Gary de le raccompagner, mais il me répondit qu'il allait rentrer à pied. Il vit dans le village apparemment. Au-dessus du PMU.

La rue principale était déserte. Tous les mini-démons étaient rentrés chez eux. Les réverbères étaient éteints et on voyait les collines se dessiner sur le ciel noir et silencieux. Ce n'était pas très rassurant d'être là toute seule sur le parking. Tout à coup, j'éprouvai le besoin d'être à la maison, d'écouter mes parents se lancer dans leurs habituels débats sur le journal télévisé. Avant de démarrer, je consultai mon téléphone portable, par réflexe, et je vis que j'avais deux appels manqués d'un numéro inconnu. J'écoutai les messages.

« Lieutenant Kaur. Claire Cassidy à l'appareil. Est-ce que vous pourriez me rappeler ? J'ai quelque chose à vous dire. »

Chapitre 15

Je donne toujours ma carte aux gens que j'interroge, mais il est rare qu'ils s'en servent. Je rappelai Claire immédiatement.

« Il s'est passé quelque chose, dit-elle. Je crois que ça pourrait être important.

— Vous êtes chez vous ?

— Oui.

— J'arrive. »

Les rues étaient sombres et désertes. Mes phares illuminaient les haies et les portails des fermes, un panneau spectral au milieu d'un carrefour et un blaireau mort sur le bas-côté, un renard qui s'en va en trottinant vers ses aventures nocturnes. Était-ce la pensée de Rick Lewis faisant le guet à l'extérieur de la maison de Claire qui m'inspira de la rappeler ? Peut-être était-ce simplement le désir de faire quelque chose d'utile après ces quelques heures à me complaire dans le passé. En tout cas, j'arrivai chez elle au bout de dix minutes.

On apercevait quelques lumières aux fenêtres des cottages alignés, dorées et chaleureuses, mais l'usine au-delà se dressait comme une monstrueuse falaise créée par la main de l'homme. C'était peut-être une illusion due aux jeux de lumière ou aux rayons de la lune mais je crus voir un éclat furtif derrière une des fenêtres brisées. La flamme d'une bougie qui clignotait. Comme un code en morse. Qui s'allume, qui s'éteint. J'observai pendant une minute entière, puis la flamme disparut complètement.

Claire m'ouvrit la porte. Elle ne s'était visiblement pas encore changée depuis qu'elle avait quitté son travail. (Chemisier blanc, pantalon noir.) Mais elle portait des espèces de chaussettes-pantoufles aux pieds. D'un coup, elle m'était plus sympathique.

« Merci d'être venue, dit-elle en s'effaçant pour me laisser entrer.

— J'étais dans le coin. »

Son salon gris-bleu était confortable. Le poêle était allumé. Et la seule autre lumière provenait d'une petite lampe posée sur un meuble avec un abat-jour à franges. La télévision était éteinte et un livre était posé sur la table basse. *La Dame en blanc* de Wilkie Collins. Je repensai à Ella Elphick, assise dans le noir avec sa tisane. Quelqu'un devrait mentionner l'existence de Netflix à ces femmes.

Claire me proposa du thé ou du café et j'acceptai le thé, surtout pour me débarrasser du goût de jus d'orange. Toute la scène prenait un air d'intimité factice, d'être là à siroter des boissons chaudes devant la cheminée. En discutant à voix basse parce que la fille de Claire, Georgia, était à l'étage dans sa chambre.

« Si ça se trouve, c'est rien du tout, dit Claire.

— Ou pas, dis-je. Sinon, vous ne m'auriez pas appelée.

— C'est vrai, dit Claire. Je ne sais pas. »

Elle fixa le fond de sa tasse Harry Potter avant de déclarer :

« Je tiens un journal. »

Je ne savais pas quelle réaction elle attendait de ma part. De la surprise ? De l'admiration ? En fait, c'était parfaitement cohérent avec l'image que je m'étais faite de Claire. Un personnage dans un roman du dix-neuvième. J'étais presque certaine que Claire voyait sa vie comme un roman dont elle était l'héroïne.

Elle était toujours en train de parler.

« Quand vous m'avez interrogée sur Hythe, j'ai voulu aller voir et vérifier ce qui s'était effectivement passé entre Ella et Rick. »

Je le savais !

« Je croyais que vous ne saviez rien à ce sujet ? dis-je.

— Parfois on veut oublier, dit-elle en rougissant légèrement. En plus, ça ne regardait qu'eux.

— Et maintenant on est au milieu d'une enquête pour meurtre. »

Mais je préférais ne pas insister et je voulais savoir où tout ça allait nous mener.

« Je suis allée consulter mon journal, dit Claire, pour retrouver ce que j'avais pensé à l'époque. Et lorsque j'ai retrouvé la page, quelqu'un avait écrit quelque chose dessus.

— Qu'est-ce que vous voulez dire ?

— Quelqu'un avait écrit *dans mon journal*, dit-elle d'un ton impatient. Quelqu'un était allé chercher mon journal pour y écrire quelque chose dedans. »

Je continuais à trouver tout ça un peu difficile à digérer.

« Et qu'est-ce qu'il y avait d'écrit ?

— "Bonjour, Claire, tu ne me connais pas."

— Je peux voir ? »

Elle paraissait hésitante mais elle avait dû s'attendre à ce que je le lui demande parce qu'il y avait un carnet bleu pâle posé sur la table avec une étiquette : « Janvier à août 2017 ».

Elle le prit, mais avant de me le tendre, elle ajouta à toute vitesse :

« Et il y a autre chose, j'ai fini le travail tard ce soir. J'ai dû reprendre la production de la pièce de l'école dont s'occupait Ella.

— *La Petite Boutique des horreurs*. »

Elle parut étonnée.

« Oui, exactement. J'attendais le début de la répétition et j'ai décidé d'aller au dernier étage dans le bureau de R.M. Holland.

— Son bureau est encore là ?

— Oui, même si les élèves n'y ont pas accès, évidemment.

— Je n'ai jamais vu cette pièce. Mais j'ai lu la nouvelle. *L'Inconnu*.

— Ah bon ? dit-elle. Et ça vous a plu ? »

Je haussai les épaules.

« Pas beaucoup. Un peu trop mélodramatique. Toutes ces répétitions : "Nous attendîmes encore et encore et encore."

— Ça, c'est la tradition gothique, expliqua Claire. Tout se passe par trois.

— Qu'est-ce qui vous est arrivé ce soir ? » demandai-je en espérant mettre fin à l'explication de texte.

Elle détourna le regard avant de me faire face à nouveau. Elle me refaisait le coup des grands yeux innocents alors qu'il n'y avait pas d'homme présent.

« Je suis allée dans le bureau d'Holland. J'écris un livre sur lui et je voulais regarder certaines photos dans la pièce. Et quand je suis arrivée là... C'est en haut de l'escalier en colimaçon au bout du couloir. Il y avait quelqu'un assis derrière le bureau.

— La vache ! m'exclamai-je malgré moi. Et qui c'était ?

— C'était un de ces mannequins qu'on trouve dans les vitrines, dit-elle. Quelqu'un a dû aller le chercher dans un des ateliers de couture. Mais il était entièrement habillé en vêtements victoriens, les bras ouverts. Je crois qu'il était censé ressembler à R.M. Holland.

— Vous avez dû avoir peur.

— J'ai cru mourir. J'ai hurlé, mais évidemment personne n'a pu m'entendre. Puis je me suis rendu compte de ce que c'était. Mais le plus important, c'est qu'on a mis ça là pour me faire peur. Je suis la seule qui se rend parfois au grenier.

— Qui d'autre a la clef ?

— L'intendant, j'imagine. Il a des doubles de toutes les clefs.

— Vous voulez parler de Pat le Pervers ? demandai-je sans réfléchir.

— M. Patterson a quitté l'école il y a une dizaine d'années. Avant mon époque, ajouta-t-elle. Comment est-ce que vous le connaissez ?

— J'étais à Talgarth High. »

Elle aurait de toute manière fini par l'apprendre.

« Je suis une ancienne élève, ajoutai-je. Et je me sens de plus en plus ancienne.

— Est-ce que Tony le sait ? demanda-t-elle. Faites attention, sinon, il va vous demander de parler aux élèves pour la journée portes ouvertes.

— Je ne le lui ai pas dit, non. »

Mais l'idée ne me déplaisait pas particulièrement.

« Qui aurait pu mettre ce mannequin là, à votre avis ? demandai-je.

— Je ne sais pas.

— Est-ce qu'il y a quelqu'un qui vous en veut ?

— Pas que je sache.

— Et Rick Lewis ? »

Elle se redressa et me regarda comme si j'étais une élève de sixième qui lui demanderait son prénom.

« Pourquoi me posez-vous cette question ?

— Parce que j'ai cru comprendre qu'il a un jour éprouvé une attirance particulière envers vous.

— Il y a une éternité de ça. C'est oublié maintenant. »

C'était ça le problème. La soirée que je venais de passer avec Gary m'avait appris que rien ne s'oublie vraiment.

« Racontez-moi », lui demandai-je d'un ton encourageant.

Elle poussa un soupir.

« Rick a toujours été très chaleureux. C'est un bon directeur de département. Très facile à aborder.

— J'imagine.

— Moi, il ne m'a jamais abordée. En tout cas pas au début. Ça a commencé quand il m'a envoyé des petits mots. Des citations de livres que nous aimions tous les deux, ce genre de choses. Ella et moi on en riait ensemble. Puis, un peu plus tôt cette année, nous sommes sortis pour un repas entre collègues et Rick et moi nous étions en train de retourner à nos voitures respectives quand, soudain, il s'est jeté sur moi et il a essayé de m'embrasser.

— La vache ! » m'exclamai-je encore une fois.

Elle en parlait d'un ton léger, mais ça n'en était pas moins une agression sexuelle.

« Je l'ai repoussé, bien sûr. Je lui ai dit de se contrôler. » Elle venait de parler exactement comme un prof.

« Je veux dire que j'avais pensé qu'il était saoul, tout simplement, mais le lendemain il est venu chez moi, et il m'a annoncé qu'il était amoureux de moi. “Je suis malade de toi”, c'est comme ça qu'il me l'a dit.

— Charmante expression.

— C'est aussi ce que j'ai pensé. Je lui ai répondu que je n'aurais jamais une aventure avec un homme marié.

— Vous étiez tentée ? demandai-je, l'air de rien. Il est assez beau.

— Non, répondit-elle en se redressant encore une fois. Pas une seule seconde. J'ai cru qu'il acceptait le fait que ce serait comme ça, mais quelques jours plus tard, je l'ai vu qui venait se poster devant ma maison. C'était bizarre. Il était assis là. J'ai cru qu'il s'était peut-être perdu en chemin vers je ne sais où. Mais il est revenu le lendemain et encore le surlendemain.

— Il vous suivait ?

— Ce n'était pas vraiment ça. Mais je lui ai dit qu'il fallait que ça s'arrête. Il était le directeur de mon département, après tout. Ça ne pouvait pas continuer. Les gens allaient se mettre à parler. »

J'avais envie de lui dire que tout le monde était au courant. Parce que Gary est toujours le dernier à entendre les ragots.

« Et ça s'est arrêté ? demandai-je.

— Plus ou moins. Il m'envoie encore des petites cartes avec des citations amères de Shakespeare. *Adieu tu es bien trop précieux pour moi*. Mais dans l'ensemble, oui, maintenant, nous sommes seulement des collègues. »

Je songeai à la carte que j'avais vue sur la cheminée quand j'étais entrée pour la première fois dans cette pièce. Celle qui était signée « R. ». Je ne me souvenais pas du message qu'elle contenait, ni de l'écriture, malheureusement. Je jetai un coup d'œil vers le linteau de la cheminée. La carte n'y était plus.

« Vous reconnaîtriez son écriture ? demandai-je.

— Je crois, répondit Claire. Il envoie beaucoup de messages écrits à la main aux enseignants, il trouve que ça fait moins officiel.

— Je peux voir l'écriture sur le journal ? »

Elle me tendit le carnet bleu. Je parcourus la page rapidement juste pour m'assurer qu'Ella avait bien couché avec Rick avant de le laisser tomber, puis je me concentrai sur les pattes de mouche au bas de la page.

« C'est l'écriture de Rick ?

— Je ne crois pas, dit Claire. Son écriture est plus ronde, plus grosse. Là, c'est presque en italique. Et c'est trop petit. »

C'était petit, en effet, mais pas assez pour dissimuler une chose. La personne qui avait écrit ça était la même qui avait écrit « L'enfer est vide », et qui avait laissé ce message sur le corps d'Ella.

L'Inconnu

J'entendis un hurlement et les couloirs de la maison déserte en renvoyèrent l'écho. Je me rendis compte que c'était moi qui avais crié. Mon ami, Gudgeon, gisait mort à mes pieds. Wilberforce n'était qu'à quelques mètres. Je leur touchai le cou à la recherche d'un pouls, mais je savais qu'il n'y avait plus rien à faire. Quelqu'un ou quelque chose s'était abattu sur ces deux hommes comme une bête sortie de l'enfer pour les massacrer. La poitrine de Gudgeon était rouge de sang là où on l'avait poignardé à de nombreuses reprises. Il avait les bras en croix et je pus voir sur les paumes de ses mains – horrible sacrilège ! – des plaies qui ressemblaient aux stigmates de notre Seigneur. Je crus d'abord que Wilberforce avait été poignardé lui aussi, mais en y regardant de plus près à la flamme vacillante de ma bougie je vis qu'il avait été garrotté. Un chiffon blanc enserrait son cou, transformant son visage en une grimace hideuse. Toutefois, il n'avait pas échappé au couteau de l'assassin, planté dans sa poitrine.

Je tremblais, ma bougie dessinait des silhouettes folles sur les murs. Et pendant plusieurs minutes je restai pétrifié de peur. Car le monstre qui avait tué mes compagnons était sans doute encore très proche. Allait-il maintenant s'attaquer à moi avec sa lame et ses mains rouges de sang ?

Mais la maison en ruine était plongée dans le silence. On n'entendait que la course des rats sur le sol de l'étage au-dessus. Puis un cri provenant de l'extérieur. « Que se passe-t-il là-dedans ? » Puis Collins, Bastian et le troisième qui montaient l'escalier en courant. Je tenais encore la bougie et ils virent sans doute la pâleur de mon visage, illuminé par cette lumière spectrale, avant que la scène ne leur apparaisse dans toute son horreur.

Je recouvrirai d'un voile – ou plutôt d'épais rideaux – ce qui se passa ensuite. Je voulais informer les autorités de l'université quant à ce qui s'était passé, mais lord Bastian objecta que l'on s'attirerait de nombreux ennuis. Peut-être même serions-nous renvoyés. De plus, ajouta-t-il, on ne serait pas très content au sein du Hell Club si la nouvelle se répandait. Les deux autres partageaient son opinion et souvenez-vous qu'ils étaient des membres d'importance au sein du club. Pour résumer, on me persuada que la meilleure attitude à adopter était de quitter cette maison et de retourner à l'université comme si de rien n'était. On finirait par trouver les cadavres, bien sûr, et il y aurait une enquête, mais nous allions nier avoir la moindre connaissance des faits. Nous ne devions plus jamais mentionner cette nuit.

« Nous devons jurer », déclara Bastian et, à ma plus grande horreur, il s'agenouilla et à la manière de saint Thomas face à notre Seigneur, il plongea les doigts dans la plaie sur la main de Gudgeon.

« Jurez ! dit-il. Jurez sur son sang ! »

Vous imaginez la scène ? La lumière des bougies, le vent qui soufflait de plus en plus fort à l'extérieur, Bastian avec le sang de Gudgeon sur ses mains. Nous étions tous à moitié fous. C'est la seule explication possible. Bastian appuya ses doigts tachés de sang sur nos fronts, comme un prêtre l'aurait fait avec des cendres. « Souviens-toi que tu es poussière et que tu retourneras à la poussière. »

Puis nous répondîmes l'un après l'autre : « Je jure ! »

Qu'est-il arrivé ensuite ? Ah mon cher jeune homme, pas la peine de paraître si inquiet. Le temps a passé, comme toujours. Les corps furent découverts. La police fit une enquête, mais on ne trouva jamais de coupable. Le doyen de l'université s'efforça de me consoler de la mort de mon ami. Et je dois avouer qu'en toute sincérité j'étais effondré. Il fit preuve de compassion mais il cita quelques mots d'Homère qui me firent froid dans le dos, même si l'intention était de m'encourager au stoïcisme. SOIS FORT, DIT MON CŒUR. JE SUIS UN SOLDAT. J'AI VU PIRE ENCORE QUE CELA. *Et tout s'arrêta là.* Consummatum est.

Ou du moins était-ce ce que je croyais.

TROISIÈME PARTIE

Georgia

Chapitre 16

Il fait presque nuit quand je récupère Herbert à Toutou Babysitting. Nous suivons la grande route. Les voitures passent à toute vitesse, leurs phares illuminent le feuillage. Herbert glapit et se recroqueville contre la haie. C'est une vraie mauviette, ce chien. Finalement, je suis obligée de le porter. Il est petit mais étonnamment compact et lourd. Quand j'arrive à la maison, je suis épuisée. Maman a peut-être raison, je devrais faire plus de sport. « Le sport libère les endorphines, protège les adolescents de l'obésité et de la dépression, te mène vers une vie saine, et te permet d'entrer dans des équipes à l'université plutôt que de se défoncer avec des drogues... » Etc.

C'est un des prêches favoris de maman, après celui-ci : « Tu le regretteras si tu ne travailles pas dur pour tes examens. Tes années d'université seront les meilleures de ta vie, mais seulement si tu vas dans une université prestigieuse ou, encore mieux, Oxford ou Cambridge. Je n'ai pas pu entrer à Oxford, mais je ne suis pas amère... »

De retour à la maison, je donne à manger à Herbert et j'allume mes bougies préférées. Je ne crois pas qu'il y aura des gamins pour venir frapper à notre porte pour Halloween parce que la maison est assez loin du village, mais j'ai acheté des Haribo, au cas où… Maman adore le sucré, mais elle ne mange que du chocolat noir avec fèves du genre cueillies à la main par les Aztèques. Je suis sûre que les gamins préféreront des sucreries moins rares. J'allume donc les bougies, je récite l'incantation que nous a apprise Mlle Hughes et j'ouvre *L'Inconnu*.

Au cours des quatre dernières années, j'ai chaque fois lu *L'Inconnu* à Halloween. Maman ne le sait pas et je pense que ça ne lui plairait pas, même si elle parle toujours de cette nouvelle dans ses cours. Elle la lit à haute voix à ses élèves, même. Elle ne peut pas allumer de bougies à cause des règles de sécurité mais elle a une appli sur son ordinateur portable qui imite le bruit du feu dans la cheminée. Je suis sûre que ça doit donner des frissons dans le dos. J'adorais que maman me lise des histoires quand j'étais petite. On est passées des livres d'images et de Noel Streatfeild à Agatha Christie et Georgette Heyer. *Devil's Cub* est encore aujourd'hui mon livre préféré et Dominic le parfait héros romantique. Quand je l'ai dit à Ty, il en était jaloux. « Lis le livre, lui ai-je conseillé, et tu comprendras. » Mais je ne pense pas que Ty lira jamais un livre avec une crinoline sur la couverture. Pourquoi est-ce que les couvertures des livres de Georgette Heyer sont aussi nulles ? Quand on pense à toutes les choses palpitantes qui se passent, les enlèvements, les impostures, les poursuites à cheval, la couverture représente toujours une femme dans une robe de bal en train de minauder devant un homme. Venetia aussi adore Georgette Heyer, d'ailleurs elle a été baptisée d'après un de ses livres.

Si vous me permettez, dit l'Inconnu, je voudrais vous raconter une histoire. Après tout, nous nous sommes embarqués dans un long voyage et à en juger par le ciel, nous risquons d'être coincés dans ce wagon pendant encore un bon moment. Alors pourquoi ne pas passer le temps à échanger quelques récits ? Quoi de mieux pour un soir d'octobre ?

C'est un début tellement formidable ! Mon livre a trois débuts différents. Un du point de vue du protagoniste, un autre du point de vue du faire-valoir et un autre avec un narrateur omniscient. Mais, d'une certaine manière, je saurai comment le démarrer quand je l'aurai fini. Mlle Hughes dit que la plupart des écrivains pourraient supprimer leurs premiers chapitres et que leurs livres s'en trouveraient beaucoup mieux. Mais avec une nouvelle comme *L'Inconnu*, c'est différent. Tous les mots comptent.

Maman ne sait pas que je suis en train d'écrire un livre. Elle n'est même pas au courant pour l'atelier d'écriture. Elle croit que je traîne chez Tash et qu'on regarde des films pour nanas et qu'on se peint les ongles. Elle préfère me voir comme ça même si elle me fait sans cesse la leçon sur le travail et la lecture, parce que je lui apparais du coup comme une « adolescente normale », pour ce que ça veut dire. Même Ty, « le copain qu'on désapprouve », a sa place dans ce tableau. Parce qu'avec papa elle craint que leur divorce m'ait traumatisée. C'est pour ça qu'ils m'ont inscrite dans cette épouvantable école de Sainte Faith quand nous sommes venues nous installer ici. « Un environnement préservé », comme disait papa. Putain ! Toutes ces petites pétasses qui parlaient de leurs poneys s'inquiétaient de ce que leur derrière paraisse trop gros dans leurs pantalons d'équitation. (La réponse est oui, ils sont trop gros.) Et elles étaient complètement *obsédées* par les garçons parce qu'elles n'en voyaient quasiment jamais en vrai. Quand le laveur de vitres venait, j'en étais gênée pour elles, vraiment.

Lorsque j'ai changé pour aller à Talgarth, tout a été différent. C'est Ella – Mlle Elphick – qui a été à l'origine de tout. C'est pour ça que j'ai été tellement triste quand elle est morte. Quand elle a été assassinée. J'ai horreur des euphémismes. Mlle Elphick aimait bien mes dissertations et c'est elle qui m'a suggéré de me joindre à l'atelier d'écriture de Mlle Hughes. C'est là que j'ai rencontré Tash, Patrick et Venetia. Mes meilleurs amis au monde. Mlle Hughes enseigne aux terminales et nous nous rendons au lycée les lundis soir. Tash et Patrick sont à Talgarth comme moi, mais Venetia vient de Sainte Faith. Venetia m'a avoué qu'elle ne m'aimait pas quand j'étais là-bas, mais c'est sûrement parce que je cachais ma véritable personnalité. Pour être honnête, je ne me souviens pas du tout d'elle à Sainte Faith. Elle dit qu'elle a appris à se rendre invisible à l'école, ce qui est un peu étonnant vu qu'elle a une superbe chevelure rousse d'à peu près un mètre de long. Natasha – Tash – est « officiellement » ma meilleure amie et reconnue comme telle par toute la famille et en particulier par maman en raison d'un snobisme assez subtil. Les parents de Tash sont des cols blancs qui ont fait des études universitaires. Tash elle-même s'exprime très bien et n'a qu'un nombre limité de piercings. Ils vivent dans une belle maison et font leurs courses dans des magasins sélects. On ne voit pas beaucoup Patrick à l'école parce qu'il joue au rugby et passe beaucoup de temps avec ses abrutis de coéquipiers. Tash et moi nous en avons discuté, nous aimons toutes deux beaucoup Patrick, mais il est hors de question de sortir avec lui car ça détruirait l'énergie du groupe. En plus, il a déjà une copine qui s'appelle Rosie. Une charmante petite créature. On ne savait pas au début que Mlle Hughes était une sorcière blanche. Pour moi elle était seulement un super prof. Elle sait tout de suite quand les mots vont ou ne vont pas. Mais quand elle suggère des changements, on ne se sent pas idiote pour autant. Elle vous encourage, vous pousse à faire de votre mieux. Elle n'est pas très glamour, contrairement à Mlle Elphick ou à maman, d'ailleurs, elle est plutôt rondouillarde et coiffe ses cheveux en un chignon gris. Toutefois, elle a une voix merveilleuse, très grave, avec un léger accent gallois. La première fois qu'on a deviné que Mlle Hughes n'était pas une de ces athées qu'on trouve habituellement sur les bancs de l'église anglicane fut quand elle mentionna qu'elle allait passer ses vacances à Glastonbury. « C'est de là que vient votre famille ? » avait demandé Tash. On était obsédées par elle à cette époque. Et elle avait répondu avec un sourire : « Mes sœurs vivent là-bas. » Une autre fois, Venetia avait eu peur parce qu'elle devait aller à l'hôpital se faire opérer (elle est née avec un trou dans le cœur, ce n'est pas très grave, mais elle en fait toute une histoire). Et Mlle Hughes lui avait donné une huile pour en mettre quelques gouttes sur son oreiller. Et aussi une image d'un lièvre en train de regarder la lune avec ces mots : « Que la Déesse te protège ». Venetia avait dit que l'huile lui avait procuré des rêves merveilleux.

C'est seulement vers la fin de la troisième, quand on étudiait *Macbeth,* qu'elle nous l'a révélé. Patrick avait déclaré que la pièce ne pouvait vraiment fonctionner qu'au dix-septième siècle quand les gens avaient peur des sorcières. Mlle Hughes afficha son petit sourire entendu et répondit : « Les gens ont encore peur des sorcières. On a toujours peur de ce qu'on ne comprend pas. Je ne dis qu'aux gens très spéciaux que je suis une sorcière blanche. Les esprits ordinaires ne peuvent pas comprendre. » Nous étions évidemment enchantés d'être spéciaux et pas ordinaires. Elle ne nous en avait pas dit grand-chose et elle n'avait certainement pas essayé de nous convertir, comme ces gens avec lesquels maman discute sans cesse sur le palier et qui distribuent des magazines où on explique qu'on ira en enfer parce qu'on a des Smartphone. Mais Mlle Hughes nous a enseigné des techniques de méditation et quelques incantations. Elle nous a appris à créer un cercle protecteur autour de nous et à nous libérer des esprits pestilentiels. Elle nous a aussi offert à chacun une pierre, une obsidienne noire, qui nous met à l'abri des esprits malins. C'est pour ça que je n'ai pas peur d'être toute seule à Halloween, à lire une histoire de fantômes. Au contraire, je veux m'ouvrir aux âmes qui errent ce soir et leur venir en aide dans la mesure du possible.

« Âmes tourmentées, ne craignez pas. Libérez-vous des entraves de la terre et tournez-vous vers la lumière… »

Herbert se met à aboyer. J'entends quelqu'un qui monte l'escalier. Je suis vaguement agacée, mais je me souviens des Haribo et je me dirige vers la porte avec un sourire accueillant.

« Salut beauté ! »

Ce ne sont pas des gamins déguisés, c'est Ty. Il part prendre son service au pub, mais il me dit qu'il ne veut pas que je sois seule à Halloween.

« Je vais juste rester avec toi jusqu'à ce que ta mère rentre. »

Je cache ma déception, parce que ça part d'une bonne intention. Ty est plein de bonnes intentions. Comme un gros chiot. Dieu sait pourquoi maman et papa le voient comme le prince des Ténèbres. Depuis que nous nous sommes rencontrés dans cette boîte, l'été dernier – où je m'étais servie de ma fausse pièce d'identité pour entrer et où je m'étais saoulée à mort –, il fait tout pour s'occuper de moi.

« Tu ne connais pas le monde », me dit-il du haut de ses vingt et une années d'expérience. « C'est un endroit effrayant. » Mais grâce à Mlle Hughes et à l'atelier d'écriture, j'ai pu traverser ce monde de part en part ainsi que l'autre monde. Je n'ai plus peur de rien.

Ty vient s'asseoir à côté de moi sur le sofa, se moque de mes bougies et avale une poignée d'Haribo. Herbert le regarde en grognant depuis l'autre extrémité de la pièce. Je jurerais que cet animal est le démon familier de maman. Il fait éternuer Ty alors que normalement on n'est pas allergique au poil de caniche.

Ty prend mon anthologie de nouvelles fantastiques et se met à lire. Mais je sens que ce n'est plus le moment de se plonger dans R.M. Holland. J'allume la télévision et Ty passe son bras autour de mes épaules. Maintenant nous sommes en train de nous rouler des pelles et de nous tripoter. Ne vous y trompez pas, j'adorerais coucher avec Ty. Il est beau et il sait ce qu'il fait, contrairement aux garçons de ma classe. Il est important de développer sa sexualité, nous explique souvent Mlle Hughes, c'est la source d'une grande force. Mais Ty a décidé qu'il ne coucherait pas avec moi tant que je n'aurai pas seize ans, en février prochain. Nous avons donc ces moments épuisants où on fait tout sauf l'essentiel. Alors de temps à autre il s'interrompt, se met à grogner et regarde dans le vide, et j'ai moi aussi l'impression que je vais exploser. Il est maintenant en train de m'embrasser avec une main dans mon pantalon et l'autre qui essaye de défaire mon soutien-gorge. Je ne pense plus à rien. Mon esprit est rouge et noir et envahi d'insectes qui bourdonnent. Puis Herbert se remet à aboyer.

Ty se redresse tout d'un coup.

« C'est ta mère ? » Maman le terrifie. C'est à mourir de rire.

« C'est beaucoup trop tôt. Elle a une répétition. Elle va écouter Peppa la cochonne chanter des chansons sur les plantes carnivores. »

Ty me regarde sans comprendre, ce qui n'est pas très étonnant.

Mais Herbert se met à agiter la queue et à couiner comme quand il sent la présence de maman. Il saute sur le dossier du sofa et aboie dans mon oreille. Les lumières s'allument dans le salon. J'éteins les bougies. Ty remet sa chemise dans son pantalon. J'agrafe mon soutien-gorge et j'allume la télé, je mets la chaîne où il y a *Friends*. Le genre de chose qu'une adolescente normale regarderait.

La porte s'ouvre, mais maman n'entre pas dans le salon, elle a dû voir la voiture de Ty et comprendre qu'il était là. Ça m'énerve, mais elle va penser que c'est ce que j'avais prévu : une petite soirée clandestine avec mon copain, alors que mes intentions étaient bien plus élevées et bien plus pures.

Maman va dans la cuisine et je la suis. Elle est là, dans son super manteau rouge, à se servir un verre de vin.

« Qu'est-ce qui s'est passé ? La répétition a été annulée ? »

Elle se retourne, je suis stupéfaite. Elle a une tête épouvantable. Elle a toujours le teint pâle, mais là, c'est comme si on lui avait jeté de la peinture blanche au visage. Son mascara a coulé, comme si elle avait pleuré.

« Ça va ? » je lui demande.

Elle avale une gorgée de vin.

« Je viens d'avoir un choc, dit-elle en essayant de sourire. Ty est ici ?

— Il va partir.

— Il n'est pas obligé de partir tout de suite, dit-elle. Mais on va avoir de la visite un peu plus tard, et il vaudrait mieux qu'il ne soit plus là à ce moment-là.

— Il doit partir à dix-huit heures. Il travaille au pub. »

Maman paraît soulagée. Et comme je comprends qu'elle veut que moi aussi je lui laisse le champ libre, je prends pitié d'elle.

« J'aurai beaucoup de devoirs à faire quand il sera parti. »

Chapitre 17

Le visiteur qu'attend maman arrive vers vingt-deux heures. Je regarde par la fenêtre de ma chambre, je vois une voiture grise plutôt cool, et une femme qui en sort. Je ne vois pas son visage mais je suis quasiment sûre que c'est la policière qui était à l'école hier. Patrick a dû la rencontrer parce qu'il était dans la classe de Mlle Elphick et il a dit qu'elle faisait vraiment peur, du genre à savoir exactement ce qu'on pense et qui ne se laisse pas impressionner facilement. Les âmes mortes de la vieille usine sont occupées à leur ballet habituel, cette nuit : les lumières qui clignotent, les bruits étranges, une énergie électrique si puissante que je m'étonne presque de ne pas voir des éclairs déchirer le ciel. La policière sent aussi quelque chose, elle s'arrête et se tourne vers le vieux bâtiment désaffecté. Mais visiblement, elle décide de ne pas écouter sa voix intérieure parce qu'elle se contente de secouer la tête et continue son chemin jusqu'à la porte.

Maman la remercie d'être venue et cette femme lui répond : « J'étais dans le coin. » Comme si elle ne voulait pas qu'on pense qu'elle puisse agir par gentillesse. Puis elles passent dans le salon et je ne peux plus les entendre. Au bout d'un moment, Herbert monte me rejoindre et s'assied sur mon lit. Elles doivent l'ennuyer avec leurs histoires sur le crime d'Ella. Contrairement à moi. J'aimerais tant savoir ce qu'elles se disent. Personne ne m'a encore parlé d'elle alors que je la connaissais plutôt bien. Mais je ne suis qu'une enfant. Pire encore : une adolescente boudeuse. Personne ne veut mon opinion, et c'est tant pis pour eux.

Tout en caressant Herbert d'une main, j'ouvre mon ordinateur portable. J'ai effectivement des devoirs à terminer, de l'histoire et de l'espagnol, mais pour le moment j'ai quelque chose de plus important encore à faire. Finir la page de mon journal. Ça peut être une corvée de tenir un journal, mais justement, tout est là, il faut le faire, qu'on le veuille ou non. C'est un excellent exercice si on veut devenir écrivain, dit Mlle Hughes. Tash, Venetia, Patrick et moi-même nous sommes tous sur MonJournalSecret.com. Il ne reste secret que si on le veut. Beaucoup de gens rendent leur journal public. Sur le site, pour être exacte. Seuls les membres peuvent lire ce qui est écrit, ce n'est pas ouvert à tout Internet. Je partage mes contributions quelquefois, mais seulement quand je pense que mon style est excellent, ce qui d'ailleurs n'est pas le but d'un journal. C'est censé être un document de travail et non pas une œuvre en prose. Mais je révise et je travaille mes entrées. Je pense que je le fais aussi parce que j'écris sur le portable, où il est plus facile de se corriger. Je n'arrive même pas à imaginer ce que ce serait d'écrire un journal intime à la main, sachant qu'on n'a qu'une seule chance de s'exprimer et que l'encre restera sur le papier à jamais. Je parie que plus personne ne tient un journal comme ça de nos jours.

Je me connecte. Mon mot de passe est Herbert17, ce qui est dangereux parce que c'est le même pour tout. Herbert fait semblant de dormir mais je sais qu'il me surveille. Je regarde les nouvelles entrées de ce soir. Il y en a une de Venetia et une de Patrick. Une autre de LittleBear, qui m'agace, et une de Cyber Wolf, qui me plaît plutôt.

Patrick est à nouveau parti dans ses fantasmes, et on ne sait pas si c'est lui qui écrit ou Puma, son alter ego. Ça ne m'intéresse pas beaucoup. Je trouve que la vraie vie est toujours plus sombre et plus compliquée que la vie fantasmée. Venetia se laisse trop prendre par la vraie vie. C'est sans cesse la même chose : « Maman ne me comprend pas », « Ce garçon ne m'a pas remarquée », « Personne n'a aimé ma photo sur Instagram ». Le truc, c'est qu'aucune de nos mères ne nous comprend, elles en sont congénitalement et sociologiquement incapables. Venetia est comme toutes les filles de Sainte Faith, obsédée et effrayée par les garçons. Elle est toujours à désirer quelqu'un qu'elle a aperçu dans le bus ou qu'elle ne connaît que sur Facebook. Elle dit des trucs comme (et là j'entends sa voix si clairement que je me demande même si elle n'a pas fait un sortilège pour projeter sa voix de façon audible) : « C'est facile pour toi, Georgie, toi t'as un copain. » Et j'imagine qu'il y a une part de vérité là-dedans. Mais toutes ces histoires de Snapchat et Instagram, c'est tellement ennuyeux. Papa et maman adorent se convaincre que je suis accro aux réseaux sociaux. Je les entends parler à leurs amis de ce ton léger censé cacher leurs émotions profondes : « Georgie est toujours collée à son téléphone à envoyer des SMS, des messages sur WhatsApp, et je sais pas quoi. C'est malsain. À son âge je jouais au hockey ou je distribuais les journaux ou je retrouvais mes amis. Les adolescents de nos jours… » Et ainsi de suite. Je les laisse penser ça parce que c'est plus facile. (C'est aussi intéressant de les voir penser que lire un livre c'est bien, lire un écran, c'est mal.) Mais en fait je ne publie jamais rien sur les réseaux sociaux. Je vais sur des forums, bien sûr – même certains de nos profs ont des groupes de travail sur Facebook –, mais le seul site que je visite régulièrement est MonJournalSecret.com.

Je commence à écrire : « La fête d'Halloween a été annulée cette année à cause de la mort de Mlle Elphick. Comme si la Grande Faucheuse pouvait se faire une place dans la parade kitsch et pailletée qu'est devenu le soir de tous les Saints. Certaines personnes à l'école portaient des chapeaux de sorcière et des dents de vampire, mais les professeurs, qui avaient encore les yeux rougis par la nouvelle concernant Elphick, leur en ont fait le reproche. Au cours de géographie, M. Carter a failli se mettre à pleurer quand un élève lui a posé une question à propos de l'enterrement. La cérémonie doit avoir lieu dans la chapelle de l'école, apparemment. C'est le dernier endroit que je choisirais pour mes funérailles. Mais de toute manière, je ne veux pas de funérailles dans une église. Je veux être éparpillée aux quatre éléments. La terre pour mon corps, l'eau pour mon sang, l'air pour mon souffle, le feu pour mon esprit. »

Je marque une pause. Je réfléchis. Si je publie ça, il faut que je m'arrête là. C'est plutôt bien, surtout le passage sur la Grande Faucheuse. Mais si je dois mentionner Ty, maman et le fait qu'une policière est là en ce moment, il faut que ça reste privé. J'ai écrit ici sur la mort de Mlle Elphick mais je ne veux pas qu'on puisse penser que maman est impliquée. Je veux publier. Je veux montrer à Patrick et Venetia que j'écris. Mais on ne sait jamais qui d'autre peut avoir un compte ici. Les parents croient qu'on ne comprend pas ce genre de choses, mais ils se trompent. Je passe en mode privé.

« Il est arrivé quelque chose à l'école aujourd'hui. Quand maman est revenue à la maison on aurait cru qu'elle avait vu un fantôme. Ce qui est peut-être le cas. L'esprit de la femme de R.M. Holland hante l'école. Je ne l'ai jamais vue, mais j'ai très certainement ressenti l'atmosphère glaciale au premier étage du vieux bâtiment. Tout le monde déteste avoir des cours dans cette partie de l'école. Ce n'est pas tant que ça fasse peur, c'est surtout *triste*. On ressent la tristesse d'Alice Holland, son désespoir quand elle s'est jetée depuis le palier du dernier étage. Je sais que Mariana est là aussi. Parfois, je l'ai sentie très proche de moi. Comme j'aurais aimé que maman me laisse assister à sa rencontre avec Henry Hamilton. Mais non. Il a fallu qu'on me fasse suivre Edmund le Boutonneux. "Les jeunes aiment être ensemble." Évidemment, maman espérait que j'allais être conquise par les charmes de Cambridge et que je ferais tout pour avoir les meilleures notes à mon examen. R.M. Holland m'intéresse tellement plus que l'université. Ou que les garçons, d'ailleurs.

Ty est venu ce soir. Il croyait être gentil, ou protecteur, ou je sais pas quoi. Il ne voulait pas que je sois seule pendant Halloween alors que, bien sûr, c'était la seule chose que je désirais. Et bien sûr il m'a embrassée, et tout a recommencé. Je voudrais simplement qu'on couche ensemble et qu'on n'en parle plus. Mais il a ses scrupules. "Tu n'as pas l'âge", répète-t-il sans cesse. Mais l'âge n'est rien qu'un chiffre. En plus, Mlle Hughes pense que j'ai eu une vie antérieure dans laquelle j'étais une vieille femme très sage (ce qui bien sûr est une autre façon de dire une sorcière). En tout cas maman est arrivée avant que la situation ne devienne trop incontrôlable. Ty a une ridicule peur panique de maman et il a donc disparu après avoir bégayé quelques mots devant elle. J'ai ensuite préparé le dîner parce que maman était toujours dans tous ses états. Elle m'a déclaré qu'elle attendait "de la visite", je suis donc montée dans ma chambre pour “faire mes devoirs”. Il se trouve que “la visite” était la policière qui enquête sur le meurtre de Mlle Elphick. Pourquoi est-ce que maman lui a demandé de venir ici ? Est-ce que maman aurait des preuves sur la mort d’Ella ? Je sais qu’elles étaient des amies proches. Ella venait souvent ici, elles buvaient du vin et elles regardaient *Danse avec les stars*, l’opium des quadras. Est-ce qu’il s’est passé quelque chose de nouveau ce soir ? Comme dans les livres, quand tout à coup Poirot “sait” qui est le coupable mais ne le dit pas parce qu’il reste encore cent pages ? De toute façon, maman ne me dira rien et je ne peux même pas en parler sur le forum parce que Patrick a de toute évidence encore le béguin pour Mlle E. L’âge n’est peut-être qu’un chiffre, mais quand on a seize ans, on n’a pas le droit d’envoyer des cartes à ses professeurs pour la Saint-Valentin. Je le lui avais dit à l’époque. Mais les gens refusent souvent de m’écouter.

Tant pis pour eux. »

Chapitre 18

L'enterrement de Mlle Elphick a lieu un samedi mais maman m'oblige quand même à porter mon uniforme. « M. Sweetman veut que les élèves portent leur uniforme. Ça sera plus distingué. Il pense que ça plaira aux parents d'Ella. » M. Sweetman – que maman n'appelle pas autrement que « Tony » – s'inquiète toujours de l'allure que prennent les choses. Ce n'est pas un mauvais prof. Certaines filles trouvent qu'il est sexy, ce qui est ridicule. Il ressemble à un DJ d'une radio de seconde zone.

Maman est très élégante dans sa robe noire et son manteau noir. Moi j'ai l'air d'une idiote dans mon sweat et mon kilt. Comme il fait très froid ce matin, j'ai aussi mis ma parka et un bonnet de laine noir. On doit avoir l'air d'un mannequin et d'une clocharde quand on sort pour aller prendre la voiture. Je ne m'en plains pas parce que, d'une, je me force à ne pas songer aux apparences, et de deux, maman me donne l'impression d'être vraiment, vraiment stressée. Elle était au bord des larmes pendant le petit déjeuner, puis Herbert a sauté sur la table et a mis le nez dans la confiture, et elle s'est mise à rire de façon hystérique.

« Cool, relax, maman », ai-je dit en prenant Herbert dans mes bras pour le poser par terre. Ça fait partie de mes expressions « d'adolescente normale ». Pour que les parents puissent lever les yeux au ciel et parler de l'influence de l'Amérique sur la jeunesse d'aujourd'hui.

« Je suis désolée, a dit maman en s'essuyant les yeux. Je suis tellement sur les nerfs. Je redoute le reste de la journée.

— La seule façon d'y survivre c'est d'y survivre, dis-je en paraphrasant une des expressions de Mlle Hughes.

— Tu sais que tu parles comme une vieille âme très sage, parfois ? me dit maman en me serrant dans ses bras. Tu sais ça ? »

*

Au volant de la voiture, maman freine violemment deux fois pour ne pas écraser des renards imaginaires. Et une troisième fois parce qu'un oiseau de proie vient planer juste devant nous, ses ailes effleurent presque le pare-brise. C'est sûrement un présage. Mais je ne sais pas ce qu'il signifie exactement.

Il y a déjà de nombreuses voitures sur le parking quand nous arrivons. C'est bizarre de voir les agents d'entretien en cravate noire et costume à côté de l'escalier principal. Maman s'arrête pour échanger quelques mots avec Dave le Pervers, le plus vieux des deux. Il m'adresse un clin d'œil quand nous nous éloignons. Je l'ignore.

Nous n'allons dans la chapelle que pour les assemblées très spéciales ou les concerts. En général, elle reste fermée à clef. Je ne joue pas d'un instrument et je ne chante plus dans le chœur depuis plusieurs années, ça fait donc une éternité que je ne suis pas entrée ici. Je suis surprise par la taille du bâtiment et du nombre de personnes qu'elle peut contenir. Le chœur est plein à craquer. Il y a des lys blancs sur l'autel. Des lys, charnels, presque obscènes qui embaument l'atmosphère. Les deux premiers rangs sont vides, sans doute réservés à la famille de mademoiselle Elphick. Maman est assise au cinquième rang. M. Lewis est devant nous avec une grosse dame qui est sans doute sa femme. Il y a beaucoup d'autres profs. Mme Francis, la sous-directrice. Mlle Palmer, ma prof d'anglais. M. Carter, qui enseigne la géographie. Pas la moindre trace de M. Sweetman mais peut-être qu'il attend la famille. Finalement, à force de tendre le cou, je la vois, dans le fond, ses cheveux coiffés en deux tresses enroulées autour de la tête. Mlle Hughes me sourit et je lui rends son sourire. Patrick et Venetia sont assis à côté d'elle, mais je ne peux pas laisser maman toute seule. Au bout d'un moment, Tash et sa mère viennent nous rejoindre et ça va mieux.

Puis on sent un mouvement à l'arrière de l'église et on comprend que le cercueil est arrivé. C'est la première fois que j'assiste à des funérailles. Je ne suis allée qu'à un seul mariage, quand papa a épousé Fleur, mais c'était à la mairie. Il n'y avait même pas de demoiselles d'honneur. Fleur voulait quand même me donner un rôle – ce qui est plutôt mignon de sa part –, alors j'ai mis cette robe Laura Ashley et je tenais un bouquet entre les mains. J'avais douze ans et je me sentais complètement idiote. Maman n'était pas là, pour des raisons évidentes, et j'avais passé la journée avec grand-mère qui avait passé son temps à me caresser les cheveux et à soupirer. À cette époque, elle avait une opinion négative de Fleur, mais elle a un peu changé d'avis quand Fleur a pondu deux bébés l'un après l'autre, dont un *garçon* !

D'une certaine manière, tout cela est une sorte de mariage épouvantable. Le cercueil remonte l'allée centrale, porté par des hommes en noir, et les gens suivent, comme des demoiselles ou des garçons d'honneur. Ça doit être la famille de Mlle Elphick, un homme à cheveux gris et une femme qui se tiennent par la main, puis un couple plus vieux. Les grands-parents de Mlle Elphick ? Quelle horreur que de survivre à ses petits-enfants. Un autre couple d'âge moyen leur emboîte le pas. Puis M. Sweetman ferme la marche, on dirait qu'il s'est entraîné devant le miroir à faire une moue chagrinée.

C'est épouvantable de se dire que le corps de Mlle Elphick est dans cette boîte. D'ailleurs ce n'est pas une boîte, plutôt un panier avec des fleurs tressées, très joli. Quand les gens montent en chaire pour lire ou faire un discours, ils doivent passer devant, à quelques mètres d'un corps, d'un cadavre. Tous les mots pour désigner la mort sont horribles, mais la mort elle-même ne l'est pas, comme dit Mlle Hughes. C'est juste une transition d'un état à un autre.

M. Sweetman lit un extrait de la Bible, en essayant un peu trop d'avoir l'air sincère. Mais c'est un très beau passage. *Je suis la résurrection et la vie, dit le Seigneur*. Ensuite, c'est une des proches qui lit le poème : « Ne vous tenez pas devant ma tombe en pleurant. Je n'y suis pas, je ne dors pas. » De mon point de vue, c'est moins réussi. Tous ces mots passe-partout : décédée, partie, endormie, dans les bras de Jésus. Je pense toujours à ça quand je visite les vieux cimetières (un des passe-temps préférés de maman) « M. Machin. Qui s'est endormi le 10 mai 1884. » Ben alors pourquoi est-ce que vous l'avez enterré ? On chante quelques hymnes, le chœur se débrouille plutôt mal et Mlle Rossetti fait tous les solos. L'orgue a un son faible et métallique. C'est un orgue électrique, on ne se sert plus de l'ancien avec ses côtés peints et ses tubes qui montent jusqu'au plafond. La chapelle a été ajoutée après l'époque de R.M. Holland, quand c'est devenu une école privée. Elle est dans un style vaguement Art nouveau avec des vitraux représentants des chevaliers et des lys. Ce n'est pas vraiment vieux, on n'y sent pas une énergie profonde.

Le pasteur se met à parler de Mlle Elphick. « Un professeur dévoué qui a su inspirer tant de jeunes gens. » On sent qu'il ne la connaissait pas bien. Aucun de ses parents ne se propose pour faire un discours. Encore un hymne, puis les hommes en noir soulèvent le cercueil et le mettent sur leurs épaules. La famille de Mlle Elphick suit. « L'inhumation se fera en privé », dit la mère de Tash. L'inhumation. Encore un euphémisme. Ils vont l'enterrer. J'échange un regard avec Tash et nous nous éloignons discrètement de nos mères qui sont maintenant en train de discuter avec M. Lewis et sa femme. On sert des rafraîchissements dans le vieux réfectoire, ce qui nous donne une chance de retrouver Mlle Hughes et le reste du groupe.

Comme nous remontons l'allée centrale, je vois la policière qui attend au fond. Elle est accompagnée de l'homme qui était déjà avec elle l'autre jour, cheveux gris, l'air plutôt bovin. À ma grande surprise, alors que je passe devant elle, elle m'interpelle : « Vous devez être Georgia Cassidy.

— Georgia Newton », lui dis-je. Je ne suis pas particulièrement pour l'adoption de noms patriarcaux mais ça m'agace quand on pense que j'ai pris le nom de maman.

« Je suis le lieutenant Kaur et voici le lieutenant Winston.

— Bonjour », dis-je d'un air un peu emprunté. Je vois les tresses de Mlle Hugues qui disparaissent au milieu de la foule.

« J'ai beaucoup entendu parler de vous, » dit le lieutenant Kaur.

Elle est petite, avec la peau sombre et des cheveux bruns qui lui tombent sur les épaules. Elle n'est pas vraiment jolie mais elle a quelque chose. Elle a les yeux enfoncés. On sent qu'elle n'est pas du genre à relâcher la pression quand elle mène une enquête pour meurtre. Et c'est exactement ce qu'elle fait.

« Mlle Elphick était votre professeur ? me demande le lieutenant Winston.

— En troisième. Excusez-moi, il faut que je rejoigne mes amis. »

Je ne veux pas perdre cette occasion de parler avec Mlle Hughes.

Nous nous retrouvons devant le réfectoire. Les gens font déjà la queue pour boire et manger. Il est à peine midi. C'est vraiment obscène. Je ne vois maman nulle part.

« C'était une vraie comédie, dit Patrick.

— On aurait dû libérer son corps dans les éléments, ajoute Venetia.

— Certains des chants étaient beaux, commente Mlle Hughes généreusement. Surtout *Amazing Grace*.

— C'était Mlle Rossetti qui chantait ça, dis-je. Mais j'ai trouvé que le chœur était vraiment mauvais.

— Ce n'est pas ce qu'aurait voulu Mlle Elphick, ajoute Tash. Elle était très spirituelle.

— C'est vrai », approuve Mlle Hughes.

Elle connaissait bien Mlle Elphick évidemment. Elles étaient amies. Pas étonnant si elle a l'air si sombre aujourd'hui.

« On devrait faire notre propre cérémonie pour elle, dis-je. Peut-être pour le solstice d'hiver.

— Une merveilleuse idée, Georgia. »

Mlle Hughes pose sa main sur la mienne, je sens toute son énergie qui me parcourt les veines.

« C'est ce que j'avais dit », remarque Venetia sur un ton boudeur. Elle est jalouse du lien qui existe entre moi et Mlle Hughes.

Un autre prof s'approche pour discuter avec Mlle Hughes, et Tash et Venetia se dirigent vers le buffet. Patrick me prend par le bras.

« Georgie, je peux te parler ? Seul à seul ?

— D'accord, allons là-haut. »

Il n'y a pas de pancartes accrochées mais nous savons que l'accès au reste de l'école est interdit aujourd'hui. Les agents d'entretien sont encore occupés à diriger les gens vers le réfectoire et personne ne nous voit gravir en courant l'escalier à l'arrière. Nous montons au premier étage. Les appartements de R.M. Holland. L'énergie est différente ici. On se sent dans un autre monde, un autre temps. Et ce n'est pas seulement parce qu'il y a des tapis et des abat-jour. C'est beaucoup plus profond que ça. J'imagine bien R.M. Holland, avec sa plume d'oie à la main, ou Alice errant comme lady Macbeth, une chandelle à la main.

Patrick ne semble pas remarquer cette atmosphère particulière. Il marche à grands pas en essayant toutes les poignées de porte. Il n'a pas mis l'uniforme de l'école. Il est habillé d'un costume sombre, et en le regardant de dos, j'ai l'impression d'être en compagnie d'un inconnu.

« Elles sont toutes fermées à clef », dis-je. Je ne sais pas si c'est vrai, mais j'ai entendu maman dire un jour qu'on avait perdu presque toutes les clefs.

Nous arrivons au pied de l'escalier en colimaçon qui mène au bureau d'Holland. J'y suis déjà venue une fois avec maman et je me souviens qu'elle m'avait parlé des traces de pas sur le tapis. Soudain, je sens l'esprit d'Alice tout près de moi.

« Montons, dit Patrick.

— C'est fermé à clef.

— Non, Dave le Pervers oublie toujours de fermer. »

Je ne veux pas entrer dans le bureau avec Patrick. Nous sommes comme frère et sœur, mais je ne sais pas pourquoi, je ne veux pas être seule avec lui. Il fait tellement adulte aujourd'hui, beau, mais aussi un peu effrayant. Et d'autre part, avec mon côté petite mijaurée qui obéit aux règles, je ne veux pas qu'on me trouve avec Patrick O'Leary dans la pièce du dernier étage. J'imagine ce que dirait ma mère. Elle me ferait tout de suite prendre la pilule du lendemain. Mais Patrick est déjà en train de monter l'escalier. Je le suis en posant précautionneusement mes pieds dans les traces de pas. Quand j'arrive en haut des marches et que j'entre dans le bureau, je reste pétrifiée. Il y a un homme assis dans le fauteuil d'Holland, les bras écartés, comme un zombie. L'espace de quelques secondes, je me dis : c'est lui, il est venu me chercher. Comme l'homme dans *L'Inconnu*. Je fais mine de battre en retraite, mais Patrick se met à rire et me retient.

« Il te plaît, mon mannequin ?

— Quoi ? C'est toi qui as mis ça là ? Pourquoi ? »

Patrick hausse les épaules. Il est dans le noir, je ne vois pas son visage mais il parle d'un ton dur, agressif. Le genre de ton qu'il adopte avec ses copains rugbymen.

« C'était juste pour rigoler, on était quelques-uns à venir ici à Halloween. On l'a rapporté des ateliers de couture.

— Où est-ce que t'as trouvé les vêtements ?

— C'est ce qui restait des costumes d'*Oliver Twist*. »

La comédie musicale que Mlle Elphick avait montée l'année dernière.

« C'est sans doute M. Pickwick ou quelque chose comme ça », ajoute-t-il.

Je me retiens de le corriger.

Et je pense : c'est sans doute ça que maman a vu le soir d'Halloween. Et c'est pour cette raison qu'elle est rentrée plus tôt que prévu et dans cet état.

L'espace d'un instant, je crois que je vais détester Patrick.

« Georgie, me dit-il alors sur un ton totalement différent. Il faut que je te parle. »

Il s'assied sur le récamier recouvert de velours rouge dans le coin et me fait signe de venir prendre place à côté de lui. Je m'exécute après un moment d'hésitation.

« De quoi est-ce que tu veux me parler ? » je lui demande en m'efforçant de ne pas regarder les photos sur le mur et le bureau. Il y a une éternité que je ne suis pas revenue ici, et j'aimerais avoir plus de temps pour en profiter.

Mais Patrick me replonge dans la réalité en disant : « La police est ici.

— Je sais, le lieutenant Kaur m'a parlé juste à l'instant.

— Qu'est-ce qu'elle t'a dit ?

— Pas grand-chose. L'autre, l'homme, m'a demandé si Mlle Elphick avait été ma prof. »

Patrick se passe la main dans les cheveux.

« Georgie, je crois qu'ils me soupçonnent. »

Je le regarde fixement.

« Pourquoi est-ce qu'ils te soupçonneraient ?

— Ils ont appris que j'ai envoyé une carte à la Saint-Valentin. Ils m'ont demandé ce que je faisais le soir où elle a été tuée.

— Et qu'est-ce que tu faisais ? »

Il ne répond pas immédiatement, puis se prenant la tête à deux mains, il dit :

« Je suis allé chez elle.

— *Quoi !* »

J'espère de toutes mes forces avoir mal entendu.

Il relève la tête. Il paraît beaucoup plus jeune, tout à coup, on ne lui donne pas seize ans. Il ressemble presque à mon petit frère Tiger qui n'a pas encore trois ans.

« Je suis allé chez Mlle Elphick. Je voulais simplement la voir. J'étais mal. Elle n'aurait pas dû parler de cette carte à M. Lewis. Tout le monde dans la classe l'a su et il a fallu que je change de classe. J'ai fait semblant de m'en foutre mais... j'étais mal. »

Et je peux le comprendre. Patrick avait essayé de prendre l'histoire à la rigolade, mais ça avait dû être horriblement gênant pour lui, un des garçons les plus cool de l'école, qu'on sache qu'il était tombé amoureux de sa prof.

« Mais pourquoi est-ce que tu y es allé ce soir-là ? La Saint-Valentin, c'est passé depuis des lustres. »

J'avais reçu deux cartes, l'une d'un garçon dans ma classe d'espagnol et l'autre envoyée anonymement. Je ne connaissais pas Ty à l'époque, mais je suis sûr qu'il aurait choisi quelque chose de rouge avec des paillettes et des animaux dans des déguisements.

« C'est Mlle Hughes qui m'y a encouragé, explique Patrick. Elle me disait que ces sentiments inaboutis freinaient les progrès de ma spiritualité. Elle disait qu'il fallait que je fasse amende honorable. »

Je me sens immédiatement jalouse. Patrick a eu un entretien en tête à tête avec Mlle Hughes. J'essaye très fort de réprimer ce sentiment. La jalousie est une émotion purement négative.

« Et tu as vu Mlle Elphick ?

— Non, répond-il. J'ai frappé à la porte mais elle n'a pas répondu. J'ai attendu un peu. J'étais dans l'ombre de l'église et personne ne m'a vu. Mais moi je l'ai vu. Je l'ai vu sortir de chez elle.

— Qui ?

— M. Lewis. »

Chapitre 19

Patrick me demande de ne le dire à personne. Il se confie à moi uniquement parce qu'il s'inquiète de ne pas avoir un alibi assez solide pour la soirée au cours de laquelle Mlle Elphick a été assassinée. Il a dit aux enquêteurs qu'il jouait à *Call of Duty* sur son ordinateur (« occupation d'adolescent normal ») quand en fait il était en train d'écrire dans MonJournalSecret.com. Il était seul à la maison parce que ses parents avaient été invités pour la soirée (ils fréquentent beaucoup de monde, les parents de Patrick, et je me rends bien compte que maman n'approuve pas vraiment ça) et son frère aîné était sorti avec sa petite copine.

« C'est pas bon du tout, répète-t-il. Et si on m'a vu devant la maison ?

— Mais on devrait informer la police à propos de M. Lewis, je veux dire que c'est peut-être lui l'assassin. »

Ça me semble tellement absurde au moment même où je le dis. M. Lewis est un *prof* ! On peut compter sur lui, il est parfois ennuyeux, il est du genre à dire des trucs comme : « Voilà un fait assez amusant sur Steinbeck. » Il ne peut pas être un assassin, une de ces personnes qui se promènent avec un masque et un poignard dégoulinant de sang. Incarnadin, comme dirait Macbeth ou R.M. Holland. M. Lewis était assis devant nous à l'instant dans la chapelle. Avec son bras autour des épaules de sa femme, à s'essuyer l'œil à l'occasion. Il avait l'air bouleversé, mais pas vraiment torturé par la culpabilité. S'il avait tué Mlle Elphick, il serait forcément un peu torturé, non ?

« Non ! » crie Patrick. Et il me prend le bras, il a de nouveau l'air adulte. Il est très fort. Il fait de la musculation tous les jours et il joue au rugby. Il pourrait m'écraser en un tour de main. Mais la réalité reprend ses droits. C'est *Patrick,* mon ami, presque un frère, il appartient au groupe. Il ne me ferait pas de mal. Il est perturbé et il a besoin de mon aide.

« Tu ne dois le dire à personne, crie-t-il. S'ils apprennent que j'y étais, ils se mettraient à penser que c'est moi qui l'ai tuée. Je vois d'ici les gros titres, pas toi ? *Un adolescent dysfonctionnel tue sa professeur à la suite d'une déception amoureuse*. “Les amis de Patrick O'Leary rapportent qu'il était un solitaire qui aimait jouer à des jeux de guerre sur son ordinateur.” »

Je ris malgré moi.

« N'oublie pas de préciser que la prof était blonde, dis-je. Ils vont sûrement ajouter sa couleur de cheveux, si c'est pas sa taille de soutien-gorge. »

Patrick ne rit pas et il ne me lâche pas non plus.

« Promets-moi que tu ne le diras à personne.

— Je le promets. »

Il relâche mon bras.

« Jure sur le cercle ! »

Jurer sur le cercle implique que l'on invoque le pouvoir de notre groupe, notre alliance, si vous voulez. Si je romps mon serment, nous allons tous en souffrir.

« Je jure sur le cercle », dis-je avec un soupir.

Patrick se relève et s'efforce de sourire comme si tout cela n'avait été qu'une blague, un truc de troisième mi-temps entre joueurs de rugby.

« On ferait mieux de redescendre. Ils vont penser qu'on fait quelque chose de mal. »

Quelque chose de mal. Drôle d'expression. Démodée mais effrayante.

« Toi en premier, dis-je, en essayant de garder un ton léger. Il est préférable qu'on ne nous voie pas ensemble. »

J'écoute les pas lourds de Patrick qui descend l'escalier en colimaçon. Je suis seule dans le bureau d'Holland. Comme j'en ai toujours rêvé. Je jette un regard circulaire sur la pièce. Il y a deux fenêtres, la première est d'une forme étrange, comme un trèfle à quatre feuilles avec un vitrail et une fleur au milieu – un coquelicot je crois –, la deuxième ressemble à toutes les fenêtres que l'on trouve dans les greniers. C'est sous celle-là que se trouve le bureau d'Holland, avec une chaise au dossier sculpté occupée par le mannequin. Les murs sont couverts de papier peint rouge, légèrement passé, avec des rayures, mais on voit à peine la couleur car deux des murs sont cachés par des bibliothèques qui montent jusqu'au plafond et les deux autres sont couverts de photos encadrées. Il y a aussi le récamier sur lequel j'étais assise à côté de Patrick et une petite cheminée avec une grille en fer forgé. Je crois que c'est le centre de la maison. Un cœur rouge incandescent sous la charpente.

Je devrais redescendre, aller manger des petits-fours et parler de Mlle Elphick à voix basse. Mais je veux rester encore quelques minutes ici. C'est presque comme si R.M. Holland me protégeait de ce qui se passe en bas : les secrets, les menaces et la mort elle-même. Je me lève pour aller regarder les photos accrochées au mur. Elles sont toutes en noir et blanc et représentent essentiellement des hommes barbus et des femmes en crinoline. Il y a quelques photos de groupe prises à l'université, l'une d'elles a pour légende « Peterhouse 1832 », où l'on voit des étudiants devant un collège qui ressemble à Saint Jude. Une autre photo de quatre jeunes gens portant des fusils avec ces mots : « Club des petits calibres de Peterhouse ». Je me demande si à l'époque les gens faisaient déjà des plaisanteries sur ce nom.

Il n'y a que deux photos de lui où il apparaît seul. L'une d'elles le montre dans cette pièce, dans le fauteuil occupé par ce mannequin effrayant, il fait semblant d'écrire. Qui a pris cette photo ? Alice dans un rare moment de bonheur conjugal ? La deuxième a été prise là où se trouve maintenant le terrain de volley-ball, il est allongé sur une chaise longue sur la pelouse. Il porte un panama et lève une main pour saluer le photographe invisible. Je regarde la légende. Et je lis « Avec Mariana ».

Mais il n'y a que lui sur la photo.

*

Je parviens à me glisser dans le réfectoire sans me faire remarquer. Maman discute avec son amie Debra, elles rient et essuient leurs larmes en même temps, j'en déduis donc qu'elles doivent parler de Mlle Elphick. Tash et Venetia bavardent avec deux filles de ma classe. Il n'y a pas beaucoup d'élèves ici, et à l'exception de Venetia qui, de toute manière, va dans une autre école et ne porte pas l'uniforme, nous ne nous sentons pas très à l'aise dans nos sweats bleus. Je ne vois Patrick nulle part. Je vais rejoindre le groupe. Une des filles, Isla Bates, est en train de pleurer de façon très affectée en agitant ses mains devant ses yeux pour sécher des larmes inexistantes.

« C'est trop triste, dit-elle, j'adorais Mlle Elphick.

— Oui, c'est triste, renchérit Tash en lui donnant une tape dans le dos et en m'adressant une grimace.

— Ils prétendent que le tueur est toujours en liberté quelque part », dit l'amie d'Isla.

Évidemment qu'il est toujours quelque part. J'ai envie de lui dire que ce n'est pas la peine d'être un fin limier pour se rendre compte de ça. Mais je me contente de répondre :

« Les policiers qui enquêtent sur l'affaire étaient aux funérailles. »

Isla pousse un petit cri aigu.

« Où ça ?

— Ils sont infiltrés, dis-je très sérieusement. Pour qu'on ne puisse pas les reconnaître.

— Si ça se trouve ils sont dans cette pièce, dit Venetia. Et le tueur aussi.

— Oh mon Dieu, fait Isla en se serrant contre elle. Franchement ! Ne dis pas ça ! »

Je ne peux pas m'empêcher de regarder M. Lewis qui est en compagnie de M. Sweetman. Ils sont complètement absorbés par leur conversation, penchés l'un vers l'autre. M. Lewis est fidèle à lui-même, grand, un peu négligé, une victime de la vie. Il ne peut quand même pas être un assassin, non ?

« Vous avez vu la femme de M. Sweetman ? demande Paige. Là-bas, elle porte un tailleur-pantalon noir. Elle est en train de parler avec Mlle Palmer. »

Je tourne la tête et je vois une grande blonde mince dans des vêtements austères. C'est exactement le type de femme que j'imaginais pour notre proviseur, séduisante mais d'un genre sévère. Elle a une certaine aura, mais sans substance, comme des rayons de soleil sur une eau profonde. Mlle Palmer, qui est vraiment adorable, a l'air d'avoir du mal à communiquer avec elle.

« Elle est vraiment jolie, commente Isla. Quel dommage. »

Isla est de ces filles qui font toute une histoire de l'attirance qu'elles éprouvent pour M. Sweetman.

« Elle est avocate », dis-je. Je crois l'avoir appris par maman.

« Ils ont deux enfants très mignons, dit Paige. Mon amie fait du baby-sitting pour eux de temps en temps.

— C'est pas vrai ! » s'exclame Isla comme si elle n'avait jamais entendu une nouvelle plus incroyable.

Tash croise mon regard.

« Il faut qu'on aille voir quelqu'un », dit-elle en me prenant le bras. Venetia nous suit tandis que nous traversons la foule – il y a encore un monde fou, mais je ne vois plus les proches de Mlle Elphick – pour nous diriger vers Mlle Hughes. Elle est toute seule à côté du buffet. Mais elle ne semble pas se sentir mal à l'aise ou délaissée. Elle sourit comme si des pensées bienveillantes lui traversaient l'esprit.

« Salut les filles, vous aimez les viandes cuites aux funérailles ? » Mlle Hughes est végane.

« C'est une référence à *Hamlet*, dis-je.

— Voilà une fille intelligente. "Les viandes cuites aux funérailles ont été servies froides sur les tables du mariage." C'est un commentaire sur le fait que Gertrude s'est mariée aussitôt après la mort de son mari. »

Je vois que Venetia commence à s'impatienter. Elle déteste quand je saisis une référence.

« Mademoiselle Hugues, dit-elle, qui a tué Mlle Elphick, à votre avis ? »

Mlle Hughes la regarde fixement de ses yeux très bleus.

« Ce n'est pas la question que nous devrions nous poser, répond-elle.

— Et quelle est la question ?

— Est-ce que l'esprit d'Ella est toujours parmi nous ? dit Mlle Hughes. Ou devons-nous l'aider à atteindre la lumière ? »

*

« Tu as parlé à cette drôle de femme qui enseigne aux terminales ? me demande maman dans la voiture comme nous rentrons à la maison. Comment est-ce qu'elle s'appelle ? Bryony Quelque-Chose. Bryony Hughes, oui, voilà, c'est ça. Comment est-ce que tu la connais ?

— Elle était la prof de Venetia.

— Elle est un peu bizarre. Ella disait que c'était une sorcière. »

Nous gardons le silence pendant quelques minutes. De toute évidence maman pense à Ella et je me demande ce que Mlle Elphick savait des pouvoirs de Mlle Hughes. Elle devait considérer ça comme une blague, tout comme maman. Elle est dans une drôle d'humeur depuis qu'on est reparties de l'école. Presque hystérique. Elle se met à rire en repensant à quel point le chœur était mauvais, puis l'instant d'après, elle essuie ses larmes et perd le contrôle de la voiture qui se déporte de l'autre côté de la route. Vivement que j'aie dix-sept ans et que ce soit moi qui prenne le volant.

« J'ai vu que tu as parlé à Patrick O'Leary », dit-elle.

Je décide qu'il est préférable de garder le silence. Je regarde les champs défiler sur le côté, dans la lumière hivernale, ils semblent doux comme de la fourrure.

« Vous êtes amis ? » demande maman après une longue pause.

Je hausse les épaules, comme une adolescente est censée le faire.

« Il est plutôt mignon », dit-elle dans une tentative ultra gênante d'établir un rapport de complicité.

Je ne dis toujours rien.

« Les mauvais garçons sont toujours séduisants. »

Mon Dieu ! Faites que ça s'arrête ! Histoire de mettre fin au supplice pour elle comme pour moi, je dis :

« Je ne le connais pas très bien. Il a l'air un peu ennuyeux. Du genre joueur de rugby. »

Maman se détend de toute évidence. Elle desserre son emprise sur le volant, ses épaules retombent.

« Tu préfères Ty ou Patrick ? »

Je ne peux pas m'empêcher de la taquiner un peu.

« Ce n'est pas que je n'aime pas Ty, dit-elle. C'est un garçon bien. Un homme bien. C'est juste que je trouve qu'il est un peu vieux pour toi.

— Tu préférerais que je sorte avec Patrick ? »

Elle me jette un regard de côté.

« Il t'a invitée ?

— Non. Détends-toi, maman. »

Cette repartie typiquement ado la rassure visiblement. Nous finissons notre trajet dans ce qui pourrait passer pour un silence harmonieux.

L'Inconnu

Écoutez le vent hurler. On dirait qu'il va secouer le train, vous ne trouvez pas ? Mais nous sommes en sécurité ici. Après tout, il n'y a pas de porte qui communique entre les wagons. Personne ne peut entrer ou sortir. Encore un peu de cognac ?

Que s'est-il passé ensuite ? Eh bien pour vous livrer la vérité toute prosaïque : pas grand-chose. Les parents de Gudgeon vinrent récupérer son corps et il fut enterré chez lui dans le Gloucestershire. Je n'étais pas présent aux funérailles. J'ignore ce qu'il est advenu de Wilberforce. Comme je vous l'ai déjà dit, la police n'a jamais retrouvé l'assassin. Un an plus tard, la maison en ruine fut complètement démolie. J'ai poursuivi mes études. Je crois que je suis devenu un solitaire, mon comportement était toujours plus étrange. Les autres étudiants me lançaient des regards inquiets quand je traversais le cloître ou que j'allais prendre place dans le réfectoire. Un jour, j'entendis quelqu'un murmurer : « C'est lui ! L'autre ! » Je suis devenu « l'autre » pour la plupart des membres de Peterhouse, y compris pour moi-même.

Je n'ai pas beaucoup fréquenté Bastian ou Collins. J'étais désormais officiellement un membre du Hell

Club mais je ne participais pas à leurs réunions, ni au scandaleux Bal Sanglant qui était organisé tous les ans. Je passais la plupart de mon temps dans ma chambre ou à la bibliothèque. Mes seuls contacts parmi les étudiants étaient mes camarades du club de tir. Avec eux, au moins, je passais des heures agréables dans une atmosphère de camaraderie sans grandes complications.

Je reçus mon diplôme avec la meilleure appréciation possible, ce qui était extrêmement satisfaisant. J'entendis dire que lord Bastian avait été renvoyé et que Collins avait abandonné ses études. Mais ils n'étaient pas dans la même université et nous ne nous croisions que rarement. J'entrepris d'écrire une thèse et de prolonger mon existence solitaire et studieuse de célibataire.

Puis, au cours de ma première année de troisième cycle, je reçus une lettre étrange. C'était en novembre, par une journée glaciale, je me souviens encore du givre qui craquait sous mes pieds tandis que je me dirigeais vers la loge du concierge pour aller chercher mon courrier. Même s'il était rare que je reçoive la moindre missive. Ma mère m'écrivait à l'occasion et j'étais abonné à une ou deux revues de théologie. Rien de plus. Mais cette fois, c'était différent. Une lettre avec un timbre d'un pays étranger et sur l'enveloppe une écriture penchée, étrange. Je l'ouvris avec curiosité. Je trouvai un extrait d'un journal perse à l'intérieur. Je ne pus évidemment pas lire les mots en caractères arabes mais il y avait une traduction en italique. On pouvait y lire qu'un homme du nom d'Amir Ebrahimi avait trouvé la mort dans un accident de montgolfière inhabituel. L'ascension s'était déroulée sans aucun problème, mais au cours du vol Ebrahimi était tombé de la nacelle et s'était écrasé au sol. Je retournai la lettre dans tous les sens en me demandant pourquoi on avait pu penser que je trouverais un quelconque intérêt à cet événement tragique. C'est alors que je vis les mots au verso de la lettre. « L'enfer est vide. » Je me souvins qu'Ebrahimi était le nom du troisième homme, le compagnon de Bastian et Collins.

L'autre.

QUATRIÈME PARTIE

Claire

Chapitre 20

Je n'aime pas beaucoup l'idée de laisser Georgie seule le soir de l'enterrement d'Ella. Mais Debra a tellement insisté : « Je vais devenir folle si je dois rester à la maison avec Leo et les enfants. J'ai besoin d'être avec quelqu'un qui aimait Ella. On peut se retrouver au pub, dans le village. Manger un curry, boire une bouteille de vin. On n'est pas obligées de rentrer tard. »

Je demande alors à Georgie si ça ne la dérange pas. Elle me répond qu'elle va inviter Tash et Venetia pour regarder *Danse avec les stars*. Je ne demande pas si Ty va se joindre à elles, mais j'imagine que ce sera une soirée entre filles. Je n'étais pas très contente de voir Georgie bavarder avec Patrick O'Leary après l'enterrement. J'ai été sa prof il y a quelques années et je vois bien que c'est le genre de garçon qui est en train d'acquérir un certain pouvoir sur les femmes et qui n'hésiterait pas à s'en servir. Je connais plus ou moins ses parents. Des Irlandais qui sortent tout le temps et qui boivent beaucoup. Plutôt sympathiques mais pas du genre à mettre leur fils en garde contre un comportement misogyne. Quand j'ai abordé le sujet, Georgie s'est contentée de me dire qu'elle le trouvait vaguement ennuyeux.

C'est sans doute vrai et ça m'a rassurée. J'imagine qu'il n'y a pas grand-chose dans la tête de Patrick O'Leary à part le rugby.

J'étais aussi plutôt perturbée de voir Georgie se joindre à un groupe dans lequel se trouvait Mlle Hughes, une prof qui enseigne aux terminales. Bryony Hughes est un peu une vieille baba cool, avec ses tresses à la scandinave. Et elle est couverte de cristaux et de bijoux en argent. Apparemment elle obtient de bons résultats aux examens pour ses élèves mais elle est de ces professeurs qui s'appuient sur leur charisme et je me méfie de ce style d'attitude. Ella était aussi un peu comme ça. C'est peut-être pour cette raison qu'elles étaient amies. Cela dit, elles avaient eu une dispute il n'y a pas si longtemps que ça. Ella disait que Bryony était une sorcière blanche, de celles qui s'amusent à danser dans les cimetières à minuit. Je ne suis pas sûre que ce soit vrai mais tout ce côté sororité étrange est un peu malsain. De toute manière, je ne voudrais pas que Georgie tombe sous son emprise quand elle sera en terminale et je devrai m'assurer qu'elle ne soit pas dans la classe de Mlle Hughes. Quoique je ne pense pas que Georgie choisira l'option littérature anglaise. Elle ne s'est jamais vraiment intéressée aux livres.

Natasha et Venetia arrivent juste au moment où je pars. C'est le frère de Venetia qui les a amenées dans sa voiture de sport plutôt voyante. Ce sont des filles bien. Tash est toujours très enthousiaste, on dirait un chiot, un setter. Je la trouve un peu caractérielle par moments, mais je vois pourquoi c'est une bonne copine. Et elle est intelligente. Et pas trop obsédée par les garçons. Sa mère enseigne la musique et son père est médecin, ce qui me rassure quant à son standing. Venetia est une rousse, très maigre, elle a l'air un peu névrotique. Ses parents sont très bourgeois, ce que je trouve tout aussi déplaisant que les

O'Leary et leurs incessantes beuveries. J'ai du mal avec toutes ces catégorisations sociales. Simon dirait que seuls me plaisent les lecteurs du *Guardian* qui sont aussi propriétaires. Et il a sans doute raison. J'imagine que Georgie a rencontré Venetia quand elle était à Sainte Faith, et je suis contente qu'elles soient restées amies, même si ça m'étonne un peu.

J'ai dit à Georgie qu'elle pouvait commander des pizzas et Tash s'est confondue en remerciements.

« Vous êtes géniale, Claire ! »

Tous les amis de Georgie m'appellent Claire quand je suis à la maison et Mlle Cassidy quand je suis à l'école. Ils arrivent à faire cette transition sans problème. C'est moi qui ne peux pas oublier que j'ai un jour donné des heures de colle à Tash qui avait oublié de faire ses devoirs ou qu'il y a quelques années, l'amie de Georgie, Paige, a écrit une dissertation sur le copain de sa mère et sa dépendance à la drogue.

Je retrouve Debra au Royal Oak, une des nombreuses tavernes où le roi Charles II est censé s'être caché alors qu'il fuyait les troupes de Cromwell. De nos jours, c'est un pub gastronomique qui sert des menus équilibrés mais où ils font aussi un bon curry, et ce n'est pas très bruyant, même le samedi soir. J'essaye de ne rien boire du tout quand je conduis, mais cette fois, je commande un petit verre de vin rouge. Debra prend un grand gin tonic.

« J'en ai besoin, dit-elle en trinquant. Mon Dieu, comme j'ai horreur des enterrements.

— J'imagine que personne n'aime ça.

— Je ne sais pas, dit-elle, en vidant la moitié de son verre d'un coup alors qu'elle aussi va prendre le volant. Certains de mes parents plus âgés ont l'air d'adorer ça. Mais c'est différent quand on enterre quelqu'un de vieux, qui a eu une belle vie, avec tous ses enfants et ses petits-enfants qui viennent se souvenir de lui. Mais avec Ella… mon Dieu. Elle avait encore tant de choses à vivre.

— Je sais dis-je. Et ses pauvres parents… Tu leur as parlé ? »

Les parents d'Ella étaient revenus du crématorium juste au moment où je quittais l'assemblée. Je n'avais pu échanger que quelques mots en vitesse, je les avais serrés dans mes bras maladroitement, et je leur avais vaguement promis de leur donner des nouvelles.

« Très brièvement, dit Debra. Ils sont si courageux, mais sa mère était effondrée. Elle m'a dit : "J'ai perdu ma meilleure amie." »

Est-ce que Georgie me décrirait comme sa meilleure amie ? Certainement pas, ce qui est normal, mais pendant quelques secondes je ressens quelque chose qui ressemble de très près à de la jalousie. Je ne suis pas exactement l'amie de ma mère, même si je l'aime. Je me sens plus proche de ma grand-mère en Écosse, même si je ne la vois pas très souvent. Elle m'écrit mais je n'ai jamais le temps de lui répondre. J'aimerais lui installer Skype mais elle me dit que la connexion Wi-Fi est trop faible à Ullapool. Il faut que j'aille la voir bientôt.

Je prends une gorgée de vin, j'essaye de boire lentement. Je pense aux rapports mère-fille et j'entends à peine Debra qui me demande :

« Et comment est-ce que Rick prend ça ?

— Ça va, dis-je. Il était assis devant moi pendant le service.

— Avec sa femme ?

— Oui.

— Sa femme n'a jamais rien su à propos d'Ella ?

— Je suis sûre que non. »

Debra se penche en avant, même si nous sommes assises sur des banquettes où personne ne peut nous entendre.

« La police m'a interrogée à propos de Rick.

— Ah bon ?

— Oui, ils m'ont demandé ce qui s'était passé à Hythe. Et je leur ai dit que je ne savais pas parce que je n'y étais pas. »

Debra est au courant de la nuit qu'Ella a passée avec Rick. Elle le lui avait dit quand elle lui avait parlé de l'attitude pitoyable de Rick qui jouait les amants éplorés. C'est seulement maintenant que je me demande si son attitude était plus menaçante que pitoyable.

« Moi aussi, ils m'ont posé des questions sur Rick, dis-je.

— Tu leur as dit qu'il s'était entiché de toi aussi ?

— Elle semblait déjà le savoir. Le lieutenant Kaur, je veux dire.

— Elle n'a pas l'air facile, hein ? Tu savais qu'elle était une ancienne élève de Talgarth ?

— Oui, elle me l'a dit.

— Dorothy Lodden, la prof de couture, l'avait dans sa classe.

— Vraiment ? »

Voilà qui m'intéresse.

« Elle était comment à l'école ?

— Intelligente, apparemment. Mais elle n'aimait pas la couture. Elle restait assise au fond de la classe à lire des livres de James Herbert. »

J'imagine facilement la jeune Harbinder se passionnant pour les livres d'horreur.

« Tu penses vraiment qu'ils soupçonnent quelqu'un de l'école ? dis-je.

— En général le coupable est proche de la victime, non ? répond Debra. C'est ce qu'ils disent dans les livres. »

Puis soudain, son visage se déforme en une grimace et ses larmes se mettent à couler. Elle les essuie avec sa serviette en papier rouge.

« Mon Dieu, dit-elle. Écoute-moi parler ! La victime... On dirait une actrice dans un feuilleton télévisé, comme ceux que regarde Leo le samedi soir. Ella était notre amie ! »

Je me souviens que Debra était très intéressée par la police et leur enquête. Peut-être que c'est ce que nous faisons tous : nous nous bâtissons une fiction pour ne pas avoir à faire face à la réalité.

« Tout ça, c'est comme d'être au milieu d'une pièce de théâtre, dis-je. Ou d'un cauchemar. Je n'arrête pas de penser qu'elle va revenir.

— Comme un fantôme, tu veux dire ? »

Non, ce n'était pas ce que je voulais dire, mais maintenant qu'elle vient d'évoquer cette possibilité, je vois Ella volant vers moi tandis que ses longs cheveux blonds flottent derrière elle. Comme lady Macbeth. Comme Alice Holland. Le fantôme d'Ella ne parle pas, mais je sais qu'elle m'en veut.

Debra pose sa main sur la mienne.

« Elle ne reviendra pas, Claire, dit-elle doucement. Elle est morte.

— Je sais. »

Et au moment où je prononce ces mots, je me sens submergée par le désespoir.

*

Je rentre à la maison en conduisant très lentement. Le brouillard s'est levé, venant de la mer, et la visibilité est quasiment nulle. Avec les pleins phares, c'est encore pire, la lumière épaissit le brouillard en créant une impression plus étrange et plus théâtrale encore, comme de la neige carbonique. Quand j'arrive à la maison, Georgie est déjà au lit. Il y a trois bougies consumées jusqu'au bout sur la table basse qui me font tout d'un coup penser à *L'Inconnu*. Je remarque également quelques feuilles séchées et je les renifle avec suspicion. Je ne pense pas que Georgie fume de l'herbe. C'est la même odeur que les pots-pourris. On m'en offre toujours des tonnes vers la fin de l'année, avec des chocolats, des bougies, et parfois une bouteille de vin ou des magnets pour le réfrigérateur sur lesquels on peut lire : « Ma meilleure prof ». Herbert s'agite, il essaye d'attirer mon attention. Lui aussi renifle les feuilles d'un air suspicieux, une oreille dressée et l'autre baissée.

« Allez, mon fin limier, lui dis-je. C'est l'heure d'aller faire ton pipi du soir. »

Nous traversons la route. C'est la pleine lune, le brouillard en efface les contours tandis qu'elle diffuse une faible lumière sur les murs de l'usine désaffectée, les faisant ressembler à des remparts. Je repense à la lueur que j'ai perçue là l'autre soir. Est-il possible que quelqu'un squatte dans le bâtiment ? Est-ce que je devrais en parler à quelqu'un ? La police ? Un organisme de charité qui porte secours aux sans-abri ? Harbinder Kaur pourrait peut-être me conseiller. Je l'ai vue aux funérailles mais elle ne m'a pas parlé. J'imagine qu'elle est venue avec Neil uniquement par respect. Ils n'étaient pas à la réception.

Herbert lève la patte, je peux enfin rentrer en vitesse. Je mets la chaîne et je vais vérifier que la porte de derrière est bien fermée. Puis je monte. La lumière dans la chambre de Georgie est encore allumée. Je frappe.

« Entre ! »

Elle est assise sur le lit à lire *Harry Potter*. Sa peluche, offerte par Simon, est à côté d'elle. Elle a l'air d'avoir sept ans.

Je m'assieds à côté d'elle.

« Tu as passé une bonne soirée ?

— Oui, dit-elle. On s'ennuyait devant *Danse avec les stars*, alors on a joué à *Limite limite*.

— C'est le frère de Venetia qui est venu la chercher ?

— Non, la maman de Tash. Elle a dit qu'elle allait t'appeler. »

Je lisse le duvet Harry Potter de Georgie. Sa chambre est un mélange d'enfance et d'adolescence. Elle a toujours sa maison de poupées mais on trouve aussi ici une foule de gadgets électroniques, avec des entrelacs de fils électriques qui recouvrent le sol. Les Polaroid punaisés au-dessus du lit montrent Georgie et ses amies souriant à l'appareil photo, façon selfie, la lèvre boudeuse, les cheveux devant les yeux.

« C'était bien avec Debra ? demande-t-elle poliment.

— Oui. Un peu triste. On a parlé d'Ella.

— Il n'y a pas de mal à être triste. C'était une de tes meilleures amies.

— Tu as raison, ma chérie, lui dis-je en déposant un baiser sur le haut de sa tête. Bonne nuit. Ne lis pas trop longtemps. »

Je prends une douche en vitesse, j'enfile mon pyjama le plus chaud et je me glisse sous la couette. Herbert est déjà en train de ronfler. J'ouvre mon journal, prête à revivre la journée d'aujourd'hui. Il y a plusieurs jours que je n'ai rien écrit. Sans doute trop tendue. Mais il faut que j'ajoute une entrée pour ces funérailles.

La dernière remonte au lundi 30 octobre. « Halloween demain. Que Dieu nous protège. » C'est comme ça que j'avais fini. Mais sur la page d'à côté je vois un nouveau message. D'une écriture qui m'est étrangère et horriblement familière à la fois. Je lis : *Salutations d'un ami sincère.*

Chapitre 21

« C'est un extrait de *La Dame en blanc*, dis-je.

— Quoi donc ? » demande Neil.

J'ai appelé Harbinder à la première heure ce matin sans penser la trouver au travail un dimanche. Elle me demande de la rejoindre au commissariat. Quand j'arrive, il y a là tout un tas de monde devant des écrans d'ordinateur. J'imagine que le crime ne dort jamais, même dans le West Sussex. C'est la première fois que j'entre dans un commissariat et je suis étonnée de voir que ça ressemble à n'importe quel bureau. Il y a des ordinateurs, des machines à café, des annonces pour des séances de yoga à l'heure du déjeuner. Je remarque aussi qu'il y a plus de femmes que d'hommes.

Harbinder me fait entrer dans une toute petite salle de réunion. Elle est meublée de quelques fauteuils, et même décorée avec un vase contenant des fleurs artificielles. Mais l'atmosphère reste assez sinistre. Une vitre teintée occupe le mur d'en face et je me demande si on nous observe depuis l'autre côté.

La nuit dernière, Harbinder m'a demandé de mettre mon journal dans un sac hermétique sans plus y toucher. Elle est maintenant en train de tourner les pages avec des gants très fins en plastique.

« Dans *La Dame en blanc*, dis-je, le comte Fosco, le méchant, se met à écrire dans le journal de Marian Halcombe. Il reprend le récit pendant quelques pages. Et ce chapitre s'intitule : “Post-scriptum par un ami sincère”. »

Harbinder me dit alors : « Vous étiez en train de lire *La Dame en blanc* quand je suis venue chez vous l'autre soir. »

Je suis étonnée qu'elle se souvienne de ça aussi.

« Oui, c'est un de mes livres préférés. »

Harbinder feuillette les pages et se met à lire de sa voix monotone.

Salutations d'un ami sincère. J'évoque la lecture (que je viens d'achever) de ce journal fort intéressant. Il y a là plusieurs centaines de pages. Je peux affirmer, la main sur le cœur, que chaque page m'a envoûté, charmé, enchanté.

Quelle femme admirable !

Mais Claire, tout le monde ne t'apprécie pas comme moi. J'en ai le cœur brisé mais je dois te dire que certaines personnes agissent à ton encontre. Je me suis déjà débarrassé d'une de ces créatures. Je m'abattrai sur les autres comme une bête déchaînée.

« Le premier paragraphe est extrait directement du livre, dis-je. Jusqu'à “quelle femme admirable”. »

J'ai apporté ma vieille édition de poche. On voit sur la couverture une femme dans une somptueuse robe de satin comme Anne Catherick n'aurait jamais pu s'en offrir. J'ai marqué la page et je tends le livre aux deux policiers.

Neil lit le passage avec la bouche entrouverte. Harbinder l'a parcourue en quelques secondes.

« Notre homme a lu *La Dame en blanc*, dit-elle. Si c'est un homme.

— Ça n'en finit pas, dites donc, ce truc-là, commente Neil en soupesant le livre comme un morceau de viande.

— Vous enseignez *La Dame en blanc* à l'école ? demande Harbinder.

— Non, ce n'est pas au programme.

— Et avec vos étudiants adultes de votre atelier d'écriture ?

— Quelquefois. Je m'en sers d'exemple de livre avec des narrateurs multiples.

— Vous reconnaissez autre chose ici ?

— Oui, dis-je. *La Bête déchaînée.* C'est le titre d'un livre inédit de R.M. Holland.

— Qui c'est, lui ? » demande Neil.

Harbinder se charge de lui répondre :

« L'écrivain qui vivait dans cette école. Il y a une centaine d'années. Son bureau est au dernier étage du vieux bâtiment. Il a écrit cette nouvelle fantastique, *L'Inconnu*. Il y a eu une adaptation à la télévision il y a quelques années.

— Donc tout le monde doit connaître cette… cette *bête déchaînée* ?

— Non, dis-je. On n'enseigne pas les œuvres de R.M. Holland, il n'est pas au programme. Mais même les gens qui ont entendu parler d'Holland ne connaissent pas forcément *La Bête déchaînée*. Le livre n'a jamais été publié et le manuscrit a disparu. On en trouve quelques extraits dans son journal, mais c'est tout.

— Eh bien, s'exclame Neil, je croyais qu'il n'y avait qu'Adrian Mole pour écrire un journal, mais tout le monde s'y est mis ! »

Harbinder le fusille du regard.

« Pour l'instant, concentrons-nous sur votre journal, Claire. Qui pourrait y avoir accès ?

— Y avoir accès ? »

J'ai l'impression d'entendre des textes légaux ou techniques. Harbinder soupire patiemment.

« Qui aurait pu écrire dans votre journal ? Il reste toujours chez vous ?

— Non, j'emporte le carnet en cours à l'école. Et parfois j'écris pendant la récréation.

— Vous l'avez pris avec vous cette semaine ?

— Oui. »

J'avais eu l'intention d'écrire quelque chose à l'occasion d'Halloween en attendant le début des répétitions. Mais c'est à ce moment-là que je suis allée dans le bureau d'Holland et que j'ai vu le mannequin dans son fauteuil. Je suis rentrée immédiatement et j'ai laissé Anoushka se débrouiller avec *La Petite Boutique des horreurs*.

« Où est-ce que vous le mettez quand vous êtes à l'école ?

— Dans mon sac ou dans mon casier.

— Où est le casier ?

— Dans la salle des profs d'anglais.

— C'est fermé à clef ?

— Non. »

Il y a longtemps que les clefs ont disparu.

« Pas vraiment un coffre-fort », commente Neil en éclatant de rire.

Harbinder ne fait pas attention à lui.

« Nous allons devoir prendre les empreintes digitales de tous les membres du département d'anglais, dit-elle. Et des échantillons d'écriture, pour les éliminer. Nous avons déjà les vôtres mais nous allons avoir besoin de celles de votre fille.

— De Georgie ?

— Oui. Elle vit seule avec vous à la maison. Il faut l'éliminer de la liste elle aussi. »

Encore un mot qui me fait froid dans le dos. « Éliminer ». Je repense à l'entrée dans le journal. *Je me suis déjà débarrassé d'une de ces créatures.*

Je demande : « Vous pensez que la personne qui a écrit ça est celle qui a tué Ella ? »

Harbinder et Neil échangent un regard, comme s'ils décidaient entre eux de ce qu'ils peuvent me dire.

Finalement, Harbinder se résout à me répondre. « On a vu des similitudes entre l'écriture de l'entrée que vous nous avez montrée et celle du message retrouvé sur le corps. Mais il n'y a pas assez de mots pour que l'expertise puisse être définitive. »

Tout d'un coup j'ai peur de me mettre à vomir ou d'avoir un malaise. C'est une chose d'avoir un peu peur pour soi-même et c'en est une autre de voir cette peur confirmée par un enquêteur de la police sur un ton très terre à terre. C'est un peu comme si l'ange de la mort venait de traverser la pièce en battant de ses sinistres ailes.

L'enfer est vide.

« Mais ça ne veut pas dire, fait Harbinder en tapotant mon journal de son doigt ganté, que cette personne est l'assassin. C'est toujours une erreur de croire systématiquement que tous les messages proviennent des tueurs. C'est ce qui a posé problème avec le cas de l'Éventreur du Yorkshire, dans les années soixante-dix. Ils croyaient à l'authenticité de tous les messages vocaux "Je suis Jack", et ils ont demandé à des experts d'analyser la voix et l'accent dans ces messages enregistrés, ce qui leur a fait perdre des moyens et un temps considérables, alors que c'était juste un cinglé qui voulait un peu d'attention. C'est peut-être la même chose ici.

— Mais le message sur la scène de...

— Oui, fait Harbinder, ça, c'est plus significatif.

— La personne qui a écrit ça a lu *L'Inconnu*, dis-je. "L'enfer est vide" est une phrase clef de la nouvelle. C'est ce que les personnages doivent crier quand ils sont dans la maison en ruine.

— Je me souviens, dit Harbinder. Et quelle merde ! La citation peut donc venir de *L'Inconnu*. Mais il est plus probable qu'il l'ait trouvée dans *La Tempête*. Ça, c'est un texte au programme du brevet, non ?

— Oui.

— Donc, n'importe qui dans le département d'anglais pourrait connaître cette phrase.

— Sans doute. Mais vous n'imaginez quand même pas…

— Nous devons explorer toutes les possibilités, dit Neil. Et nous aurons aussi besoin de voir tous vos journaux.

— Tous ?

— Il y en a combien ? demande Neil.

— À peu près trente. Je tiens un journal depuis l'âge de onze ans. »

C'était l'année où je suis entrée au collège. J'étais obsédée par un garçon que je croisais à l'arrêt d'autobus. Et presque chaque entrée s'achevait par : « J'ai vu P.B. » ou : « Je n'ai pas vu P.B. » Puis je n'ai plus tenu de journal à partir du moment où je suis entrée à l'université. Mais j'ai recommencé quand la situation avec Simon a tourné au vinaigre. Première entrée qui témoignait de mon nouvel état d'esprit : *Dix semaines depuis que Simon m'a quittée, mais je ne mesurerai plus jamais ma vie en termes de Simon*.

« Pourquoi est-ce qu'il vous les faut tous ? je leur demande.

— Nous savons que quelqu'un a écrit quelque chose dans au moins un de vos carnets, dit Harbinder. Il nous faut maintenant vérifier le reste. Même s'il n'a rien écrit, il les a peut-être lus. Il aura laissé ses empreintes digitales. »

Je n'ai pas envie de leur donner mes journaux intimes. J'imagine Harbinder en train de les lire avec son petit sourire méprisant. Ou en train d'amuser ses collègues avec les incidents les plus croustillants.

« Maintenant elle s'imagine qu'elle est enceinte après avoir passé une nuit avec un chauffeur de taxi ! »

Neil interprète mon silence comme de la terreur. Et il n'a pas tout à fait tort.

« Nous allons vous fournir une protection policière, dit-il. Une voiture de police va garder votre maison et nous allons vous donner un numéro spécial que vous pourrez appeler chaque fois que vous vous sentirez inquiète.

— Vous pensez vraiment que je suis en danger ?

— Je ne pense pas, dit Harbinder. Cette personne – elle tapote à nouveau mon carnet – a l'air de vouloir vous protéger plus qu'autre chose. »

Puis après une pause, elle ajoute : « Il est quand même préférable que vous ne sortiez plus quand il fait nuit. »

*

Je rentre à la maison en état de choc. Est-ce qu'un assassin a lu mon journal intime ? Est-ce qu'il (pour moi c'est un « il », même si j'ai remarqué que Harbinder n'est pas catégorique à ce sujet) a suivi mes pensées les plus secrètes, découvert les sentiments que je n'oserais exprimer devant personne ? Tous ces moments où j'ai éprouvé du ressentiment à l'égard de Simon et de Fleur, toutes mes petites jalousies minables au travail, la conviction ridicule que je vais écrire un livre ? Est-ce qu'il a lu cette entrée épouvantable au sujet d'Ella ? Est-ce pour cette raison qu'elle a été tuée ? *Je me suis déjà débarrassé d'une de ces créatures*. Non seulement quelqu'un avait lu mon journal, mais il y avait encore inscrit quelques phrases. De cette minuscule écriture sinistre qui était la même que sur le message trouvé à côté du corps d'Ella. Est-ce que l'auteur de ce message s'est trouvé près de moi, au travail, à la maison ? Était-ce quelqu'un de ma connaissance comme semblait le penser la police ?

J'arrive à la maison avec un mal de tête épouvantable. Tout ce que je veux, c'est aller me coucher avec une bouillotte et de l'aspirine. Mais dès que je mets un pied à l'intérieur, je sens l'odeur de la viande hachée et des oignons en train de frire. Georgie et Ty sont en train de faire à manger dans la cuisine.

« On s'est dit qu'on allait te préparer un vrai déjeuner du dimanche, maman », dit Georgie en déversant une boîte de concentré de tomates dans la poêle. « C'est Ty qui a eu cette idée », ajoute-t-elle.

Je repense alors à mes grands-parents en Écosse, à leur table avec toute cette viande rôtie et les pommes de terre. Tout est doré, luisant, tous les goûts sont exacerbés. La saucière bleu et blanc toute fumante au centre. Au menu du déjeuner d'aujourd'hui c'est spaghetti bolognaise, avec beaucoup d'ail et d'estragon. J'ai encore la nausée et mon estomac se serre à l'idée de devoir manger, mais on ne peut pas nier que l'intention est vraiment adorable. Ty est en train de couper un poivron vert en tranches et fait bien attention à ce que tous les morceaux soient d'une taille identique. Georgie a dressé une table ravissante avec du gui et du lierre. Herbert l'observe pendant qu'elle remue la sauce. Je ne lui donne jamais de restes parce que je ne veux pas qu'il devienne trop gros. Georgie n'obéit pas à la même règle et il attend patiemment. Il adore la nourriture que se réservent les êtres humains.

« J'ai apporté du vin », dit Ty.

Il enveloppe la bouteille dans une serviette comme un vrai sommelier et me sert un verre.

« Merci, Ty. » Je m'efforce de ne pas avaler une trop grosse gorgée d'un coup. Ty sert aussi un verre à Georgie et je décide de ne rien dire.

J'ai besoin de prendre un comprimé de paracétamol, mais je ne veux pas mélanger avec le vin. Je me force à m'asseoir pour bavarder avec eux. J'essaye de savoir si Ty a d'autres ambitions que de travailler dans un pub et j'ai le plaisir d'apprendre qu'il a le projet d'aller à l'université l'année prochaine.

« J'ai le bac, dit-il. Peut-être pas avec mention, mais je peux sans doute trouver une place dans une université pour étudier la littérature anglaise. J'ai toujours aimé l'anglais. J'avais un très bon prof. »

Les gens ont souvent un souvenir attendri de leur prof d'anglais, jamais de maths ou de physique. C'est une pensée qui m'encourage quand je suis face à mes classes les plus difficiles, l'idée qu'un jour l'un d'eux me mentionnera dans son discours s'il reçoit le Booker Prize.

« Il faut de bons résultats au bac pour faire anglais à l'université », remarque Georgie avec un certain manque de tact.

Ty rougit.

« Bon, alors j'étudierai peut-être les médias. Ou je ferai un atelier d'écriture.

— Maman en dirige un, dit Georgie. Pourquoi est-ce que tu ne vas pas à ses cours ? »

Ty marmonne quelques mots incompréhensibles. Je prends pitié de lui et je réponds : « Bonne chance avec ça, dis-moi si tu as besoin d'une lettre de recommandation ou de quelque chose comme ça.

— Moi, je ne suis pas sûre d'aller à l'université, déclare Georgie. Peut-être que je vais voyager, plutôt, voir le monde. »

À ces mots, mon mal de crâne augmente immédiatement.

« C'est trop tôt pour prendre une décision, dis-je. Tu pourrais voyager et aussi aller à l'université. Prendre une année sabbatique.

— Fleur est allée en Thaïlande pour son année sabbatique. »

Tu m'étonnes.

« Il y a beaucoup de possibilités, dis-je en essayant de continuer à sourire d'un air encourageant.

— De toute manière, déclare Georgie, on naît écrivain, on ne le devient pas.

— Qui t'a dit ça ?

— Je l'ai lu quelque part, répond Georgie. Comment est-ce que tu sais si les pâtes sont cuites comme il faut ? Faut les jeter sur le mur ? »

*

Je réussis à manger une bonne portion de pâtes. Ty se ressert deux fois, enchanté par ses propres prouesses culinaires. « C'est exactement comme la sauce à Pizza Express », répète-t-il. Georgie fait une grimace, se rendant compte que ce n'est pas le compliment qu'il imagine. Il y a du cheesecake au dessert et Georgie fait même du café comme je l'aime, à la machine. Ils décident de débarrasser et ne veulent pas que je les aide, je vais donc dans le salon feuilleter l'édition du journal du dimanche. Sur la couverture du magazine, des étoiles rouges et dorées entourent un mannequin dans une robe qui a l'air d'avoir été faite avec des capsules de bouteille. « Les Feux d'Artifice de la Mode. » Oh mon Dieu, nous sommes le 5 novembre. Guy Fawkes Night[1], Herbert va trembler et couiner toute la nuit pendant que ces idiots feront exploser des pétards. Nous sommes plutôt isolés mais on perçoit les détonations à des kilomètres. Je me demande souvent si c'était comme ça dans le Sussex pendant la Première

1. Le 5 novembre, l'Angleterre commémore avec des feux d'artifice un complot déjoué en 1605 pour faire sauter le Parlement.

Guerre mondiale, quand on entendait les bombardements.

Ty part à dix-sept heures, juste quand les feux d'artifice commencent. Herbert saute sur le sofa et met sa tête sous mon bras.

« Pauvre bébé ! » Georgie le caresse. « C'est juste des gens qui commémorent le jour où on a torturé quelqu'un à mort, Herbie. Il n'y a pas de quoi s'inquiéter. »

Elle répète ça tous les ans.

« Georgie, j'ai quelque chose à te dire. »

Elle prend tout de suite un air méfiant. La bonne humeur du déjeuner s'envole tout d'un coup.

« Je suis allée à la police. Je ne veux pas t'inquiéter, mais ils pensent qu'il y a une chance pour que… Une chance pour que celui qui a tué Ella euh… s'intéresse à moi.

— Qu'il s'intéresse à toi ? »

Georgie blêmit et écarquille ses grands yeux noirs (qui sont comme les miens, me dit-on souvent).

« Il a écrit quelque chose, dis-je. Un message qu'il a laissé sur la scène du crime. »

Je ne veux pas lui parler du journal. Elle risquerait de paniquer, de s'imaginer quelqu'un se glissant dans la maison, le stylo à la main. D'ailleurs, est-ce que c'est comme ça que ça s'est passé ?

« Il y aura une voiture de police devant la maison, j'ajoute, pour nous protéger. Et j'ai un numéro que je peux appeler au cas où. Je vais aussi te le donner. Mais c'est juste par précaution. Je suis sûre qu'il n'y a pas de quoi s'inquiéter. La police va bientôt trouver le coupable. »

J'essaye de mettre un peu de conviction dans ma voix.

« Vraiment ?

— Oui, la police est très efficace de nos jours, tu sais. Avec toutes leurs expertises scientifiques et tout ça. »

Elle est toujours un peu pâle, alors je lui prends la main.

« Mais il faut être raisonnable. Je ne veux pas que tu rentres à la maison toute seule. Je veux que tu m'attendes à l'école. »

Elle a maintenant un air boudeur.

« Et si t'as une répétition ?

— Tu peux travailler dans la bibliothèque.

— Génial. Merci !

— Ça ne durera pas longtemps, juste en attendant que la police arrête le coupable. »

Herbert pousse une petite plainte derrière son coussin, comme s'il comprenait que ce n'est pas vrai.

« Je peux aller chez Tash ?

— Si vous restez ensemble. Je vais en parler à sa mère, lui expliquer la situation.

— Et Ty ? Je peux continuer à le voir ?

— Pourquoi pas. Tant qu'il vient te chercher et qu'il te ramène à la maison. »

Pour la première fois je suis contente à l'idée que Ty soit adulte et qu'il possède sa propre voiture.

« Sois prudente, c'est tout. Promets-moi de l'être.

— Je te le promets. »

Elle attire Herbert à elle et l'assied sur ses genoux.

« Mais je suis sûre que tout ira bien », ajoute-t-elle.

Je pense alors que c'est moi qui devrais dire ça.

« Tu as raison. »

Une explosion à l'extérieur nous fait sursauter tous les trois et le ciel s'illumine d'étoiles multicolores.

Chapitre 22

Je dépose mes journaux au commissariat avant d'aller à l'école. La nuit dernière, comme je ne trouvais pas le sommeil, je me suis surprise à lire des passages dans les carnets plus anciens. Comme des instantanés des années passées.

« Bonne journée. Suis allée nager. Vu P.B... »

« Je n'ai jamais été aussi malheureuse de ma vie. Karen a dit à Alison qui a dit à M.E. que Peter sort avec Sue Frost... »

« Demain je pars à Bristol pour commencer l'université. Toute ma vie est devant moi comme une tapisserie à tisser... »

« Je refuse de haïr Simon parce que ce serait lui céder la victoire, mais je le hais secrètement et avec une passion bien plus grande que l'amour que j'ai éprouvé pour lui... »

« Parlé à Rick aujourd'hui. Je me suis obligée à lui dire clairement : il n'y aura jamais rien entre nous. Il m'a demandé si c'était parce qu'il est marié. J'avais envie de lui répondre, non, c'est parce que tu es tel que tu es... »

Je laisse les carnets à la réception, une salle sinistre pleine de gens assis sur des chaises vissées au sol et qui attendent d'être appelés derrière des cloisons de verre. Je ne prends pas la peine d'aller chercher un ticket et de patienter, je laisse le paquet à la réception pour le lieutenant Kaur, je suis sûre qu'on le lui remettra.

Georgie m'attend dans la voiture. Notre nouvelle routine commence aujourd'hui. Je l'emmène à l'école et je la ramène à la maison. Si je pouvais, je ne la quitterais jamais des yeux. J'ai appelé Simon hier soir pour lui donner une version extrêmement édulcorée de la situation : on a trouvé mon nom sur une note dont l'auteur est peut-être le tueur et on nous fournit à Georgie et moi-même une protection spéciale. Mais ils ne pensent pas que nous sommes en danger. Simon, comme je m'y attendais, s'est mis à exiger que Georgie vienne vivre avec lui.

« Elle ne peut pas rater l'école, ai-je objecté. C'est une année essentielle pour elle.

— Je peux la faire travailler à la maison.

— T'es au bureau toute la journée.

— Fleur peut s'en occuper.

— Avec deux jeunes enfants sur les bras ? Je suis sûre qu'elle sera ravie. »

Simon finit par céder à contrecœur. Georgie passera le week-end prochain avec lui de toute façon. Je dois avouer que je me sens soulagée. Je pourrais en rire – ou en pleurer –, moi qui voulais venir dans le Sussex pour élever Georgie dans un environnement protégé et rural... Tout à coup on se sent plus en sécurité à Londres.

Comme d'habitude, Georgie disparaît dès que nous avons franchi les grilles de Talgarth. Au moins, il n'y a rien à craindre ici. Du moins, c'est ce que je crois. Les élèves de première ne sont plus autorisés à sortir de l'établissement depuis qu'il y a eu quelques problèmes de vols à la tire dans le village. Je me gare à ma place habituelle près de l'entrée. Ella se garait toujours à côté de moi, et je n'arrive pas à m'habituer à ne plus voir sa Golf sport noire avec l'autocollant « Plus forts en Europe ». Aujourd'hui sa place est occupée par la Volvo bleue de Rick. Je reconnais la voiture immédiatement. Je la voyais sans cesse devant chez moi. Et le pire, c'est que Rick est à l'intérieur et qu'il m'attend.

Je fais semblant de ne pas l'avoir vu, je prends mon temps pour sortir mon cartable et mon manteau du coffre. Quand je me redresse, il est là, derrière moi.

« Il faut qu'on parle, me dit-il.

— Je suis en retard. »

Le détour par le commissariat m'a pris un quart d'heure. Il est neuf heures moins le quart. Et le briefing du lundi organisé par Rick est dans cinq minutes.

Il m'accompagne tandis que je me dirige vers l'entrée de l'école.

« La police veut me voir de nouveau, dit-il. Ils sont au courant à propos d'Hythe. »

Je ne m'arrête pas, je traverse un groupe d'élèves qui traînent à côté des doubles portes du vieux bâtiment et je me dirige vers l'escalier.

« Ils l'ont lu dans mon journal, lui dis-je en montant la première marche.

— *Quoi ?*

— La police voulait voir mon journal intime. J'ai écrit ce qui s'est passé entre toi et Ella à Hythe.

— Pourquoi t'as fait ça ? »

J'essaye de ne pas le regarder tandis que nous montons l'escalier. Je repense à Alice Holland et à sa chute mortelle depuis le dernier étage, la rampe brisée et le bruit atroce de son corps qui heurte le sol.

« Un journal, ça sert à ça, dis-je. On y consigne ce qui s'est passé, nos pensées secrètes. Tu te souviens ? "Du journal à l'écriture", c'était le thème du stage à Hythe.

— Et pourquoi est-ce que tu l'as montré à la police ? »

Nous avons atteint le premier étage, je m'arrête pour dévisager Rick. Il n'a jamais été très soigné, mais là, il a l'air plus négligé que jamais, les cheveux dans tous les sens, et visiblement, il a enfilé son pull à l'envers. Je n'arrive pas à croire que j'ai pu le trouver séduisant et que j'envisageais même de coucher avec lui. Ça, je ne l'ai pas dit à Harbinder, mais elle l'apprendra en lisant mes carnets.

« Quelqu'un a écrit dans mon journal intime, dis-je. Et la police pense que c'est le tueur. »

Nous gardons le silence jusqu'à la salle des profs. Vera et Anoushka sont assises sur le sofa et parlent de la pièce de théâtre.

« Salut vous deux ! s'exclame Anoushka en relevant la tête. T'as mis ton pull à l'envers, Rick. Ça porte bonheur. »

*

J'enseigne toute la matinée, Rick ne trouve donc pas d'autre occasion de me coincer. Je vais être occupée toute la journée : j'ai une répétition à l'heure du déjeuner et une réunion avec Vera dans l'après-midi. C'est seulement à la fin de la journée que je me rends compte que j'ai un message sur mon téléphone. Il s'est passé tellement de choses au cours des deux dernières semaines que, au début, le nom Henry Hamilton ne me dit absolument rien.

« Bonjour, Claire, c'est Henry de Saint Jude. Je suis à Brighton pour rendre visite à des amis et je me demandais si vous accepteriez de sortir déjeuner ou dîner avec moi. Mon Dieu, ce n'est pas facile de faire ça par téléphone. Si vous ne voulez pas, vous n'avez qu'à ignorer ce message. Mais j'espère que vous accepterez. Je commence à radoter. Envoyez-moi un SMS si c'est d'accord. J'espère que vous direz oui. »

J'attends Georgie dans la bibliothèque et je regarde mon téléphone comme si j'attendais qu'il me dise ce qu'il faut faire. Puis, avant de me donner le temps de regretter, je tape : « Ce sera avec plaisir. Où et quand ? C. »

La porte s'ouvre, Georgie entre, accompagnée par Patrick O'Leary, ce qui n'est pas pour me plaire.

« Salut, maman, dit-elle. Je suis en retard ?

— Bonjour, madame Cassidy », fait Patrick avec un petit sourire ironique. Je lui réponds sur un ton glacial :

« Bonjour, Patrick. Bonjour, Georgie. Non, c'est bon. J'étais en train de regarder mes messages.

— Ah les jeunes avec leur téléphone », commente Patrick. Je ne relève pas la plaisanterie.

« T'es prête, Georgie ? »

Patrick nous suit jusqu'à la voiture et me regarde mettre ma sacoche dans le coffre.

« Tu veux qu'on t'emmène ? » lui demande Georgie. Pourquoi est-ce qu'elle est si polie avec lui et fait preuve d'autant de considération, tout à coup ? Ça ne me plaît décidément pas du tout. Je prie pour qu'il refuse.

« Non, c'est bon, j'ai mon vélo. »

Tandis que nous nous éloignons, il reste là, au milieu du parking. À nous regarder.

Chapitre 23

Je ne quitte pas Georgie de toute la semaine. Mercredi matin, nous nous rendons au commissariat pour qu'ils puissent prendre nos empreintes digitales et des échantillons de notre écriture. C'est une policière en uniforme qui nous explique le processus, et elle a tout le savoir-être que n'ont ni Harbinder, ni Neil. En fait, elle est tellement aimable – on parle de l'école, de nos chiens, est-ce qu'il va neiger à Noël – que j'ai presque envie de m'installer là dans cette petite alcôve à l'écart de la grande pièce avec tous les ordinateurs et de tout lui raconter : Rick et Henry Hamilton, l'imitateur du comte Fosco qui écrit dans mon journal intime, mes craintes que Simon ne profite de la situation pour me retirer la garde de Georgie définitivement. Mais je ne lui dis rien de tout ça. Je bavarde plaisamment avec l'officier de police Olivia Grant, en buvant une tasse de café épouvantable et en regardant Georgie qui écrit : « L'enfer est vide » dans un bloc-notes.

À la fin de la semaine, Simon vient de Londres pour récupérer Georgie à l'école. Il m'exaspère, sa façon de venir à la réception et d'attendre là en jouant avec ses clefs, ou de m'accueillir avec un soupir d'accablement tandis qu'il me dit qu'il a dû prendre sa demi-journée au travail, ce qui est de la folie en ce moment avec tout ce qu'il a à faire. (Il me dit ça à moi, alors que je vais passer deux heures sans être payée à regarder des adolescents chanter des chansons sur des plantes carnivores.)

Mais il n'y a aucun doute que, lorsque je vois Georgie suivre son père jusqu'à la porte et se retourner pour lever les yeux au ciel en me regardant, je sens mon mal de crâne s'apaiser légèrement. Maintenant je n'ai plus à me préoccuper que de ma propre sécurité.

La voiture de police est devant la maison quand j'arrive chez moi. Je ne sais jamais si je dois dire bonjour ou pas. Je trouve un compromis et je les salue d'un vague geste de la main. Herbert est beaucoup moins discret, il se rue vers la voiture banalisée et se met à aboyer bruyamment. Je le tire par la laisse à l'intérieur. Puis je ferme à double tour, je tire les rideaux et je me sers un verre de vin. Trois verres plus tard, je me rends compte que j'ai oublié de manger et je me prépare des toasts. J'ai peur de ne pas réussir à m'endormir. Jeudi dernier, j'ai craqué et je me suis acheté un nouveau carnet avec « Carnet de voyage » marqué dessus, pour m'en servir de journal intime. Je m'imagine veillant jusqu'à l'aube, à écrire encore et encore. Mais l'alcool fait son effet, et je m'endors dès que je me mets au lit. Je me réveille à trois heures pour me rendre compte qu'Herbert regarde par la fenêtre en grognant doucement. Je mets un long moment à me rendormir.

*

Le samedi passe lentement. Je dois retrouver Henry à Chichester à vingt heures trente mais je commence à faire des essayages dès midi. Qu'est-ce que je vais bien pouvoir mettre ? Je ne veux pas donner l'impression d'avoir fait trop d'efforts, ni pas assez. Ma jupe noire fait trop prof, et mon cardigan gris, trop maman. Finalement, je transige : pantalon noir avec un chemisier légèrement lamé. J'emmène Herbert pour une dernière promenade en faisant attention de ne pas me tordre les chevilles dans mes chaussures en daim à talons (c'est l'avantage de sortir avec quelqu'un d'aussi grand). La voiture de police est encore là. J'imagine les deux policiers en train de manger des hamburgers et de flirter légèrement.

« Donne-moi une frite.

— Et toi, tu me donnes quoi en échange ?

— Tais-toi et passe le ketchup. »

Mais quand j'arrive à leur hauteur, je vois qu'il s'agit de deux hommes d'âge moyen plongés dans un silence que rien ne saurait perturber.

Je retrouve Henry dans un restaurant italien près du Buttercross, une structure en pierre compliquée dans le centre de la ville et qui a été un jour un marché couvert. Comme j'approche, je vois Henry à travers la vitrine, il porte des lunettes et lit le menu d'un air légèrement perplexe. Il est plus mince que dans mon souvenir et a un teint un peu cadavérique à la lumière de la bougie posée devant lui. L'espace d'un bref instant, j'ai envie de tourner les talons et de repartir en courant rejoindre Herbert, ma maison et la sécurité. Mais je me passe la main dans les cheveux, je refais le nœud de mon écharpe et je pousse la porte.

« Claire ! »

Le haut de sa tête effleure la lampe au-dessus de lui quand il se lève.

« Bonsoir ! »

S'ensuit un bref moment de gêne, on ne sait pas s'il faut se faire la bise, finalement nous échangeons une poignée de main et nous manquons de faire tomber la bougie. Le serveur prend mon manteau et Henry me demande si je veux boire quelque chose.

« Je conduis », lui dis-je.

Il n'insiste pas pour que j'en prenne « juste un » mais j'en commande un de toute manière. Henry boit de l'eau.

« C'est gentil d'avoir accepté de me rencontrer, dit-il.

— Ça me fait plaisir de sortir un peu », dis-je, en espérant que je ne vais pas donner l'impression d'être une pauvre fille solitaire qui ne connaît personne.

Le serveur revient et Henry passe la commande avec enthousiasme, entrée et plat de résistance. Je n'ai pas très faim et j'avais espéré pouvoir me contenter d'une salade. J'hésite, ce qui aurait agacé Simon. Finalement je me décide pour un prosciutto e melone et des pâtes puttanesca.

« J'adore la cuisine italienne, dit Henry. Mais j'ai des doutes sur cette adresse. Le serveur vient de Russie, et apparemment, le chef est albanais. »

J'éclate de rire.

« Comment est-ce que vous le savez ?

— J'ai demandé », répond-il d'un air étonné.

J'espère qu'il ne va pas être un de ces fins gourmets obsédés par la cuisine qui va demander la recette de ce qu'on va lui servir. Depuis qu'il a épousé Fleur, Simon est devenu un véritable emmerdeur avec la bouffe. Georgie m'a raconté qu'ils s'offrent des champignons farcis pour la Saint-Valentin.

« Comment va Georgia ? demande-t-il.

— Elle passe le week-end avec son père. Nous sommes divorcés. »

Je me rends compte qu'Henry ne m'a jamais demandé mon état civil. Est-ce parce que ses intentions sont purement honorables ? Voulait-il me voir uniquement pour bavarder amicalement de R.M. Holland ?

« Depuis longtemps ?

— Cinq ans », dis-je. J'attends qu'il brise le silence qui s'ensuit.

« Moi ça fait dix ans, dit-il.

— Vous avez dû vous marier très jeune.

— Nous nous sommes rencontrés à l'université, explique-t-il. Mais c'est aussi dû à mon éducation. Mes deux frères se sont mariés alors qu'ils avaient une petite vingtaine d'années. J'avais l'impression que vingt-cinq ans, c'était déjà très tard. Sandra pensait comme moi. Elle aussi venait d'une famille très modeste. Sa mère lui laissait entendre qu'elle allait finir vieille fille. C'est incroyable, en fait. C'était dans les années quatre-vingt-dix et on croirait entendre une histoire de la fin du dix-neuvième siècle.

— Moi aussi, j'ai rencontré Simon à l'université. On a été les premiers dans notre cercle d'amis à se marier. Je ne sais pas ce qui a bien pu nous passer par la tête.

— Je comprends. Mon fils a une copine qu'il voit depuis un certain temps et j'ai envie de lui dire : "Mais pour l'amour du ciel, ne te marie pas encore." Sauf que je ne le fais pas, évidemment.

— Vous avez combien d'enfants ?

— Deux garçons, Freddy et Luke. Freddy étudie les maths à Durham. Luke va passer son bac. C'est lui qui a cette relation très sérieuse.

— Georgie a un copain, dis-je. Il a six ans de plus qu'elle. Je ne veux pas qu'elle s'engage à son âge mais, comme vous dites, on ne peut pas leur donner de conseils. Il faut qu'ils apprennent par eux-mêmes. »

Les entrées arrivent. Henry avale son salami sans vraiment se rendre compte de ce qu'il mange, ce qui est toujours mieux que de l'entendre expliquer que ça vient de Calabre et que c'est fait avec des cochons heureux.

« Alors, dit-il, est-ce que vous en savez plus sur le mystère de R.M. Holland ?

— Lequel ? »

Il y a tellement de mystères dans ma vie en ce moment que je ne peux sincèrement plus me souvenir de ce qui m'avait tant intriguée dans les lettres qu'Henry a découvertes. Était-ce que R.M.H. avait tué sa femme ou ce qu'il avait fait à sa fille ?

« Mariana, répond Henry, les lettres mentionnaient sa mystérieuse fille. Celle qui serait morte mais qui n'a pas de tombe.

— Ah oui, dis-je. Non, je n'ai rien découvert de plus. Ce qu'il y a, c'est... »

J'hésite. C'est le moment de lui parler du meurtre d'Ella, de lui expliquer que j'ai l'esprit ailleurs depuis quelque temps. Mais je ne veux pas. C'est tellement agréable d'être avec quelqu'un qui ne parle pas de « ce qui aurait pu arriver » ou de « ce que fait la police ». Mais s'il apprend plus tard que je n'ai rien dit, je passerai au mieux pour quelqu'un d'indifférent et au pire de suspect.

« Ce qu'il y a, dis-je, c'est que la situation est un peu compliquée au travail en ce moment. On est tous très bouleversés. Une collègue, une amie, est morte il y a quelques semaines.

— Je suis désolé, dit Henry. De quoi est-elle morte ?

— Elle a été assassinée. »

Et à ma grande horreur, mes yeux s'emplissent de larmes. Mais Henry me considère avec calme et douceur.

« C'est terrible. Vous voulez en parler ou vous préférez qu'on vous épargne ça pour la soirée ? »

Je suis tellement soulagée que j'éclate de rire. Je m'essuie les yeux en espérant que mon mascara n'a pas coulé.

« Épargnée pour la soirée », lui dis-je.

Nous parlons de livres, de musique et des adaptations télévisées en débattant pour savoir si elles sont meilleures que l'original. Il me dit qu'il a adoré l'adaptation de *Guerre et paix* par la BBC. Je lui réponds que j'ai trouvé que la paix prenait trop de place.

« La plupart des gens sautent les passages sur la guerre, dit-il.

— Ce sont les meilleurs, à mon goût. Je n'aime pas vraiment l'histoire de Pierre et Natasha.

— Vous êtes une femme dure.

— Vous avez sans doute raison. »

Mon prosciutto est comme du chewing-gum, mes pâtes trop salées, mais je m'en fiche. C'est tellement agréable d'être dans un restaurant à parler de Tolstoï avec un bel homme. Car Henry est un bel homme. Je m'en rends compte entre deux bouchées de pâtes. Et je me demande pourquoi j'ai mis autant de temps à en prendre conscience.

Pendant que nous buvons le café, il me pose tout un tas de questions sur l'école.

« Je suis fasciné par l'idée que l'appartement de R.M. Holland soit dans votre établissement.

— Il n'y a pas grand-chose à voir, lui dis-je. On donne encore quelques cours dans le vieux bâtiment de l'école, mais ce n'est pas très pratique pour les grosses classes. C'est là que se trouvent la bibliothèque des professeurs ainsi que le réfectoire et la chapelle. La chapelle n'est pas très ancienne, elle date des années vingt, très Art nouveau et kitsch. La seule pièce qui est restée parfaitement intacte est le bureau d'Holland. C'est en haut d'un escalier en colimaçon, il y a encore là tous ses livres et toutes ses photos. Parfois on y emmène les étudiants adultes. Mais les élèves n'y ont pas accès, bien sûr.

— J'adorerais voir cette pièce, dit-il.

— Je vous la montrerai un de ces jours, j'ai la clef. »

J'ai la clef du bureau, évidemment, mais j'ai aussi celles de l'école, c'est moi qui ai fermé hier après la répétition.

« Et si on y allait maintenant ? suggère Henry. Après le restaurant ? »

Je ne sais pas s'il plaisante ou pas. À l'idée de me rendre dans l'école déserte en compagnie d'Henry, je suis assaillie de sentiments contradictoires, je ne sais même plus ce que je ressens. Est-ce que ce serait romantique ? Effrayant ? Étrange ? Une simple aventure ? Puis je me souviens... comme si j'avais pu oublier... un inconnu qui est peut-être aussi un assassin est venu écrire dans mon journal intime. Je devrais rentrer chez moi, fermer la porte à double tour et passer la nuit avec mon chien dans les bras.

« Vous êtes sérieux ?

— J'ai pensé que ça pouvait être marrant, me répond-il. Et j'aimerais tant être seul avec vous. »

Nous échangeons un regard. Il a des yeux très sombres, presque noirs.

« Il faut que j'aille retrouver mon chien, dis-je.

— Bien sûr, je comprends. »

Il renonce si facilement que je change d'avis. Pourquoi pas ? Ce sera une aventure, c'est sûr. Et ce sera peut-être romantique aussi. Qui sait ? Je nous vois tout d'un coup en train de faire l'amour sur le récamier dans le bureau d'Holland. Je me surprends moi-même d'avoir eu ce fantasme X aussi rapidement et avec une telle clarté. Même quand j'avais très brièvement envisagé de coucher avec Rick, l'acte lui-même restait très vague dans mon imagination. À peine interdit aux moins de seize ans. Henry tient à payer et je ne proteste pas trop. Nous sortons dans l'air glacé de la nuit et nous retournons au parking. Je suis soulagée à l'idée que nous avons chacun notre voiture. Au moins je pourrai m'échapper s'il le faut. Puis je me demande : mais pourquoi est-ce que je pense à m'échapper ?

« Je vous suis, dit-il.

— Il y a beaucoup de tournants, dis-je pour le prévenir. Vous feriez bien d'utiliser aussi le GPS. »

Il fait très sombre. Le croissant de la lune disparaît derrière les nuages puis revient comme un sourire fantomatique avant de s'effacer à nouveau complètement. Mes phares n'arrivent même pas à déchirer l'obscurité tandis que je m'engage sur une route de campagne, le long de champs gelés et d'arbres aux silhouettes spectrales. On ne croise pas une seule autre voiture ni un autre être humain. L'allée qui mène à Holland House est la plus sombre de toutes. Les branches qui forment une voûte frôlent le toit de la voiture et le portail apparaît soudain, surgi de nulle part, noir, avec les lions de pierre de chaque côté. Les grilles sont fermées par un cadenas, mais j'ai la clef. Tandis que je sors de la voiture je vois qu'Henry arrive juste derrière moi dans son espèce de Jeep noire.

Nous nous garons devant l'entrée principale, ce qui est interdit quand il y a des élèves. Les portes s'ouvrent sans peine et je désamorce l'alarme. J'espère que le gardien ne va pas se mettre en tête de faire une ronde de nuit, mais si toutes les rumeurs sur ce qu'il boit se révèlent vraies, il doit être endormi devant sa télévision à l'heure qu'il est.

Nous montons l'escalier, nos pas résonnent sur le bois des marches. *Garde-toi d'entendre mes pas quelque chemin qu'ils prennent*. Je ne veux pas allumer la lumière. J'utilise la torche de mon téléphone. Elle illumine parfois un document d'information sur un tableau ou un portrait vénérable. Tous les Holland morts, dans leurs cadres dorés. Je repense à Alice et à sa chute mortelle. Ce serait le moment idéal pour voir son fantôme. Mais la maison est plongée dans le silence.

Nous longeons le couloir du premier étage. Nous passons devant les portes fermées à clef, les fenêtres aveugles. Arrivée au bas de l'escalier en colimaçon, je marque une pause pour trouver le deuxième trousseau de clefs.

Henry murmure : « Claire ! » Je me retourne. Il m'attire à lui et m'embrasse.

C'est un des meilleurs baisers de ma vie, long, passionné, ses doigts s'enfoncent dans mes cheveux. Il serre son corps contre le mien. Est-ce que nous allons aller jusqu'au bout ? Est-ce que nous allons coucher ensemble ? Sérieusement, deux adultes ne peuvent pas s'embrasser comme ça sans finir par faire l'amour ?

Après ce qu'il me semble être des heures, je fais un pas en arrière.

« Le bureau », dis-je, légèrement essoufflé.

« Le bureau », répète-t-il. Et je vois l'éclat de ses dents tandis qu'il me sourit.

Nous montons l'escalier. J'ai les clefs à la main mais je vois que la porte est légèrement entrouverte. Je la pousse.

Je me suis préparée au spectacle du mannequin sur le bureau. J'ai prévenu Henry. Mais je ne suis pas préparée à voir la silhouette avachie derrière le bureau, le visage illuminé par un rayon de lune.

C'est Rick. Rick avec un couteau planté dans le corps.

L'Inconnu

La mort d'Ebrahimi fut évidemment un choc terrible. Je me revois encore tenant cet article de journal, puis retournant dans ma chambre pour m'allonger, tout tremblant sur mon lit. Qui donc avait pu m'envoyer ce funeste bout de papier ? Qui avait retranscrit cette traduction de cette écriture fine et penchée. Et qui avait écrit « L'enfer est vide » au verso ? Bastian ? Ou Collins ? Ça paraissait impossible, mais qui d'autre aurait pu connaître l'existence du Hell Club et les événements de cette terrible nuit ?

Ces questions me hantèrent pendant les jours qui suivirent. Je ne pouvais penser à rien d'autre. Finalement, je décidai d'ensevelir mes peurs et de reprendre ma vie comme si de rien n'était. Après tout, que pouvais-je faire d'autre ? J'étais jeune, en bonne santé, fort. Vous comprendrez sans peine, mon jeune ami. La jeunesse est arrogante et il doit en être ainsi. Je regrettais la mort d'Ebrahimi – et j'éprouvais un réel chagrin pour mon ami Gudgeon –, mais je ne pouvais rien faire pour les ramener à la vie. Je me remis donc à mes études et j'entrepris même de courtiser une jeune femme, la fille de mon professeur. La vie me fut douce ce printemps-là. D'autant que j'avais échappé à la mort. Je croyais y avoir échappé.

Comme le vent hurle !

CINQUIÈME PARTIE

Harbinder

Chapitre 24

J'étais au lit quand je reçus l'appel. Je ne dormais pas, je regardais l'écran de mon téléphone, une petite partie de Scrabble, un peu de Panda Pop, je m'informais de deux ou trois détails sur les vies idiotes de tous ces gens sur Facebook. Puis je reçus un appel pour me dire qu'on avait trouvé un cadavre à Talgarth High. Je me levai d'un bond, et j'envoyai un SMS à Neil pour lui dire de me retrouver là-bas.

J'avais descendu la moitié de l'escalier quand maman apparut sur le palier dans la robe de chambre de papa.

« Où vas-tu ? »

Elle avait dû voir que j'avais ma veste de police avec les bandes réfléchissantes et qu'il y avait peu de chances que je parte pour une rave party.

« Au travail, répondis-je. Il y a du nouveau.

— Sois prudente.

— Je suis toujours prudente. »

J'avais passé la porte avant qu'elle ait eu le temps de me proposer une gourde d'haldi doodh.

Dès la sortie de Seaford, les routes étaient verglacées. Je conduisais aussi vite que possible. Il était presque minuit. L'horloge de la voiture affichait un sinistre 00:00 comme je passai les grilles de Talgarth

High. Un policier en uniforme était posté à côté du lion de pierre. (Kush et ses amis lui avaient autrefois peint les couilles en bleu vif.)

« Montez dans la voiture », lui dis-je. Il avait l'air complètement gelé. Il devait souffrir des mêmes symptômes que le lion.

« Merci lieutenant. »

Toujours agréable de voir des jeunes qui font preuve de respect.

J'avançai lentement jusqu'à l'entrée principale. Le policier m'informa que l'appel était arrivé à vingt-trois heures trente.

« Une femme, complètement hystérique. »

Elle disait qu'un homme avait été tué à l'école. Le policier avait contacté les enquêteurs. Il n'en savait pas beaucoup plus. Son sergent lui avait dit ensuite d'aller m'attendre à la grille.

Les portes étaient ouvertes. Je n'avais pas besoin qu'on m'explique que le cadavre était à l'étage. Je demandai au policier d'attendre Neil dans le couloir et je montai l'escalier deux à deux.

Je me dirigeai droit vers le bureau d'Holland et je fus à peine surprise de trouver là Claire Cassidy au pied de l'escalier en colimaçon, assise sur une chaise qu'on était visiblement allé chercher dans une salle de classe. Une policière tournait autour d'elle et un sergent que je connaissais vaguement discutait avec un autre homme très grand que je voyais pour la première fois.

Ils se tournèrent tous vers moi à mon arrivée. Le sergent Derek Quelque-Chose commenta :

« Lieutenant Kaur, vous avez fait vite.

— Je vis à côté, répondis-je. Claire ! Vous ici, ça alors ! »

Claire releva les yeux vers moi. Elle était très pâle mais ses yeux étaient assombris par le mascara et son eye-liner qui avaient légèrement coulé.

Pourquoi est-ce qu'elle s'était maquillée comme ça ? Pour M. Grand ?

« Mme Cassidy a appelé le 999, expliqua le sergent Derek. Le cadavre d'une victime de sexe masculin a été retrouvé à l'étage. Il a apparemment été poignardé.

— Vous avez sécurisé le lieu ? Appelé la police scientifique ?

— Oui, ils arrivent.

— Je vais jeter un coup d'œil. »

Je montai l'escalier avec ces étranges traces de pas sur le tapis. C'était bizarre. J'avais tellement entendu parler de cette pièce, mais je n'y étais jamais entrée. La porte était ouverte et je vis un homme assis à un bureau. Je crus un instant que c'était le mannequin dont Claire m'avait parlé précédemment, jusqu'à ce que je me rende compte de qui c'était : Rick Lewis. Un couteau sortait de sa poitrine et il était en état de raideur cadavérique. Je n'avançai pas plus loin car je ne voulais pas contaminer la scène.

Lorsque je retournai en bas, Neil était arrivé. Je l'entendis demander à Claire si elle voulait un verre d'eau. Vas-y Neil, fais le beau devant Claire, comme d'habitude.

Je décidai de m'adresser au sergent : « La victime est Rick Lewis. Il est professeur ici. Tous les renseignements le concernant sont dans un dossier au commissariat. Il faudra informer les proches.

— Je m'en occupe, dit-il. Sauf si vous avez besoin de moi ici ?

— Non, c'est bon, je vais attendre les équipes de la police scientifique. Je veux juste parler au témoin. On peut utiliser une de ces pièces ?

— Il y a une salle de classe un peu plus loin, m'indique la policière. C'est là que j'ai trouvé les chaises.

— D'accord, Neil et moi nous allons interroger Mlle Cassidy. Vous...

— Agent Jill Monroe.

— Agent Monroe. Est-ce que vous pouvez rester avec... »

Je me tournai vers le type très grand qui finit ma phrase : « Henry Hamilton. »

Sa voix ne correspondait pas à ce que j'attendais. Il avait un accent du Nord. Cumbria, je dirais. Il portait des chaussures de luxe en cuir rouge sombre.

Neil et moi-même, nous fîmes entrer Claire dans la salle de classe vide.

« Ça va prendre longtemps ? demanda-t-elle. Il faut que je rentre à la maison pour Herbert.

— Et votre fille ?

— Elle est avec son père. »

Comme ça t'as eu le champ libre pour voir ton petit copain, songeai-je.

« On sera aussi brefs que possible, dis-je. Mais nous aurons aussi besoin de vous poser quelques questions au commissariat. »

Elle se tourna vers Neil.

« Est-ce que je pourrais avoir un verre d'eau ? »

Je poussai un soupir. Où est-ce qu'on allait trouver un verre d'eau dans cet endroit ? On pouvait être sûr que le réfectoire serait fermé. Mais Neil quitta la pièce et revint avec une bouteille en plastique. Ça devait être celle de l'agent Monroe. Claire la considéra avec un léger dégoût et but une gorgée.

« Donc, dis-je, vous vous trouviez comme ça dans une école déserte à minuit ? »

Elle me lança un regard peu amical mais répondit d'une voix calme et neutre.

« Je voulais montrer à Henry le bureau de R.M. Holland.

— Ben bien sûr.

— Nous sommes allés dîner à Chichester. Et nous avons parlé d'Holland. »

Ben voyons, songeai-je, elle s'était pomponnée comme ça pour une petite conversation littéraire. Elle portait un manteau rouge, mais en dessous, je voyais son chemisier légèrement transparent et beaucoup de bijoux. Et elle avait des talons hauts. Ça changeait un peu l'image que je m'étais faite d'elle, l'idée qu'elle était rentrée quasiment par effraction dans l'école pour se faire baiser. D'autant que sa maison était vide et qu'elle avait un lit parfaitement confortable. Elle n'était peut-être pas aussi coincée que ça, après tout.

« Comment est-ce que vous avez connu M. Hamilton ? »

J'étais prête à parier qu'ils s'étaient rencontrés par Internet, mais elle me répondit que c'était à Cambridge. Il avait trouvé des lettres de R.M. Holland et il pensait qu'elles pouvaient l'intéresser. Ça ne changeait rien au fait qu'elle avait prévu de se faire sauter dans une école déserte.

« Est-ce que vous avez vu quelqu'un à l'école quand vous êtes arrivée ? Le concierge ?

— Non, répondit-elle, j'avais la clef. Je ne voulais pas réveiller Dave.

— On ferait bien de le réveiller, maintenant », dis-je en songeant à envoyer l'agent en uniforme en bas pour s'en charger. Je m'étonnais que Dave n'ait pas vu la lumière des phares.

« Qu'est-ce que vous avez fait quand vous êtes arrivés ici ? demandai-je.

— On est venus directement ici, dit-elle. Henry voulait voir le bureau. On est entrés et on a vu… »

Elle prit une autre gorgée d'eau. Ses mains tremblaient.

« Vous avez reconnu M. Lewis immédiatement.

— Oui, répondit-elle en un murmure.

— Vous avez une idée de qui aurait pu faire ça ? »

Elle leva vers moi ses grands yeux assombris par le mascara qui avait coulé.

« C'était lui. Celui qui a écrit dans mon journal. »

*

Je ne lui posai plus de questions, car j'avais l'intention de mener un entretien en bonne et due forme au commissariat. Je renvoyai Claire chez elle en compagnie de l'agent Monroe pour qu'elle puisse promener et nourrir ce pauvre chien. Puis Neil et moi-même allâmes nous entretenir avec Henry Hamilton. Il avait l'air plutôt gêné par toute cette affaire : son rendez-vous avec Claire pour commencer, puis de s'être glissé dans l'école la nuit, la découverte du cadavre. Je pris son adresse et je lui demandai où il allait passer la nuit.

« Au Royal Albion, à Brighton. »

Encore un lit parfaitement confortable qui ne demandait qu'à être occupé.

« Vous pouvez y retourner tout de suite, dis-je. Mais nous aurons besoin de vous parler demain matin à la première heure.

— C'est déjà le matin », répondit-il.

Je consultai ma montre, il était presque une heure.

« Est-ce que vous pouvez venir au commissariat à neuf heures ? demandai-je. Le lieutenant Winston va vous donner l'adresse.

— Bien sûr », dit-il.

Il était ridiculement grand. J'eus l'impression qu'il avait envie de dire quelque chose. Son regard allait de Neil à moi tandis qu'il se balançait légèrement d'un pied sur l'autre.

« Claire… dit-il finalement.

— Oui ? »

Je me levai à mon tour, même si ça ne faisait pas tant de différence.

« Vous pensez que… Vous ne pouvez pas… Vous ne la soupçonnez pas, j'espère ?

— Mme Cassidy est un témoin important, répondis-je. Tout comme vous.

— Est-ce que vous, vous la soupçonnez ? » demanda Neil.

Très bonne question. Il se mit à rire de façon pas très convaincante.

« Mon Dieu, non, je ne la connais pas bien, mais elle est tellement… »

Oui, oui, elle est tellement tout ça, songeai-je.

« Vous pouvez rentrer à votre hôtel, dis-je. Essayez de vous reposer un peu. On vous reverra dans quelques heures. »

*

Le policier en uniforme qui s'appelait Lee Parsons alla chercher le concierge. Dave Bannerman était un homme d'allure négligée, d'une cinquantaine d'années, qui sortait visiblement d'un profond sommeil (sans doute aidé par l'alcool). Je demandai à Dave s'il avait entendu quoi que ce soit au cours de la nuit.

« Non, dit-il, j'ai fait ma dernière ronde à vingt et une heures. Tout me paraissait en ordre. »

Je savais que le concierge vivait dans un cottage dans l'enceinte de l'école. Quand j'étais élève, on racontait que Pete le Pervers y attirait des petites filles avec des bonbons. On trouvait ça drôle à l'époque.

« Qu'est-ce que vous avez fait après vingt et une heures ?

— J'ai regardé la télévision en buvant une bière. »

Ou trois, ai-je songé.

« Qu'est-ce que vous avez regardé ? demanda Neil.

— Un truc sur Netflix. Je ne sais plus exactement. »

C'est le problème avec la télévision. Dans le temps, on pouvait situer l'emploi du temps des gens en leur demandant s'ils avaient vu *Match du jour* jusqu'au bout. Mais Netflix et la télé à la demande ont mis fin à tout ça.

« Vous saviez que Claire Cassidy avait les clefs ? » demandai-je.

Il hocha la tête.

« Oui, c'est elle qui a fermé après la répétition de vendredi.

— Est-ce qu'elle n'aurait pas dû vous les rendre ? »

Il haussa les épaules.

« Normalement, oui. Mais les gens attendent souvent jusqu'au lundi. »

La sécurité était décidément très relâchée dans cette école. J'allais devoir en dire deux mots à Tony Sweetman.

« Quand est-ce que vous avez vu Rick Lewis, le directeur du département d'anglais, pour la dernière fois ? » demanda Neil.

Dave cligna des yeux.

« Pourquoi est-ce qu'il...

— Répondez à la question, s'il vous plaît.

— Ça devait être vendredi. Je crois que je l'ai vu partir à la fin de la journée. Oui, c'est ça, il était dans les derniers. Il ne restait plus que Mme Cassidy et Mme Palmer après lui. Elles s'occupaient de la répétition. Elles montent *La Petite Boutique des horreurs*, cette année.

— Et M. Sweetman ? »

Le professeur principal devrait certainement être le dernier, non, comme le capitaine qui est le dernier à quitter le navire ?

Une petite grimace méprisante.

« Il a quitté l'établissement très tôt. Apparemment il partait en week-end.

— Merci, M. Bannerman, dis-je. Nous aurons besoin d'une déclaration officielle demain, mais ce sera tout pour le moment. »

L'agent Parsons fit sortir le concierge. Je restai avec Neil au milieu de la salle de classe déserte et nous échangeâmes un long regard.

« Qu'est-ce que t'en penses ? demanda Neil. C'est la même personne ? Il y a un autre message ?

— Je n'en ai pas vu. Les équipes scientifiques le trouveront s'il y en a un. Mais je pense que c'est la même personne. Encore un meurtre au couteau, et l'auteur du journal disait que d'autres allaient suivre.

— Tu penses que c'est la personne qui a écrit dans le journal intime de Claire ?

— À moins que ce ne soit Claire elle-même.

— Ce n'est pas la même écriture. C'est ce qu'a dit l'experte.

— Elle n'en était pas certaine. Ils ne sont jamais certains, dis-je. Ça ne tiendrait pas au tribunal.

— Tu penses que Claire a poignardé Rick et qu'elle est revenue ici avec son soupirant ?

— Son soupirant ? dis-je. Tu vis à quel siècle ?

— Il soupirait tout le temps, dit Neil. Et puis, il ne m'inspire pas confiance.

— C'est peut-être elle qui a orchestré tout le truc, dis-je. Pour nous faire croire qu'elle revenait baiser ici, juste pour détourner notre attention.

— Mais pourquoi ? Pourquoi ne pas laisser au concierge, le pauvre, le soin de découvrir le corps lundi matin ?

— Si jamais il vient jusqu'ici. Je te parie que Rick aurait pu rester un bon moment sur son fauteuil. »

Neil frissonna de façon très théâtrale.

« Mais pourquoi est-ce que Claire tuerait Rick ?

— On sait qu'elle lui plaisait, qu'il la pourchassait. Peut-être qu'elle voulait lui donner une leçon.

— Pourquoi est-ce qu'elle lui donnerait une leçon ?

— Eh ben parce qu'elle est prof. Allez, rentrons au commissariat, on va l'interroger. »

Nous descendîmes l'escalier tandis que les membres de l'équipe scientifique, engoncés dans leurs combinaisons blanches, le remontait.

Chapitre 25

Neil et moi-même interrogeâmes Claire Cassidy, tandis que Donna observait derrière la vitre sans tain. Claire s'était changée, elle avait enfilé un jean et un gros pull bleu marine. Elle avait enlevé ses peintures de guerre, mais je me demandai si elle n'avait pas mis un peu d'ombre à paupières grise, pour se donner un air plus pâle et vulnérable. Mais peut-être étais-je injuste.

Nous procédâmes à un interrogatoire officiel. Je lui demandai si elle désirait la présence de son avocat et elle me répondit non. Elle paraissait calme, elle s'assit, recula sa chaise d'un centimètre ou deux pour maîtriser l'espace autour d'elle. Nous lui offrîmes une boisson chaude, mais elle avait apporté une bouteille d'eau minérale du genre recyclable et écoresponsable. Elle la serrait fort dans sa main.

Je me présentai, ainsi que Neil, pour l'enregistrement de l'entretien. Je demandai alors à Claire de me décrire ses activités au cours de la nuit précédente. Elle raconta comment elle s'était préparée pour son rendez-vous, elle décrivit sa promenade avec le chien, puis elle rapporta qu'elle avait retrouvé Henry Hamilton au restaurant. Elle se souvenait de ce qu'ils avaient mangé et qu'il avait payé l'addition.

« Qui a eu l'idée de venir à Talgarth ? lui demandai-je.

— Lui, répondit Claire. On était en train de parler du bureau de R.M. Holland et il m'a dit qu'il adorerait le voir. Au début j'ai cru qu'il plaisantait.

— Mais vous y êtes allés quand même. Vous êtes entrés dans l'enceinte de l'établissement la nuit, en dérogeant à toutes les règles de sécurité. Pourquoi ? »

Elle haussa les épaules.

« Je ne sais pas. Je me disais peut-être que ce serait romantique. Une aventure.

— Romantique ? Qu'est-ce que vous voulez dire ? »

Elle me fixa de ses grands yeux.

« C'est parfois excitant de briser les règles.

— Vous aviez prévu d'avoir un rapport sexuel avec Henry ? »

Si elle répondait oui, ce serait très mauvais pour elle devant un tribunal. Les jurés détestent que les femmes aient une vie sexuelle.

« Je n'avais rien prévu du tout, dit-elle. J'ai juste pensé que ce serait marrant.

— Marrant ?

— De toute évidence, je me suis trompée. »

Je lançai un regard vers Neil, et il changea immédiatement l'angle des questions.

« Quand est-ce que vous avez vu Rick Lewis pour la dernière fois ?

— Vendredi, à l'école. J'ai accompagné Georgie à l'accueil pour qu'elle retrouve son père. Nous sommes particulièrement prudents, comme vous nous l'avez demandé. Quand je suis retournée à l'étage, j'ai croisé Rick qui descendait l'escalier. Il m'a demandé si j'avais une répétition ce soir-là, j'ai répondu que oui. Il m'a dit qu'il rentrait chez lui et je lui ai souhaité un bon week-end. »

Sauf qu'il n'était pas rentré directement chez lui, songeai-je. Dave Bannerman avait affirmé qu'il avait été le dernier à partir.

« Comment est-ce qu'il vous a paru ? Dans quel état d'esprit ?

— Ça allait. Rien de spécial. Tout le monde est encore bouleversé par la mort d'Ella, évidemment. »

Elle s'interrompit comme si soudain elle se rendait compte qu'ils allaient désormais être bouleversés par une deuxième mort. Il y avait de moins en moins de monde dans ce département d'anglais.

« Et quand vous avez découvert le corps de Rick, demandai-je, qu'est-ce que vous avez fait ?

— J'ai hurlé, je crois. Henry était juste derrière moi. Au début, il ne comprenait pas ce qui se passait. Je lui avais parlé du mannequin. Il a dû penser que c'était... qu'il était...

— Vous êtes entrés dans la pièce, vous avez touché quelque chose ? C'est important pour notre travail de prélèvement d'indices.

— Je crois que je suis entrée, oui. J'ai touché la main de Rick. Il était froid. C'est comme ça que j'ai compris qu'il était mort.

— Et Henry ?

— Je crois que lui aussi est entré. Je ne m'en souviens pas.

— Et ensuite, qu'est-ce que vous avez fait ?

— J'avais mon téléphone à la main. Je m'en servais comme d'une torche. J'ai fait le 999. Je n'avais pas votre carte sur moi, c'est pour ça que je n'ai pas pu vous appeler directement.

— Ce n'est pas grave, répondis-je. Et qu'est-ce que vous avez fait en attendant la police ?

— Henry a dit qu'on devrait aller attendre à la grille. On l'avait laissée ouverte. J'étais bien contente de m'éloigner de cette pièce.

— La police a mis combien de temps à venir ?

— Ils sont arrivés presque au moment où nous avons atteint le portail. Nous sommes remontés pour leur montrer la scène. Je me suis sentie mal, alors la policière m'a trouvé une chaise. Et ensuite c'est vous qui êtes arrivés. »

Il n'y avait pas de fenêtre dans cette pièce mais je détournai la tête comme si j'admirais le paysage à l'extérieur pour demander :

« Est-ce que vous avez tué Rick Lewis ?

— Non ! »

C'était presque un cri, mais c'était aussi dit sur le ton d'un professeur outré qu'on puisse lui poser une telle question.

« Est-ce qu'il continuait à vous pourchasser ? demanda Neil avec plus d'empathie dans la voix. Est-ce qu'il traînait devant chez vous ? Il vous harcelait ?

— Non, ça, c'est fini depuis longtemps. Avant l'été.

— Dans votre journal vous disiez que vous étiez jalouse d'Ella et Rick, dis-je. Vous éprouviez toujours ce même sentiment ?

— Je n'ai jamais vraiment ressenti ça, dit-elle. J'avais même oublié que je l'avais écrit. C'est le rôle d'un journal intime. Un instantané des sentiments qu'on éprouve sur le moment. Mais ça n'a pas duré. Rick était un collègue. Rien d'autre.

— Vous l'aimiez bien ? »

Elle hésita.

« Oui, c'était un bon directeur et un bon professeur. Il s'occupait bien des élèves. »

Je perçus pour la première fois un tremblement dans sa voix.

« Vous avez une idée de qui pourrait l'avoir tué ? demanda Neil.

— Je vous l'ai dit, c'est la personne qui a écrit dans mon journal. Il disait : “Je me suis déjà débarrassé d'une de ces créatures. Je m'abattrai sur les autres comme une bête déchaînée."

— Vous vous en souvenez mot pour mot, notai-je.

— J'ai un certain talent pour me souvenir des citations. En plus, celle-ci n'est pas de celles qu'on oublie.

— Et qui a écrit ça, à votre avis ?

— Aucune idée, répondit-elle d'une voix lasse.

— Fin de l'entretien », conclus-je dans le micro.

*

« Ce n'est pas suspect qu'ils se soient trouvés à l'école la nuit dernière ? demanda Donna. Est-ce qu'elle a pu tuer Rick ? »

Nous faisions une rapide réunion avec Donna pendant que Claire prenait une pause.

« Hamilton a témoigné qu'il était déjà mort quand ils l'ont trouvé sur sa chaise, dis-je. Elle aurait pu le tuer avant, bien sûr. On verra ce que l'autopsie va nous dire sur l'heure du décès.

— Tu penses vraiment qu'elle pourrait avoir tué Rick ? demanda Neil. Pourquoi ?

— Elle a l'air de vraiment lui en vouloir dans son journal intime, dis-je.

— Tu m'en veux souvent, observa Neil, mais tu n'essayes pas de me tuer pour autant. »

Ah, le motif et l'opportunité, comme vous êtes difficiles à rassembler parfois... Mais en fait, Neil avait raison. On avait du mal à imaginer Claire en train de tuer Rick parce qu'il avait eu le béguin pour elle des mois auparavant ou parce qu'il lui faisait corriger trop de copies.

« Elle est un peu étrange, quand même, remarqua Donna. Elle pensait vraiment coucher avec son petit copain dans l'école, après tout ce qui s'est passé ? »

Claire revint dans la salle et nous l'observâmes à travers la vitre. Elle était assise sur sa chaise, les bras posés sur les accoudoirs. Elle n'était pas agitée de tics nerveux, elle ne tripotait pas son téléphone comme presque tout le monde dans cette situation. Elle regardait droit devant elle avec une expression indéchiffrable sur le visage.

« C'est peut-être le danger qui rendait l'aventure excitante, dis-je en songeant à la seule fois où j'avais prévu d'avoir une relation sexuelle dans une salle de classe vide. Je ne crois pas que Claire a tué Rick mais elle est la clef de toute l'affaire. Après tout, c'est dans son journal qu'on a retrouvé les messages.

— À moins qu'elle ne les ait écrits elle-même, dit Donna.

— Les experts en écriture pensent qu'il s'agit de deux personnes différentes, précisai-je. Probablement un homme.

— Il y a définitivement quelque chose qui cloche chez elle », conclut Donna.

*

Nous interrogeâmes Henry Hamilton à neuf heures. Il n'avait pas grand-chose à ajouter, mais pour répondre à la question de Neil, il avoua qu'il avait espéré coucher avec Claire. Rien d'autre ne le liait à l'affaire. Il n'avait jamais rencontré Rick et il n'était jamais venu à Talgarth avant cette nuit-là.

Nous contactâmes Tony Sweetman qui était parti skier pour le week-end, excusez du peu. Apparemment, ils avaient « un chalet en copropriété » près d'Annecy. Et il y avait eu « des chutes de neige plus tôt que prévu cette année ». Je lui ordonnai de rentrer dans le Sussex immédiatement et lui fis savoir que l'école devrait fermer le lendemain, sans doute pour une semaine.

« Il faut que je contacte les administrateurs.

— Eh bien faites-le. »

Il poussa une espèce de grognement.

« Ça, ça va nous couler complètement. Après toutes les améliorations que j'ai apportées ! »

Ce type était vraiment un con. Je regrettais presque qu'il ait un alibi en béton pour le meurtre de Rick.

La femme de Rick vint identifier le corps. Le soutien psychologique était encore avec elle mais Neil et moi-même nous espérions interroger Daisy Lewis pendant l'après-midi. À midi nous commencions à sentir un léger coup de barre. Neil sortit acheter des burgers et des frites que nous mangeâmes dans le bureau de Donna.

« Il va falloir faire une déclaration à la presse, dit Donna. J'ai déjà eu le *Herald* au bout du fil. Les gens ont vu les gyrophares la nuit dernière.

— C'est sur Twitter, dit Neil en consultant son téléphone. *Keskispasse @Talgarth. Ma vieille école, quel merdier.*

— Qui a écrit ? dis-je en regardant par-dessus l'épaule de Neil.

— Quelqu'un qui signe Foxylady.

— Au moins on sait que c'est une femme.

— On dira simplement qu'un homme a été retrouvé mort, dit Donna. Que la police mène une enquête. Qu'il n'y a aucun lien avec la mort d'Ella.

— Les gens feront quand même le lien, remarquai-je.

— En voilà un autre qui vaut le coup, reprit Neil qui était toujours sur Twitter. *Peut-être le fantôme de Talgarth #DameBlanche*. C'est signé Big Mac. »

Il éclata de rire et prit une bouchée de son hamburger.

Après m'être essuyé les doigts sur mon jean, je m'emparai de son téléphone.

« Quelqu'un a répondu. *La dame blanche a eu sa vengeance*.

— Et ça, c'est de qui ? demanda Neil.
— MrCarter. »
Gary Carter n'avait même pas eu le bon sens de changer de nom.

Chapitre 26

Nous allâmes voir Daisy Lewis à quinze heures. Les routes étaient désertes, comme si tout le monde était à la maison à s'attarder devant un déjeuner dominical traditionnel.

« Rosbif, dit Neil.

— Poulet tikka masala, dis-je, juste pour le faire marcher. C'est le plat préféré dans ce pays aujourd'hui.

— Les yorkshire puddings de ma mère sont à tomber, déclara Neil qui se laissait aller à la nostalgie. Ceux de Kelly sont nettement moins bons.

— Pourquoi est-ce que tu ne les fais pas toi-même ? Elle n'a pas assez de choses à faire comme ça, à s'occuper de Lily et de tout le reste ?

— Mais je fais la cuisine, répondit Neil, vexé, et même plus souvent que toi, je parie.

— T'as raison, dis-je en m'enfonçant dans une autre petite rue de Shoreham pour trouver une place libre. Mais moi, j'ai l'intelligence de vivre encore chez ma maman. »

Je finis par trouver une place devant la bibliothèque. C'était près du dédale de ruelles où Ella avait vécu. Je fus soudain frappée par la proximité des domiciles des deux victimes.

L'aide psychologique ouvrit la porte, une femme aimable du nom de Maggie O'Hara. On allait la débriefer plus tard. Les psychologues ont toujours des points de vue intéressants parce qu'ils voient les familles des victimes quand ils sont au plus bas. Maggie nous fit entrer dans une grande cuisine avec une cuisinière à bois d'un style ancien et une vieille table rustique. Une cuisine de famille, songeai-je avant de me rappeler encore une fois que les Lewis n'avaient pas d'enfants. Daisy était assise à la table avec une autre femme qui aurait pu être sa sœur jumelle.

« Je vous présente ma sœur, Lauren, dit-elle. Elle peut rester ?

— Bien sûr, répondis-je. Toutes mes condoléances, madame Lewis. »

Elle se contenta d'avaler sa salive en guise de réponse, et elle s'essuya les yeux avec un mouchoir en papier déjà trempé.

« Maggie pense que vous aurez la force de répondre à quelques questions, dis-je.

— Maggie a été très gentille, fit Daisy en jetant un regard circulaire sur la pièce.

— Tant mieux, je sais que c'est difficile, Daisy, mais nous voulons arrêter la personne qui a commis cet acte épouvantable et ça signifie que nous devons agir très vite. Tout ce dont vous pourrez vous souvenir sera important. »

C'est le discours que je sors chaque fois, mais il est plutôt efficace. Daisy se redressa, rangea son mouchoir en papier dans sa manche. Lauren nous proposa du thé ou du café et nous choisîmes tous deux du café. Je ne sais pas comment Neil se sentait, mais moi, j'étais tellement fatiguée que j'avais l'impression d'avoir les paupières à l'envers.

« Quand est-ce que vous avez vu Rick pour la dernière fois ? » demandai-je quand on nous servit nos boissons, alors que nous étions tous assis autour de la table comme si on jouait à la dînette.

« Hier, dit Daisy. On regardait *Danse avec les stars* » – bien évidemment – « et on allait regarder un film suédois sur BBC4 quand Rick a reçu un appel sur son portable et il a dû partir à l'école.

— Un samedi soir ? demandai-je. Ça arrive souvent ?

— Non, répondit Daisy. Il a déjà dû y aller pendant le week-end. Quand ils se préparaient pour une inspection ou quelque chose comme ça. Mais là, c'était complètement imprévu. On l'a appelé et il a fallu qu'il y aille.

— Vous savez qui a appelé ?

— J'ai pensé que c'était Tony, le directeur. »

Mais Tony était occupé à se dépenser sur les pistes de ski.

« C'était une voix d'homme ? demandai-je.

— Je n'ai pas pu entendre. Mais c'est ce que j'ai pensé. Rick a peut-être dit "il" en parlant de son interlocuteur. »

Compte tenu du passé de Rick, ça ne voulait pas forcément dire grand-chose, songeai-je.

« Et après, qu'est-ce qui s'est passé ?

— Il m'a embrassée. Il a pris les clefs de la voiture et il est parti. Il m'a dit que je serais peut-être couchée quand il rentrerait. Et je... » Son visage se déforma en une grimace. « J'étais en train de dormir quand on m'a téléphoné », ajouta-t-elle.

Lauren lui donna une petite tape sur l'épaule.

« Ça va aller, Daisy, ça va aller. »

On avait retrouvé la voiture de Rick Lewis dans le parking à Talgarth. Il s'était bien rendu de lui-même à l'école. Qui l'avait appelé ? *Danse avec les stars* s'achève vers vingt heures, Claire et Henry étaient arrivés à vingt-trois heures. Ce qui laissait trois heures pour tuer Rick et mettre son corps dans le bureau de R.M. Holland. Il n'y avait pas de sang dans la pièce et j'en avais déduit qu'il avait été tué ailleurs. Rick Lewis était grand et mince, mais un sacré poids mort à remonter en haut de cet escalier en colimaçon. Est-ce qu'une femme aurait pu le faire ? Est-ce que Claire s'en serait sortie ? Elle était allée dîner dans son restaurant italien à vingt heures trente, j'imaginais qu'elle avait pu arriver à Talgarth, tuer Rick et repartir à toute vitesse vers Chichester, mais ça paraissait un peu juste. Sans parler de l'absence de taches de sang sur ses belles fringues.

« Comment est-ce que Rick vous a paru quand il a reçu cet appel ? demanda Neil.

— Normal, un peu agacé, peut-être. C'était le week-end, après tout. Mais ça allait. Il m'a embrassée », répéta-t-elle, comme si ça prouvait quelque chose. Peut-être que oui, d'ailleurs.

« Daisy, dis-je en me penchant vers elle par-dessus la table. Nous travaillons sur la possibilité que la mort de Rick soit liée à celle d'Ella Elphick. Est-ce que Rick aurait fait une remarque sur la mort d'Ella qui vous aurait parue étrange ? Est-ce qu'il aurait mentionné quelqu'un qui l'aurait contacté à ce sujet ?

— Contacté ?

— Une lettre, un appel téléphonique ? Un SMS ?

— Non, répondit-elle en secouant la tête, il était triste à propos d'Ella, bien sûr. Elle faisait partie de ses meilleurs professeurs. Mais c'est tout. »

C'était intéressant, parce que ce n'était pas ce que je lui avais demandé.

« Est-ce que Rick s'entendait bien avec Ella ?

— Ils n'ont pas eu une aventure, répondit Daisy, si c'est ce que vous voulez dire. Si vous voulez mon avis, c'est la faute de cette salope.

— Ella ?

— Non, l'autre. Claire Cassidy. Elle a toujours voulu la peau de Rick. »

*

J'étais tout près de chez moi, mais je dus d'abord raccompagner Neil au commissariat. Et je songeai que je pouvais en profiter pour emporter le journal intime de Claire. Les experts scientifiques en avaient fini avec ces carnets et si Claire était effectivement la clef de cette affaire, quoi de mieux que de me plonger dans ses pensées les plus profondes pendant la soirée ? J'avais été frappée par la façon dont Daisy avait accusé Claire et non pas Ella pour la mort de Rick. Elle l'avait traitée de « salope », un langage un peu musclé pour une femme comme Daisy. Claire était de toute évidence une femme qui inspirait des émotions fortes. Je rentrai lentement à la maison, tellement fatiguée que je me sentais comme saoule. Maman était dans la cuisine, occupée à cuisiner, comme d'habitude, en compagnie de Kiaan et Alisha. D'un côté j'étais agacée de voir qu'Abid et Cara avaient encore laissé leurs gosses aux soins de maman, mais de l'autre, j'étais toujours contente de voir mes nièces et mes neveux, surtout les plus jeunes, qui sont si faciles à impressionner.

« Tatie Harbinder ! T'as arrêté des gens ?

— T'as tué quelqu'un ?

— Non, malheureusement. »

Je m'assis à table et je me mis à grignoter. Il y a toujours un buffet de prêt chez maman pour attendre le repas à proprement parler : des samoussas, des bhajias, des rotis, et mon préféré, des parathas.

« Où sont papa et maman ? » demandai-je à Alisha. Elle était venue s'asseoir sur mes genoux. À cinq ans, elle est encore assez jeune pour faire des trucs comme ça. Kiaan a sept ans et commence à prendre ses distances. Même s'il faisait des mouvements de tai-chi pour attirer mon attention.

« Ils sont partis au cinéma, dit Kiaan. C'est leur soirée en tête à tête.

— C'est bien de rester romantique », commenta maman tout en tranchant, coupant, et en faisant frire la nourriture. « De prendre un peu de temps, sans les enfants.

— Ils sont allés voir *Meurtre sur l'Oreo Express*, m'explique Alisha. C'est pas pour les enfants.

— En effet, dis-je en la reposant par terre pour me lever. Et maintenant, il faut que j'aille travailler.

— T'étais debout toute la nuit, me fit remarquer maman. Repose-toi. Joue sur l'ordinateur avec les enfants.

— Oui ! s'écria Kiaan. *Grand Theft Auto*.

— Ça non plus, ce n'est pas pour les enfants. Allez, venez, on va regarder un film dans le salon. »

*

Je dormis à poings fermés pendant tout *Harry Potter et la Chambre des secrets*, et je ne me réveillai que lorsque quelqu'un frappa un journal intime avec une énorme paire de ciseaux. J'étais troublée par la vision de l'encre qui semblait faite de sang et qui s'écoulait sur la page, mais l'image n'avait aucun effet sur Alisha et Kiaan, en partie parce que papa était entré dans la pièce et faisait son numéro de monstre chatouilleur. Je les laissai continuer et je montai en vitesse dans ma chambre.

Je posai ma serviette sur le lit et je m'assis sur la chaise derrière le bureau. Je ne pouvais pas me permettre de me rendormir. Mais avant de me lancer dans la lecture du journal de Claire Cassidy, il fallait que je passe un coup de fil.

« Allô ? répondit Gary d'un air méfiant, même si mon nom avait dû apparaître sur l'écran de son téléphone.

— Salut Gary, comment ça va ?

— Ça va. Qu'est-ce qui se passe à l'école ? C'est pour ça que tu m'appelles ?

— En quelque sorte, répondis-je. J'ai vu ce que tu avais écrit sur Twitter à propos de la dame blanche. »

Il y eut un silence, puis Gary dit : « Je ne savais pas que t'étais sur Twitter », ce qui était tellement à côté de la plaque que je faillis éclater de rire.

« Je n'y suis pas, mais mon collègue, oui. Tu devrais savoir que la police vérifie ces choses-là.

— Je n'ai rien dit de mal.

— Non, mais qu'est-ce que tu voulais dire quand tu parlais de la vengeance de la dame blanche ? »

Encore une pause, un peu plus longue, et une respiration lourde.

« Je voulais juste dire que… quand quelqu'un meurt.

— Qu'est-ce qui te dit que quelqu'un est mort ?

— C'est ce qu'on raconte, répondit Gary qui paraissait subitement pris de panique. Que quelqu'un a été tué à l'école.

— Qui dit ça ? »

Un silence.

« Allez, Gary, il faut que tu me le dises.

— Mon copain Alan, le prof de gym. C'est Dave le concierge qui le lui a appris. Ils jouent au football ensemble le dimanche. »

J'étais étonnée d'entendre que Dave était assez en forme pour jouer au football, mais je me souvins de ces silhouettes presque obèses dans des survêtements qui essayaient de courir dans le parc. Un jour je faillis appeler les secours pour en ressusciter un.

« Il ne devrait pas en parler, dis-je.

— Je ne vais pas lui attirer des ennuis, j'espère.

— Non, ça aurait forcément fini par s'ébruiter.

— Alors c'est vrai ? demanda Gary dans un murmure, même si j'étais sûre qu'il n'y avait personne à côté de lui. Rick Lewis a été assassiné ?

— Je ne peux pas te donner cette information, répondis-je, ce qui était l'équivalent de la lui donner.

— La vache ! » Il commençait à saisir l'ampleur de la situation.

« Qu'est-ce que tu voulais dire par "la dame blanche a eu sa vengeance" ? demandai-je à nouveau.

— C'est à cause de la légende, tu sais bien. On dit que la dame blanche apparaît quand quelqu'un va mourir. Tu dois bien t'en souvenir. Cette fois, quand on l'a vue…

— Au revoir Gary, dis-je. Fais attention à ce que tu racontes sur les réseaux sociaux. »

Chapitre 27

Nous avions quinze ans quand nous avons vu le fantôme. Nous étions restés tard à l'école, parce que Gary avait une répétition avec son groupe de terminales sans talent qui possédaient tous leur guitare et vouaient une vraie passion à Tolkien. Ils s'appelaient Boromir's Brother. Je n'étais pas le genre de fille qui passe son temps à regarder son copain répéter avec son groupe, j'étais donc partie travailler dans la bibliothèque qui se situait dans le vieux bâtiment. La bibliothécaire – comment s'appelait-elle déjà ? Ah oui, Mlle McKenzie – était une drôle de vieille dame mais elle m'aimait bien. Je pense que c'était parce que j'étais la seule à lire les vieux livres avec des couvertures en cuir et les lettres dorées qui partaient en poussière : Dickens, Collins, Mrs Gaskell, Trollope. J'étais aussi obsédée par James Herbert, mais ça, je ne l'avais pas dit à Mlle McKenzie.

J'étais donc confortablement installée dans la bibliothèque à faire mes devoirs d'histoire. C'était plus facile que de travailler à la maison. À cette époque j'avais une chambre minuscule, Kush et Abid partageaient la chambre que j'occupe maintenant. Et il y avait toujours tellement de monde à la maison qui venait se délecter de la cuisine de maman, parler en pendjabi, et pleurer sur le pays perdu. En plus, papa était capable de me demander d'aller tenir la boutique.

C'était formidable de passer du temps dans la vieille bibliothèque, les étagères qui allaient jusqu'au plafond, les grandes fenêtres qui s'ouvraient sur les terrains de jeux. Il y avait des bancs à côté des fenêtres aussi, et j'ai passé là plus d'un après-midi à lire des livres d'horreur pendant que l'équipe de football se faisait battre par celle d'une école plus chic. La bibliothèque qu'ils ont maintenant est horrible, des sofas en plastique, des tourniquets et des livres de poche. On se sentait entouré d'histoire, dans la vieille bibliothèque, elle semblait suinter à travers les murs, s'élevait des planchers en bois noueux et en lames larges comme des passerelles de bateau.

La bibliothèque fermait à dix-huit heures. C'était le premier trimestre et il faisait sombre à l'extérieur. Vers dix-sept heures, Mlle McKenzie rangeait son tricot (une succession sans fin de mailles toujours dans des bleus et des roses électriques, on se demandait à qui c'était destiné) et elle commençait à vérifier que personne ne se cachait derrière les rideaux.

« C'est l'heure, Harbinder, disait-elle. Est-ce que Gary est encore en train de faire ce bruit épouvantable dans la cave ? »

Elle savait toujours qui sortait avec qui.

Et dès que Gary apparaissait à la porte avec son étui à guitare, je disais au revoir à Mlle McKenzie.

« Au revoir, Harbinder. Au revoir, Gary. Rentrez vite à la maison. »

Mais en fait nous nous étions glissés dans le couloir du premier étage à la recherche d'une salle vide où nous pourrions nous embrasser tranquillement.

Nous éprouvions alors une forte attirance mutuelle. C'est difficile à imaginer aujourd'hui. Je crois que déjà à l'époque j'avais des doutes quant à mon goût pour les hommes, mais j'étais décidée à essayer jusqu'au bout. Gary mourait d'impatience de perdre sa virginité.

Nous trouvâmes finalement une salle de classe vide. Une des pièces qui à l'origine aurait pu être une chambre à coucher. Il y avait une petite cheminée avec une grille en fer forgé dotée d'un motif assez compliqué de coquelicots et de feuilles de lierre. Était-ce près de la salle où Rick Lewis avait été assassiné ? Je n'arrive pas à y croire. Peut-être.

Nous commencions à être très excités. J'avais enlevé mon soutien-gorge et il avait glissé la main dans mon pantalon. Ma génération s'était battue pour le droit de porter des pantalons à l'école et maintenant toutes les filles de Talgarth sont en jupe. Merci pour la gratitude. Puis il s'est passé quelque chose. La pièce est soudain devenue glaciale. Non, c'était pire encore. Comme de se retrouver au milieu d'un paysage désertique, un estuaire balayé par le vent. J'eus le sentiment fulgurant que je ne pourrais plus jamais être heureuse. Nous nous sommes éloignés l'un de l'autre. J'ai remis mon soutien-gorge et Gary a remonté sa braguette. Nous n'avons pas échangé un mot. Nous avons pris nos affaires et nous sommes partis à toute vitesse.

Nous avons remonté le couloir. Je me souviens que l'étui de Gary me cognait les jambes. Et les lumières qui s'éteignaient l'une après l'autre comme quand Pete le Pervers faisait sa dernière ronde. Puis nous avons senti une présence nous effleurer. C'est difficile à décrire. Après j'ai cru me rappeler une femme dans une longue robe blanche. Mais Gary disait que c'était plutôt un tourbillon. Noir et informe. Tout ce que je sais, c'est que le froid et l'horreur émanaient de cette créature. Cette *chose*. Nous entendîmes un craquement de bois comme la vision heurtait la rampe, puis un hurlement sans fin, effroyable. Je n'avais jamais rien entendu de tel et j'espère ne jamais entendre un son pareil à l'avenir.

Gary et moi nous mîmes à courir. Nous étions morts de peur. Nous nous serions sans aucun doute abandonnés mutuellement, laissant l'autre à la merci du fantôme. Nous n'avions qu'une idée en tête, nous sortir de là. Nous avons descendu l'escalier quatre à quatre et nous avons sprinté jusqu'au portail que Pete était en train de fermer.

« Eh ben alors, vous n'avez pas de maison ? »

Sa voix familière et son ton colérique nous ramenèrent à la réalité.

Nous marmonnâmes un vague « bonsoir » et nous nous rendîmes au pas jusqu'à l'arrêt de bus. Il n'y avait personne autour de nous mais nous parlions à voix basse.

« C'était elle, dis-je. La femme de R.M. Holland. Celle qui s'est jetée en bas de l'escalier.

— Ce n'était pas une femme, dit Gary. Je ne sais pas ce que c'était.

— Ce cri ! Tu crois que quelqu'un d'autre l'a entendu ?

— Je ne sais pas, répondit Gary qui se recroquevillait d'un air terrifié dans son anorak.

— Quand on voit la dame blanche, ça veut dire que quelqu'un va mourir.

— Tais-toi ! s'exclama Gary.

Nous restâmes là, sans rien dire. Mon bus arriva et je montai à bord. Nous ne nous embrassâmes même pas pour nous dire au revoir. Nous avions compris que notre brève liaison était finie. Deux jours plus tard nous devions apprendre que Sue Black, une fille de troisième année qui était malade depuis quelque temps déjà, était morte d'une leucémie. Toute l'école était effondrée et plusieurs personnes évoquèrent la légende de la dame blanche. Mais Gary et moi ne mentionnâmes jamais ce que nous avions vu.

Et nous ne reparlâmes jamais du fantôme. Jusqu'à aujourd'hui.

Chapitre 28

J'ouvris le journal intime de Claire au hasard.

Ce n'est pas que je n'aime pas Simon. Bien sûr que je l'aime. C'est surtout que j'attends plus. J'aime mon travail et je crois que je ne suis pas mauvaise. Dieu sait que j'aime Georgie (tellement adorable et aimante). Mais si j'aime Simon, il n'en demeure pas moins le numéro deux sur ma liste. L'amour conjugal doit-il toujours être la victime de l'amour maternel ? Mais le problème, ce n'est pas Simon et moi. C'est juste que je voulais faire quelque chose de ma vie. Être quelqu'un…

Bon Dieu ! Je songeai que je n'allais pas pouvoir en supporter beaucoup plus. Je regardai la date en haut de la page. 03/03/10. D'après mes calculs, Claire et Simon avaient divorcé deux ans plus tard et Georgia – si adorable et aimante – devait avoir huit ans.

Je décidai d'essayer une entrée un peu plus récente.

Lundi 11 septembre 2017
Rick commence à m'énerver sérieusement. C'est déjà la deuxième semaine du trimestre et il n'a toujours

pas organisé les emplois du temps. Le programme d'Ella pour le brevet est du grand n'importe quoi et il ne lui dit rien du tout. Est-ce qu'il est toujours amoureux d'elle ? Sans doute. Il continue à soupirer, avec son air désespéré. Au moins, il s'est remis assez vite de sa passion pour moi. En même temps, j'ai mis les points sur les « i », ce qu'Ella se refuse à faire. Je ne voulais en aucun cas coucher avec un homme marié. Mais elle, ça n'a pas l'air de trop la déranger.

J'en ai marre de rattraper ses bêtises au travail. J'aurais dû avoir le boulot d'Ella et Rick le sait très bien.

Je sortis mon carnet pour essayer d'établir une chronologie. En juillet, Ella et Rick avaient couché ensemble. En septembre, Rick était de toute évidence toujours entiché de Claire et elle n'aimait pas ça.

Je tournai deux ou trois pages.

Vendredi 15 septembre 2017

Enfin, le week-end. Ella n'a toujours pas fini de tout préparer pour le brevet. Je lui ai demandé quand elle allait le faire, elle s'est contentée de me rire au nez et de dire : « Tu t'inquiètes trop. » Puis elle m'a déclaré qu'elle allait sortir avec Bryony Hughes samedi. Je lui ai demandé si c'était une séance de spiritisme. Je devais paraître plutôt amère. Elle m'a répondu : « Oui, on entre en contact avec les morts au Pappagallo à Chichester. » J'ai dit : « J'espère que ça te sera bénéfique. »

Il Pappagallo, c'était là que Claire avait retrouvé Henry Hamilton le samedi soir. J'en pris note également. Je me mis aussi à établir une liste de noms. Bryony Hughes, c'était qui, celle-là ?

Pourquoi est-ce que les gens font des choses pareilles ? Pourquoi est-ce qu'ils exhibent jour après jour leurs espoirs et leurs peurs devant un public inexistant ? Claire avait cette habitude de parsemer son journal intime de citations. Pourquoi ? S'imaginait-elle qu'on allait un jour le lire sur une radio culturelle ? Parfois elle citait même l'auteur comme si elle écrivait une dissertation de terminale. « Rien en ce monde ne reste caché à jamais. » Wilkie Collins. *No Name*. Et pourquoi soignait-elle son style, si ces entrées n'étaient destinées à personne ? « L'amour conjugal doit-il toujours être la victime de l'amour maternel ? » Et à qui est-ce qu'elle pose cette question ? Et tout ce dialogue entre guillemets. « J'espère que ça te sera bénéfique. » On dirait un roman pour bonnes femmes, du genre qu'on regrette d'avoir acheté à l'aéroport avant même que l'hôtesse ait fini de faire ses démonstrations de sécurité.

Je tournai mon attention vers les jours qui précédaient le meurtre d'Ella Elphick.

Vendredi 20 octobre 2017

Grosse journée à l'école. Il faut tout finir avant les vacances. J'ai regretté d'avoir dit oui pour sortir avec Ella et Debra ce soir, puis finalement j'ai été contente d'avoir accepté. On a vu Blade Runner 2049. *Je me rappelle avoir aimé le premier film, mais là c'était incroyablement ennuyeux. Il faut dire qu'en ce moment je ne suis plus bon public au cinéma. J'ai dormi pendant la moitié du film, et en me réveillant je me suis trouvée face à Ryan Gosling qui marchait très lentement dans un hangar pour avion sous la neige. Après nous sommes allées dîner au Royal Oak. Au début Ella m'a agacée parce qu'elle n'arrêtait pas de parler de « l'histoire avec Rick ». Et Debra qui l'encourageait : « Tu l'obsèdes complètement, etc. » Je commençais à en avoir vraiment marre, mais heureusement Ella l'a senti et on est passées à des sujets de conversation moins sensibles : juste l'école et qu'est-ce qui va mieux à Debra, les cheveux longs ou courts. Dans l'ensemble, une bonne soirée.*

Georgie n'était pas encore rentrée quand je suis arrivée à la maison. Elle est revenue vers vingt-trois heures. Ty l'a raccompagnée jusqu'à la porte. Il est très poli, presque galant. Il faut lui reconnaître ça. C'est juste qu'il est déjà un homme et qu'elle n'est encore qu'une enfant. Même si elle est vraiment glamour en ce moment. Est-ce que je serais jalouse de Georgie ? Et d'Ella ? Mon Dieu, il est temps de s'arrêter là.

Elle n'avait rien écrit le samedi 21 ni le dimanche 22. Le jour où Ella avait été tuée. Mais le 23, elle avait rempli plusieurs pages, d'une écriture incertaine et tremblante.

Lundi 23 octobre 2017

Ella est morte. Je n'arrivais pas à y croire quand Rick me l'a dit…

Elle paraissait authentiquement bouleversée. Mais un peu plus bas sur la page, quand Rick lui dit qu'il est désolé, elle écrit : « Il est désolé ! Non mais franchement ! »

Qu'est-ce qu'elle voulait dire au juste ? Que Rick est responsable de la mort d'Ella ? Mais si elle le soupçonnait, l'aurait-elle écrit ici, dans son journal intime ? Claire avait aussi écrit que Rick lui avait dit que Daisy pensait qu'il allait être arrêté d'un moment à l'autre. Intéressant. Elle avait dû sentir que nous le soupçonnions.

Je continuai ma lecture, je voulais voir ce qu'elle avait dit sur moi.

Quand je suis revenue de l'école, la police m'attendait devant chez moi. J'ai reconnu leur voiture. C'était la même que j'ai vue hier sur le parking à Talgarth. Ça m'a rendue nerveuse. Il y avait deux policiers, un homme et une femme, exactement comme dans les films. La femme, le lieutenant Kaur, était indienne, petite mais plutôt séduisante, et avec une attitude délibérément très froide, comme si elle cherchait à me prendre en défaut.

Ha ha. Une attitude délibérément très froide. Il faudra que je le dise à Donna. Et est-ce qu'on frise le racisme quand elle me décrit avant tout comme « indienne » suivi de « plutôt séduisante » ? En même temps je suis furieuse de me rendre compte que je suis un peu flattée par cette description, surtout venant d'une personne aussi glamour que Claire. Mais de quel droit est-ce qu'elle dit que je suis petite ? Je ne suis pas petite, c'est elle qui est trop grande. Mais elle avait remarqué notre voiture, ce jour-là, à Talgarth. Et pourquoi est-ce qu'elle était nerveuse ?

Un peu plus loin, elle avait écrit :

Je repense sans cesse aux deux policiers qui sont venus ici, Kaur et Winston. Ils n'étaient pas exactement agressifs, mais ils n'étaient pas très aimables non plus.

« La plupart des victimes de meurtre ont été tuées par des gens qu'elles connaissaient, m'a dit Kaur, et nous avons des raisons de croire que c'est le cas ici. » Qui soupçonnent-ils ?

Bonne question. Je parcourus tous les carnets en lisant des extraits ici et là, mais l'écriture mystérieuse n'apparaissait que deux fois. Après Hythe. Et c'était juste une ligne : *Bonjour, Claire, tu ne me connais pas*. Puis il y avait ce message un peu plus long qui suivait l'entrée du 30 octobre.

Salutations d'un ami sincère. J'évoque la lecture (que je viens d'achever) de ce journal fort intéressant.

J'étudiai l'écriture, elle était fine et penchée, presque comme de l'italique. Penchée en avant, qu'est-ce que ça signifie ? Bella, l'experte en graphologie, disait que c'était « probablement » un homme, mais je ne voyais pas comment elle pouvait arriver à cette conclusion. C'était une écriture étrangement démodée, mais peut-être cette impression était-elle due au contenu du message : *Salutations d'un ami sincère. J'évoque la lecture (que je viens d'achever) de ce journal fort intéressant. Il y a là plusieurs centaines de pages. Je peux affirmer, la main sur le cœur, que chaque page m'a envoûté, charmé, enchanté.*

Quelle femme admirable !

Claire avait dit que la citation de Wilkie Collins s'arrêtait là et que le reste était de l'auteur du message.

Mais Claire, tout le monde ne t'apprécie pas comme moi. J'en ai le cœur brisé mais je dois te dire que certaines personnes agissent à ton encontre. Je me suis déjà débarrassé d'une de ces créatures. Je m'abattrai sur les autres comme une bête déchaînée.

Qui pouvaient bien être ces gens qui voulaient nuire à Claire ? Je lus son entrée du 30 octobre. J'avais un épouvantable mal de tête et l'écriture de Claire, plus ronde et plus fluide que celle de l'inconnu, commençait à tourbillonner dans ma tête de façon très désagréable.

30 octobre 2017

Journée vraiment épouvantable. Petite réunion le matin avec Rick qui me dit que je suis désormais responsable des troisièmes et des secondes. Et en plus, il faut que je monte la pièce. Je déteste les comédies musicales et dans ce cas précis ça me met mal à l'aise, comme si j'empiétais sur le territoire d'Ella. Comme si je piétinais sa tombe. Rick n'en a aucune idée. La seule chose qui l'inquiète, c'est son cher département. Je crois qu'en ce moment je hais Rick. Ella vient de mourir et il m'oblige à reprendre tout son travail sans se soucier une seule seconde de l'effet que ça pourra avoir sur moi, moi qui étais sa meilleure amie. Et quand on pense qu'il a un jour prétendu être amoureux de moi. J'en suis malade, rien que d'y penser.

Et pour couronner le tout, R. m'a demandé de l'attendre pour m'implorer de ne pas parler à la police de sa liaison avec Ella. En me disant « Daisy est très fragile en ce moment ». Le culot de ce type. Rendre sa femme responsable. Je lui ai répondu que je ne dirais rien. Pas par égard pour Rick, ni pour Daisy, mais pour Ella. Je sais ce que pense la police. J'ai compris dès que Kaur m'a demandé si Ella avait un copain. S'ils apprenaient ce qui s'est passé entre elle et Rick, il deviendrait le suspect numéro un, et elle, elle passerait pour une traînée. La femme écarlate. L'épouse de Curley dans sa robe rouge. Ella est morte. Que ce qui s'est passé à Hythe meure avec elle.

Tony s'en est très bien sorti à l'assemblée. C'était même très émouvant. Les élèves adoraient Ella et elle était une prof formidable. Il ne faut pas oublier ça. Mais ensuite j'ai été convoquée pour parler avec les officiers de police qui s'étaient installés dans le bureau de T. C'était horrible. Bien pire que la première fois. Ils me posaient tout un tas de questions sur Hythe, sur Rick et Ella. Je ne leur ai rien révélé, mais ils m'ont appris quelque chose d'horrible. Il y avait un message à côté du corps d'Ella. « L'enfer est vide. »

Et pire encore quand je suis arrivée à la maison. Je suis allée voir dans mes vieux carnets ce que j'avais écrit à propos d'Hythe. Et honnêtement, je ne savais plus ce que j'avais dit à l'époque. Et c'était épouvantable. Méchant et moralisateur. Et c'est là que j'ai vu que quelqu'un avait écrit au bas de la page. « Bonjour, Claire, tu ne me connais pas. » Maintenant je suis vraiment terrorisée. Qui a bien pu écrire dans mon journal ? Le message avait bien raison. « L'enfer est vide, tous les démons sont ici. »

Demain, c'est Halloween. Mon Dieu…

Je relus cette phrase plusieurs fois. Le détail sur Rick et sa femme « fragile » était intéressant. Daisy Lewis avait à la fois une raison de ne pas aimer Ella et d'en vouloir à Rick. On devrait sérieusement la considérer comme un suspect. Claire est certainement très moralisatrice, mais je ne crois pas à tout ce truc féministe quand elle dit qu'elle veut préserver la réputation d'Ella face aux vilains policiers sexistes et brutaux. Nous étions bien obligés de lui demander si elle avait des amants car – et une femme intelligente comme Claire devrait le savoir – ce sont eux qui sont le plus susceptibles d'avoir commis le meurtre. Je me demande si Claire ne voulait pas parler d'Hythe parce qu'elle-même aurait été tentée d'avoir une liaison avec Rick. Je l'avais appris en lisant ses entrées précédentes. Lorsque Rick lui avait fait des avances pour la première fois. Claire avait parlé du « besoin profond de sentir des bras autour d'elle », mais désormais la pensée de cet homme la rendait malade.

Je n'arrivais toujours pas à comprendre tout ce truc du journal intime. Vu que le pire était arrivé à la fin de la journée, pourquoi est-ce que Claire avait quand même fait le récit des événements en suivant un ordre chronologique ? La réunion, l'assemblée, son entretien avec nous, et enfin le mystérieux message. Normalement elle aurait dû commencer par ça, non ? Une chose me frappait : si l'inconnu qui écrivait avait vraiment l'intention de purger le monde de tous ceux qui n'aimaient pas Claire, Rick était de toute évidence la victime suivante.

Sur qui d'autre Claire avait-elle écrit des saloperies dans son journal ?

Chapitre 29

J'étais de retour à Talgarth High le lendemain matin. Tony Sweetman avait dû s'entretenir avec l'administrateur parce que l'école était fermée et il y avait une affichette sur la porte. Dave Bannerman, agent d'entretien et footballeur du dimanche, me fit entrer.

« Ils sont au premier étage, dit-il en évoquant l'équipe de la police scientifique. Et ils mettent une pagaille pas possible.

— Est-ce que toutes les salles de classe du premier étage étaient fermées samedi soir ? demandai-je.

— Non, répondit-il. Nous n'avons pas de clefs pour la plupart d'entre elles. J'ai juste tiré la porte pour donner une impression de sécurité. »

Lorsque j'arrivai au premier étage, les équipes scientifiques avaient déjà trouvé la pièce. Juste à côté de celle où j'avais interrogé Claire.

« Pas beaucoup de sang », commentai-je en jetant un regard circulaire. Comme toutes les pièces à cet étage, on se serait plutôt cru dans une chambre à coucher un peu démodée que dans une salle de classe. Il y avait des boiseries et des moulures, une rose compliquée au plafond et une petite cheminée avec une grille en fer forgé. Était-ce la pièce dans laquelle Gary et moi-même nous nous étions embrassés ce soir-là ? Elle lui était très semblable, en tout cas.

« C'est parce qu'il n'a pas été poignardé à mort », dit Colin Harris, le chef de la police scientifique.

Il aime bien remettre les enquêteurs à leur place, mais dans l'ensemble il est plutôt sympa.

« Vraiment ? répondis-je. Il me semblait avoir vu un énorme couteau sanglant qui lui sortait de la poitrine.

— C'était juste une mise en scène, expliqua Colin. La victime a été garrottée, étranglée par-derrière, sans doute avec un fil très fin. Nous pensons que c'est arrivé ici, parce que nous avons trouvé quelques traces de sang qui proviennent sans doute du couteau qui a été planté après la mort. Mais il n'y en a pas beaucoup, je pense que le tueur avait dû mettre du plastique ou une bâche par terre.

— Il est venu équipé. Autre chose ?

— Nous pensons qu'il était en position assise quand il a été tué. Mais la chaise sur laquelle on aurait pu trouver du sang a disparu. On a quand même ramassé quelques échardes de bois. Il semblerait que le tueur ait cassé la chaise et emporté les morceaux. »

Il en parlait au masculin et je devais bien reconnaître que tout indiquait qu'il s'agissait d'un homme pour avoir ainsi cassé une chaise, porté un cadavre, etc.

« Pourquoi est-ce qu'il aurait fait ça ? demandai-je.

— Aucune idée, l'esprit d'un assassin est ténébreux. »

Il avait dû répéter cette remarque plusieurs fois, ça s'entendait.

« Et que s'est-il passé ensuite ? Le corps a été transporté au grenier ?

— Oui, il y avait des cheveux sur la porte qui correspondent à ceux de la victime. Je vous passerai mon rapport plus tard. »

Colin aimait faire les choses dans les règles.

« Rien de plus que vous ne puissiez me dire maintenant ? »

Parce que moi je suis quelqu'un qui aime faire les choses le plus vite possible. Colin poussa un soupir, repoussa ses lunettes sur son front de sa main gantée.

« Il semblerait que la victime ait été portée jusque dans la pièce puis assise dans le fauteuil derrière le bureau. Le coupable portait des gants mais on a des traces de pas avec du sang et... » Il savait que c'était l'information que j'attendais.

« Un message, ajouta-t-il.

— Que disait ce message ?

— *L'enfer est vide*. Comme avant. Le message était dans un sac de congélation. Posé sur le bureau. Pas d'empreintes, pas de sang. »

Je sentis comme une montée d'adrénaline, mais c'était tout simplement de l'excitation. On avait peut-être là la preuve que les deux meurtres avaient été commis par la même personne.

« Autre chose de significatif ? demandai-je.

— Il y avait trois bougies sur le bureau, et quelques éléments végétaux.

— Des éléments végétaux ?

— On les a envoyés pour une analyse, mais ça ressemblait à des herbes, des pétales séchés, le genre de truc qu'on trouve dans des pots-pourris. Et aussi une pierre noire luisante, comme un galet. C'était juste à côté des bougies. »

J'entendais comme un vague écho du fond de mon esprit, mais je n'avais pas de temps à perdre à écouter ce qu'il me disait pour le moment. Il fallait que je retourne immédiatement au commissariat pour rapporter les dernières nouvelles à Donna et Neil.

Je descendis l'escalier principal en courant et j'aperçus la silhouette d'un homme à côté des doubles portes. Il regardait dans le lointain d'un air songeur. C'était Tony Sweetman dans un jean, un pull et des baskets. Ses baskets avaient l'air de coûter cher, elles étaient trop propres, trop blanches.

« Bonjour », dis-je.

Il sursauta. Il avait une tête épouvantable malgré son bronzage, des cernes sous les yeux, il était presque en larmes. Je ne pus m'empêcher d'avoir de la peine pour lui.

« Lieutenant Kaur. J'imagine que vos experts n'ont pas fini leur travail.

— En effet, les enquêtes sur les scènes de crime prennent beaucoup de temps. Ils sont très méticuleux. »

Je le vis frissonner.

« Je ne supporte pas l'idée que mon école soit devenue une scène de crime. »

Mon école. Je comprenais pourquoi il était aussi bouleversé. Maintenant, quand on allait taper Talgarth High sur Google, au lieu de voir « meilleurs résultats au brevet », on verrait « un homme retrouvé mort… »

« Je viens de parler à Daisy Lewis, dit-il. Elle est effondrée. Ils n'ont pas d'enfants, vous savez. Elle n'avait que lui. »

Il disait ça sur le ton que les parents emploient pour décrire les gens sans enfants, un mélange de pitié et de désapprobation.

« Vous avez une idée de qui pourrait avoir fait ça ? demandai-je.

— Non, dit-il en écarquillant les yeux d'une façon qui me rappela Claire. Tout le monde appréciait Rick.

— Vraiment ?

— Oui, répondit-il en se raidissant légèrement quand il perçut la touche d'ironie dans ma question. C'était un excellent professeur et directeur de département.

— J'ai entendu des rumeurs sur des liaisons avec Ella Elphick et aussi Claire Cassidy. »

Toute expression s'effaça de son visage aussi sûrement que si on avait passé un chiffon sur les traces de craie sur un tableau.

« Je n'écoute jamais ce genre de rumeurs », conclut-il.

En attendant, il ne les démentait pas. J'allais lui poser encore d'autres questions quand je sentis mon téléphone qui vibrait. Neil.

« Reviens au commissariat. J'ai vu quelque chose sur la caméra de surveillance. »

*

Neil était tout excité. Il adore être le gars qui fait une nouvelle découverte. Pour être honnête, ça n'arrive pas très souvent.

« Je regardais les images de la caméra de surveillance à côté de l'église devant la maison d'Ella, dit-il. Juste pour voir si quelque chose ne nous avait pas échappé la première fois. »

Et qu'est-ce qu'il attendait, maintenant ? Qu'on lui donne une médaille ? Un badge de surveillant ?

Neil me tirait littéralement vers son ordinateur.

« Tu te souviens qu'il y avait des ados en train de jouer avec leur téléphone ?

— Oui.

— Eh bien regarde encore une fois. J'ai agrandi l'image. »

Je m'exécutai, et là, sur l'écran, je vis un jeune garçon ultra pixélisé avec son téléphone à la main.

La caméra l'avait surpris alors qu'il relevait la tête, son visage était illuminé par une lumière bleue.

C'était Patrick O'Leary.

Chapitre 30

Nous nous rendîmes directement chez Patrick. Il vivait à Shoreham, au-dessus du pont ferroviaire, le long du canal où les péniches se balancent doucement sur l'eau. J'adorais ces péniches quand j'étais petite. Celles qui étaient toutes pimpantes avec des pots de fleurs et des noms comme « Toi et Moi. » Et les autres, tout abîmées, qui s'enfonçaient dans l'eau avec du bois qui pourrissait et des rideaux sales, celles des hippies avec des étoiles et des carillons où, même dans ma vie d'avant la police, je pouvais reconnaître les effluves de marijuana. Les O'Leary habitaient une petite maison moderne dans une des rues entre la mer et l'estuaire. Tout n'y était que banalité, comme si cette maison n'était pas faite pour durer, avec des huisseries en plastique jaune et un balcon trop petit pour que qui que ce soit vienne s'y mettre. Il y avait des ordures dans le jardin comme si on avait voulu allumer un feu de joie avant d'y renoncer. Il s'en dégageait une impression de tristesse et d'indifférence.

Ce fut Patrick lui-même qui vint nous ouvrir la porte. Il semblait tout juste sortir du lit.

« Bonjour Patrick, dis-je. Tes parents sont là ? »

Il nous regardait fixement à travers la porte entrouverte.

« Non, ils sont au travail.

— Tu peux les appeler ? Il faut qu'on te parle et il est obligatoire qu'un adulte soit présent.

— Moi, je suis un adulte », fit une voix derrière Patrick.

Un autre jeune homme vint le rejoindre en traînant les pieds. De toute évidence c'était deux frères, tous les deux costauds, avec des cheveux très bruns et des expressions boudeuses sur le visage. Mais pour le moment, Patrick paraissait plus effrayé que renfrogné.

« C'est la police, Declan. Ils veulent me parler.

— Vous avez un mandat ? » dit Declan en se mettant devant son frère.

Je poussai un soupir. Encore un qui regardait trop la télé.

« Nous n'avons pas besoin de mandat. Nous ne venons pas arrêter Patrick ni faire une fouille chez vous. Nous avons juste besoin de lui parler et il faut qu'un adulte soit présent.

— Je suis un adulte, déclara Declan.

— Non, répondit Patrick à mon grand soulagement. Je vais appeler maman. »

Nous attendîmes dans la voiture que Maureen O'Leary revienne, encore vêtue de son uniforme d'infirmière. Patrick vint l'accueillir à la porte et ils se retournèrent tous les deux tandis que j'approchais avec Neil.

« Merci beaucoup d'être venue, madame O'Leary, dis-je. Je suis le lieutenant Kaur et voici le lieutenant Winston. Nous devons parler à Patrick au sujet du meurtre d'Ella Elphick.

— Le meurtre ? fit Mme O'Leary. De quoi est-ce que vous voulez parler ? »

Elle était petite – les garçons devaient certainement leur grande taille à leur père –, mais elle n'en était pas moins très impressionnante, le genre d'infirmière qui vous plante l'aiguille dans le bras avant même que vous ayez retroussé votre manche.

« Le meurtre d'Ella Elphick, dis-je à nouveau.

— Ella ? Ah, le professeur. C'est pour ça que l'école est encore fermée aujourd'hui ? C'est une honte, Patrick doit passer son examen à la fin de l'année.

— Est-ce qu'on peut entrer ? demandai-je. Je vais vous expliquer. »

Nous étions installés dans une toute petite pièce avec une énorme télévision et un aquarium fluorescent. Declan avait décidé de rester aux côtés de son frère et je me dis que ça ne valait pas la peine de lui demander de s'en aller. De toute manière, j'étais sûre que tout ce qu'on dirait dans cette petite maison pourrait être entendu depuis une autre pièce. On était quand même un peu les uns sur les autres. Declan, Maureen et Patrick s'étaient resserrés sur le canapé. Neil et moi-même nous étions assis sur les fauteuils en face d'eux.

Je montrai à Patrick un agrandissement de la photo.

« C'est toi ?

— Je ne sais pas, répondit-il, pourquoi ?

— Cette photo a été prise à l'extérieur de la maison d'Ella Elphick, le soir où elle a été assassinée. »

Un silence, puis Maureen déclara sans grande conviction : « Ce n'est pas Patrick.

— C'est toi, Patrick ? »

Un silence, puis Patrick répondit en un murmure : « Oui.

— Est-ce que tu peux nous dire ce que tu faisais ce soir-là ?

— Je voulais la voir. Mlle Elphick. Pour lui expliquer, à propos de la carte.

— Quelle carte ? Celle que tu lui as envoyée pour la Saint-Valentin ? »

Je voyais bien que Maureen O'Leary n'était pas au courant, contrairement à Declan.

« Oui », répondit Patrick, en regardant ses mains. Il avait une montre d'un genre compliqué à un poignet et tout un tas de bracelets tressés autour de l'autre. Il portait des baskets. Nike Air, exactement comme M. Sweetman. Mais elles lui allaient mieux.

« Qu'est-ce qui t'a fait penser à cette carte ? demanda Neil. La Saint-Valentin, ça fait neuf mois que c'est passé.

— Il fallait que j'aille faire des excuses, dit Patrick. C'est ce que m'a dit Mlle Hughes. Je suis donc allé chez Mlle Elphick ce soir-là. Juste pour lui expliquer pourquoi je lui avais envoyé cette carte. M. Lewis avait suggéré que je la harcelais ou quelque chose comme ça quand il m'a viré de sa classe. Mais c'était pas vrai. Je l'aimais bien, c'est tout. Et je voulais le lui dire. Personne ne savait que j'étais allé là. Maman, papa et Declan étaient tous sortis. Je suis allé frapper à la porte, mais on ne m'a pas répondu.

— Qu'est-ce que t'as fait alors ?

— J'ai attendu. Je pensais qu'elle était chez elle parce que je pouvais voir sa voiture garée dans la rue. J'ai attendu sur le trottoir d'en face, près de l'église.

— T'as attendu combien de temps ?

— Je ne sais pas, peut-être dix minutes, un quart d'heure. »

Il n'apparaissait sur la caméra de sécurité qu'une seule fois, mais elle était dirigée vers le portail de l'église. Comme cette pensée me traversait l'esprit, je demandai à tout hasard : « Et pendant que tu étais là-dehors, tu as vu quelqu'un entrer ou sortir de chez Mlle Elphick ? »

Je ne m'attendais pas à recevoir une réponse, mais pour la première fois, Patrick me regarda droit dans les yeux et déclara : « Oui, j'ai vu M. Lewis sortir de la maison.

— M. Lewis, t'es sûr ?

— Ouais. »

Un ricanement puis il ajouta : « Je reconnaîtrais ce branleur n'importe où. »

Maureen leva une main comme si elle allait lui donner une claque.

« Patrick O'Leary !

— Qu'est-ce que tu faisais samedi soir, Patrick ? demandai-je.

— Pourquoi est-ce que vous lui posez cette question ? »

Ça venait de Declan encore une fois, il semblait déterminé à se faire le porte-parole de son frère. Il était du genre à devenir avocat. Ou criminel.

« C'est juste une question », répondis-je.

Patrick regarda ses baskets.

« J'étais à la maison.

— Seul ? »

Ce fut Maureen qui répondit, sur la défensive : « J'étais avec Pat au pub, on y a retrouvé des amis. Declan était sorti avec sa copine.

— Alors t'étais seul, Patrick ? »

Il releva la tête.

« Oui, j'étais seul.

— Quand est-ce que vous êtes rentrée, madame O'Leary ?

— Vers minuit. Pourquoi est-ce que vous me demandez tout ça ? »

Patrick le savait, lui.

« Alors, c'est vrai que M. Lewis a été assassiné ? »

*

« Donc Rick était chez Ella ce soir-là », dit Neil. Nous longions la côte. La mer était calme et grise et se fondait aux teintes de la plage de galets et du ciel.

« Oui, répondis-je, dommage qu'on ne puisse plus l'interroger à ce sujet.

— On dirait que c'est le même *modus operandi* pour Ella et Rick, dit Neil.

— Sauf que Rick a été étranglé, garrotté et pas poignardé.

— Ouais, mais il y a le message et tout le reste. C'est certainement la même personne. Tu penses que ça pourrait être Patrick ?

— C'est possible. Il est grand et costaud. Il était amoureux d'Ella et il avait une dent contre Rick. Tu l'as entendu dire que Rick prétendait qu'il harcelait Ella ? Il était vraiment en colère. Et il n'a pas d'alibi pour samedi.

— J'ai pensé qu'il mentait quand il disait qu'il était seul à la maison, dit Neil.

— Moi aussi. Mais c'est peut-être simplement qu'il cache quelque chose à sa maman. Faudra qu'on l'interroge à nouveau. Peut-être en présence de son père cette fois.

— Il te paraît un bon candidat, dans l'affaire ?

— Je ne sais pas, dis-je. Ces meurtres ont été préparés minutieusement et longtemps à l'avance. Le message dans le sac en plastique, la bâche sur le sol. Ça ne correspond pas à l'image que je me fais de Patrick.

— Qu'est-ce que ses professeurs disent de lui ? »

Neil prit le virage qui nous ramenait vers l'intérieur des terres. Rétroviseur, clignotant, volant. C'était comme de regarder quelqu'un en train de passer son permis de conduire. Je jetai à nouveau un coup d'œil vers mes notes.

« Pas bête, bon en sport, il s'attire parfois des ennuis parce qu'il se bagarre. Un peu un excité. Mais il y a une chose… Tu as remarqué le nom du professeur qu'il a mentionné ? Celui qui lui a dit d'aller présenter des excuses ?

— Non, c'était qui ?

— Mlle Hughes. Je ne pense pas qu'elle enseigne à Talgarth. Ce qui est bizarre, c'est que Claire parle d'une certaine Bryony Hughes dans son journal. Elle dit que c'est une sorcière.

— Bon Dieu ! s'exclama Neil, il nous manquait plus que ça. »

Mon téléphone vibra. Claire Cassidy. J'appuyai sur le haut-parleur.

« Lieutenant Kaur. Je vous en supplie, venez vite. » La voix de Claire résonna dans la voiture. Elle sanglotait, hystérique.

« Je crois que quelqu'un a enlevé Herbert. »

Chapitre 31

« C'est qui Herbert ? demanda Neil.

— Son chien, répondis-je. Allons directement chez elle.

— Pour un chien qui a disparu ? Pourquoi est-ce qu'elle n'appelle pas la SPA ? Et il y a une voiture de police garée en permanence devant sa maison. Ils ne peuvent pas l'aider, eux ?

— T'as entendu dans quel état elle est ? Pour la première fois, elle va baisser sa garde. Si on va là-bas et que je me montre pleine de compréhension, je vais pouvoir découvrir quelque chose.

— Comme quoi ?

— Comme ce qu'elle ressentait vraiment à propos d'Ella et de Rick.

— Mais je croyais que t'avais lu son journal intime.

— Les journaux intimes ne te révèlent pas ce que les gens pensent. Seulement ce qu'ils croient penser. Tu n'es pas obligé de rester, tu peux juste me déposer.

— Tu perds ton temps », rétorqua Neil, mais il prit la bretelle d'autoroute dans la direction de Steyning. J'ai toujours été stupéfaite par les chevaux en contrebas qui broutent paisiblement sans se soucier des voitures qui passent au-dessus d'eux dans des vrombissements de moteur.

« Peut-être, dis-je. Mais il y a une chose que tu oublies. Peut-être que quelqu'un a effectivement enlevé Herbert. Peut-être que la personne qui a écrit dans son journal est en train de traquer Claire. Aujourd'hui, ils s'en prennent au chien, et demain ce sera sa fille.

— La vache, Kaur ! T'es toujours aussi optimiste ?

— Tu sais que j'ai raison. »

*

Neil me déposa devant l'alignement de maisons au milieu de ce no man's land. Claire ouvrit la porte avant même que j'aie eu le temps de sonner.

« Georgie l'a emmené se promener dans le champ, dit-elle. Elle s'est arrêtée pour consulter son téléphone et quand elle a relevé la tête, il était parti.

— Ce n'était pas ma faute, fit Georgie qui apparut juste derrière, le visage inondé de larmes. J'ai regardé mon téléphone à peine une minute.

— Bien sûr que non, ce n'est pas ta faute, ma chérie. »

Claire passa un bras autour des épaules de sa fille. Et pour la première fois j'éprouvai presque de la sympathie pour elles. Et en même temps, qu'est-ce qu'elles avaient dans la tête, ces deux-là ? Elles étaient encore sous la protection de la police et Georgia n'aurait pas dû sortir seule. Est-ce que Claire avait déjà oublié qu'elle avait failli être témoin d'un meurtre deux jours auparavant ?

« Il est sans doute encore dans le pré, dis-je en me glissant à l'intérieur de la maison. À courir après les lapins ou quelque chose comme ça.

— On a fait tout le tour du pré, on est allées voir dans les chemins, dit Claire. Barry et Steve sont en ce moment même en train de parcourir les rues à sa recherche.

— Qui ?

— Les deux policiers qui surveillent notre maison, répondit Claire d'un air étonné. Vous ne connaissez pas leurs noms ?

— À vrai dire, non. Mais le plus important pour le moment, c'est de rester calme. Les premières heures sont vitales dans les cas d'ARPD.

— De quoi ?

— Assistance et recherches de personnes disparues », expliqua Georgie.

Elle était donc une fan des séries policières à la télévision.

« La première chose », commençais-je en les entraînant dans leur cuisine. C'était la première fois que j'y entrais et je dois avouer que je fus impressionnée. Elles l'avaient agrandie en empiétant sur le jardin, il y avait un vasistas, un bar pour le petit déjeuner et un espace en retrait pour dîner. Des ustensiles de cuisine pendaient au plafond mais toutes les surfaces étaient bien rangées et luisantes, comme un laboratoire de police scientifique.

« La première chose, repris-je, c'est de prendre une tasse de thé. Georgia, tu peux faire bouillir l'eau ? La deuxième chose, c'est d'établir un plan d'attaque. Quand est-ce que vous avez vu Herbert pour la dernière fois ? demandai-je en sortant mon carnet.

— À onze heures vingt-quatre, répondit Georgia immédiatement. Quand j'ai regardé mon téléphone. »

Je jetai un coup d'œil sur l'énorme pendule au-dessus de la table de la salle à manger. Il n'y avait pas de chiffres mais les aiguilles formaient un angle droit.

« On est encore dans l'heure d'or, dis-je. Donc, vous avez cherché dans le voisinage immédiat. Et tout près de la maison. Les personnes disparues retournent souvent d'elles-mêmes à la maison. Une fois, j'ai été appelée pour retrouver une adolescente qui avait disparu, elle était en train de dormir dans son lit. »

Cette fois, Claire éclata de rire. Elle donnait l'impression de se calmer un peu. Georgia lui servit une tasse de thé.

« J'ai regardé dans le jardin, dit Georgia, et j'ai agité son paquet de croquettes.

— Va regarder encore une fois, dis-je. Vous avez un abri de jardin ?

— Oui », répondit Claire.

Elle sortit dans le jardin derrière Georgia et je les vis chercher dans tous les recoins de cet abri minuscule, comme si un chien pouvait se glisser là… Je bus une gorgée de thé d'un air songeur. Si je parvenais à retrouver Herbert, Claire et Georgia deviendraient définitivement mes meilleures amies.

Je reposai ma tasse et j'allai les rejoindre dans le jardin. Elles étaient encore en train de regarder dans l'abri qui, comme tous les abris de jardin, sentait la térébenthine et était envahi de vieux pots de fleurs. Mais pas de petit chien blanc tout poilu.

Claire me saisit le bras.

« Et s'il a été enlevé ? Si quelqu'un l'a pris ?

— Il reviendra maman », dit Georgia.

Je n'avais jamais rien entendu d'aussi peu convaincant depuis que Neil m'avait affirmé que je ne faisais pas preuve d'un excès d'autorité.

« Et si c'est lui ? demanda Claire en me tenant toujours le bras. Vous savez, celui qui a écrit…

— Chut ! » répondis-je. Et ce n'était pas seulement pour qu'elle la ferme et qu'elle arrête de terrifier sa fille. Il me semblait avoir entendu quelque chose.

« Qu'est-ce que c'est ? demanda Claire.

— J'ai cru entendre… » Je m'interrompis. Encore une fois. Un aboiement très faible.

Cette fois, Claire et Georgia l'entendirent elles aussi.

« C'est lui ! » s'écria Claire. Et elles se mirent à appeler de concert. « Herbert ! Herbert !

— Chut, fis-je à nouveau. Essayons de repérer d'où ça vient. »

Évidemment les aboiements avaient cessé. Mais il me semblait qu'ils venaient de très loin. Du nord-est. Je regardai au-delà du jardin de Claire vers ce monstre dont tout le monde essayait d'ignorer l'existence dans cet alignement de maisons bourgeoises. L'usine.

« Allez, dis-je, allons voir. Vous avez un sifflet ou quelque chose comme ça ? »

Je voulais parler d'un sifflet de policier mais Claire replia les lèvres et émit deux notes aiguës.

« C'est son signal, dit fièrement Georgia. On sait le faire toutes les deux.

— Génial, répondis-je. Prêtes à siffler ? »

J'avais l'impression d'être un personnage dans les films préférés en noir et blanc de papa et maman. *Vous savez siffler ? Vous rapprochez vos lèvres comme ça et vous soufflez.*

Nous sortîmes par la porte principale. Il faisait froid et gris malgré l'absence de vent. C'était comme si le soleil ne s'était jamais vraiment levé, et déjà, juste après midi, les ombres s'allongeaient. Je portais ma veste, mais ni Claire ni Georgia ne s'étaient couvertes. Nous allâmes jusqu'au bout de l'alignement de maisons. Claire siffla. Nous attendîmes.

Et c'est là qu'on l'entendit à nouveau. Un aboiement sec et aigu. Cette fois il n'y avait aucun doute.

« Il est dans la vieille usine », affirma Claire.

L'usine était clôturée, mais on voyait les endroits où les jeunes du coin avaient trouvé une ouverture dans le grillage et s'étaient glissés à l'intérieur. Je me faufilai de l'autre côté du grillage. Claire me suivit sans se soucier d'avoir fait un accroc à son pull en cachemire rose.

À ma surprise, Georgia hésita.

« On a le droit ? demanda-t-elle. Il y a une caméra de surveillance.

— Tant mieux, répondis-je, on aura des renforts, comme ça. »

En moi-même je me doutais que cette caméra ne fonctionnait plus depuis longtemps.

« C'est contraire à la loi.

— C'est moi qui fais la loi », répondis-je dans l'espoir d'alléger l'atmosphère. Mais Georgie se contenta de me fixer d'un air impassible.

« Tu peux attendre ici si tu préfères, proposa Claire.

— Non, dis-je. Il faut qu'on reste ensemble. Viens, Georgie. »

Je tirai sur le grillage pour qu'elle puisse nous suivre.

Nous traversâmes la cour. C'était étrange. Comme si on avait laissé l'endroit tel quel, le jour où l'usine avait cessé de fonctionner. Il y avait encore des camions garés à l'extérieur. Les pneus pourrissaient et les jantes rouillaient. Un monstrueux toboggan se dressait devant nous comme si une tonne de ciment liquide allait s'en déverser. Les portes principales étaient fermées à clef mais j'étais sûre qu'il y avait un moyen d'entrer. Nous longeâmes le gigantesque bâtiment carré. Il devait avoir environ sept étages avec une tour à l'arrière. Des rangées et des rangées de fenêtres, mais aucune au rez-de-chaussée. Claire siffla à nouveau et, encore une fois, un aboiement lui répondit.

Nous contournâmes le bâtiment. À l'arrière, les falaises de craie se dressaient encore plus haut que la tour. Est-ce que ça signifiait que la mer venait autrefois jusque-là ? Je demanderai à quelqu'un qui s'y connaît en géologie. Gary, peut-être. Il y avait une courette à l'arrière, et une porte, maintenue ouverte par ce qui ressemblait à un pot de peinture. J'allumai la torche sur mon téléphone en regrettant de ne pas avoir ma Maglite avec moi.

« Allons-y ! »

On était dans une section consacrée à l'emballage. Quelques palettes traînaient ici et là, et des sacs où on voyait (et on sentait) que des renards avaient établi domicile. Il y avait encore du bois, coupé comme pour faire du feu. Je repensai à la chaise sur laquelle Rick Lewis avait été assis avant d'être assassiné. Les équipes scientifiques pensaient que le tueur en avait emporté les morceaux avec lui. Se pouvait-il qu'ils se trouvent ici ?

Nous nous retrouvâmes face à trois portes, comme dans ces jeux vidéo où il faut choisir au risque d'être attaqué par des extraterrestres ou des zombies. Je choisis celle du milieu qui s'ouvrit sur un immense espace, avec trois étages, et entièrement vide. La lumière pénétrait à l'oblique par les fenêtres du haut, j'entendais les oiseaux – ou les chauves-souris – au-dessus de ma tête. Une espèce de balcon longeait le premier étage. Comme dans une prison, songeai-je. Claire siffla et on entendit un aboiement, très fort et très distinct. Juste au-dessus de nous.

Je désignai un escalier en fer, comme un escalier de secours, vers le fond.

« Restez là, dis-je. J'y vais !

— Non, répondit Claire. Herbert ne vous connaît pas. C'est moi qu'il voudra voir. »

Nous montâmes donc toutes les trois en haut de l'escalier, cet endroit désert nous renvoyait l'écho sinistre de nos pas. Je songeai au bureau de R.M. Holland, à l'école. Le tueur qui avait transporté le corps de Rick en haut de l'escalier en colimaçon. C'était forcément quelqu'un de fort. J'étais hors d'haleine, juste après ce simple effort, et pourtant je suis plutôt en forme.

Les aboiements étaient désormais sonores et ininterrompus. Nous continuions vers la source de ce bruit, dans une pièce tout au bout à l'étage. La porte en métal paraissait solidement fermée, mais elle s'ouvrit facilement quand je tournai la poignée. Il était là.

« Herbert ! s'écria Claire, et elle se mit à sangloter. Mon bébé ! »

Elle était à genoux et le serrait contre elle. Georgia était à ses côtés. Herbert agitait la queue et reniflait joyeusement, mais il avait un pansement à la patte et il ne pouvait visiblement pas la poser par terre.

Je jetai un regard sur la pièce en faisant mentalement la liste de son contenu.

Objet n° 1 : sac de couchage.

Objet n° 2 : camping gaz.

Objet n° 3 : lanterne à piles.

Objet n° 4 : bâche sur le sol.

Objet n° 5 : vieil exemplaire tout corné de *La Tempête*.

Chapitre 32

Claire et Georgia emmenèrent Herbert chez le vétérinaire. Il s'était coupé la patte mais quelqu'un avait nettoyé la plaie et l'avait bandée. J'appelai le commissariat et j'attendis les renforts et les équipes scientifiques. Je voulais prélever l'ADN et les empreintes digitales sur tous les objets que contenait la pièce. De toute évidence, quelqu'un avait vécu dans l'usine désaffectée. Il y avait une petite fenêtre dans la pièce qui donnait directement sur l'alignement des cottages, avec celui de Claire tout au bout. Je repensai aux lumières que j'avais aperçues à l'intérieur du bâtiment cet autre soir. On avait allumé une bougie sur le rebord d'une des fenêtres, alors qu'il y avait là une lanterne. Était-ce là que le tueur s'était installé pour surveiller Claire et allumer des bougies ?

Quand je retournai au commissariat, Donna était partagée entre le désir de m'engueuler parce que j'étais entrée dans l'usine sans avoir attendu de renforts, et l'excitation d'avoir trouvé une piste.

« Si c'est le même ADN que sur les lieux des crimes, on a un suspect. Ce sera peut-être même dans l'ordinateur. Bon travail, Harbinder. Mais ne refaites jamais ça.

— Mais pourquoi est-ce qu'ils ont pris le chien ? »

Neil n'appréciait pas du tout que j'aie eu raison à propos d'Herbert.

« Il devait peut-être servir d'otage, dit Donna. Pauvre petite chose. »

Elle aimait les chiens et avait un énorme épagneul. Incontrôlable, comme ses enfants.

« C'est le type qui a écrit dans le journal, dis-je. Il veut de toute évidence aider Claire. C'est peut-être pour ça qu'il s'est occupé d'Herbert. Il avait un pansement à la patte.

— Pourquoi ne pas le lui rapporter dans ce cas-là ? demanda Neil.

— Peut-être qu'il attendait l'obscurité. »

Il faisait déjà sombre à l'extérieur alors qu'il était à peine quinze heures. Une de ces journées d'hiver où on a l'impression que ces vieux hommes-sandwichs ont raison avec leur message nous informant que la fin du monde approche.

« Les autres membres du département d'anglais doivent venir, dit Neil. Tu veux les interroger avec moi ?

— Il faut leur poser des questions sur *L'Inconnu*, dis-je.

— Quoi ? Ah, ce livre qui obsède Claire.

— Je crois qu'il obsède aussi quelqu'un d'autre.

— Qu'est-ce que tu veux dire ? demanda Donna.

— Dans le livre, deux hommes sont assassinés dans une vieille maison. L'un est poignardé et il a des plaies sur les mains. Comme les stigmates.

— Comme Ella, commenta Neil.

— Exactement. Et le deuxième est garrotté. Comme Rick Lewis.

— Est-ce que tu suggères que le tueur est en train de reproduire l'action d'une obscure nouvelle victorienne ? demanda Donna en cherchant quelque chose à manger dans son tiroir.

— Je ne suggère rien du tout, mais il y avait une citation sortie de la nouvelle sur les deux scènes de crime. Je trouve que c'est un lien significatif.

— Je croyais que t'avais dit que c'était de Shakespeare ? demanda Neil d'un air chagriné.

— Oui, c'est dans Shakespeare et aussi dans *L'Inconnu*. Tu ne te souviens pas que Claire nous a dit ça ?

— Elle a parlé de tout un tas de livres. Et celui où le type écrit dans le journal intime de la bonne femme ?

— *La Dame en blanc* », répondis-je.

*

Nous interrogeâmes Vera Prentice, Alan Smith et Anoushka Palmer. Ils avaient tous des alibis pour le soir où Rick avait été assassiné. Vera était chez elle et regardait la télévision avec sa mère. Ce qui me sidéra parce que Vera avait l'air d'avoir cent ans, mais elle n'en avait « que » soixante, et sa mère un peu plus de quatre-vingts. Alan était à la maison avec sa femme à regarder un film français sur Netflix. Pas question pour eux de se coller devant *Danse avec les stars*. Alan se considérait comme un intellectuel et un socialiste de la vieille école. Il déclara que Tony essayait de transformer Talgarth en une « académie ».

« Et qu'est-ce qu'il y a de mal à ça ? m'avait demandé Neil par la suite. Une académie ça fait plus chic qu'une école.

— C'est exactement ça le problème », avais-je répondu.

Vera et Alan avaient lu *L'Inconnu* « des années » auparavant mais aucun des deux ne l'avait inclus dans son programme.

« Typique de la mentalité bourgeoise, blanche et machiste, déclara Alan. Les seules femmes là-dedans sont les domestiques. »

Je ne me souvenais pas des domestiques, mais ça m'indiquait qu'Alan connaissait le texte mieux qu'il ne le prétendait.

Anoushka Palmer était la dernière. Elle m'intéressait particulièrement parce qu'elle avait participé au stage à Hythe. Elle était jeune et jolie, métisse, avec des cheveux longs coiffés en une tresse compliquée.

« Rick était très gentil avec moi », répétait-elle.

Tu m'étonnes.

Anoushka était sortie avec son compagnon samedi soir et « avait passé la nuit chez lui ». Elle nous donna son adresse. Il s'appelait Sam Isaacs et il enseignait aux terminales.

— Vous étudiez *La Tempête* ? demandai-je.

— Oui, répondit-elle vaguement étonnée. Je prépare deux classes pour le brevet.

— Et *L'Inconnu* de R.M. Holland ?

— Non, je ne l'ai même jamais lu. Je sais que je devrais à cause du lien avec l'école. Mais je ne suis pas vraiment fan de littérature victorienne. »

Je ne suis pas une grande lectrice mais j'étais assez choquée qu'un professeur de littérature anglaise puisse dire une chose pareille.

Avant qu'elle parte, je demandai à Anoushka si le nom Bryony Hughes lui disait quelque chose.

« Oui, répondit-elle, elle enseigne aux terminales. Sam la connaît assez bien.

— Elle aussi était une amie d'Ella, non ?

— Je n'en suis pas sûre, mais presque tous les professeurs d'anglais dans le coin se connaissent. On se croise toujours dans les stages et les choses comme ça. »

Ça me rappelait vaguement quelque chose.

« Est-ce que Bryony Hughes participait au stage à Hythe ?

— Oui, répondit Anoushka. Oui, absolument. Et maintenant que j'y repense, je l'ai effectivement vue en compagnie d'Ella une ou deux fois.

— Mais elle n'enseigne pas aux élèves plus jeunes ? Comme Patrick O'Leary ?

— Non, à moins qu'elle ne donne des cours particuliers. Beaucoup de professeurs font ça, mais pas avec les élèves de leur école. Toutefois, je ne pense pas que Patrick soit du genre à prendre des cours particuliers. »

J'étais moi aussi de cet avis.

« Elle dirige un atelier d'écriture en cours du soir, dit Anoushka. J'ai entendu dire que c'était très bien. Mais encore une fois, pas vraiment pour Patrick. »

Donc, Claire et Bryony dirigeaient toutes deux des ateliers d'écriture. Drôle de truc à enseigner. Soit on sait écrire, soit on ne sait pas. Mais il y avait peut-être là un rapport. Je remerciai Anoushka et elle repartit dans un nuage d'écharpes et de sacs, tandis que Neil lui ouvrait la porte comme un maître d'hôtel.

*

Il était dix-huit heures quand je finis de retranscrire les notes et je décidai d'arrêter le travail pour la journée. Avec un peu de chance, j'aurais le rapport de la police scientifique le lendemain et l'enquête pourrait progresser. Talgarth High allait rouvrir mais le vieux bâtiment resterait fermé. Je me demandais ce que Tony ressentait à l'idée d'abandonner son précieux bureau de directeur. J'imaginais qu'il serait heureux de ne plus jamais voir Holland House. Il était sans doute déjà en train d'envoyer son CV pour un poste ailleurs en septembre prochain.

Alors que je rentrais à la maison, je décidai sur un coup de tête de passer voir Claire. Cette fois, je fus accueillie très chaleureusement. Herbert était étalé sur le sofa comme un roi. Sa patte avait été pansée par un professionnel et il était entouré de biscuits pour chien. Georgia était dans sa chambre.

« Vous voulez une tasse de thé ? proposa Claire. Ou un verre de vin ? Il est déjà plus de dix-huit heures.

— Un verre de vin, volontiers. Je ne suis plus de service. »

Claire nous servit à chacune un grand verre de rouge et je m'assis sur le canapé pour caresser Herbert.

« Il n'a pas l'air trop mal en point, dis-je.

— Non, répondit Claire. Le vétérinaire a dit qu'il avait dû se couper sur un bout de verre, mais pas trop profondément et ça a été nettoyé. Je veux dire… il… quelqu'un a nettoyé la plaie et a fait ce pansement. »

On espérait qu'il y aurait des empreintes sur le pansement.

« Vous n'avez aucune idée de qui ça pourrait être ? » demandai-je.

Claire secoua la tête. Elle était toujours vêtue de son cardigan rose légèrement déchiré et elle avait ses pantoufles en peluche. Et malgré tout ça, elle dégageait encore une impression de glamour.

« J'ai parfois vu des lumières dans l'usine, dit-elle. Mais j'ai toujours cru que mon imagination me jouait des tours. Je me disais que j'avais trop lu *L'Inconnu*. Vous vous souvenez du passage où des bougies brûlent dans l'encadrement des fenêtres de la vieille maison ?

— Oui, je m'en souviens », dis-je sans préciser que j'avais relu la nouvelle le jour même.

« Je la fais étudier dans le cadre de mon atelier d'écriture, expliqua Claire, et j'enseigne toujours que dans la tradition de la littérature fantastique tout se passe par trois. Vous vous souvenez que vous aviez mentionné la phrase : "Nous attendîmes encore et encore et encore", dans *L'Inconnu*. Eh bien quand je suis allée dans le grenier et que j'ai vu le mannequin dans la chaise, c'était un premier incident. Puis j'y suis retournée avec Henry et j'ai vu... nous avons vu Rick. C'était la deuxième fois. Et je ne peux pas m'empêcher de penser : que va-t-il se passer la troisième fois ?

— Ça ne marche pas comme ça dans la vraie vie, affirmé-je. Les choses ne sont pas aussi nettes. Vous allez devenir folle si vous recherchez des schémas de fonctionnement systématiques.

— Et il y a encore d'autres détails, dit-elle. Je parle des animaux totémiques. Dans mon atelier d'écriture j'explique comment on peut se servir d'un animal dans un livre pour faire monter la tension. Parfois les auteurs les tuent parce qu'ils veulent faire monter la tension mais qu'ils ne peuvent pas se résoudre à tuer un être humain. Ils peuvent jouer un rôle essentiel dans l'intrigue. C'est Herbert qui a joué ce rôle aujourd'hui.

— Mais il n'est pas mort. Dieu merci. »

J'étais en train de gratter Herbert derrière les oreilles. Puis j'ajoutai : « Le chien dans *L'Inconnu*...

— S'appelle Herbert, dit Claire.

— Vous l'avez appelé comme ça à cause de la nouvelle ?

— Plus ou moins, répondit Claire en avalant une gorgée de vin. Mais aussi parce que ça lui allait bien. »

Je regardai le chien qui n'était plus maintenant qu'une boule de laine blanche, avec sa truffe cachée sous sa queue. Je l'aurais plutôt baptisé Ferdy ou Dougal. Herbert, c'était un peu trop formel pour lui.

« Ce n'est pas seulement un chien. C'est mon animal familier. Mon âme canine. »

Claire me regarda fixement pendant une bonne minute, la bouche légèrement ouverte.

« Oh mon Dieu, dit-elle. Vous citez mon journal intime. Mais c'est *horrible* !

— Je suis désolée. » Et je me sentis légèrement coupable.

« On écrit des trucs comme ça, dit-elle, mais on ne s'imagine jamais que quelqu'un va les lire.

— Alors pourquoi tenir un journal intime ? À quoi ça sert ? »

Claire leva son verre à la lumière et le considéra en plissant les yeux. Les épaisses bougies sur la table répandaient un parfum délicieux. Jo Malone, comme l'eau de toilette qu'elle portait.

« C'est pour trouver un sens aux choses, répondit-elle au bout d'un moment. Les choses sont moins pénibles quand on les met noir sur blanc. Ça permet de garder le contrôle, d'ordonner ses souvenirs. Trouver un schéma, comme vous disiez. Dans ma période la plus heureuse, ou quand je m'amusais beaucoup, à l'université, je n'écrivais pas du tout. J'ai recommencé quand ma vie de couple s'est dégradée. J'imagine que c'est une forme de thérapie. On trouve un étrange réconfort à regarder en arrière les pires époques qu'on a connues et à se rendre compte qu'on s'en est sorti.

— Mais vous n'aviez jamais eu l'intention de le montrer à quelqu'un d'autre ? »

Elle ne répondit pas immédiatement. Elle vida son verre, le remplit à nouveau et me proposa un peu de vin. J'étais obligée de refuser parce que je conduisais.

« Quand je travaillais à Londres, dit-elle, le directeur de mon département s'appelait Lucca. Il n'était pas d'une beauté classique, mais il était intelligent, il avait du charme et il plaisait à beaucoup de femmes.

Il tenait un journal et il écrivait sur son lieu de travail, je crois que c'était pour que sa femme ne le trouve pas. Il y avait une autre femme, dans l'école, elle venait d'obtenir son diplôme et elle était amoureuse de Lucca. Un soir, elle s'est introduite par effraction dans l'école pour lire ses journaux. Elle voulait absolument voir ce qu'il avait écrit sur elle.

— Et qu'est-ce qu'il avait écrit ? »

Claire éclata de rire.

« C'est là toute l'ironie. Rien. Il ne la mentionnait même pas. C'est Lucca lui-même qui me l'avait dit. Le concierge avait surpris cette femme au moment où elle entrait par effraction et elle avait été obligée de quitter l'école. De toute évidence elle n'était pas très équilibrée. Mais en fait ce n'était pas ça le plus ironique. Vous savez quelle est la plus grande ironie ?

— Non, dis-je, sentant qu'on attendait une réponse de moi.

— C'est qu'après ça il ne pouvait plus faire autrement que d'écrire sur elle. »

Je me demandai pourquoi Claire me racontait cette histoire. Il y avait de grandes similitudes entre le comportement de Claire et celui de cette femme. Elle tenait son journal intime sur son lieu de travail, elle était entrée par effraction dans l'école. D'un point de vue purement technique, elle avait une clef, mais ce n'était pas le comportement de quelqu'un de très équilibré, à mon avis. Est-ce que Claire essayait de me dire que la personne qui venait ajouter des phrases dans son journal voulait y être mentionnée à l'avenir ? J'en avais le tournis. Encore que ça aurait pu aussi être la faute du vin. Je me souvins alors qu'il y avait une autre question que je voulais poser à Claire.

« Parlez-moi de Bryony Hughes, dis-je.

— Bryony Hughes ? »

Jusque-là, elle était assise dans le fauteuil les jambes repliées sous elle, mais elle se redressa tout d'un coup et posa les deux pieds par terre.

« Vous l'évoquez dans votre journal. Ella devait sortir avec elle et vous lui aviez demandé si c'était une soirée de spiritisme.

— Vous avez bonne mémoire.

— Pour certaines choses, oui. »

Pour me rappeler ce que les gens disent, ce qui est utile dans mon travail.

Mais pour d'autres choses, comme les anniversaires, les rendez-vous et les mots de passe de mon ordinateur, je suis nulle.

« Pourquoi est-ce que vous lui aviez demandé si c'était une séance de spiritisme ? »

Claire se mit à rire, mais ça paraissait un peu forcé.

« Il y a toujours eu toutes sortes de ragots qui ont couru sur Bryony. Qu'elle est une sorcière blanche, des trucs dans le genre. Elle a la tête de l'emploi : longs cheveux gris, tout un tas de bijoux en argent. Elle n'arrête pas de faire des sentences gnomiques comme “tu as une aura en or”. Vous voyez le genre. »

Je n'avais aucune idée de ce que « gnomique » voulait dire et j'allais bien me garder de le lui dire.

« Et Ella était son amie ?

— Oui », répondit Claire, avec toutefois une légère hésitation. Elle passa son doigt sur le rebord de son verre.

« Elles étaient très proches ?

— Oui. » Encore une pause. « Mais je crois qu'elles se sont éloignées juste avant la mort d'Ella.

— Vous savez pourquoi ?

— Non. Ella pouvait être comme ça avec ses amis. Un jour vous étiez ce qu'elle avait de plus cher, puis le lendemain, Dieu sait pourquoi, elle vous laissait tomber. »

On sentait très certainement de l'amertume dans ces déclarations. Je me souvins du journal intime. Je ne savais toujours pas avec certitude si Claire avait été jalouse d'Ella parce qu'elle avait couché avec Rick ou de Rick parce qu'il lui avait volé Ella.

« Pourquoi est-ce que vous vous intéressez à Bryony ? demanda Claire.

— Son nom est revenu une ou deux fois, répondis-je. C'est tout. Ce n'est pas très important. Je devrais y aller, déclarai-je finalement après avoir consulté ma montre.

— Je vais faire cuire des pâtes pour Georgie et moi, dit Claire. Histoire d'éponger l'alcool. Vous ne voulez pas rester avec nous ? »

Herbert se redressa et se mit à agiter la queue, il comprenait visiblement le mot « pâtes ».

« Merci beaucoup, répondis-je. Mais il faut que je rentre. Ma maman prépare toujours de véritables festins, le soir.

— Vous vivez chez vos parents ?

— Oui. »

C'était bizarre mais j'avais le sentiment que je lui devais de lui avouer ça. Après tout je m'étais plongée dans la lecture de ses carnets intimes.

« J'ai trente-cinq ans et je vis chez mes parents. Maintenant vous pouvez me juger.

— Je ne juge pas, répondit Claire. Je serais presque jalouse. Je ne peux pas supporter mes parents plus de deux jours à Noël. Alors tous les soirs…

— Dans l'ensemble je m'entends bien avec eux, dis-je, même si ma mère espère encore que je vais me trouver un mari formidable.

— C'est plus facile à dire qu'à faire.

— Je suis sûre que vous avez raison, mais je suis gay, alors la question ne se pose pas. »

Je ne sais vraiment pas pourquoi je lui ai dit ça. J'avais peut-être lu son journal mais ça ne voulait pas dire non plus que je devais en retour lui livrer mes secrets. Ce n'est pas que je le cache, je n'ai pas honte, rien de tout ça. Tout le monde le sait au travail et mes amis aussi. Pas mes parents, évidemment. Mais j'aime bien garder certaines choses pour moi et Claire est après tout quelqu'un qui nous intéresse dans le cadre de notre enquête. Ce n'est pas une amie.

« Ah bon ? » répondit-elle. Elle n'était pas choquée, ni gênée, pas particulièrement curieuse d'en savoir plus. Elle avait réagi juste comme il fallait.

« Oui, dis-je. Bon, il faut que j'y aille avant que ma mère ne lance des recherches. »

Je me levai et commençai à m'épousseter.

« Il est en partie caniche, dit Claire. Il ne perd pas ses poils. »

J'avais des doutes, mais pour être honnête, il n'y avait pas de poils de chien partout.

« Ça ira ? demandai-je. Scott et Bailey sont toujours là-dehors, si vous avez besoin d'eux. »

Elle rit.

« Je les ai surnommés Cagney et Lacey. Je trahis mon âge. Non, tout ira bien. Vous pensez qu'il reviendra ? Celui qui vivait dans l'usine ?

— Je ne crois pas, dis-je. Mais on reste sur nos gardes, au cas où. Vous devriez quand même songer à vous installer dans un endroit plus sûr. Vous ne pourriez pas passer un moment chez une amie ? Ou chez vos parents ?

— Pas vraiment, répondit-elle. Tony m'a appelée aujourd'hui. Ça va être un cauchemar à l'école. Je dois prendre le rôle de directrice du département, apparemment. Et il faut que j'occupe cette position jusqu'à la fin du trimestre. Et de toute manière ce n'est pas chez mes parents que je choisirais d'aller.

En cas d'urgence, je me réfugie chez ma grand-mère. Elle habite en Écosse. Près d'Inverness.

— Ça a l'air agréable et retiré, dis-je. Bonsoir, Claire. Merci pour le verre de vin. Fermez bien vote porte.

Chapitre 33

Au matin j'allai voir Bryony Hughes. Je n'étais pas retournée dans la section des terminales depuis le bac. Je n'étais même pas allée au bal de fin d'année. C'est marrant, mais je me souviens mieux de mes années au collège, avec toutefois un certain malaise, par contre je n'ai aucun souvenir de l'année du bac. Un passage de ma vie dans cet endroit, qui ne m'a laissé aucune trace. Avais-je des professeurs, des amis, des ennemis ? Franchement je ne sais plus, c'est comme si c'était arrivé à quelqu'un d'autre.

Les bâtiments n'ont pas changé, tout un tas de rectangles en béton sans aucun caractère. L'exact contraire de Talgarth, en fait. Pas d'atmosphère de collège ici, pas de photos d'équipes sportives ni d'affiches annonçant des matchs, juste des couloirs et des salles de classe reconnaissables à leurs numéros et aux lettres qui les désignent. Tandis que je signais le registre à la réception, j'observais un groupe d'élèves qui passaient derrière moi en traînant les pieds. Ils me parurent si adultes, comme si des années les séparaient des ados en sweat bleu de Talgarth. Deux des garçons étaient barbus et les filles rayonnaient d'une élégance et d'une sophistication que j'aurais trouvées impensables à dix-huit ans. Ou à n'importe quel autre âge d'ailleurs. Je me demandais ce qu'ils pensaient de moi dans mon uniforme qui n'en est pas un, veste et pantalon noirs, et mon badge qui indiquait « Lieutenant Kaur, Sussex Police ». Mais je m'inquiétais pour rien. Ils n'avaient même pas remarqué mon existence.

On me dirigea vers le bureau du département d'anglais. Pas d'élèves pour guider les visiteurs dans cet établissement, juste une photocopie d'un plan à peine lisible. Finalement, je trouvai la bonne salle au deuxième étage, je frappai et on m'invita à entrer. Mlle Hughes était toute seule, assise derrière un bureau dans une pièce aux murs couverts d'affiches et de citations de Shakespeare. Immédiatement, comme s'il avait été surligné par un étudiant appliqué, je vis ce vers de *La Tempête : L'enfer est vide et tous les démons sont ici*.

Bryony Hughes devait approcher de la soixantaine – et de la retraite –, mais elle n'avait pas l'air épuisé de la plupart des vieux profs. Elle était assise sur sa chaise, sereine, à attendre que je lui explique ce que je faisais là. Je me souvins de la description que m'en avait faite Claire – longs cheveux gris et un tas de bijoux en argent –, mais ce n'était pas tout à fait exact. Elle avait bien des cheveux argentés, mais ils étaient coiffés soigneusement en un chignon, et elle n'avait pas de bijoux pour ce que je pouvais en voir. Elle portait un pull à col roulé et comme me l'indiqua un rapide coup d'œil sous le bureau, un pantalon noir et des chaussures plates, noires également, comme en portent les infirmières et les bonnes sœurs. Elle avait des yeux bleu pâle et elle ne clignait presque jamais des paupières.

Bryony ne m'invita pas à m'asseoir mais je le fis quand même. Je plaçai ma chaise de façon à ne pas avoir l'air d'une élève convoquée par son prof parce qu'elle a séché les cours.

« Je suis le lieutenant Harbinder Kaur, dis-je. J'enquête sur les morts d'Ella Elphick et de Rick Lewis. »

Elle hocha la tête.

« Vous connaissiez Ella et Rick ?

— Ella était une amie très chère. »

Elle avait une voix grave avec une pointe d'accent gallois.

« Et Rick Lewis ?

— Je connaissais Richard de loin.

— Ce n'était donc pas un ami cher ?

— Richard était un professeur consciencieux, dit Bryony d'un air digne. C'était un collègue que j'appréciais.

— Quand est-ce que vous avez vu Ella pour la dernière fois ?

— Quelques semaines avant sa mort. Nous sommes allées nous promener pour nous régénérer spirituellement. »

C'était le genre de personne qui n'avouerait jamais être sortie pour aller bouffer au restau.

« Se régénérer spirituellement ?

— Nous sommes allées nous promener au bord de la mer. Il y a quelque chose d'apaisant à se trouver près de l'eau.

— Ella avait besoin d'être apaisée ? »

Était-ce mon imagination ou est-ce que son ton se durcissait légèrement ?

« Ça peut être épuisant d'enseigner. On donne sans cesse, et parfois on n'obtient rien du tout en retour.

— J'ai entendu dire que vous avez eu une dispute avec Ella.

— Qui vous a dit ça ? répliqua-t-elle sur la défensive.

— C'est vrai ?

— Même les amis proches ne sont pas toujours d'accord.

— Sur quoi portait votre désaccord ? »

Elle hésita, remit un peu d'ordre dans les papiers posés sur son bureau. Sans doute des dissertations. Je n'ai jamais compris comment on pouvait écrire autant sur les livres.

« Nous avions des avis différents sur les méthodes d'enseignement, dit-elle finalement.

— Vous avez eu un débat violent ?

— Non, un débat normal sur la pédagogie. Nous étions toutes deux tellement impliquées par rapport à nos élèves que nous nous laissions parfois emporter par nos émotions.

— Est-ce que vous avez un étudiant du nom de Patrick O'Leary ?

— Il vient à mon atelier d'écriture.

— Après les cours ? Ça ne lui ressemble pas tellement.

— Il a un vrai talent d'écrivain, répondit Bryony. J'ai appris à ne pas juger les gens sur les apparences. »

Ça, c'était une pique qui m'était destinée. Je lui adressai un sourire neutre.

« Qui d'autre participe à cet atelier d'écriture ?

— Une poignée d'étudiants. C'est un petit groupe très sélect. »

Je n'aimais pas du tout sa façon de me dire ça.

« Et qui est dans ce groupe *très sélect* ? demandai-je.

— Patrick et trois filles. Natasha White, Venetia Sherbourne et Georgia Newton.

— Georgia ? La fille de Claire ?

— Claire Cassidy ? Oui, en effet.

— Vous connaissez Claire ?

— Je l'ai rencontrée au cours de plusieurs stages de formation.

— Vous étiez au stage à Hythe en juillet ?

— Oui. »

Elle me fixa encore une fois de ses yeux bleus.

« Vous vous souvenez de ce qui est arrivé à Ella au cours de ce stage ? Quelque chose qui se serait passé entre Ella et Rick.

— Je n'écoute jamais les ragots. »

Il fallait croire que c'était la réponse à ma question.

« Quand est-ce que vous avez vu Rick Lewis pour la dernière fois ? répondis-je.

— Franchement, je ne sais plus. »

Elle consulta sa montre. « Excusez-moi, j'ai un cours dans quelques minutes. »

Je me levai, mais elle resta assise.

« Vous avez une aura de colère, me dit-elle.

— Merci beaucoup.

— Mais en même temps, ajouta-t-elle d'une voix plus douce, ça doit être dur de revenir ici.

— Qu'est-ce que vous voulez dire ?

— Je me souviens de vous quand vous étiez élève ici.

— Je n'ai pourtant pas choisi l'option anglais au bac.

— Non, mais je me souviens de vous quand même.

— Moi, je n'ai pas de souvenir de vous, malheureusement.

— Oh, je suis sûre que si, dit Bryony Hughes, je suis sûre que si. »

Je songeai à cette remarque gnomique (j'avais depuis vérifié le sens de ce mot dans le dictionnaire) pendant tout le trajet jusqu'au commissariat. Je repensai aussi aux objets sur l'étagère derrière le bureau de Mlle Hughes : une tasse KitKat pleine de stylos et de crayons, un dictionnaire des noms communs, un autre des synonymes et une pierre noire, tout à fait semblable à celle qu'on avait retrouvée sur le bureau de R.M. Holland à côté du cadavre de Rick Lewis.

L'Inconnu

Et que s'est-il passé ensuite ? Ah, l'éternelle question qui ne trouve pas de réponse. C'est l'essence même du récit, vous êtes d'accord ? Je t'en supplie, lis-moi une autre page, implore l'enfant avant de s'endormir. N'importe quoi pour retarder les horreurs de l'obscurité. Et vous-même, mon cher jeune ami, vous n'êtes pas si éloigné de l'enfance. Il est tout à fait normal que vous souhaitiez découvrir ce qui se passe dans le chapitre suivant.

Une autre année s'écoula. Je me fiançai à Ada, la fille de mon professeur. J'entamais les recherches pour ma thèse qui avait pour sujet l'hérésie albigeoise. J'enseignai également aux étudiants du premier cycle, même si très honnêtement j'étais de ces professeurs qui ne savaient pas inspirer de passions à leurs élèves. Parfois, je les entendais murmurer à mon sujet : « Hell Club » et « meurtre ». Mais cette année-là, je fis le choix de vivre dans la lumière. Je fis l'acquisition d'un compagnon. Oui, l'animal que vous avez devant vous dans ce wagon. Quel ami indéfectible aura été ce cher Herbert au cours de mes épreuves. Plus fidèle et plus digne de confiance que n'importe quel acolyte de la race humaine.

L'automne passa et avec lui Halloween. J'avoue avoir poussé un soupir de soulagement quand ce jour redoutable s'écoula sans incident. Mais ce fut alors, quelques semaines plus tard, que j'entendis les femmes de chambre discuter dans le couloir et prononcer les mots « Collins » et « tué ».

Je sortis en courant de ma chambre et demandai avec une impatience qui les surprit : « Que venez-vous de dire ? »

« M. Collins, de King's, me répondit l'une d'elles. On parlait de la façon dont il est mort. Tellement étrange.

— Que s'est-il passé ? » demandai-je alors que mon sang se glaçait dans mes veines. Collins, le compagnon de lord Bastian, avait été étudiant à King's.

« Il a été tué. Il conduisait sa propre calèche à travers les marécages, il était parti d'Ely et se dirigeait vers Cambridge. Personne ne sait ce qui s'est passé, mais on a retrouvé son cheval un jour plus tard, galopant comme un fou, toujours attelé à la calèche. On a envoyé un groupe de recherche, et M. Collins a été retrouvé dans un fossé. On lui avait tranché la gorge, monsieur.

— C'était quand ? »

La plus âgée des femmes de chambre me répondit : « C'est le soir d'Halloween, monsieur. Je m'en souviens parce que Bert, qui faisait partie du groupe de recherche, avait dit que ça lui avait fait froid dans le dos de voir ce cheval galoper tout seul comme si tous les molosses de l'enfer étaient à ses trousses. »

Il fallut attendre encore une semaine avant que je reçoive l'article découpé dans le journal.

« Étudiant de Cambridge retrouvé mort dans les marais. » Puis, griffonné à la main au-dessus du titre : « L'enfer est vide. »

SIXIÈME PARTIE

Georgia

Chapitre 34

Nous invoquâmes l'esprit de Mlle Elphick la nuit de son enterrement. C'est la chose à faire, en quelque sorte. Maman devait sortir avec Debra. Tash et Venetia sont donc venues, elles ont fait tout ce qu'il fallait dans le genre « Bonsoir Claire, ça va ? », comme si on se préparait pour une soirée typique entre filles. Je sais que maman pense que ce sont des amies « fréquentables », même si Venetia est d'un milieu un peu trop bourgeois et que Tash n'a pas assez la tête sur les épaules. Patrick nous a rejointes à vélo et a attendu au coin de la rue que maman disparaisse avant de venir sonner à la porte.

J'étais un peu inquiète à l'idée de revoir Patrick, je craignais que nos retrouvailles ne nous mettent mal à l'aise. À cause de ce qu'il m'avait dit à propos de M. Lewis et parce qu'il m'avait fait jurer sur le cercle et tout ça. Mais ça s'est très bien passé. Quand nous sommes tous ensemble, c'est moi qui prends le rôle de chef. C'est bizarre parce que je ne suis pas du tout comme ça le reste du temps. Aucun prof ne m'a jamais dit que j'avais des qualités de meneuse, je n'ai jamais fait partie d'aucune équipe, et je n'ai jamais été capitaine de quoi que ce soit. Mais au sein du cercle, je sais ce que je fais. Tash me soutient toujours. Elle est mon lieutenant, Patrick est celui qui doute et Venetia est celle qui angoisse. Et ce soir-là ne faisait pas exception.

J'avais préparé la pièce. Et sorti tout ce qui pouvait avoir des ondes négatives : le journal (trop matérialiste), les coussins en cuir (animaux morts), la photo de mon arrière-grand-père mort (ne pas confondre les auras). La table basse était débarrassée, à part les trois bougies, les coupelles noires et le d'herbes sèches. Mlle Hughes dit que ça devrait être du thym, mais tout ce que j'ai pu trouver c'est un mélange d'herbes et un des sachets de pot-pourri de maman (c'est le genre de truc qu'on lui offre toujours à la fin du trimestre). J'ai mis une photo de Mlle Elphick devant les bougies. Je l'ai trouvée sur sa page Facebook et je l'ai imprimée. On la voit à Noël avec un chapeau en papier sur la tête. Je l'ai choisie parce qu'elle a l'air heureuse et parce qu'elle devait l'aimer pour en faire sa photo de profil.

Venetia a tout de suite commencé à créer des problèmes.

« Et si son fantôme apparaît ? demanda-t-elle. Ça ferait tellement peur.

— Les fantômes, ça n'existe pas, lui dis-je. C'est seulement les esprits de ceux qui sont partis avant nous.

— Nous envoyons Mlle Elphick vers la lumière », commenta Tash en mangeant une des chips que j'avais mises là dans un bol parce qu'il est aussi important de subvenir à nos besoins physiques.

« Son esprit ne nous apparaîtra pas, dit Patrick en se penchant en avant pour prendre une poignée de chips. Nous n'avons pas ce pouvoir.

— Bien sûr que si, rétorquai-je, si nous sommes tous ensemble dans le cercle. Il suffit d'y croire.

— Et Herbert ? demanda Tash. Le pauvre chéri. »

Tash adore Herbert, tout comme Venetia, même si elle est allergique aux chiens. Même Patrick le trouve mignon. Herbert levait la tête, tout mielleux. Tash pense que c'est de l'amour réciproque, mais en fait il veut juste une chips.

« Il peut rester avec nous ? demanda Tash.

— Il va me faire éternuer », répondit Venetia. Ce qui n'était pas vrai parce que même les gens qui sont authentiquement allergiques ne le sont pas aux caniches.

« Je crois qu'on ferait bien de le mettre dehors, dis-je. Il risque de nous faire perdre notre attention. Il sera très content dans la cuisine si je lui donne à manger. »

J'attirai Herbert avec un Pringles puis je mis de la pâtée dans sa gamelle. Maman fait encore plus attention au poids du chien qu'au sien, mais je ne pensais pas qu'elle s'en rendrait compte si je lui donnais un repas supplémentaire. Il lèche toujours son bol jusqu'à la dernière miette.

De retour dans le salon, j'allumai les bougies, parsemai quelques herbes sur la table et j'éteignis la lumière. Nous nous tînmes par la main. Celle de Tash était moite mais celle de Patrick était sèche et il serrait très fort. J'entamai l'invocation par les paroles que m'avait apprises Mlle Hughes.

« *Toi qui vivais hier encore. Mon esprit appelle le tien. Reviens d'entre les ombres jusque dans la lumière et montre-toi ici.* »

Nous attendîmes. Les flammes des bougies vacillèrent.

« J'ai peur, murmura Venetia.

— Chut ! »

Je crus tout d'abord que Patrick avait raison et que ça n'avait pas marché. Mais nous ne brisâmes pas le cercle. Nous restâmes tous là, main dans la main, et je répétai : « Reviens d'entre les ombres jusque dans la lumière et montre-toi ici. » Puis soudain on perçut comme un souffle d'air glacé. Je sentis que Tash frissonnait à côté de moi. La température de la pièce se fit de plus en plus froide. La porte s'ouvrit et se referma. Les bougies s'éteignirent et nous nous retrouvâmes dans l'obscurité.

« Je n'aime pas ça, dit Venetia. Arrête tout ça.

— Ne brise pas le cercle », ordonnai-je.

J'attendis une minute entière avant de réciter la formule qui devait libérer l'esprit de Mlle Elphick.

« *Ella, toi qui vivais encore hier. Merci. Maintenant envole-toi de cette terre et rejoins le monde des esprits.* »

Il fit immédiatement plus chaud dans la pièce. J'entendais la respiration de mes camarades dans le noir. J'attendis quelques secondes avant de leur lâcher la main pour rallumer les bougies.

Nous échangeâmes un regard. Le choc était tel que nous ne savions pas si nous devions rire ou pleurer.

« Waouh ! s'exclama Tash. C'était... intense. »

Patrick éclata de rire.

« Je pense qu'elle est partie, maintenant... Ella, je veux dire.

— Je crois aussi », approuvai-je avant d'aller ouvrir la porte pour laisser entrer Herbert et allumer la lumière du plafonnier. Herbert... si chaud, si vivant.

Venetia en était encore toute tremblante.

« Qu'est-ce que c'était ? C'était son fantôme ?

— Ben bien sûr, répondit Patrick. T'as pas vu comment les bougies se sont éteintes ?

— Tout va bien, ma chérie », dit Tash en passant son bras autour des épaules de Venetia. J'éprouvai un pincement de jalousie, comme toujours quand ces deux-là sont un peu trop proches.

« Nous avons libéré son esprit, elle est en paix. Nous ne serons plus inquiets. »

Patrick me lança un regard.

« Et maintenant, qu'est-ce qu'on fait, Georgie ? »

Je pris la photo d'Ella, la pliai et la glissai dans ma poche.

« Allons allumer la télé et regarder quelque chose de réconfortant, comme *Friends*. Je vais commander les pizzas. »

*

Patrick partit après les pizzas. Il devait rentrer chez lui à vélo et il commençait à faire froid. La mère de Tash vint chercher les filles à vingt-deux heures trente.

« Ça ira, toute seule ? » me demanda Tash à l'oreille, mais pour tout vous avouer, j'étais impatiente de me retrouver seule. Elles étaient à peine parties que j'éteignis la lumière du salon et que je montai dans ma chambre. Herbert resta dans le couloir parce qu'il attendait maman. Je me lavai, me brossai les dents, enfilai mon pyjama et je me glissai dans mon lit. Puis je sortis mon ordinateur portable et je me mis à écrire sur MonJournalSecret.com :

Ce soir nous avons invoqué un esprit. Ça paraît presque banal, dit comme ça. Comme une corvée de plus sur une liste de choses à accomplir. Faire les devoirs, sortir les poubelles, invoquer un esprit. Mais en vérité, je n'avais jamais rien vécu d'aussi extraordinaire. Incroyable. Ma vie en est changée.

J'ai tout préparé méticuleusement. J'ai nettoyé la pièce, allumé des bougies, semé des herbes. Puis nous avons formé un cercle et nous avons procédé aux sortilèges. J'ai tout d'abord cru que ça n'avait pas marché mais je sentis alors un froid surnaturel qui envahissait la pièce. La porte s'est ouverte puis refermée. Le ciel et l'enfer rugissaient dans leur splendeur de feu. Le royaume des morts ouvrait grand ses portes devant moi. Tous les anges et les démons étaient là, dans la pièce, avec nous. Je savais que si je m'abandonnais je finirais entièrement consumée par le feu. Je prononçai la formule pour libérer l'esprit et il nous quitta aussi rapidement qu'il était venu. Les atomes reprirent leurs formes et nous ne fûmes plus que quatre adolescents qui se tenaient par la main. Mais je sais que moi, en tout cas, je ne serai plus jamais la même.

Je relus ce passage. Plutôt pas mal. J'aimais bien la phrase sur les corvées à accomplir et l'histoire du royaume des morts. C'était peut-être un peu mélodramatique, mais on pourrait en dire autant de ce qui s'était passé. Nous avions ouvert les portes d'un autre monde, après tout. Je cliquai sur « Partager ». Peu après j'entendis maman qui rentrait et qui emmenait Herbert faire sa promenade du soir. Je refermai l'ordinateur, pris l'exemplaire d'*Harry Potter* qui est toujours à côté de mon lit. J'en avais lu à peu près un chapitre quand maman frappa à ma porte. Je lui demandai si elle avait passé un bon moment. Elle me répondit qu'elles avaient parlé d'Ella. J'avais envie de lui dire qu'Ella était en paix, mais ça aurait demandé trop d'explications. Je lui adressai quelques paroles apaisantes et elle vint m'embrasser pour me souhaiter bonne nuit.

J'attendis que la lumière du couloir s'éteigne et je repris mon ordinateur.

Chapitre 35

Nous pensions sincèrement que tout irait bien après ça. Nous avions envoyé Ella vers la lumière et il ne devait plus y avoir de morts. Mais maman était toujours stressée. Le lendemain de l'invocation, elle disparut toute la matinée et se conduisit de façon très étrange quand elle revint. Ty et moi lui avions préparé un déjeuner, elle n'avait pas l'air si reconnaissante que ça. Après, elle a été vraiment bizarre, elle disait que l'assassin d'Ella « s'intéressait » peut-être à elle et que nous devions rester très prudentes. J'avais envie de lui répondre qu'il n'y avait rien à craindre à part la peur elle-même, mais je me suis contentée de dire que tout irait bien. Elle acquiesça, mais sans grande conviction. Elle n'était pas elle-même de toute manière parce que c'était le 5 novembre et les feux d'artifice mettaient Herbert dans tous ses états.

Je promis à maman que je ne rentrerais pas à la maison toute seule, etc.

Je dus rater l'atelier d'écriture cette semaine mais je donnai une nouvelle à Patrick en lui demandant de la passer à Mlle Hughes. Patrick m'accompagna jusqu'à la bibliothèque où je devais retrouver maman mais je me rendis vite compte qu'elle n'était pas très heureuse de nous voir ensemble. J'ai eu l'impression d'étouffer cette semaine et j'étais contente que papa vienne me chercher pour le week-end. Même là, il a fallu qu'il prenne son vendredi après-midi pour venir en voiture me chercher à l'école. Maman ne voulait pas que je prenne le train comme d'habitude. Qu'est-ce qui peut bien m'arriver dans un train ?

J'ai passé un bon week-end chez papa. Il est un peu nerveux à cause de la mort de Mlle Elphick. Je ne sais pas ce que maman lui en a dit. Il me met la pression pour que j'aille vivre avec eux mais je ne suis pas sûre que cette idée plaise tant que ça à Fleur. Elle a quand même été très sympa avec moi. On a emmené les gamins à la piscine samedi. Ocean, malgré son nom (ah !), avait peur de l'eau, mais Tiger est un vrai petit poisson. Il est tellement mignon et il m'adore, il me suit partout. Moi aussi je l'adore. Fleur a fait venir une baby-sitter samedi soir et on est allés (moi, papa et F.) dîner à Chinatown.

C'était génial. Il y avait seulement deux grandes tables et tout le monde était assis ensemble. On n'avait pas de couteau ni de fourchette, juste des baguettes. Il n'y avait même pas de menu, les plats apparaissaient comme par magie, tout chauds et délicieux. Papa était content parce qu'il y avait plein de Chinois qui mangeaient là – il tient toujours à ce que tout soit « authentique » –, et je crois que Fleur était tout simplement contente d'avoir pu échapper à ses gosses. Nous n'avons bu que du thé au jasmin mais ça avait le même effet sur Fleur qu'une double vodka.

« Et ta vie amoureuse, Georgie ? m'a-t-elle demandé en enfournant un beignet aux crevettes.

— Ça va, répondis-je. Je sors toujours avec Ty.

— T'as une photo ? »

Je lui en montrai une sur mon téléphone. Ty sur la plage en train de brandir dans la lumière un galet porte-bonheur avec un trou au milieu, une pierre de sorcière, comme les appelle Mlle Hughes.

« Waouh, il est vachement beau, dit Fleur.

— Il est trop vieux pour toi, ajouta papa, toujours aussi prévisible.

— Maman ne trouve pas. Elle commence à vraiment bien l'aimer. »

C'était un peu exagéré, mais elle avait quand même dit qu'elle le préférait à Patrick.

« Comment va maman ? » demanda papa de façon à ce que tout le monde l'entende. Je déteste quand il l'appelle comme ça, sans dire « ta maman ». C'est un manque de respect.

« Ça va », répondis-je en faisant tourner le riz dans mon bol avec mes baguettes et en espérant qu'il allait capter le message.

Carrément pas.

« Elle doit être très stressée.

— Non, ça va.

— Avec son amie qui est morte et tout le reste. Et elle a l'air de penser que quelqu'un la surveille. »

Il fit un bruit avec la bouche qui suggérait que maman était en train de craquer.

« Elle voit quelqu'un ?

— Un psychiatre, tu veux dire ?

— Non ! répondit-il comme s'il était choqué. Un conseiller, un psychologue. Quelqu'un comme ça.

— Non, elle ne voit personne comme ça. »

Ce ne fut que plus tard que je me demandai si papa voulait dire « est-ce qu'elle a une relation » quand il m'a demandé si elle « voyait quelqu'un ». Ce qui aurait été franchement bizarre.

Mais le reste du week-end s'est bien passé. Dimanche matin, j'ai emmené les enfants au parc avec Fleur et elle a ensuite préparé un repas délicieux.

J'ai fait mes devoirs l'après-midi et puis papa m'a raccompagnée à la maison vers seize heures.

Quand nous sommes arrivés, nous sommes tombés sur maman qui avait l'air décidée à confirmer toutes les craintes de papa.

« Il s'est passé quelque chose d'épouvantable, nous dit-elle à la porte.

— Bonjour maman, ai-je répondu. J'ai passé un super week-end, merci de m'avoir posé la question.

— Qu'est-ce qu'il y a ? » demanda papa. On sentait qu'il s'était retenu d'ajouter « encore ».

« Rick, il a été assassiné. »

J'étais en train de dire bonjour à Herbert et je me suis arrêtée tout d'un coup.

« M. Lewis ?

— Oui. Il a été tué. Exactement comme Ella.

— Mon Dieu ! s'exclama papa. Mais que se passe-t-il dans cette école ? »

C'était un peu injuste vu qu'Ella avait été assassinée chez elle, mais il s'avéra que le corps de M. Lewis avait été effectivement découvert à l'école, dans le bureau de R.M. Holland. Maman ne voulait pas que j'entende cette partie de l'histoire, bien sûr, mais il était hors de question qu'on m'exclue de la conversation. Je remarquai que maman hésitait à dire qui avait découvert le corps. Est-ce que ça aurait pu être elle ? Et dans ce cas-là, qu'est-ce qu'elle faisait à se promener dans l'école pendant le week-end ?

Quand papa repartit enfin, il me serra dans ses bras et me murmura à l'oreille : « Si tu as besoin de moi, je viendrai te chercher, à n'importe quelle heure du jour ou de la nuit. »

Maman se servit un énorme verre de vin et s'assit sur le sofa pour faire sa dépression nerveuse. Je montai à toute vitesse échanger des messages avec le groupe. Maman m'avait dit que ces informations étaient confidentielles, mais je savais que tout finirait par se savoir. Et effectivement, alors qu'on était sur WhatsApp, j'ai reçu un message de l'école m'informant que l'établissement serait fermé le lendemain « en raison de circonstances exceptionnelles ».

« OMG peux pas croire que M. L. est mort. » Ça, ça venait de Tash.

« Doit être un céréales killeur. » Ça, de Venetia, elle est nulle en orthographe. Patrick ne disait rien et j'ai cru un moment qu'il s'était déconnecté, mais après dix messages de plus il contribua avec un « putain c'est grave » à la conversation.

« À qui le tour ? ajouta Venetia. OMG, dis à ta maman d'être prudente, G. »

« Dis pas de bêtises », lui répondit Patrick.

« Je disais que quelqu'un tue des profs d'anglais », rétorqua encore Venetia, et on sentait qu'elle s'était vexée.

Je tapai : « Il est impératif d'en parler à Mlle Hughes, elle saura ce qu'il y a à faire. » La conversation en resta là. Je reçus un message privé de Patrick : « Il faut qu'on se parle. »

*

Je n'eus pas l'occasion d'échanger avec Patrick avant le mardi suivant. Le lundi, c'était la panique, parce qu'Herbert avait disparu. Je l'avais emmené se promener le matin. On est arrivés dans un pré alors j'ai détaché sa laisse et il s'est mis à courir, à renifler le sol en tournant en rond. J'ai baissé les yeux vers mon téléphone parce que je venais de recevoir un SMS de Patrick. Et quand je relevai la tête, Herbert avait disparu. C'était horrible. J'ai appelé et appelé encore. J'ai pensé qu'il était peut-être rentré à la maison. Mais quand je suis allée voir, toujours pas d'Herbert. Je suis retournée avec maman dans le pré mais il ne revenait toujours pas vers nous, même quand on le sifflait. On commençait à paniquer, maman a dit ce qui se passait à nos deux « protecteurs » de la police qui sont très sympas et ils sont partis à la recherche d'Herbert à bord de leur voiture. Je me disais que c'était ma faute, parce que j'avais baissé les yeux pour regarder mon téléphone. Mais c'était Patrick qui était dans tous ses états, il répétait que la police cherchait à le coincer, qu'ils l'attendaient devant sa porte. Je me suis alors demandé s'il n'inventait pas tout, mais il s'est révélé que c'était vrai. La police s'était effectivement présentée chez lui.

Comme Herbert restait introuvable, maman a appelé l'effrayante lieutenant Kaur et elle est venue. Je n'arrivais pas à y croire. Et elle a été fantastique. Elle nous a obligées à nous calmer et à penser rationnellement. Nous sommes allées dans le jardin pour inspecter l'abri et le lieutenant Kaur (que nous appelons maintenant Harbinder) a entendu un chien aboyer. Le bruit venait de la vieille usine. J'avais peur d'entrer mais rien ne pouvait arrêter Harbinder. Elle trouva une ouverture et nous nous sommes glissées à l'intérieur.

Je soupçonnais depuis longtemps que des esprits tourmentés hantaient l'usine. On raconte qu'une petite fille y est morte noyée dans le ciment. Je ne sais pas si c'est vrai mais il y a sans aucun doute un poltergeist à l'œuvre dans cet endroit. J'y ai vu des lumières la nuit, j'ai entendu des drôles de bruits, et il se dégage de cette bâtisse un sentiment de tristesse, comme dans le vieux bâtiment à l'école. Une fois à l'intérieur, on ressentait une présence surnaturelle. Maman et Harbinder ne le remarquèrent pas. Elles étaient sur la piste d'Herbert et ne faisaient attention à rien d'autre. C'était marrant, d'une certaine manière, elles se ressemblaient, tout d'un coup, courageuses et décidées. Par moments, quand j'étais là à les suivre en trottinant, j'avais l'impression d'être une gamine. Mais comme dit Mlle Hughes, parfois il faut écouter l'enfant qui est en nous.

Finalement, nous l'avons retrouvé, enfermé dans une toute petite pièce où quelqu'un s'était installé pour dormir. Harbinder était visiblement très excitée à l'idée qu'un clochard puisse vivre ici. La police va sans doute essayer de lui mettre le meurtre sur le dos. Maman était aux anges d'avoir retrouvé Herbert. Et moi aussi. Nous l'avons emmené chez le vétérinaire parce qu'il s'était fait mal à la patte, et quand nous l'avons ramené à la maison, nous l'avons mis sur un coussin dans le salon avec tout ce qu'il aime : ses biscuits, ses jouets et son thé sucré.

Je suis montée dans ma chambre pour écrire et envoyer un message à Patrick. J'ai entendu Harbinder qui venait nous rendre visite à dix-huit heures trente et le bruit familier de maman qui servait deux verres de vin. Est-ce que le lieutenant Kaur est une amie de la maison, maintenant ? Je l'aime bien et je l'admire, mais ne veux pas qu'elle devienne trop proche. Son aura est bleue comme les vieilles lanternes au-dessus des commissariats dans le temps. Je crois que rien ne l'arrêterait dans sa recherche de la vérité.

Nous retournâmes à l'école le lendemain. Le vieux bâtiment était fermé et la police avait mis de la rubalise sur les portes. Tout le monde était très excité, et comme en plus on était tous entassés dans le nouveau bâtiment infect, l'atmosphère était électrique. Patrick et moi nous ne pûmes échanger que quelques mots avant d'aller nous inscrire sur le registre.

« Tout le monde pense que je suis un assassin. »

Il avait l'air encore plus perdu que d'habitude, des cernes sous les yeux, les cheveux sales. Je remarquai aussi qu'il commençait à avoir de la barbe.

« Mais non, répondis-je.

— Tout le monde me regarde.

— Ils sont sans doute en train de se demander pourquoi on se parle à l'oreille. Ils doivent se dire qu'on sort ensemble. »

Il éclata de rire.

« Je vais mettre fin à ma relation avec Rosie. Parce que c'est pas sympa pour elle.

— Ne sois pas aussi mélodramatique.

— Je le pense, Georgie. Peut-être que toi et moi on devrait se mettre ensemble. Ty est trop vieux pour toi.

— On croirait entendre mon père.

— Je le pense vraiment. Il ne te comprend pas. Toi et moi, on est pareils.

— À plus tard, dis-je. Il faut que j'aille en cours, maintenant. »

Toutes les vérités ne sont pas bonnes à dire.

*

M. Sweetman organisa une autre assemblée spéciale. Il déclara qu'il ne fallait pas s'attarder sur la façon dont M. Lewis était mort mais se souvenir de ce qu'avait été sa vie. Tu parles. Tout le monde était obsédé par ce meurtre. Il y a même quelqu'un qui m'a demandé si je pensais que ma mère était la coupable.

« Ben ouais, j'ai dit. Parce qu'elle voulait *tellement* devenir directrice du département d'anglais. »

Mais la plupart des gens croient au scénario du tueur en série démoniaque.

« Et si c'est un ancien élève ? suggéra Paige. Ronnie Bellows détestait M. Lewis et il était franchement inquiétant. Il s'habillait toujours en noir et il écoutait du heavy metal.

— Génial, répondis-je. Le mystère est résolu. C'est toi qui appelles la police ou je m'en charge ? »

Je fus frappée à ce moment-là par la pensée que je pouvais réellement appeler la police, j'avais le numéro d'Harbinder dans mes contacts en cas de panique.

Je retrouvai Patrick à l'heure du déjeuner. On voulait aller au cimetière mais les professeurs sont maintenant très stricts quand il s'agit de sortir de l'enceinte de l'établissement. C'était un peu comme dans ce passage d'*Harry Potter* où ils pensent que le basilic se balade dans Poudlard. Les professeurs qui patrouillent en binôme dans les couloirs, les agents d'entretien qui gardent le portail, tout le monde est là à se demander qui peut bien être le coupable. On a fini dans une salle d'arts plastiques. Patrick raconta qu'il devait travailler sur son projet pour le brevet et moi je prétendis que j'avais un exposé d'histoire à préparer.

Nous étions entourés par d'épouvantables autoportraits d'élèves. La pièce sentait la peinture à l'huile et le crayon à papier, ce qui était étrangement réconfortant. Le travail de Patrick était effectivement très bon. Un paysage marin avec une énorme silhouette qui sortait des eaux, entièrement dans les gris, les bleus et sous un ciel sombre. Ça me rappelait un des livres de mon enfance, *L'Homme de fer*.

« C'est la plage de Shoreham quand il fait beau », dit-il. Je vis qu'il avait signé son illustration « Puma », son alter ego de science-fiction.

« J'aimerais bien vivre plus près de la mer, dis-je.

— Ça ne te plairait pas, là où j'habite, dit-il. La plupart des maisons sont des pavillons et des chalets de vacances. Personne ne vit dans ce coin. Pendant la journée c'est trop calme et t'entends les cornes de brume toute la nuit.

— Qu'est-ce qui s'est passé hier ? demandai-je. Tu disais que la police est venue chez toi.

— Ouais, dit-il. J'ai été filmé par la caméra de surveillance devant la maison de Mlle Elphick.

— Oh mon Dieu ! m'exclamai-je. Ils pensent que c'est toi qui l'as tuée ?

— Je ne suis pas sûr. Je leur ai dit que j'avais vu M. Lewis et ça a eu l'air de les intéresser. Il aurait pu tuer Mlle Elphick. Seulement maintenant il est mort, lui aussi. La police doit se dire que c'est moi qui les ai tués tous les deux.

— Tu as un alibi pour samedi soir ? »

Je n'arrivais pas à croire que j'étais en train de lui poser cette question. Patrick se détourna pour que je ne voie pas son visage.

« Oui, dit-il. C'est pour ça que je voulais te parler dimanche. Venetia est venue.

— *Quoi ?*

— Il n'y a rien entre nous, dit-il, visiblement sur la défensive. Je n'avais personne avec moi, je me sentais seul. Les parents de Rosie refusaient de la laisser sortir. Toi, t'étais à Londres avec ton père. J'ai envoyé un SMS à Venetia et elle est venue.

— Elle est restée combien de temps ?

— Elle a passé la nuit chez moi. »

Je ne répondis pas. D'un certain côté, j'étais choquée et très mécontente. Je ne croyais pas une seule seconde qu'il ne s'était rien passé entre Patrick et Venetia. Peut-être qu'ils ne « sortaient » pas ensemble, mais une chose était sûre, ils couchaient ensemble. J'étais furieuse que Venetia ait perdu sa virginité avant moi. Et qu'en plus elle ait gardé ça secret. Ni l'un ni l'autre n'en avait dit un mot sur MonJournalSecret.com. D'un autre côté, j'étais contente que Patrick ait un alibi solide.

« Il faut que j'y aille », dis-je.

Patrick me prit la main.

« Ne te mets pas en colère, Georgie, c'est toi que j'aime.

— Arrête de dire ça. Tu ne m'aimes pas. Nous sommes comme frère et sœur.

— Venetia dit qu'elle était ma sœur jumelle dans une vie antérieure. Elle dit que nous avons la même âme.

— Je crois que tu finiras par te rendre compte que les jumeaux ont des âmes distinctes. »

Patrick n'avait pas lâché ma main.

« Je suis complètement perdu, Georgie. Je ne sais plus quoi penser.

— Pourquoi est-ce que tu ne demandes pas à ta sœur jumelle Venetia ?

— Ne sois pas en colère, répéta-t-il. Venetia m'avait prévenu que tu serais en colère si je te le disais.

— Je ne suis pas en colère. »

Pour être exacte, j'étais *furieuse*.

*

Maman me ramenait à la maison en voiture tous les jours. On avait l'impression qu'elle était ailleurs, ce qui n'était pas très étonnant. Nous allions chercher Herbert à Toutou Baby-sitting, et dès que nous arrivions à la maison, je me précipitais dans ma chambre. J'étais en train de taper mon entrée dans mon journal quand j'entendis Herbert aboyer et des voix en bas. Lieutenant Kaur. Tatie Harbinder. Notre nouvelle meilleure amie.

Je me glissai hors de ma chambre et je m'assis sur la dernière marche de l'escalier pour écouter. Harbinder qui parlait des « indices sur la scène du crime ». Elle avait une liste de ce qu'elle appelait des « objets significatifs » que l'on avait trouvés dans le bureau de R.M. Holland le soir où M. Lewis avait été assassiné. Elle voulait que maman lui dise si elle les reconnaissait. C'était donc bien maman qui avait découvert le corps. Je le savais.

« Il y avait trois bougies sur le bureau, quelques feuilles et des pétales provenant d'un pot-pourri.

— Je ne me souviens pas d'avoir vu... »

La voix de maman me parvenait trop faiblement pour que je puisse entendre la suite.

« Et les équipes scientifiques ont retrouvé ça. Voilà la photo prise sur place. »

Comme j'aurais aimé la voir. Heureusement, maman posa la question qu'il fallait.

« J'ai vérifié. Apparemment c'est une pierre qui s'appelle une obsidienne noire. »

Chapitre 36

Je savais ce qu'il me restait à faire. Il fallait que j'aille voir Mlle Hughes. Malheureusement, c'était plus facile à dire qu'à faire. Maman me surveillait comme le lait sur le feu. Finalement j'avais dû partager mon secret avec Tash. Je lui fis savoir que j'avais besoin de voir Mlle Hughes en privé et de façon urgente. Je me disais qu'elle allait s'imaginer que c'était à propos de mes œuvres de fiction. Tash demanda à sa mère si je pouvais l'accompagner après l'école le jeudi. Nos deux mères eurent une petite conférence au sommet et donnèrent leur accord. Je crus que j'allais mourir d'impatience à attendre pendant deux jours. Je sortis boire un verre avec Ty à Steyning. Nous passions un bon moment mais je ne pouvais m'empêcher de repenser à ce que Patrick m'avait dit, devais-je rester avec lui ou pas ? Était-ce vrai ? Je partage un lien avec Patrick que je n'ai pas avec Ty. Mais d'un autre côté, je me sens en sécurité avec Ty, ce qui n'est pas toujours le cas avec Patrick. Ty m'a ramenée à la maison à vingt-deux heures pile et maman a été très aimable avec lui. Elle l'a invitée à boire un chocolat chaud puis elle lui a posé toutes sortes de questions sur son travail et sur ses grands-parents. Ça me mettait un peu mal à l'aise mais je voyais que ça partait d'un bon sentiment.

Le jeudi j'ai quitté l'école en compagnie de Tash et nous avons attendu le bus de Chichester. Elle est descendue à son arrêt et j'ai continué jusqu'au bâtiment des terminales. Il ressemble au nouveau bâtiment à Talgarth, moderne, sans aucun caractère, avec du verre et du plastique partout. Maman apprécie l'école parce qu'elle obtient de bons résultats aux examens mais je redoute la perspective de venir ici. À Talgarth, je suis peut-être « la fille de Mlle Cassidy » mais au moins j'existe. Au lycée, je risque de disparaître complètement. Dans leur dépliant ils disent qu'ils traitent les élèves « comme des adultes », mais à mon avis on accorde trop d'importance à ça. Le seul point positif, c'est que Mlle Hughes serait ma prof.

Je l'avais prévenue de ma venue et elle m'attendait dans une des salles de classe. Elles sont toutes pareilles. Celle-ci s'appelle B2 11-C. Dieu sait pourquoi.

Mlle Hughes était occupée à corriger des copies mais elle se leva quand j'entrai. J'étais tellement contente de la voir. Contrairement à la plupart des gens, elle ne change pas. Ses cheveux étaient rassemblés en un chignon gris, elle portait un pull rose avec un col un peu froufroutant. Maman aurait dit qu'elle était mal fagotée, mais à mes yeux, elle était exactement comme il fallait. Réconfortante et sans âge.

« Georgia ! » Elle n'utilise jamais de diminutif pour s'adresser à moi. « Comment vas-tu ?

— Ça va. »

Je m'assis en face d'elle.

« En fait… pas vraiment.

— Détends-toi, Georgia, respire. »

Je fermai les yeux, je sentis la même odeur que dans toutes les salles de classe, mais en la présence de Mlle Hughes j'avais le sentiment d'être dans un endroit sûr. J'essayais de respirer plus lentement. Elle parlait d'une voix douce et chaude.

« Que se passe-t-il, Georgia ? »

J'ouvris les yeux.

« C'est à propos de Patrick.

— Tu as découvert ce qu'il ressentait vraiment pour toi ?

— Non. Oui. »

Pour être très honnête, j'étais un peu désarçonnée, je ne m'étais jamais imaginé que Mlle Hughes s'inquiétait de savoir qui était amoureux de qui. Et jusqu'à ce moment étrange avant le cours quand il m'a dit qu'il pensait qu'on devait être ensemble, puis cette déclaration bizarre dans la salle d'arts plastiques, je n'aurais jamais songé que je plaisais à Patrick.

« C'est à propos du meurtre de M. Lewis. Vous êtes au courant ?

— Oui. J'ai même eu la visite d'une policière ici.

— Le lieutenant Kaur ?

— Une jeune femme intelligente mais habitée par la colère. »

Ça ressemblait effectivement à Harbinder.

« Euh… Patrick m'a dit quelque chose… »

Et je lui rapportai tout ce que je savais sur Patrick et Mlle Elphick. Comment il avait vu M. Lewis sortir de chez elle cette nuit-là. Et comment Patrick avait passé la nuit avec Venetia et comment on avait retrouvé une obsidienne noire dans le bureau.

« C'était une des pierres que vous nous aviez données pour notre protection, dis-je. C'est forcément ça. »

Elle me regarda longuement de ses yeux bleus à la fois doux et terrifiants. Elle voyait au plus profond de moi-même. Puis elle me demanda :

« Tu en as parlé à quelqu'un d'autre ?

— Non.

— Et tu as entendu la policière dire que la pierre avait été trouvée sur le lieu du crime ?

— Oui.

— Tu soupçonnes Patrick ? »

Je redoutais cette question, mais Mlle Hughes me l'avait posée si calmement que je parvins à y répondre.

« Un peu. Il aimait Mlle Elphick et il détestait M. Lewis parce qu'il l'avait changé de classe. Et Patrick est… colérique.

— Oui, approuva Mlle Hughes. Parfois Patrick a une aura très sombre. C'est un incendiaire, il recherche les émotions fortes et il peut être dangereux. On le voit à ce qu'il écrit.

— Mais il peut être adorable », objectai-je en repensant qu'il m'avait un jour offert des asperges pour mon anniversaire parce qu'il savait que c'était mon légume préféré. Ou quand il avait enregistré une émission sur un chien parce qu'il lui rappelait Herbert. Et tous ces clips qu'il m'envoyait sur des gens qui sauvent des animaux. Et tous ces moments que nous avions passés à rire pendant les ateliers d'écriture.

« Oui, tu es son ange bénéfique, commenta Mlle Hughes. Tu ouvres son regard à la lumière. Venetia… ce n'est pas une influence aussi saine.

— Qu'est-ce que je dois faire ? demandai-je. Je sais que je devrais en parler à Harbinder… au lieutenant Kaur ou à maman. Mais je ne veux pas lui attirer des ennuis. »

Mlle Hughes garda le silence pendant un moment qui me parut très long. Elle fait partie de ces gens qui sont capables de rester totalement immobiles.

Puis elle me dit : « J'ai cru comprendre que vous avez invoqué l'esprit d'Ella. »

Je la regardai fixement.

« Comment le savez-vous ? »

Je crus qu'elle allait me répondre qu'elle l'avait senti grâce à quelque connexion mystérieuse, mais elle me répondit très simplement : « Je l'ai lu sur MonJournalSecret.com ».

Je n'aurais jamais imaginé qu'elle allait consulter ce site. On en avait parlé en classe mais j'ai toujours vu Mlle Hughes comme étant au-dessus des réseaux sociaux. C'est à peine si elle envoie des e-mails. Elle m'a laissé des centaines de messages griffonnés à la main. J'ai songé que si elle publiait ses contributions elle devait se servir d'un pseudo.

« Et c'était aussi très bien écrit, dit-elle en me souriant avec bonté. Excellente utilisation de diverses structures de phrase.

— Merci. »

Je ne pouvais m'empêcher de me sentir flattée.

« Comment saviez-vous qu'il s'agissait d'Ella ? Je n'ai pas mentionné son nom.

— Qui est-ce que ça aurait pu être d'autre ? dit-elle. Et j'ai senti comme une libération. Comme si elle s'était enfin détachée des éléments.

— Vous pensez qu'il faudrait faire la même chose pour M. Lewis ?

— Malheureusement Richard est encore trop rattaché à la terre, répondit Mlle Hughes. Son âme est beaucoup moins sage que celle d'Ella.

— Et est-ce que je dois parler de la pierre à quelqu'un ?

— Parfois il est préférable de se taire. L'univers sait faire avancer les choses par elles-mêmes. »

Je poussai un soupir de soulagement. Tout irait pour le mieux.

*

Le bus me déposa au carrefour. La maison n'était plus très loin. Je voyais très clairement les murs de l'usine, avec les falaises de craie derrière qui scintillaient dans l'obscurité. Dans le cas où maman me demanderait pourquoi j'arrivais à pied, je lui dirais que la maman de Tash m'avait déposée mais qu'elle ne pouvait pas attendre parce qu'elle devait encore aller chercher Fergus au football, le petit frère exaspérant de Tash. Je marchais le long des champs, sur le remblai, parce que les voitures conduisaient à une allure folle. Il était dix-huit heures. Encore l'heure de pointe, des conducteurs stressés qui rentraient du travail le plus vite possible au volant de leur BMW ou de leur Audi. Quand j'étais enfant, j'allais au lit à dix-neuf heures et je considérais toujours les heures qui suivaient comme appartenant aux adultes. J'entendais papa et maman qui parlaient en bas, qui buvaient du vin et regardaient des émissions pour intellos à la télévision. Évidemment, très vite, ils ont arrêté de se parler pour se crier dessus puis, quand j'ai eu dix ans, il n'est plus resté que maman et moi. Mais j'éprouve encore de la nostalgie en entendant le générique de certaines des émissions qu'ils regardaient.

Je n'avais donc pas peur. Ce n'était pas une heure effrayante.

C'est là que j'ai entendu cette respiration.

J'avais mes écouteurs et au début j'ai cru que ça venait du podcast que j'étais en train d'écouter. Mais je me suis arrêtée pour les enlever. La respiration continuait à se faire entendre, juste derrière moi, derrière la haie, le long du champ. Un son faible, animal, mais je savais que c'était autre chose. Je songeai à l'illustration de Patrick et à cette chose qui surgissait du fond de la mer. Je repensai à Mlle Hughes qui disait que l'esprit de M. Lewis était encore « trop rattaché à la terre ». J'accélérai le pas, mais le souffle me suivait à quelques pas derrière moi. Je voyais notre maison et la lumière à la fenêtre, ce qui signifiait que maman était rentrée, sa voiture était garée à l'extérieur. Je me mis à courir, mais le souffle se rapprochait encore comme si mon poursuivant aussi s'était mis à courir.

Je traversai la rue en zigzaguant, manquant de me faire renverser par les voitures, et je partis en sprintant dans notre petite rue. Je n'entendais plus ce souffle derrière moi et une fois devant la porte je me retournai pour regarder vers les champs. Avais-je vu une silhouette se mouvoir entre les arbres ? Mais la nuit était sombre et ne révéla rien.

L'Inconnu

Je rompis mes fiançailles avec Ada. Je n'étais pas digne de vivre en la compagnie d'une honnête personne. Je gardais la chambre, je prétendais travailler à ma thèse mais, en fait, j'écrivais l'histoire avec laquelle je vous distrais en ce moment même, mon cher ami. L'histoire du Hell Club, d'Halloween et de la maison en ruine. Des cadavres et de notre serment forgé dans le sang de nos camarades. D'Ebrahimi et de Collins. De ce châtiment qui semble me poursuivre. Et sans cesse, j'écrivais ces mots :

L'enfer est vide.

Lorsque le 31 octobre revint, je n'étais plus que l'ombre de moi-même. Je savais que l'on s'inquiétait de moi. Mon tuteur avait essayé de me parler (même s'il me haïssait désormais à cause de la façon dont j'avais traité Ada). Et le doyen m'avait convoqué pour un entretien au cours duquel il avait insisté sur la nécessité de se nourrir sainement et de faire de l'exercice. Mens sana in corpore sano. *Si seulement il avait pu voir l'état de mon esprit.*

J'attendis toute la journée. Je ne quittais pas ma chambre car je savais que le châtiment s'abattrait sur moi. Ce ne fut que le lendemain que j'appris la nouvelle. La Toussaint. J'allai faire une promenade en ville, tard le soir. J'aime errer ainsi à travers les rues désertes, seul avec mes pensées. Mais juste devant Saint John je vis un certain Egremont dans l'ombre du portail, il fumait sa pipe. Je reconnus en lui un membre du Hell Club, mais j'accélérai le pas, je ne voulais pas entamer une conversation.

« Salut, l'ami, me cria-t-il. Vous étiez un ami de Bastian, il me semble ?

— C'était une connaissance, répondis-je prudemment, mais mon cœur s'était déjà mis à battre plus vite.

— Vous avez entendu ce qui lui est arrivé ? Horrible !

— Non. Que lui est-il arrivé ?

— Je viens de l'apprendre à l'instant par une des femmes de chambre. Bastian voyageait en train. Il allait d'une voiture à l'autre quand le train s'est scindé en deux. Il a été écrasé sous les roues. Quelle mort épouvantable ! »

Je lançai un regard vers Egremont, je vis son visage pâle et l'insigne avec la tête de mort sur le revers de sa veste.

« C'est arrivé quand ? demandai-je.

— À peine hier. Je suis sûr que ce sera dans le Times *demain.*

Au bout d'une semaine, je reçus l'article avec cette citation désormais familière.

L'enfer est vide.

SEPTIÈME PARTIE

Claire

Journal de Claire

Jeudi 16 novembre 2017

Je n'en peux plus de Simon. De quel droit est-il aussi condescendant, comment peut-il prendre cet air supérieur ? « Je ne peux pas rester là sans rien faire quand ma fille est en danger. » C'est ce qu'il m'a sorti au téléphone à l'instant. *Sa* fille. Comme si j'allais la mettre en danger. Et tout ça parce que j'ai dit qu'elle était avec Tash ce soir. « Je croyais que nous nous étions mis d'accord pour qu'elle rentre de l'école avec toi tous les soirs. » « Elle est avec Tash, ai-je répété. C'est la mère de Tash qui la ramène à la maison. » « Et qu'est-ce qu'on sait de cette femme ? a-t-il répondu. Tu aurais dû d'abord avoir mon accord. »

Avoir son accord ! L'homme qui m'a abandonnée, qui s'est mis en couple avec une femme qui fait la moitié de son âge pour fonder une toute nouvelle famille. C'est vrai qu'on était déjà séparés quand il a rencontré Fleur. Et pour être précise, elle n'a que dix ans de moins que lui. Mais ça n'empêche pas qu'il est devenu un vrai con prétentieux depuis qu'il l'a épousée. C'est le problème avec les avocats. Quand les gens sont prêts à vous payer Dieu sait combien de l'heure, vous finissez par croire que vos paroles ont de la valeur.

C'est moi qui suis en danger et Simon ne connaît pas la moitié de l'histoire : le journal intime, le squatteur qui dort dans l'usine désaffectée, le fait que ce soit moi qui aie trouvé Rick avec un couteau dans la poitrine. Simon veut que Georgie aille vivre avec lui mais ça n'arrivera pas. Oh, elle aime bien passer un week-end là-bas de temps en temps, mais je crois que Fleur se sert d'elle comme d'une baby-sitter, pour emmener les gosses nager, etc. Georgie aime bien son demi-frère et sa demi-sœur et je suis sûre que ça lui plaît d'être à Londres, d'aller au restaurant à Chinatown et tout ça. Mais elle ne veut pas y vivre à plein temps. Elle veut rester avec moi.

Je n'ai rien dit à Georgie de ma dispute avec Simon. Elle est revenue de chez Tash dans tous ses états. Elle m'a dit que c'était parce qu'elle s'inquiétait pour ses devoirs mais quand je lui ai proposé de l'aider elle a tout de suite refusé. Après tout, qu'est-ce qu'un professeur comme moi connaît aux devoirs ? Au travail aussi, c'est un vrai cauchemar en ce moment. Dieu merci, la prof remplaçante, Susan, qui a pris la place de Rick, me paraît plutôt compétente. Don, qui a remplacé Ella, est pire que d'habitude, il n'a aucune autorité sur ses élèves. Je dois faire tous les emplois du temps et toute la préparation pour les examens en plus du reste. Je ne vois pas comment l'école va tenir le coup, mais il le faut pourtant. Et d'une certaine manière c'est aussi ça qui m'aide à tenir le coup, moi aussi. Le seul moyen d'aller jusqu'au bout, c'est d'aller jusqu'au bout. Qui a dit ça récemment ?

Mon seul réconfort – à part Herbert –, c'est Henry. On s'est skypé ce soir encore. J'adore le voir dans son bureau à Cambridge, avec les vitraux sur la fenêtre, la simplicité monacale de l'endroit. Et ce n'est pas un petit détail comme de tomber sur un cadavre la première fois que nous sommes sortis ensemble qui lui aura fait peur. Il veut me revoir. Et je dois avouer que c'est une idée qui me fait beaucoup de bien.

Quant à Simon... Je ne le laisserai jamais me prendre ma fille, jamais de la vie ! Je n'arrive pas à croire que j'ai pu l'aimer un jour. Parfois j'ai l'impression que tout est allé de travers pour moi le jour où je l'ai rencontré.

Chapitre 37

La vie continue d'une façon ou d'une autre. Herbert s'est vite remis de sa blessure et donne toujours la patte quand Georgie lui dit « mon pauvre petit chéri » ou « mon chien héros » avec une certaine inflexion de la voix. Georgie ne voulait pas aller chez Simon pour le week-end (tiens, prends ça !) et nous sommes restées tranquillement à la maison. Elle est allée au cinéma avec Ty samedi soir mais elle était de retour à vingt-trois heures. Nous sommes allées déjeuner chez Debra dimanche et Georgie a passé un bon moment à jouer au football avec les garçons et à parler de livres avec Debra et Leo. Elle paraît si vive et intelligente. C'est dans ces moments que je me dis que j'ai réussi son éducation. Quoi qu'en dise Simon.

La vie à l'école continue à être une épreuve. Il y a trop de travail et les élèves sont hystériques, des centaines de théories circulent sur le meurtre de Rick et on assiste à des crises de larmes et de brèves explosions de violence. Les funérailles de Rick auront lieu jeudi dans l'église de Brighton qu'il fréquentait avec Daisy. Au moins ce ne sera pas dans la chapelle. Je crois que je ne pourrais pas supporter de voir un autre cercueil dans l'enceinte de l'école. Tony va aller à l'enterrement et je pense que je devrais y aller moi aussi.

« Après tout, tu es… impliquée. » Il veut dire par là que c'est moi qui l'ai trouvé. Pour être honnête, il n'a jamais mentionné le fait que je me trouvais dans l'école ce soir-là. C'est sûr, je devrais aller à l'enterrement de Rick, mais je ne sais pas si je vais le supporter. Je dirais peut-être que compte tenu de l'emploi du temps, je ne peux pas m'absenter ce jour-là. Même avec deux professeurs remplaçants, nous sommes débordés. Mais curieusement tout le monde fait ce qu'il y a à faire, comme si l'esprit d'équipe était plus fort encore que quand Ella et Rick étaient avec nous. Quand ils étaient *vivants*. J'essaye toujours de me dépatouiller de cette pièce de théâtre, avec Anoushka, et j'ai parfois l'impression que ce ne sera jamais prêt. Pippa est très bien en Audrey, mais Bill ne connaît pas son texte et « la Plante » a raté la moitié des répétitions.

Je n'avais plus eu de nouvelles d'Harbinder depuis qu'elle était passée pour me parler des objets trouvés sur la « scène de crime ». La veille au soir nous avions bu un verre de vin ensemble, et c'était presque comme un moment entre amies. Mais mercredi, quand je rentre à la maison après encore une autre journée infernale, je trouve sa voiture garée devant chez moi.

« Qu'est-ce qu'elle veut, maintenant ? » demande Georgie.

En général, elle ne dit pas grand-chose dans la voiture, elle reste branchée sur ses écouteurs. Les seuls moments où elle s'anime, c'est quand on va chercher Herbert à Toutou Baby-sitting.

« Avec un peu de chance, elle vient nous dire qu'on a attrapé le tueur et que tout va redevenir normal.

— Tu peux toujours rêver, maman. »

Il pleut des trombes. Harbinder sort de sa voiture avec une capuche sur la tête. Elle est toute seule, et je me demande si elle est là en tant que policier ou si c'est pour une autre raison.

« Entrez », lui dis-je en m'accrochant à mon parapluie qui se retourne. Georgie et Herbert se sont déjà précipités à l'intérieur. Harbinder enlève sa veste dans l'entrée. Elle a l'air aussi fatiguée que moi, avec des cernes sous les yeux, les cheveux ramenés en une queue-de-cheval.

« Allons dans la cuisine, dis-je. On va prendre une tasse de thé. »

Nous nous asseyons au bar tandis que la pluie martèle le vasistas.

« Comment va la vie à Talgarth High ? demande Harbinder en prenant un biscuit.

— Une grosse rigolade, lui dis-je. C'est fou ce que le meurtre du directeur du département d'anglais peut faire au moral.

— Je croyais que c'était vous, maintenant, à la tête du département ?

— Par intérim. C'est toute la différence. »

Comme Georgie est dans sa chambre, je me permets de demander :

« Il y a du nouveau ?

— On a eu le résultat des analyses d'ADN, dit-elle. C'est pour ça que je suis ici. »

Je suis légèrement déçue qu'elle ne soit pas venue simplement pour boire un verre de vin ou une tasse de thé avec moi. Harbinder sort un dossier de son sac mais ne l'ouvre pas. Et du ton le plus professionnel qui soit, elle déclare : « On a récolté pas mal d'ADN dans les draps et le sac de couchage que nous avons trouvé dans l'usine désaffectée. Il y avait beaucoup de fluides corporels dans le sac de couchage.

— Épargnez-moi les détails.

— OK. En tout cas l'ADN correspond à celui qu'on a trouvé sur le lieu du crime.

— Lequel ?

— Le bureau d'Holland. On a trouvé des sécrétions nasales sur le bureau et sur le corps de la victime.

— Qu'est-ce que ça signifie ?

— Ça signifie que le tueur a probablement éternué, dit-elle, d'un air impassible. Ce qui est important, Claire, c'est que la personne qui dormait dans l'usine désaffectée est la même qui a tué Rick Lewis.

— Oh mon Dieu !

— Je dois vous le dire, ajoute-t-elle avec la main toujours posée sur le dossier fermé, nous vous conseillons de vous réfugier dans un endroit sûr, de préférence loin du Sussex. Est-ce que ce serait possible chez votre grand-mère, en Écosse ? »

J'éclate de rire. Ça devient ridicule. Je ne peux pas quitter le Sussex, pas alors que je suis la seule personne qui tient à bout de bras tout le département d'anglais. En même temps, je vois tout à coup la maison de mes grands-parents à Ullapool, la lumière qui se reflète sur la mer, les montagnes dans le lointain.

« Je ne peux pas quitter mon travail, dis-je. On manque de personnel. Et Georgie ne peut pas manquer l'école non plus. C'est une année importante pour elle.

— Juste une semaine ou deux, répond Harbinder. Et personne n'est irremplaçable.

— Je crois vraiment que je le suis à ce moment précis.

— Les profs disent toujours que les élèves ne peuvent pas manquer l'école, mais ce n'est jamais vrai. Georgia profiterait sans doute plus du temps qu'elle passerait seule avec vous que des semaines de cours ennuyeux à l'école sur les calculs de probabilité.

— Qu'est-ce que vous dites ? »

Je suis devant l'évier en train de remplir la bouilloire et je n'ai pas entendu Georgie arriver. Elle est là dans son uniforme hideux de Talgarth et elle me paraît incroyablement belle, très pâle, avec ses cheveux qui lui tombent sur les épaules.

« On parle de la possibilité que t'ailles faire un séjour avec ta maman quelque part, dit Harbinder sans me laisser le temps de réagir. Ça te plairait ?

— Mais je pourrais manquer l'école ?

— Mon Dieu, mais on t'a lavé le cerveau ? dit Harbinder. Moi qui croyais que tout le monde voulait rater l'école. »

À ma grande surprise, Georgie éclate de rire.

« C'est vrai que je déteste les maths. Surtout les calculs de probabilité.

— Moi aussi, dit Harbinder, et on en fait beaucoup dans la police, malheureusement.

— Pourquoi est-ce que vous nous conseillez de partir ? » demande Georgie.

Elle est assise en face d'Harbinder. Je me sens mise à l'écart, comme le barman du saloon dans un western.

« On a trouvé des traces d'ADN sur la scène du crime qui correspondent à celui qui a été prélevé sur le sac de couchage du clochard dans l'usine », explique Harbinder.

Je n'aurais jamais expliqué tout ça à Georgie. Et j'essaye de lui faire signe pour qu'elle s'arrête là.

« Et vous avez trouvé à qui correspond cet ADN ? » demande Georgie.

Harbinder éclate de rire.

« C'est le problème avec les jeunes, de nos jours. Ils connaissent mieux que moi la procédure policière. Non, il n'y a aucune correspondance pour cet ADN dans nos dossiers sur les criminels de la région.

— Alors c'est un étranger.

— Selon toute probabilité, oui. »

Je ne sais pas pourquoi c'est un immense soulagement de savoir qu'il y a un tueur inconnu qui rôde dans le coin, mais c'est comme ça. Je sens que je desserre les poings.

« Vous avez trouvé autre chose sur le lieu du crime ? demande Georgie.

— Je vous en ai assez dit, répond Harbinder. Si j'en rajoute, je vais me faire exclure du cercle magique. »

Georgie rit et s'en va. Harbinder s'attarde avec moi et mange un ou deux biscuits tandis que nous parlons d'Herbert. C'est seulement après que je comprends la véritable raison de sa visite.

Chapitre 38

Finalement, je me rends à l'enterrement de Rick. Je ne peux pas y échapper. Je suis assise entre Tony et Liz Francis, la sous-directrice, et j'écoute tous ces gens parler de Rick comme de quelqu'un « habité par la lumière de Dieu ». Je ne m'étais pas rendu compte qu'il passait autant de temps à chanter à l'église. Pendant le service, qui a lieu dans une sorte de salle des fêtes, les gens lèvent les mains au ciel quand ils chantent des hymnes. La musique est plutôt pas mal, la soliste a une très belle voix pour le gospel, très aiguë, qui monte jusqu'au plafond au milieu des ballons qui sont restés accrochés depuis Halloween. Le pasteur fait un beau discours. « Sans la foi nous n'avons pas l'espoir de la résurrection et nous revivons sans cesse le samedi de Pâques sans l'aube du dimanche. » Je vois Daisy Lewis qui hoche la tête énergiquement.

Je ne suis pas pratiquante. Mes parents sont athées. Malgré le fait que mon père – dont la famille est originaire d'Irlande – a été élevé dans la foi catholique dans sa version molle et bienveillante. À la maison on parlait des gens religieux avec l'espèce de condescendance que les anthropologues réservent aux tribus perdues. Mes parents sont tous deux des professeurs d'université et passaient leur vie à avoir ce genre de conversation. Parfois j'avais envie qu'ils la ferment pour que je puisse lire tranquillement. Je me disais que ce ne serait peut-être pas si mal d'être catholique. Au moins les gens ne parleraient pas pendant le service et on aurait la paix pendant une heure ou deux le dimanche. Et d'avoir une éducation religieuse m'aurait aidée à comprendre T.S. Eliot, sans parler de Milton ou Chaucer. Mon frère Martin, le médecin qui est toujours « de garde » à Noël, ne tolère absolument pas cette façon de penser. Il a élevé ses enfants dans le rationalisme le plus strict. Pas de petite souris qui vient chercher les dents de lait, pas de père Noël, pas de petit Jésus. Ils vont finir scientologues, c'est sûr.

Simon et moi-même nous étions plus libéraux, dans le genre indécis. Nous disions à Georgie que certaines personnes croient au père Noël et au petit Jésus et que c'était de très belles idées, pleines de bonté et de générosité. Pour ce que j'en sais, Georgie n'a jamais aspiré au catholicisme ni à aucune autre philosophie métaphysique. Mais en regardant Daisy aujourd'hui, je me demande si c'est une bonne chose, finalement. Au moins, elle détient quelque chose. Quelque chose entre elle-même et l'obscurité.

Je ne reste pas pour la réception. Il faut que je retourne enseigner l'après-midi même et en plus qu'est-ce que je trouverais à dire aux proches et aux amis de Rick ? En sortant, je m'arrête pour saluer Daisy et lui présenter mes condoléances. En réponse à mes phrases figées, elle m'adresse un regard si plein de haine et de mépris que je manque de tomber à la renverse.

Je ramène Liz à l'école (Tony, évidemment, est resté pour donner des poignées de main et dire à quel point il est désolé) et nous nous arrêtons à un des innombrables feux rouges sur la route côtière de Brighton.

« Tu as vu le regard que m'a lancé Daisy Lewis ? »

Liz ne répond pas tout de suite, puis elle dit : « Ça doit être dur pour elle, Rick était tout ce qu'elle avait. »

J'aime bien Liz mais je ne vais pas la laisser s'en sortir aussi facilement.

« Ça n'explique pas pourquoi elle me déteste.

— Ce n'est pas qu'elle te déteste, répond Liz en tournant la tête pour regarder par la fenêtre. Elle est jalouse de toi, c'est tout.

— Jalouse de moi ? Pourquoi ?

— C'est évident qu'elle sait que Rick était amoureux de toi.

— Rick n'était pas amoureux de moi. »

Le feu passe au vert et je cale. Le bus derrière moi se met à klaxonner. Au temps pour la légende selon laquelle tout le monde est cool et écolo à Brighton. Liz ne dit rien alors je continue : « C'est avec Ella qu'il a eu une aventure, pas avec moi.

— Je sais, dit Liz. Mais c'était toi qui lui avais plu en premier. Je m'en souviens, je l'avais mis en garde. Pauvre Rick. Je l'aimais bien mais il était tellement faible.

— Et c'est comme ça que les hommes s'en tirent, pas vrai ? Tout le monde leur trouve des excuses. Rick trompe sa femme et tout le monde dit : "Pauvre Rick, il ne pouvait pas résister aux manigances maléfiques d'Ella."

— Ce n'est pas ce que j'ai dit, rétorque Liz.

— Je ne lui ai pas fait miroiter quoi que ce soit, tu sais. Je lui ai dit qu'il ne pourrait jamais rien y avoir entre nous.

— Je n'ai pas dit que tu lui avais fait miroiter quoi que ce soit. J'ai juste dit que, de toute évidence,

Daisy est jalouse de toi. Rick était obsédé par toi et tu ne voulais pas de lui. »

J'ai encore l'impression qu'il s'agit d'une critique. Nous n'échangeons pratiquement plus aucune parole pendant le reste du trajet.

*

Encore une longue journée. Nous avons une répétition après les cours. Le spectacle est dans moins de deux mois et il a fallu que je remplace la Plante par un figurant qui doit mesurer un mètre dix. Georgie vient voir la répétition. En partie parce que Tash est dans le chœur. Je ne suis pas exactement heureuse de voir Patrick O'Leary se glisser sur le siège à côté de Georgie et lui parler à l'oreille pendant tout le temps que dure *Somewhere That's Green*. Pippa, qui joue le rôle d'Audrey, fond en larmes deux fois et se tourne sans cesse vers eux pour les regarder. J'espère que ce n'est pas encore une idiote qui a le béguin pour le jeune O'Leary.

Quand la répétition finit, Georgie, Tash et Patrick se regroupent. Pippa a l'air d'être au bord des larmes.

« Ça va ? demandé-je. Tu vas être très bien dans cette pièce, tu sais ? »

Et c'est vrai. Ce sont les autres qui me posent des problèmes.

« Oui, ça va, mademoiselle Cassidy. C'est juste que je vais avoir mes règles. »

Je n'ai pas besoin d'en savoir autant mais j'affiche mon sourire de professeur bienveillant pour lui répondre : « Ah bon, alors rentre à la maison et repose-toi bien. On file le texte lundi et j'ai besoin d'avoir mon Audrey en pleine forme. »

Puis j'élève la voix pour crier : « Allez, Georgie, faut qu'on y aille.

— Pas de panique, maman ! »

Ça fait rire l'assemblée. Nous rentrons à la maison à travers un nouvel orage venu de la mer, des obstacles semblent apparaître tout d'un coup sur la route, des nuages aux formes inquiétantes recouvrent les arbres. De toute évidence, Georgie a une conversation passionnante sur WhatsApp. J'allume la radio. Une pièce radiophonique : un homme apparemment épuisé qui parle d'insémination artificielle.

« C'est pas vrai ! s'exclama Georgie. On est vraiment obligées d'écouter ce truc-là ? »

J'éteins la radio. Le brouillard est plus épais que jamais, c'est comme de conduire à travers un nuage. L'usine a complètement disparu. C'est tout juste si j'aperçois la lumière orange des trois réverbères de notre petite rue minable. Quand je sors de la voiture je vois à peine la porte d'entrée.

Puis j'ai la surprise d'entendre la voix d'Harbinder qui sort de la brume.

« Claire, il s'est passé quelque chose. »

Chapitre 39

« Quoi ? dis-je. Qu'est-ce que c'est ?

— Entrons. »

Je vois Neil Winston derrière Harbinder. C'est donc une visite officielle.

« Qu'est-ce qu'il y a, maman ? » Georgie me saisit par le bras. Elle tient Herbert contre elle, il a passé une longue journée à Toutou Baby-sitting.

« Vous avez les clefs de la maison ? » me demande Harbinder avec une voix quasiment robotique.

Et évidemment, je n'arrive pas à trouver les clefs. J'ai les doigts engourdis, et c'est finalement Harbinder qui doit me prendre mon sac pour les chercher.

Une fois à l'intérieur, elle allume la lumière et nous fait tous entrer dans le salon. Neil reçoit pour mission d'aller faire du thé. Je commence à m'inquiéter sérieusement.

« Il ne faut pas paniquer. »

C'est la première chose qu'elle me dit.

« Mon Dieu, ça, ça me fait carrément paniquer ! »

Harbinder lance un regard vers Georgie qui est assise sur le canapé avec Herbert sur les genoux.

« C'est votre ex-mari, Simon. »

Je m'attendais à tout sauf à ça.

« Qu'est-ce qui est arrivé à Simon ?

— Il a été agressé. »

Georgie pousse un cri. Harbinder s'empresse d'ajouter :

« Il est à l'hôpital, mais ça va aller. »

Je m'assieds à côté de Georgie et je mets mon bras autour de ses épaules.

« Qu'est-ce que vous voulez dire par "agressé" ?

— Quelqu'un l'attendait à l'extérieur de son bureau et lui a donné un coup de couteau. Il a dû trouver le moyen de crier, parce que des passants sont venus à son secours et l'agresseur s'est enfui. »

Poignardé. Je repense à Rick avec ce couteau planté dans la poitrine. À Harbinder qui me disait au sujet de la mort d'Ella : *Elle a été poignardée à plusieurs reprises*.

« C'est peut-être un hasard, ajoute Harbinder. Les agressions au couteau sont devenues un vrai problème à Londres. Mais nous ne pouvons pas ignorer qu'il y a peut-être un lien avec vous.

— Vous pensez que c'est la même personne qui a tué Mlle Elphick et M. Lewis ? » demande Georgie.

Neil entre dans la pièce et pose délicatement deux tasses de thé devant nous.

« Est-ce que je pourrais vous parler seule à seule, Claire ? demande Harbinder.

— Non, s'exclame Georgie d'une voix étonnamment déterminée. J'ai le droit de savoir. »

Harbinder et Neil échangent un regard.

« Claire, dit Harbinder, je peux jeter un coup d'œil à votre journal intime ?

— Je vous ai déjà donné tous mes carnets.

— Je suis sûre que vous avez démarré un nouveau journal intime. »

Je repense au calepin dans la chambre à côté de la table de nuit. Elle a raison, évidemment.

« De quoi elle parle, maman ? demande Georgie. Quel journal ?

— Rien d'important, lui dis-je.

— Est-ce que je peux le voir, s'il vous plaît ? » insiste Harbinder.

Herbert me suit à l'étage comme si on partait en promenade. Le carnet est sur mon lit. Du côté où je ne dors pas. Du côté où dormait Simon. Je ne sais plus si c'est moi qui l'ai laissé là.

J'ouvre et je lis ma dernière entrée.

Quant à Simon... Je ne le laisserai jamais me prendre ma fille, jamais de la vie ! Je n'arrive pas à croire que j'ai pu l'aimer un jour. Parfois j'ai l'impression que tout est allé de travers pour moi le jour où je l'ai rencontré.

Et en dessous cette écriture qui ressemble à de l'italique : *Je m'en occupe.*

Journal de Claire

Vendredi 24 novembre 2017

Nous sommes dans le train, en route vers Inverness. Un train couchettes. Tout cela paraît tellement irréel. Hier encore je dirigeais une répétition et j'attendais avec impatience le week-end. Et maintenant Tony va devoir se trouver encore un professeur remplaçant, je suis partie pour Ullapool avec Georgia. C'est Harbinder qui a tout organisé et qui nous a réservé ce compartiment en première classe. C'est un endroit minuscule mais très confortable, avec des draps blancs amidonnés et une table qui se déplie pour se transformer en lavabo. Georgie est allongée sur la couchette du haut et écoute un podcast tandis que je suis en dessous, en train d'écrire sur mon téléphone. Herbert est avec nous, il est allongé par terre et prend presque toute la place. Mais il se tient très bien, comme s'il avait passé toute sa vie à voyager dans des trains. Nous traversons l'Angleterre de nuit. Lorsque nous nous réveillerons, nous serons en Écosse.

J'ai parlé à Simon un peu plus tôt. Il est toujours à l'hôpital mais pas dans un état critique. Il avait surtout l'air agacé (je dirais même « chagriné »).

« La police pense que ça a un rapport avec tes meurtres ! »

Mes meurtres !

La police pense que l'assaillant a été dérangé alors qu'il attaquait Simon et que c'est pour cette raison qu'il ne s'en sort pas si mal, avec des blessures légères au bras et au torse. Mais je suis sûre que Simon ne voit pas du tout les choses comme ça. Il doit penser que tout est ma faute.

Je meurs d'impatience de retrouver grand-mère. J'imagine qu'elle représente la sécurité pour moi. Beaucoup plus que mes parents. Et maintenant que nous sommes en Écosse, à des kilomètres de l'école, de R.M. Holland et de cet inconnu qui écrit dans mon journal, nous n'aurons sûrement rien à craindre.

L'Inconnu

Eh bien, c'est aujourd'hui l'anniversaire de ce jour et il ne reste que moi. Quelle étrange pensée, mon cher jeune homme. Je suis sûr que votre cerveau agile a depuis longtemps identifié le mécanisme devant lequel nous nous trouvons. Vous devez vous demander : « Mais pourquoi diable me raconte-t-il cette histoire ? Ai-je été choisi pour assister à la fin du narrateur ? »

Ne craignez rien. Après tout, je ne suis pas près de m'envoler dans une montgolfière, ni de disparaître sur une calèche au milieu des marais. Je ne peux pas me volatiliser ni me laisser entraîner hors de ce wagon.

Je suis dans un train, c'est vrai. Mais je ne quitterai pas ce wagon.

HUITIÈME PARTIE

Harbinder

Chapitre 40

Je n'ai pas pu me détendre tant que je n'avais pas mis Claire et Georgia dans le train. Elles avaient l'air de réfugiées, toutes les deux, malgré le manteau rouge de créateur de Claire. Georgia portait une parka, un bonnet de laine et un sac à dos lui sciait les épaules. Claire tenait Herbert en laisse, lui aussi avec son petit manteau rouge. Je m'étais assurée qu'on autorisait la présence des chiens dans le train couchettes. C'est un voyage vraiment agréable. On quitte Euston à vingt et une heures, dîner dans le train, on s'endort dans sa cabine et on se réveille en Écosse. J'étais un peu jalouse, je dois dire.

Je m'étais rendue à Londres à la première heure pour un entretien avec la Metropolitan Police. Le lieutenant Steve Hollings me confirma que Simon avait été agressé alors qu'il quittait son bureau près d'Holborn. C'est dans une petite impasse, et évidemment, il n'y a pas de caméra de surveillance. Mais Simon avait dû crier et appeler au secours parce que l'agresseur s'était enfui après l'avoir poignardé deux fois. Deux personnes qui se dirigeaient vers la bouche de métro avaient été alertées par le bruit et s'étaient ruées à son secours. Elles avaient trouvé Simon s'accrochant à la porte de son bureau, il essayait de s'y réfugier. Il saignait abondamment, mais il était encore conscient. Aucune trace de l'agresseur. Je crois que c'est notre homme. Il utilise le même type d'arme, un couteau de cuisine très aiguisé, abandonné sur place et sans empreintes. Et l'agression avait des similitudes avec les précédentes : le choix du moment, le degré de violence, la rapidité avec laquelle l'agresseur avait pris la fuite.

« Vous pensez que c'est lui ? demanda Hollings.

— Le *modus operandi* est le même. Et toutes les victimes ont un lien avec la même femme.

— J'espère qu'elle a un alibi solide », dit Hollings en se levant et en s'étirant. Il était du genre à ne pas pouvoir tenir en place.

« C'est le cas », répondis-je. Et c'était vrai. Quand Simon avait été agressé, Claire dirigeait une répétition à Talgarth dans le même gymnase-théâtre qui sent les pieds et où on montait déjà des spectacles à mon époque. Non pas que j'aie jamais joué dans une pièce. Je crois que Gary, lui, s'y était essayé.

Je quittai le commissariat d'Holborn et je me rendis à pied à University College Hospital pour interroger Simon. Il n'était pas à son mieux – ce qui n'était pas très étonnant –, mais on avait du mal à comprendre ce que Claire avait pu voir en lui. Il était fade, pas costaud du tout, il commençait à perdre ses cheveux, et cet air impatient et irascible… C'était peut-être à cause de sa présente situation.

« Je suis le lieutenant Harbinder Kaur, dis-je. J'enquête sur les meurtres d'Ella Elphick et de Rick Lewis.

— Claire m'a parlé de vous », dit Simon. Il avait un accent du Nord, ce qui ne manqua pas de me surprendre.

« Elle m'a aussi parlé de vous.

— Pas étonnant. »

Il se remua maladroitement sur le lit. Il avait un bras et la poitrine couverts de pansements, ainsi que des plaies et des hématomes sur le visage. Il se gratta le nez de sa main libre.

« Vous pensez vraiment qu'il y a un rapport ? demanda-t-il. Que l'homme qui m'a poignardé est celui qui a tué les professeurs dans l'école de Claire ?

— Nous enquêtons sur cette possibilité, je réponds prudemment. Qu'est-ce que vous pouvez nous dire sur votre agresseur ?

— Pas grand-chose. Il faisait sombre et tout est arrivé si vite. Je venais juste de sortir du bureau et je regardai mon téléphone quand il m'a sauté dessus.

— Vous êtes sûr que c'était un homme ? »

Il réfléchit un instant.

« Oui, il était grand, costaud. Il m'a fait valdinguer.

— Quelle taille à peu près ?

— Grand, plus grand que moi. Même si ça, c'est pas très difficile. »

Visiblement c'était un sujet un peu délicat. Simon n'était pas exactement petit. C'était difficile à juger, là, allongé dans son lit, mais j'aurais dit qu'il faisait dans les un mètre soixante-dix. Avec des talons, Claire devait être plus grande que lui.

« Vous avez vu son visage ?

— Non.

— Il était masqué ?

— Je ne sais pas. Ça paraît idiot, hein ? Mais je suis certain de ne pas avoir vu son visage. Il devait avoir une capuche ou un masque.

— C'est normal de ne pas avoir de souvenirs précis des traits de votre agresseur », dis-je. Normal mais agaçant. « Peut-être que d'ici quelques jours vous vous rappellerez quelque chose. Vous avez remarqué ses chaussures ?

— Ses chaussures ?

— Oui, je remarque toujours les chaussures que portent les gens.

— Pas moi. Je crois qu'il portait un manteau sombre, un de ces imperméables avec une capuche. »

Ça correspondrait au tissu qu'on avait retrouvé chez Ella.

« Il a dit quelque chose ? demandai-je.

— Non, répondit Simon en frissonnant. C'était ça, le pire. Il m'a sauté dessus, sans dire un mot. Comme un animal. »

Comme un animal. Comme une bête déchaînée. Je posai une ou deux questions de plus, mais les infirmières commençaient à s'activer dans la pièce et Simon était visiblement fatigué. Comme je me levai pour partir, il me demanda : « Et Claire et Georgie ? Elles doivent être en danger ? Vous les surveillez ?

— Elles partent chez la grand-mère de Claire en Écosse. Je les mets dans un train ce soir.

— Ah, la grand-mère écossaise, dit Simon en s'appuyant à ses oreillers. Claire se plaît là-bas. Mais je suis étonné que vous ayez pu la convaincre de manquer son travail.

— Ça n'a pas été facile. Mais on ne peut pas prendre de risques.

— Occupez-vous bien d'elles, dit Simon en fermant les yeux.

— C'est promis. »

En sortant, je croisai une femme et deux enfants qui sortaient de l'ascenseur. Elle était métisse, extrêmement belle, avec une superbe coiffure afro. J'étais sûre que c'était sa deuxième femme. Qu'est-ce qui avait bien pu attirer deux femmes aussi superbes chez cet homme complètement insignifiant ? Les hétérosexuels sont parfois vraiment mystérieux.

Je retournai à Holborn pour inspecter le lieu du crime. La rubalise à l'entrée de l'impasse était encore là mais, à vrai dire, il n'y avait rien à voir.

Les endroits ne manquaient pas où l'agresseur avait pu se cacher : derrière les poubelles, dans l'ombre du bâtiment voisin. Les bons samaritains qui étaient venus au secours de Simon n'avaient pas pu voir l'agresseur parce qu'ils se concentraient, à juste titre, sur Simon qui saignait sur le perron. Il y avait encore une tache de sang sur la dernière marche.

J'étais un peu perdue après ça. Neil devait emmener Claire à la gare et j'étais censée les rejoindre à Euston à vingt heures. J'avais vraiment besoin de m'asseoir et de rassembler mes pensées. On avait tellement de choses : l'ADN, l'écriture, l'arme du crime. Pourquoi étions-nous encore aussi loin de retrouver cette personne ? Je remontai High Holborn et Chancery Lane jusqu'au Strand. Les magasins étaient déjà pleins de trucs de Noël, des pères Noël, des rennes et des boules brillantes. Plus qu'un mois maintenant. Mes parents fêtaient Noël avec autant d'enthousiasme que n'importe quel chrétien et la maison se remplissait de proches qui venaient manger, boire et regarder des conneries à la télé. J'espérais seulement que j'aurais trouvé notre tueur d'ici là, sinon je risquais d'être de très mauvaise humeur.

Finalement, après avoir bu trop de cafés dans divers établissements, je m'installai à la bibliothèque de Charing Cross. Les bibliothèques sont des endroits merveilleux. On peut rester là avec un livre pendant des heures et personne ne vient vous embêter. Celle de Charing Cross était pleine d'étudiants chinois et de personnes âgées venues lire les journaux. Il y en avait un ou deux qu'on aurait pu prendre pour des SDF. Je m'installai dans un coin pour reprendre mes notes. Je fis une de mes listes qui me valent régulièrement les moqueries de Neil.

Suspects :
1. Claire Cassidy

Pour : était peut-être jalouse d'Ella (travail, Rick). N'aimait pas Rick parce qu'il la harcelait. A découvert le corps de R. Seule personne ayant un lien direct avec Simon Newton.

Contre : alibis (faibles) pour les deux meurtres. Alibi pour Simon. Écriture dans son journal. Si ce n'est pas la sienne.

2. Patrick O'Leary

Pour : amoureux d'Ella, n'aimait pas Rick. Vu devant la maison d'Ella le soir du meurtre. Alibi faible pour Rick.

Contre : aucun lien avec Simon et a un alibi. (Claire a confirmé qu'il était à la répétition.) Aurait-il vraiment pu planifier les meurtres et écrire dans le journal de Claire ?

3. Tony Sweetman

Pour : c'est un connard. (Malheureusement pas suffisant devant un juge.)

Contre : alibi pour Ella. Était à l'étranger pour le crime de Rick. Aucun lien avec Simon.

4. Un autre membre du département d'anglais : Vera, Alan ou Anoushka

Pour : étaient peut-être jaloux d'Ella. Et de Rick. Connaissent bien *La Tempête*.

Contre : tous ont des alibis. Nous avons des échantillons de leur écriture. Aucune ne correspond à celle qui a été retrouvée sur les messages. Aucun lien avec Simon.

5. Bryony Hughes

Pour : connaissait Ella et Rick. On sait qu'elle s'est disputée avec Ella. Bizarre.

Contre : ne semblait pas connaître très bien Rick. Ne connaissait pas Simon du tout. Pas de réel motif. Pas assez forte.

6. Un inconnu

Pour : ADN inconnu à l'usine (mais nous n'avons pas d'ADN pour tous les suspects).

Contre : motif ? Comment aurait-il écrit dans les journaux intimes ? Et… qui est-ce que ça peut bien être ?

Voilà qui résumait à peu près la situation. Je poussai un grognement de frustration et un des SDF me demanda si ça allait bien.

*

Nous accompagnâmes Claire et Georgia jusqu'à leur wagon. C'était assez étrange. On ne se connaissait pas assez pour s'embrasser, et en même temps, une poignée de main aurait paru trop officielle. Finalement je donnai une petite tape sur l'épaule de Claire et j'adressai un signe de la main à Georgia. C'est avec Herbert que je me montrai plus démonstrative, je le caressai et je lui recommandai d'être prudent. Neil, évidemment, les serra tous les trois dans ses bras, puis nous repartîmes, lui et moi, dans le Sussex.

« Au moins, elles seront en sécurité en Écosse, dit Neil. J'ai regardé où se trouve Ullapool, c'est loin de tout.

— J'ai regardé moi aussi. »

C'était samedi soir et il y avait beaucoup de circulation sur l'autoroute. Où allaient-ils, tous ces gens ? Ils ne pouvaient quand même pas tous aller à Brighton pour avoir une aventure sexuelle. D'ailleurs, est-ce que les gens ont encore des aventures sexuelles ? Comme nous dépassions Brighton, je dis : « Je vais m'installer chez Claire.

— Quoi ? »

Neil conduisait exactement sous la limite de vitesse, mais en entendant ça, il ne put s'empêcher d'appuyer légèrement sur l'accélérateur.

« Je vais passer la nuit chez Claire, comme ça si quelqu'un entre pour écrire dans son journal, je serai là pour le recevoir. »

J'avais emporté à Londres ma brosse à dents, mon pyjama, ma pâte dentifrice et des sous-vêtements. Tout était dans mon cartable.

« Tu ne peux pas faire ça, dit Neil.

— Claire m'a donné sa clef, répondis-je en ignorant totalement ce qu'il venait de dire. Tu peux me déposer, je ne veux pas laisser ma voiture devant la maison.

— Harbinder, dit Neil, tu ne peux pas faire ça. C'est dangereux. Donna ne t'y autoriserait jamais.

— C'est pour ça que je ne vais pas le lui dire. »

Chapitre 41

J'ai finalement pu faire ce que j'avais décidé. Je savais d'ailleurs que ça finirait comme ça. Neil m'a déposée devant chez Claire. Il était presque vingt-trois heures et les lampadaires étaient éteints. Il n'y avait pas de lune dans le ciel. L'usine et les falaises de craie dessinaient leurs contours dans l'obscurité.

« Je passerai te prendre à huit heures précises demain matin, dit Neil.

— Ne t'inquiète pas, je peux aller au boulot en bus.

— Je passerai te prendre, déclara-t-il d'un air autoritaire. Appelle-moi s'il arrive quoi que ce soit cette nuit. J'aurai mon téléphone portable à côté de mon lit. »

J'entrai furtivement dans la maison. C'était étrange de se retrouver là sans Claire. Je m'assis dans son salon gris-bleu, dans l'obscurité, et j'essayai de me glisser dans sa peau : qu'est-ce que c'était de prendre place ici avec mes bougies parfumées et mes romans du dix-neuvième siècle, à replier mes longues jambes sous moi sur le sofa, à me refaire les ongles, à me demander si je vais ou pas coucher avec mon prétendant qui est professeur à Cambridge ? Je consultai mon téléphone : deux messages de ma mère. J'avais dit à mes parents que je passerais la nuit à Londres.

« Dans un hôtel ? avait demandé maman. J'adore les hôtels. » Elle a dû séjourner à l'hôtel en tout deux fois dans sa vie dont une fois pour sa lune de miel. Le premier SMS me demandait de « rapporter quelques-unes de ces petites bouteilles de shampoing ». Puis le deuxième me demandait de ne pas le faire, parce que papa considère que c'est du vol. Comme il a eu une boutique toute sa vie, papa est obsédé par le vol à l'étalage. C'est peut-être pour ça que je suis rentrée dans la police. Je lui renvoie un message pour lui dire que les produits de toilette ne sont pas formidables de toute manière.

Je fis quelques parties de Panda Pop avant de me rendre dans la cuisine. Le réfrigérateur ronronnait doucement. Je ne voulais pas allumer les spots – si quelqu'un observait la maison, je voulais qu'il pense qu'elle était inoccupée –, mais il y avait de toute façon assez de lumière pour que je me fasse une tasse de thé. Orange et bergamote. C'était comme boire de l'eau de toilette.

Je me rendis à l'étage dans le noir. J'allumai la lampe de chevet dans la chambre de Claire. La pièce était exactement comme je l'avais imaginée. Un lit rustique français, des meubles en bois peint, un fauteuil avec un tissu à motif bleu et blanc, une étagère avec des livres de poche – notamment ceux qu'elle ne voulait pas mettre en bas (Georgette Heyer et Jilly Cooper). Et un tapis à poils longs qui me fit penser à Herbert. Je fouillai un peu. Une boîte d'Ibuprofène et une boîte de Gaviscon dans le tiroir de la table de chevet. Pas de pilule contraceptive. Elle était peut-être ménopausée. Pas de somnifères, pas d'antidépresseurs. Un cadre en argent sur les étagères avec des photos de Georgia et Herbert. Des vêtements soigneusement pliés dans l'armoire. Pas beaucoup, d'ailleurs. On voyait que Claire préférait la qualité à la quantité. Du noir, du gris, du blanc, avec parfois une veste rose ou rouge. Des pulls et des chemisiers pliés dans des tiroirs qui sentaient la lavande. Des sous-vêtements étonnamment sexy, quelques lettres signées « ta grand-mère qui t'aime », avec un coquillage et des fleurs séchées. Aucune trace de ses parents. On sentait son parfum dans toute la pièce. Jo Malone, English Pear and Freesia.

Il n'y avait que deux pièces et une salle de bain à l'étage.

J'entrai ensuite dans la chambre de Georgia, qui était la plus grande des deux, avec une fenêtre donnant sur la route. Je me servis de la torche de mon téléphone au lieu d'allumer la lumière. Un duvet Harry Potter noir et blanc, un mur avec une touche de rose, des tas de photos de Georgie et ses copains, une bibliothèque. J'étais prête à parier qu'il y avait une bibliothèque dans toutes les pièces, y compris la salle de bain. Une collection d'animaux miniatures, du vernis à ongles, du maquillage, des bougies et un pot-pourri. C'est ce dernier objet qui attira mon attention. Quel type d'écolière a des pots-pourris dans sa chambre ? Je reniflai, l'odeur s'était évaporée. Était-ce de la même variété que ce qu'on avait trouvé dans le bureau de R.M. Holland ? Je m'assis au bureau de Georgia. Pas d'excuse pour ne pas faire ses devoirs avec tout ça : des stylos dans un gobelet en métal, une lampe d'architecte, des surligneurs et des Post-it de toutes les couleurs. Il y avait aussi un tableau en liège avec un emploi du temps et tout un tas de cartes postales, des photos et des images de caniches. Sur le bureau, deux livres. Le premier était un ensemble d'analyses sur *La Tempête* et l'autre un recueil de nouvelles fantastiques. Il y avait un marque-page qui dépassait. J'ouvris. *L'Inconnu* de R.M. Holland.

Si vous me permettez, dit l'inconnu je voudrais vous raconter une histoire...

Georgia avait emporté son ordinateur portable – je l'avais vue le mettre dans son sac à dos –, mais je me mis à fouiller dans les papiers entassés dans une boîte en couleur. Des photocopies de cours (histoire de la médecine, équations), quelques notes avec des mots surlignés et... qu'est-ce que ça pouvait bien être que ça ?

... Mon premier meurtre fut le plus facile. Une rencontre par hasard, un couteau qui rentre comme dans du beurre, deux corps qui se meuvent dans l'obscurité. Comme ils sont tombés rapidement, comme ce fut facile. La deuxième exigea plus de préparation. Je ne pouvais plus me contenter de victimes choisies n'importe comment. Cette fois j'allais tuer dans mon jardin, j'allais me jeter sur ma victime innocente comme une bête déchaînée. J'allais attendre. Prendre mon temps. Personne ne pourrait deviner ce qui se cache sous mes airs innocents. Puis la victime s'est présentée à moi. Juste une fille de l'école. Une amie, sans doute. Elle s'appelait Eva Smith. Eva s'était-elle fait remarquer d'une façon ou d'une autre, avait-elle sur le front un signe qui indiquait : « Victime » ? Non, elle était banale à tous points de vue. Je m'assis à côté d'elle pendant le cours de maths et je l'observai tandis qu'elle griffonnait des petits cœurs sur son papier millimétré. Des cœurs et des fleurs qui parfois se fondaient les uns aux autres. Cœur, trèfle, carreau, pic. Quelles étaient les chances, voulais-je lui demander, pour que la fille assise à côté de toi, qui parfois t'aide et t'encourage quand tu es confrontée aux difficultés d'une équation, puisse un jour te plonger un couteau dans la carotide pour te tuer instantanément ?

Mon Dieu. Et il y avait plus d'une page comme ça. Pas d'auteur, pas de note, mais cet extrait avait été de toute évidence imprimé à partir d'un site Web. L'adresse était au bas de la page. MonJournalSecret.com. Je sortis mon téléphone et trouvai le site. Il fallait créer un compte mais ça ne prit que quelques secondes. Je donnai le faux nom que j'utilise toujours, Jenna Barclay. Mot de passe Jennbar 17. Je ne sais pas pourquoi mais ça m'a toujours fait l'impression d'être l'archétype du nom anglo-saxon. Jenna aurait été une de ces filles populaires à l'école, de celles qui m'auraient ignorée mais qui serait sortie avec Kush. Une blonde, avec une trousse en peluche et qui porte le maillot de football de son copain avec les manches qui lui recouvrent complètement les mains. Pas une fille qui aurait un signe disant « victime » sur le front. Et Jenna était maintenant sur le site du journal secret. Qui d'ailleurs n'était pas si secret que ça. C'était comme de lire des centaines de journaux intimes d'adolescentes en même temps. Je faisais défiler la page à l'écran. *Ne me comprend pas… Je déteste mon reflet dans le miroir… Ses doigts me donnent des frissons… Pourquoi suis-je si… Pourquoi suis-je incapable de…*

Je tapai une entrée signée Jenna.

Je suis si mignonne et si blonde. Tout le monde m'aime. Je suis une Barbie. Je suis parfaite. Je n'ai jamais douté de rien dans la vie. Et pourquoi douterais-je ? Toutes les filles dans les magazines me ressemblent. Hé ! Hé ! Hé ! Je ne pensais pas que ma contribution me vaudrait un grand prix littéraire. Je pouvais la garder pour moi ou partager avec tout le monde. Je fis une recherche pour le mot « beurre » dans les contributions partagées et après tout un tas de témoignages d'anorexiques, je trouvai enfin : *Une rencontre au hasard, un couteau qui rentre comme dans du beurre*. C'était une longue nouvelle – ou un court roman – publiée par quelqu'un du nom de Mariana. Mariana était-elle Georgia ? Si c'était le cas, elle savait vraiment bien écrire une histoire effrayante. Un fantasme pervers sur un assassinat pendant un cours de maths. Comme je m'en souvins, Georgia n'aimait pas les maths. Elle n'aimait pas les calculs de probabilité. Et quelle était la probabilité pour qu'une fille normale et équilibrée écrive quelque chose comme ça ? Le détail sur la carotide, par exemple ? Ella Elphick avait été tuée par des coups de couteau à la gorge. La fille au cours de maths s'appelait Eva. Ce n'était pas si éloigné de « Ella ». Et de *La Bête déchaînée*, le roman inédit de R.M. Holland et apparemment inconnu. Comment Georgie était-elle au courant de ça ?

Je regardai dans les tiroirs de Georgia et, sous les devoirs et les lettres concernant les voyages scolaires qu'elle avait oublié de donner à Claire, je découvris quelques pages supplémentaires du roman ou du journal, je ne savais plus exactement comment appeler ça. Je les mis dans une des nombreuses chemises en plastique colorées de Georgia. Et au bas de la pile, je tombai sur encore autre chose. Une photo d'Ella Elphick. Je la reconnus, elle l'avait postée sur sa page Facebook. Mais ce n'était pas ce qu'il y avait de plus significatif concernant cette photo. Le plus significatif, c'était qu'elle était tachée de sang.

*

Inutile d'appeler Neil. Demain matin, j'emporterais la photo au labo pour la faire analyser. Je me rappelai ce qu'avait dit Georgia quand j'avais parlé de l'ADN retrouvé sur le sac de couchage dans l'usine. « Vous avez trouvé une correspondance ? » Je n'ai pas l'ADN de Georgie mais j'ai ses empreintes digitales. J'allais pouvoir comparer avec celles qu'on avait relevées sur la scène du meurtre de Rick, sur les bougies et sur la pierre noire. Je redescendis et trouvai quelques sacs de congélation. Je mis la photo couverte de sang dans l'un et quelques échantillons du pot-pourri dans l'autre.

Est-ce que je pensais vraiment que Georgia aurait été capable de tuer Ella ou Rick ? Je n'avais pas de certitude mais je ne pouvais écarter aucune possibilité. Elle avait des alibis pour les deux crimes. Elle était à la maison avec sa mère pour le meurtre d'Ella et à Londres avec Simon quand Rick avait été tué.

Mais Georgia avait eu l'opportunité d'écrire dans le journal de Claire. Elle aurait pu ajouter la citation de *La Dame en blanc*, un livre qu'elle avait dû voir traîner dans la maison. Je repensais à cette fille, grande, belle, et à son maintien à l'église le jour des funérailles d'Ella : calme, contrôlée, pas du tout hystérique comme tous les autres élèves. Je me souvins également que Georgia ne voulait pas entrer dans l'usine, le jour où on y avait trouvé Herbert. Pourquoi ? Et pourquoi écrivait-elle ces histoires de gens qui se font assassiner ? Avec un couteau « qui rentre comme dans du beurre » ?

Je retournai dans la chambre de Claire et mis les sacs de congélation dans mon sac. Je n'avais pas envie de me déshabiller. Je me lavai les dents et me glissai dans le lit avec tous mes vêtements. Je branchai le chargeur de mon téléphone que je mis sous l'oreiller, même si maman me dit que ça va me donner une tumeur au cerveau. Je n'avais pas tiré les rideaux et malgré l'obscurité je voyais la vieille usine se dessiner sur le ciel nocturne. Je repensais à la nuit où, avec Gary, j'avais cru voir la dame blanche et entendu les cris qui résonnaient dans Holland House. Je m'attendais presque à être réveillée par une semblable horreur mais la maison était silencieuse et au bout d'un moment, je m'enfonçai dans un profond sommeil sans rêves.

Chapitre 42

Quand Neil vint me chercher, je l'attendais à la porte. J'avais déjà appelé le labo et je leur avais demandé de trouver une correspondance entre les empreintes digitales prélevées dans le bureau et celles dans le dossier de Georgia.

Dans la voiture, je décrivis à Neil ce que j'avais trouvé. Il avait très gentiment apporté du café et des croissants, mais je faisais attention à manger proprement parce qu'il est obsédé par sa voiture.

« Je n'y crois pas trop, dit-il. Georgia n'est qu'une gamine.

— Elle a quinze ans, répondis-je, et elle est très intelligente.

— Mais tu penses vraiment qu'elle est impliquée dans les meurtres ? »

Neil commençait à hausser la voix et il faillit dépasser la limite de vitesse sur la route de Chichester.

« Elle a écrit un récit de meurtre très cru, dis-je, avec un poignard. Et elle a une photo d'Ella tachée de sang. Et elle est copine avec Patrick O'Leary. Je les ai vus ensemble pendant l'enterrement d'Ella. C'est peut-être un truc du genre magie noir pour ados.

— De la magie noire ? »

Le compteur faillit dépasser les cent kilomètres-heure.

« Il y avait des bougies et des fleurs séchées, ajoutai-je. Il y avait aussi des bougies chez Ella, mais je pensais qu'elle était le genre de femmes à s'acheter ça. Il y en a plein dans toute la maison de Claire. On se croirait dans une église catho.

— Mais comme tu le disais toi-même, ces femmes-là ont toujours tout un tas de bougies. Kelly est pareille. Des petites chandelles et des bols pleins de saloperies parfumées dans tous les coins.

— Charmant.

— C'est un truc de femme.

— Moi, je ne mets pas des bougies partout.

— Ouais, mais toi c'est différent. »

Pas besoin d'explications. Il voulait dire que je vivais chez mes parents, je suis indienne et je suis lesbienne. Le triplé gagnant.

« Je crois qu'on devrait retourner voir Bryony Hughes, dis-je. Elle connaît Georgia et Patrick. Ils vont à son atelier d'écriture. Et il y avait un personnage qui s'appelait Bryony dans la nouvelle de Georgia. "La femme pleine de sagesse", apparemment. Et en plus, Claire m'a dit qu'elle était une sorcière blanche.

— Une sorcière blanche ? Ne me dis pas que tu crois à ces conneries ?

— Pas moi, expliquai-je patiemment. Mais ce qui compte, c'est de savoir si les autres y croient. »

*

Donna non plus n'était pas très convaincue par mon histoire mais elle nous autorisa à aller interroger Bryony. Je déposai la photo et le pot-pourri au labo et nous nous rendîmes dans le bâtiment réservé aux terminales. C'était un samedi, l'établissement était donc officiellement fermé, mais après renseignements, j'avais appris que Mlle Hughes serait présente. D'ailleurs il y avait pas mal de monde qui allait et venait dans l'enceinte du lycée. Un match de football était en train de se jouer sur un des terrains, et à en juger par les fausses notes qui s'échappaient du rez-de-chaussée il devait y avoir une répétition pour une comédie musicale. Mlle Hughes nous reçut dans le bureau du département d'anglais. Elle nous expliqua qu'elle rattrapait son retard dans la correction des copies. Cette fois encore il y avait des piles de dissertations sur son bureau. Un professeur dévoué qui de toute évidence avait une sérieuse influence sur ses élèves. Était-il possible qu'elle les incite à commettre des meurtres ?

L'accueil qu'elle nous réserva n'aurait pas pu être plus chaleureux.

« Lieutenant Kaur. Quel plaisir de vous revoir. Et...

— Lieutenant Neil Winston. »

Neil était quasiment au garde-à-vous. Ce genre de femmes le rend nerveux.

« Nous aimerions vous poser quelques questions au sujet de Georgia Newton, dis-je. Elle fait partie de votre atelier d'écriture, je crois ? Votre petit groupe sélect. Avec... » Je consultai mes notes. « Patrick O'Leary, Natasha White et Venetia Sherbourne. Ce sont tous des élèves de Talgarth High ?

— Je crois que Venetia va à Sainte Faith.

— Avez-vous entendu parler d'un site qui s'appelle MonJournalSecret.com. ?

— Oui c'est un forum d'écriture.

— Est-ce que vous avez déjà vu ces nouvelles ? »

Je posai la version imprimée sur la table. Bryony la lut avec un sourire amusé sur le visage. Les citations de Shakespeare nous entouraient de toutes parts sur le mur. *Il aura du sang, on dit que le sang veut du sang. Rien ne sort de rien. L'enfer est vide.*

Bryony reposa soigneusement les pages en une pile avant de nous répondre.

« Oui, dit-elle, c'est le travail de Georgia. Certaines parties sont d'un style remarquable.

— Un style remarquable ? C'est une histoire de meurtre !

— *Macbeth* aussi, dit-elle. Et vous n'allez pas nier que c'est d'un style remarquable, sergent.

— Lieutenant, répondis-je. Et il se trouve que je suis en train d'enquêter sur un double meurtre. Et donc si une élève qui connaissait les deux victimes se met à décrire des morts violentes dans ses écrits, ça m'intéresse forcément. Ça m'étonne que vous n'ayez pas fait le lien vous-même. Le nom Eva Smith vous dit quelque chose ?

— Oui, répondit Bryony Hughes.

— Oui ?

— C'est un personnage dans la pièce de J.B. Priestley, *Un inspecteur vous demande*. Toutefois, Eva n'apparaît pas dans la pièce. C'est un des textes au programme du brevet que Georgia étudie.

— Vous êtes donc certaine que Georgia a écrit ça ?

— Oui, je reconnais beaucoup de ses tics stylistiques. Et les détails médicaux. Georgia est fan de *Grey's Anatomy*, si je me souviens bien. C'est une série américaine », ajouta-t-elle en voyant nos têtes.

Des tics stylistiques, mon Dieu, mon Dieu !

« Quand est-ce que vous avez fait le dernier atelier d'écriture ? demanda Neil.

— Lundi. Georgia n'a pas pu venir. Je crois que sa mère la surveille de très près en ce moment. »

Pas encore assez, songeai-je. J'entendis très nettement l'antagonisme dans sa façon de dire « sa mère ». Je me souvins que Claire ne faisait pas partie des bons amis de Bryony.

« Et donc, quand est-ce que vous avez vu Georgia pour la dernière fois ? » demandai-je.

Bryony hésita et réarrangea ses cheveux, ce qui est toujours révélateur.

« Jeudi dernier, dit-elle, elle est venue me voir après les cours.

— Pour quelle raison ?

— Elle voulait me montrer des textes. Elle prend son travail d'écriture très à cœur.

— On peut les voir ?

— Ils sont chez moi. »

Je me demandai si elle mentait.

« Quand est-ce que vous avez vu Patrick pour la dernière fois ? demanda Neil.

— Lundi, pendant l'atelier d'écriture.

— Lui aussi, c'est un bon écrivain ? demandai-je.

— Prometteur, répondit Bryony. Très instinctif. »

Je n'étais pas tout à fait sûre de ce que ça voulait dire mais je n'allais pas lui faire le plaisir de le lui demander.

« Est-ce que Patrick publie ses textes sur MonJournalSecret.com ? demandai-je.

— Oui, je crois que son pseudonyme est Puma. »

Mon téléphone vibra mais je l'ignorai. Quelques secondes plus tard, c'était celui de Neil qui sonnait et il quitta la pièce pour répondre.

Bryony Hughes me sourit.

« Vous vous souvenez de m'avoir rencontrée quand vous étiez élève ici, Harbinder ?

— Oui, répondis-je. Vous aviez lu une nouvelle que j'avais écrite et vous m'aviez écrit pour me dire que c'était bien. »

Dieu sait pourquoi j'avais écrit une nouvelle pour le magazine de l'école. Je n'avais jamais fait une chose pareille. Je ne m'étais jamais imaginé que des gens pouvaient lire ce truc-là. Mais de toute évidence Mlle Hughes avait fait partie des lecteurs. Elle m'avait envoyé une carte postale avec Muriel Spark à son bureau. Évidemment. Miss Jean Brodie.

« C'était à propos du fantôme d'Holland House. Je m'intéresse beaucoup aux fantômes. »

Avant même que je puisse lui répondre, Neil revint dans la pièce.

« Harbinder, faut y aller. »

Je tendis ma carte à Bryony et l'informai que je la recontacterais bientôt. Elle me répondit qu'elle me reverrait avec plaisir. Alors que nous descendions l'escalier en courant, Neil m'informa de la teneur du coup de fil.

« C'était Olivia. Une certaine Mme Sherbourne est venue au commissariat. Apparemment, Venetia et Patrick ont disparu. »

*

« Venetia est très sage, nous informa Alicia Sherbourne, elle ne fuguerait jamais comme ça. »

Alicia – blond vénitien, pull en cachemire, jean moulant et chaussures plates – était un spécimen typique de mère d'Haslemere. Je me souvenais que Venetia était à Sainte Faith, l'école privée, et se situait socialement plusieurs crans au-dessus de Patrick O'Leary.

« Quand est-ce que vous avez vu Venetia pour la dernière fois ? demanda Neil.

— Vendredi matin quand elle est partie pour l'école, dit Alicia en sortant de sa poche un minuscule mouchoir en dentelle. Elle m'a dit qu'elle allait passer la nuit chez une amie, Natasha. Elle devait se rendre directement à sa leçon de clarinette ce matin à neuf heures, mais son professeur a appelé pour dire qu'elle n'y était pas allée. Puis j'ai appelé Natasha et sa mère m'a dit que Venetia n'était pas venue chez eux.

— Qu'est-ce que vous avez fait ensuite ? » demandai-je. Il était maintenant onze heures, il fallait en déduire qu'elle s'était rendue directement chez la police.

« J'ai appelé ses amis mais personne ne l'avait vue et apparemment Georgie est partie pour l'Écosse. Alors j'ai passé un coup de fil aux O'Leary.

— Est-ce que Patrick est le petit copain de Venetia ? demandai-je.

— Non ! répondit-elle avec une certaine véhémence. Venetia n'a pas de copain. Ce n'est pas une fille comme ça. »

Je m'efforçai de ne pas me tourner vers Neil.

« Mais alors pourquoi avez-vous téléphoné aux O'Leary ? »

Un silence pendant lequel elle tortura son mouchoir en le tournant dans tous les sens.

« Venetia connaît Patrick par l'intermédiaire de Natasha et quelques-unes de ces filles de Talgarth. »

Il y avait beaucoup de mépris dans cette dernière phrase. Du coup, j'étais assez fière d'être moi-même une de ces filles de Talgarth.

« Et Patrick aussi a disparu ? dit Neil.

— Oui, il n'est pas rentré hier soir. Ce n'est pas pour autant que sa mère va s'inquiéter. "Il est sans doute avec un copain." »

Elle avait vaguement imité un accent irlandais.

« Et vous avez essayé d'appeler Venetia ?

— Oui. Son téléphone est éteint. Elle n'éteint jamais son téléphone. »

Alicia se mit à pleurer. Comme je ne sais jamais trop ce qu'il faut faire dans ce genre de situation, j'allai chercher Olivia. Donna attendait à l'extérieur de la pièce réservée aux interrogatoires.

« On a les résultats du labo, me dit-elle.

— Ça a été rapide.

— Ça correspond, dit-elle. Les empreintes de Georgia étaient sur la pierre. Celle qu'on a trouvée dans le bureau d'Holland. L'obsidienne noire. »

NEUVIÈME PARTIE

Georgia

Chapitre 43

C'est tellement étrange d'être dans ce train. C'est comme si on était dans une capsule perdue dans l'espace. Nous sommes dans ce compartiment minuscule, maman sur la couchette juste en dessous de moi et Herbert par terre. Comme s'il n'y avait plus que nous trois au monde. Nous avons dîné dans le wagon-restaurant, il y avait même de la panse de brebis farcie au menu. Maman en a mangé un peu et a trouvé ça bon, mais comme je veux devenir végétarienne, j'ai dit non merci. Le serveur avait un accent écossais si prononcé que je peinais à le comprendre.

Nous sommes maintenant dans notre compartiment et le train brinquebale dans la nuit. Le téléphone ne capte pas et la connexion Wi-Fi n'arrête pas de bugger, mais j'écoute un podcast que j'ai téléchargé plus tôt, alors ça va.

On passe sûrement devant un relais téléphonique parce que tout à coup des messages apparaissent sur mon écran. L'un est de Ty, l'autre de Venetia. Ty m'écrit : « J'espère que tout va bien. Bises. » Et Venetia : « Où es-tu ? Il faut qu'on se parle. »

Je réponds par SMS : « Dans le train. En route vers l'Écosse. » Un petit drapeau bleu et blanc apparaît pour illustrer mes propos. Venetia répond immédiatement : « STP appelle-moi. Besoin de parler. » Mais je perds le signal avant de pouvoir répondre.

« Georgie ? me demande maman depuis sa couchette. Ton téléphone capte ?

— Non, je viens de perdre le signal.

— Moi aussi, je voulais appeler Fleur pour avoir des nouvelles de Simon. »

Quelque chose me dit que ce n'est pas la vérité, j'ai regardé son téléphone un peu plus tôt et j'ai vu qu'elle avait reçu deux messages d'Henry Hamilton.

« Papa n'est pas en danger, c'est Fleur qui me l'a dit.

— Non, répond-elle très rapidement. Il n'est pas en danger.

— Qui l'a agressé à ton avis ? »

D'une certaine manière, c'est plus facile de lui poser cette question sans voir son visage.

« Je ne sais pas. C'était peut-être juste pour le voler.

— Tu penses que c'est la personne qui a tué Mlle Elphick et M. Lewis ?

— Je ne sais pas, répète-t-elle. J'espère seulement que la police va les arrêter bientôt.

— Harbinder a dit que ce serait pour bientôt. Elle nous a assuré qu'ils étaient sur leur piste et qu'ils se rapprochaient.

— Oui », dis-je. Mais je vois bien qu'elle ne le pense pas. Herbert pousse un petit gémissement.

« Il s'ennuie, dit maman. Il faudrait que je l'emmène faire une promenade dans le couloir.

— J'y vais. »

Je veux échapper à ce compartiment où je peux toucher le mur de chaque côté en tendant les bras.

Je quitte la couchette d'un bond et je mets Herbert en laisse. « Allez, viens, animal.

— Sois prudente », me lance maman.

*

Il n'y a personne dans le couloir. Le train cahote en traversant la nuit à toute allure. À quelle vitesse allons-nous ? Cent soixante kilomètres à l'heure ? Trois cents ? Herbert n'aime pas ça. Il gémit quand nous passons d'un wagon à l'autre. Ça ne me plaît pas non plus. C'est comme d'entrer dans un no man's land. Un faux mouvement et on peut se perdre à jamais.

Je vais jusqu'au wagon-restaurant. Il n'y a qu'un seul homme ici. Il est assis à une table et lit un livre. C'est tellement étrange de voir quelqu'un sans son téléphone que je m'arrête. Il relève la tête.

« Bonsoir.

— Bonsoir », lui dis-je. Il est vieux. La cinquantaine. Des cheveux longs grisonnants et une barbe.

« J'aime bien votre chien. »

Son élocution est un peu démodée, plutôt chic.

« Il s'appelle Herbert.

— C'est un joli nom.

— Merci. »

Je voudrais retourner dans notre compartiment, mais je m'oblige à aller jusqu'au bout du wagon avant de rebrousser chemin.

Et je sais que, pendant tout ce temps, cet homme me suit du regard.

DIXIÈME PARTIE

Harbinder

Chapitre 44

« Il faut que nous parlions à Georgia, dis-je. Elles sont sûrement arrivées, maintenant. Le train devait être à Inverness à huit heures et demie.

— Ensuite, elles doivent changer pour Ulla-Je-sais-pas-quoi.

— Ullapool. »

J'appelai le portable de Claire, pas de réponse. Il était onze heures trente. Elle aurait dû être chez sa grand-mère à cette heure-ci.

« Tu penses que les gamins qui ont disparu ont un rapport avec cette affaire ? demanda Donna. Venetia et Patrick ?

— C'est possible, répondis-je. Nous savons que Patrick était amoureux d'Ella et il a reconnu qu'il a voulu se rendre chez elle la nuit où elle est morte. On sait aussi qu'il n'aimait pas beaucoup Rick. »

On avait lancé l'alerte pour personnes disparues afin de retrouver Venetia et Patrick. Neil était certain qu'ils avaient fugué ensemble, mais même s'ils avaient une relation, quels sont les ados aujourd'hui qui fuguent pour cette raison ? Rien, à part peut-être le snobisme de ses parents à elle, ne pouvait les empêcher d'être ensemble. Ils avaient tous les deux seize ans, ils étaient légèrement plus âgés que Georgia.

« Rien ne peut permettre d'établir un lien entre Georgia et les meurtres », dit Donna.

Elle était inquiète. Je m'en rendais bien compte parce qu'elle n'avait pas touché à son beignet du matin. Il était là, sur son bureau, à suer de la confiture.

« À part les empreintes digitales qu'on a prélevées sur la scène du crime, rétorquai-je.

— Elle était à Londres quand Rick a été tué, dit Neil.

— Londres, ce n'est pas si loin, objectai-je, juste histoire de dire quelque chose.

— Il faut qu'on en sache plus sur les taches de sang sur la photo. Avec un peu de chance, le labo devrait nous donner les résultats bientôt, dit Donna. Si c'est le sang d'Ella, Georgia va nous devoir de nombreuses explications. Elle était peut-être présente au moment du crime même si elle n'y a pas participé directement.

— Elle est au courant de quelque chose, dis-je. Vous avez lu la nouvelle qu'elle a écrite ?

— Oui, répondit Donna. C'était très sanglant. Mais les ados aiment les histoires d'horreur.

— Moi-même, j'étais fan de James Herbert, répondis-je. Mais je n'ai jamais écrit de trucs comme ça. Et il y a quelque chose d'un peu bizarre chez cette Bryony Hughes et cet atelier d'écriture.

— Allez voir l'autre fille, suggéra Donna. Comment est-ce qu'elle s'appelle, déjà ? Natasha White. Il faut espérer que Patrick et Venetia vont réapparaître. On augmentera le niveau d'alerte bientôt.

— La mère de Venetia donne l'impression qu'elle ne va pas lâcher le morceau, commenta Neil.

— Nous non plus nous n'allons pas lâcher le morceau, dis-je. On est tout près d'y arriver, j'en suis sûre. »

*

Natasha White vivait à Steyning, dans une jolie maison victorienne juste à l'orée du village. Elle aussi était jolie, avec ses taches de rousseur et les cheveux bouclés dont j'ai toujours rêvé. Sa mère, Anna, qui nous ouvrit la porte, lui ressemblait beaucoup, même si les taches de rousseur et les boucles commençaient à se faner. Quelqu'un dans le fond faisait ses gammes en martyrisant un piano.

« Désolée, dit Anna. Je donne des cours particuliers le week-end. »

Qu'est-ce qu'ils avaient tous avec leurs leçons de musique ?

« Aucun problème, répondis-je. On voudrait juste dire deux mots à Natasha.

— C'est à propos de Venetia ? demanda Anna. J'ai été tellement bouleversée quand Alicia m'a appelée.

— Vous avez une idée de l'endroit où elle pourrait se trouver ? » demandai-je.

Anna nous avait fait entrer dans une cuisine confortable et désordonnée. Natasha vint nous y rejoindre. Le salon devait être réservé pour la leçon de piano.

« Non, répondit Anna, mais elle est avec Patrick, non ? Elles sont toutes folles de Patrick.

— Maman ! s'exclama Natasha, furieuse.

— Ben quoi ? Il est beau garçon.

— Maman... »

Nous prîmes place autour de la table, Anna repoussa les restes du petit déjeuner sur le côté.

« Désolé, c'est en désordre. Vous avez besoin de ma présence ? C'est que mon mari a emmené Fergus au football, c'est notre fils de dix ans, et j'en suis à la moitié de ma leçon. Je ne peux pas laisser Danny massacrer la gamme de *si* bémol tout seul.

— Non, ce n'est pas un entretien officiel, vous n'êtes pas obligée de rester. »

Était-ce mon imagination où est-ce que Natasha paraissait tout à coup soulagée ?

Lorsque Anna quitta la pièce, je demandai : « Tu as une idée d'où pourraient se trouver Patrick et Venetia ?

— Non. »

Mais elle détourna le regard. Elle était habillée de façon décontractée, avec un bas de survêtement et un sweat, mais elle avait mis du mascara et de l'eye-liner.

« C'est vrai qu'elle est folle de Patrick O'Leary ? demanda Neil.

— Oui, répondit Natasha. Mais ce n'est pas vrai qu'on est toutes folles de lui. Pour moi et pour Georgie, il est comme un frère. Et de toute manière, Georgie est avec Ty. »

Est-ce que Natasha avait un copain ? Même moi, j'avais un copain à l'âge de quinze ans.

« Quand est-ce que tu as vu Venetia pour la dernière fois ?

— À l'atelier d'écriture, lundi.

— Tu savais qu'elle avait dit qu'elle passerait la nuit dernière chez toi ? »

Silence.

« Tu peux nous le dire, ajouta Neil en repoussant distraitement quelques miettes sur la table avec le revers de la main. On ne va pas te créer des ennuis.

— Oui, je le savais. Mais je croyais simplement qu'elle allait passer la nuit avec Patrick. Comme elle l'a fait il y a environ deux semaines. Le week-end où M. Lewis a été tué. »

Nous échangeâmes un regard. Est-ce que Natasha est vraiment consciente de ce qu'elle fait en nous donnant cette information ? Soit Venetia et Patrick pouvaient fournir des alibis l'un pour l'autre, soit ils étaient tous deux impliqués.

« Quand est-ce que t'as eu de leurs nouvelles pour la dernière fois ?

— Patrick m'a envoyé un SMS hier soir.

— Qu'est-ce qu'il disait ? »

Natasha nous regarda de ses yeux assombris par le khôl.

« Il disait : "L'enfer est vide." »

*

« Il faut que je retourne chez Claire.

— Pourquoi ? »

Neil nous ramenait au commissariat, le front plissé, tandis qu'il se débattait avec la circulation du week-end. La situation devenait grave. Nous avions reçu un appel de Donna nous informant que les parents de Patrick, qui s'inquiétaient enfin, avaient vu sur son ordinateur qu'il avait recherché des vols pour l'Écosse.

« Je viens de me souvenir de quelque chose que j'ai remarqué dans la chambre de Georgie. »

Neil ne fit pas d'objections. Il emprunta la route de campagne qui menait à la vieille usine et aux maisons au milieu du pré. Je pouvais entrer car j'avais encore la clef de Claire. Neil attendait dans la voiture. Une fois dans la chambre de Georgia, je me dirigeai tout droit vers le tableau en liège. Il y avait une carte postale avec deux lapins tenant un ballon de baudruche rose en forme de cœur. Je la retournai.

Juste un mot pour te dire que je t'aime.

C'était la même écriture que sur les messages qui disaient « L'enfer est vide ». Et que dans le journal intime de Claire.

ONZIÈME PARTIE

Georgia

Chapitre 45

Je me réveille et nous sommes en Écosse. Je me penche hors de ma couchette pour relever le store et c'est tellement beau que je n'arrive pas à y croire. On dirait un paysage de conte de fées : des montagnes, des forêts, l'éclat de la mer, parfois, des châteaux sur des falaises, et les villages au creux des collines. J'arrive même une ou deux fois à apercevoir un chevreuil qui broute au milieu de la lande écarlate et lorsque nous passons devant une petite baie je vois les phoques qui se dorent au soleil sur les rochers noirs et brillants. Il y a de la neige au sommet des collines, mais le ciel est plus bleu que bleu.

Mon téléphone a dû capter du réseau pendant la nuit, parce que j'ai une dizaine de messages de Venetia, un de Ty et un autre de Patrick. Ceux de Venetia sont autant de variations sur le thème : « Où es-tu, il faut qu'on se parle. » Ty : « Bonne nuit, je t'aime. » Et celui de Patrick dit : « L'enfer est vide. » J'essaye de le rappeler, mais encore une fois, je n'ai plus de réseau.

« Georgie ? » Maman m'appelle depuis sa couchette. « Tu dors encore ? » Herbert, qui est assis sur sa couchette, se met à aboyer.

« Chut ! lui dit maman. On est en Écosse ?

— Oui. »

Je relève à nouveau le store. « C'est magnifique, dis-je. Comment ça se fait que je ne m'en souvenais pas ?

— C'est parce qu'on est venues en avion avant, on ne pouvait pas voir tout ça. Tu as du réseau ? demande maman.

— Non.

— Moi non plus.

— T'écris à qui, maman ? »

Je parie que c'est à Henry. Au lieu de répondre, elle rit et me dit :

« Allons prendre le petit déjeuner. »

Nous nous installons dans le wagon-restaurant : œufs brouillés, bacon, haricots à la tomate. Maman boit du café et je vide deux briques de jus d'orange. Je cherche du regard l'homme que j'ai croisé hier soir, mais je ne le vois nulle part. L'ai-je imaginé ? Était-il l'inconnu du train ? Le fantôme de R.M. Holland ? Je m'interdis d'avoir des pensées aussi ridicules. C'est une chose de nourrir son imagination, comme dit Mlle Hughes, c'en est une autre que de se laisser emporter par elle. Je me souviens de cette nuit où j'avais entendu une respiration lourde dans les champs déserts et eu la sensation terrifiante d'être suivie. Est-ce que je deviens folle ? Si ce n'est pas le cas, il y a bien quelqu'un ici, quelqu'un qui se cache mais qui observe nos moindres faits et gestes. Comme ce passage dans *La Complainte du vieux marin : J'étais comme une personne qui, dans un chemin solitaire, marche escortée de la peur et l'effroi et qui ayant regardé une fois autour d'elle continue son chemin sans plus retourner la tête, parce qu'elle croit qu'un être terrible lui ferme la route par-derrière.*

Le contrôleur donne à maman le temps de descendre sur le quai à Aviemore pour qu'Herbert puisse faire pipi. Je n'ai jamais eu aussi peur. Et si le train repart sans eux ? Et si cet homme réapparaît subitement avec son étrange sourire carnassier ? « J'aime votre chien », avait-il dit comme s'il voulait n'en faire qu'une bouchée. Mais tout s'arrange. Maman remonte dans le train avec Herbert dans ses bras qui jappe de bonheur. Le contrôleur referme la portière et nous repartons. Nous arrivons à Inverness juste avant neuf heures et nous devons nous dépêcher d'attraper notre correspondance pour Garve, qui est la gare la plus proche d'Ullapool. Je commence à me détendre. L'Écosse défile devant mes yeux. D'un côté, la lande, de l'autre, la mer. Même Herbert regarde, fasciné. Mais quand nous arrivons à Garve, je n'arrive pas à croire que c'est là notre destination. Ce n'est pas une gare, comme Victoria, ou même comme à Chichester. Il y a en tout et pour tout une maison jaune et un pont pour piétons au milieu de nulle part. Mais maman me dit de descendre et me tend Herbert. Elle descend sa valise. On a l'impression qu'elle a un regain d'énergie, elle est efficace, elle ne ressemble plus à la personne qu'elle est en Angleterre. C'est peut-être l'air qui lui fait ça. En tout cas, on gèle.

Une vieille Range Rover est garée sur le parking. J'aperçois une femme, mon arrière-grand-mère, que je ne reconnais pas. La dernière fois que je l'ai vue, c'était chez ma grand-mère, à Londres, et elle me paraissait vraiment vieille – il faut dire qu'elle approche des quatre-vingt-dix ans. Mais là, elle porte un jean, un Barbour, et elle me serre énergiquement dans ses bras.

« Georgie ! Comme t'as grandi et comme t'es belle, comme ta mère.

— Bonjour. » C'est tout ce que je trouve à répondre. Je ne sais pas pourquoi, je suis timide tout à coup. Mais maman, qui est normalement peu loquace, se met à bavarder comme une folle, ce qui me permet de ne pas dire grand-chose. Je monte à l'arrière de la voiture avec Herbert. Maman parle à mon arrière-grand-mère de La Situation.

« Vous serez en sécurité ici », dit-elle en donnant un vigoureux coup de volant pour éviter une vache des Highlands qui se promène sur la route.

J'essaye de ne rien entendre. « Ella... journaux intimes... Simon... école... Rick... suivie... peur... »

J'attends de voir apparaître Ullapool, le port avec les maisons blanches au bord de l'eau, et les montagnes dans le lointain. C'est comme dans cette émission pour enfants que je regardais quand j'étais petite. Et je me mets à chantonner la chanson du générique.

« Tu es contente d'être ici, Georgie ? me demande maman.

— Oui. »

Le voyage en train me paraît maintenant si étrange, irréel. Les SMS de Venetia, l'homme au sourire. Patrick qui m'écrit : « L'enfer est vide. » Maintenant, nous allons revivre. Les reflets du soleil scintillent sur l'eau, et même les vaches paraissent bienveillantes, souriantes derrière leur frange rousse. Grand-mère parle de neige. Les pics les plus élevés sont tout blancs.

« Il fait si chaud aujourd'hui, dit-elle. On se croirait aux Bahamas. »

Le thermomètre sur le tableau de bord indique moins un degré.

J'ai gardé un souvenir précis de la maison de mon arrière-grand-mère. Elle est un peu en retrait par rapport aux autres, sur une pointe de terre avec la mer de chaque côté. Je ne me souviens pas de mon arrière-grand-père. Mais apparemment il avait un bateau et il ramait tous les matins jusqu'à l'autre bout du port pour acheter son journal. Herbert est très excité et aboie après les mouettes. Dans le lointain, le ferry se dirige lentement vers la haute mer.

Grand-mère me montre ma chambre qui est dans le grenier. Le lit est recouvert d'un duvet en patchwork et les vagues se reflètent sur les murs blancs. La pièce est meublée d'un bureau, d'une bibliothèque, et même d'un petit fauteuil à bascule. Je voudrais rester ici pour toujours, mais le déjeuner m'attend en bas : du pain, de la soupe et un drôle de fromage enveloppé dans une espèce de tissu. S'il neige on sera sans doute coupés de tout. Peut-être qu'on pourra rester ici jusqu'à Noël.

Maman et grand-mère se lancent encore une fois dans une longue conversation. Encore une fois, je suis stupéfaite de voir à quel point maman est bavarde quand elle est avec sa grand-mère. Avec sa mère elle est toujours très réservée, presque mutique. Mais elle est maintenant en train de parler d'Henry, le professeur de Cambridge. Très intéressant, je n'avais aucune idée qu'il était avec elle le week-end où M. Lewis a été assassiné. Mais au bout d'un moment mes paupières tombent.

« Oh, elle est fatiguée, dit grand-mère. Pourquoi est-ce que tu n'irais pas faire un petit somme là-haut ? Georgie ? »

Je suis ravie de retourner dans ma petite chambre mansardée. Herbert m'accompagne et nous nous glissons tous les deux sous l'édredon en patchwork. Je rêve de trains, de vieux trains comme dans *L'Inconnu*. J'essaye de m'échapper, je cours à travers les wagons brinquebalants, je me cogne aux murs, je saute par-dessus cet espace cauchemardesque qui sépare les voitures. Mais il est là. Je ne le vois pas, il maintient toujours la même distance derrière moi, il avance avec souplesse, sans cesse, il m'est inconnu et en même temps horriblement familier.

Lorsque je me réveille, il fait sombre à l'extérieur. Herbert est assis, il écoute. On entend des voix en bas. Quelqu'un a dû venir frapper à la porte.

« Ah c'est toi ? dit maman. Mais qu'est-ce que tu peux bien venir faire ici ? »

Herbert se met à grogner, je ne l'ai encore jamais entendu faire ce bruit-là. Il montre les dents et l'espace d'une seconde il me fait presque peur. Je m'approche de la porte et soudain j'entends maman qui pousse un hurlement atroce.

« Georgie ! » crie-t-elle. Une porte claque en bas, j'entends des pas dans l'escalier, lourds, déterminés. Je me réfugie dans le coin le plus éloigné du grenier. J'essaye d'attirer Herbert mais il reste en face de la porte. Il ne grogne plus, c'est comme s'il attendait.

La porte s'ouvre violemment. Je vois une silhouette sombre, un couteau levé, et Herbert comme une petite balle blanche qui se jette dans l'action.

L'instant d'après il est en sang par terre et le couteau avance vers moi.

DOUZIÈME PARTIE

Harbinder

Chapitre 46

Nous avons quitté la maison de Claire à midi et je me suis retrouvée dans l'avion pour Inverness à treize heures quarante. Nous avons appelé la police locale et nous leur avons demandé d'aller vérifier si tout allait bien pour Claire et Georgia à Ullapool. Mais je voulais m'y rendre en personne et Donna m'a donné son accord. C'était la première fois que je prenais un vol intérieur. En fait, je n'étais montée que deux fois dans l'avion auparavant. La première pour aller en Inde, quand j'avais dix ans. La deuxième pour une escapade prétendument romantique de deux jours à Barcelone. J'étais ébahie de voir à quel point c'est facile. Sans bagages, je suis passée à travers les contrôles de sécurité à toute vitesse en agitant ma carte de police.

Cela dit, une fois dans l'avion, c'était vraiment de la torture. Je mourais d'impatience d'arriver. Je ne pouvais pas utiliser mon téléphone, et ça, c'était un cauchemar. J'avais lu quelque part que toutes ces histoires selon lesquelles on ne peut pas utiliser son téléphone en avion sont de la foutaise, mais je ne voulais pas prendre de risque. Et si ça créait vraiment des interférences avec le radar ou je ne sais pas quoi ? J'ai donc mis mon portable en mode avion, sur mes genoux, et j'ai essayé de lire un article sur « les dix plus belles plages du monde ». Ullapool en faisait partie, ce qui ne manquait pas d'ironie. L'homme d'affaires à côté de moi pianotait sur son ordinateur portable en se donnant un air important, comme si le monde risquait de s'arrêter s'il interrompait son travail ne serait-ce qu'une seconde.

Nous avons atterri à quinze heures vingt et je me suis retrouvée à la station de taxis dix minutes plus tard en jouant des coudes avec tous les autres passagers jusqu'à la sortie. Une voiture de police m'attendait.

« Lieutenant Kaur ? me demanda le conducteur comme s'il y avait une douzaine de "r" dans mon nom.

— En personne.

— Je suis le lieutenant Jim Harris. » Il était grand, la trentaine, avec des cheveux bruns et un visage énergique. J'étais plutôt contente, il avait l'air de quelqu'un qui conduit vite et qui ne pose pas trop de questions.

« Il faut combien de temps pour arriver à Ullapool ? demandai-je comme nous quittions l'aéroport.

— Environ une heure quarante. Et c'est une des plus belles routes du monde. »

Il avait peut-être bien raison. Tout était très vert, nous passâmes entre les montagnes et les lacs (ou étaient-ce des lochs ?). Mais je n'avais qu'une pensée en tête, arriver auprès de Claire et Georgia à temps. Jim m'informa que la police locale avait assuré la sécurité de Mme Cassidy et que tout allait bien, mais je ne pouvais m'empêcher de ressentir un nœud à l'estomac. J'essayais de les appeler mais ni l'une ni l'autre ne répondait.

« Oh, le réseau est très faible, là-haut », m'expliqua Jim avec un accent écossais à couper au couteau.

Il faisait nuit quand nous arrivâmes à Ullapool, les lumières du port brillaient dans l'obscurité. Pour être honnête, Jim n'avait pas dit grand-chose pendant le trajet et il nous conduisit promptement jusqu'à la pointe de terre avec la mer de chaque côté. La maison des Cassidy était tout au bout. La lumière était allumée dans une pièce sous le toit. Je songeai à *L'Inconnu* et aux lumières dans la maison en ruine, aux lumières que j'avais aperçues dans la vieille usine, aux feux follets et aux fantômes des enfants morts qui appelaient depuis la mer.

Je sautai de la voiture quasiment avant qu'elle ne s'arrête. Il y avait deux voitures devant la maison. Une vieille Range Rover cabossée et une Toyota Aygo rouge. La porte d'entrée était grande ouverte. Ce qui n'est pas bon signe en Écosse, par une nuit d'hiver. Je remontai l'allée du jardin en appelant : « Claire ! Georgie ! »

J'entendis des cris au rez-de-chaussée où un gros fauteuil avait été repoussé contre une porte. Mais je savais qu'il fallait que j'aille à l'étage. Je montai deux étages et j'arrivai sur le seuil d'une chambre mansardée où un grand jeune homme se tenait au-dessus de Georgia, terrifiée, en brandissant un couteau. Herbert était couché à ses pieds, couvert de sang.

Je me jetai sur cet homme, mais il était tellement costaud que je parvins à peine à le déséquilibrer. J'attrapai la main qui tenait le couteau, mais il me repoussa en arrière avec une telle force que je me cognai la tête contre le sol. Je me remis sur pied tant bien que mal pour essayer de l'immobiliser encore une fois. J'entendis des cris qui provenaient du rez-de-chaussée et – Dieu merci – les pas lourds des policiers qui montaient les marches. Jim Harris plaqua l'homme au sol avec une technique de rugbyman irréprochable et je m'assis sur sa poitrine pour lui déclarer :

« Ty Greenall, vous êtes en état d'arrestation pour les meurtres d'Ella Elphick et Rick Lewis et pour les tentatives de meurtre sur Simon Newton et Georgia Newton. »

TREIZIÈME PARTIE

Harbinder et Claire

Chapitre 47

Harbinder

Ce fut quand Natasha mentionna Ty que je repensai à la carte postale. Georgie avait un petit copain qui lui envoyait des cartes postales avec des cœurs et des petits lapins. C'est quand j'ai vu l'écriture que j'ai compris. Nous sommes allés tout droit au pub où Ty travaillait et on nous a informés qu'il avait pris quelques jours de congé.

« Vous avez une adresse où on peut le trouver ?

— Non, me répondit le gérant avec un air inquiet. Mais on pouvait toujours compter sur lui. Jamais en retard pour prendre son service. »

Ça, c'était parce que Ty vivait juste à côté, il squattait dans la vieille usine désaffectée. C'est ce qu'il avoua quand je l'interrogeai au commissariat de Garve.

« Je vivais dans l'usine, dit-il. Je surveillais Claire. J'allumais des bougies la nuit et je l'observais. Je l'aime.

— Et quand est-ce que ça a commencé ? » demandai-je.

Je ne voulais pas mener un interrogatoire trop complet avant de ramener Ty dans le Sussex – je me disais que Neil et Donna méritaient bien d'être associés au dénouement de l'affaire –, mais j'avais d'abord un certain nombre de choses à apprendre.

« Je travaillais comme barman à Hythe, dit-il. Claire était venue à l'hôtel pour un stage. Ça a été le coup de foudre. Je me servais du passe-partout pour entrer dans sa chambre et lire son journal intime. Et c'est là que j'ai pris ma décision. Elle avait besoin d'être protégée. Je l'ai suivie dans le Sussex et j'ai trouvé un travail au pub. J'ai rencontré Georgia en ville. Elle était saoule – elle est un peu trop incontrôlable à mon goût, ça doit être une terrible source d'inquiétude pour Claire –, alors j'ai décidé de devenir son copain et de m'occuper d'elle. Et bien sûr, ça m'a rapproché de Claire. »

Il sourit comme si tout cela était parfaitement logique, admirable, même. Il était costaud, beau garçon malgré les bleus que Jim Harris avait laissés sur son visage.

« Pourquoi avez-vous tué Ella ? demandai-je.

— Parce qu'elle embêtait Claire, répondit Ty immédiatement. Elle n'arrêtait pas de répéter qu'elle avait couché avec un homme marié, et elle laissait Claire faire tout le travail à l'école. Elle n'était rien qu'une putain. Et Rick ne valait pas mieux. Claire disait dans son journal qu'elle le détestait. Alors lui aussi, je l'ai tué. Je l'ai appelé et je lui ai dit que je savais quelque chose au sujet d'Ella. Il a cru que j'allais révéler à sa femme qu'il la trompait. Je lui ai dit de s'asseoir sur le fauteuil puis je suis passé derrière lui et je l'ai étranglé avec le câble. J'ai fait en sorte que les crimes soient comme dans *L'Inconnu*. J'ai trouvé le livre dans la chambre de Georgie et je savais que c'était un des préférés de Claire. Avec *La Dame en blanc*, bien sûr. »

Et à nouveau ce sourire.

« Et Simon Newton ? Et Georgia ? Vous n'avez pas pu penser que Claire souhaitait leur mort. Claire adore Georgia.

— Elle disait qu'elle était plus heureuse avant d'avoir rencontré Simon. Avant la naissance de Georgia. Simon lui gâchait la vie, lui disait qu'elle était une mauvaise mère, il n'arrêtait pas de parler de sa nouvelle femme et de ses enfants. Il fallait que je me débarrasse de l'un et de l'autre pour que Claire puisse recommencer de zéro. »

Je commençais à m'inquiéter, s'il continuait comme ça, il allait se retrouver dans un hôpital psychiatrique plutôt qu'en prison de haute sécurité où il méritait d'atterrir. Mais, après avoir parlé avec la police du Kent où Ty avait vécu avec ses grands-parents, j'appris qu'il avait déjà reçu une mise en garde pour avoir harcelé une femme, qui se trouvait être son ancienne professeur d'anglais, d'ailleurs. Même si on ne pouvait pas évoquer ça devant un juge, l'incident confirmait le fait que Ty Greenall était le genre de tueur qui attendait et observait avant de se jeter sur sa proie.

Je laissai Ty aux bons soins de la police des Highlands et retournai à l'hôtel où j'avais pris une chambre. Claire m'avait proposé de dormir chez sa grand-mère, mais je me disais que les Cassidy avaient subi assez d'épreuves comme ça, sans en plus avoir à s'occuper de moi. Et puis j'étais épuisée. L'hôtel était moderne et sans aucun caractère, exactement ce que je voulais. Je m'achetai un cornet de frites sur le chemin du retour vers le Caledonian Thistle, je pris une douche, enfilai le peignoir qui grattait, puis je m'allongeai sur le lit pour appeler Neil.

« J'ai toujours pensé que le tueur serait un proche, dit-il.

— Mais bien sûr ! T'as cru jusqu'au bout que c'était Patrick O'Leary.

— T'as appris la nouvelle à propos de Patrick et Venetia ?

— Non.

— Ils ont fugué pour se marier. Ils essayaient de se rendre à Gretna Green. La police écossaise les a ramassés dans un hôtel à Édimbourg.

— Mais Gretna Green, ce n'est pas dans le Dumfriesshire ?

— Oui, mais ils ne savaient pas comment s'y rendre. On les a retrouvés facilement, ils avaient mis ça sur Facebook.

— Les abrutis !

— Oh allez, quoi ! L'amour... la jeunesse... Tout ça. »

Je dormais presque mais je trouvai encore l'énergie d'appeler maman et de lui dire où j'étais. Elle me demanda si j'avais vu le monstre du Loch Ness et je lui répondis qu'il était en vacances.

Claire

Je marche en compagnie d'Harbinder sur le sable blanc le long de la baie. C'est une belle matinée, la mère scintille comme sur une carte postale. Les montagnes dessinent leurs formes sombres à l'arrière-plan.

« Je me sens si coupable, dis-je. Je n'ai même pas reconnu Ty alors qu'il était à Hythe. Mais je me souviens maintenant d'une remarque d'Ella quand on s'était disputées, à propos du barman qui me draguait.

— Ce n'est pas la peine de vous en vouloir, répondit Harbinder. Vous ne pouviez pas savoir.

— Je n'aimais pas l'idée que Georgie sorte avec Ty, dis-je, mais c'était seulement parce qu'il était beaucoup plus vieux qu'elle. Je pensais même qu'elle était en sécurité avec lui. Mon Dieu !

— Pour aborder un sujet plus important : est-ce qu'Herbert va s'en sortir ?

— Le véto m'a dit qu'il irait bien. Heureusement le couteau n'a pas touché d'organe vital. Il a neuf vies, comme un chat.

— C'était courageux de sa part d'attaquer Ty comme ça.

— Oui. Il adore Georgie. Il donnerait sa vie pour elle. Et pour moi aussi. »

Je suis obligée de m'interrompre pour m'essuyer les yeux.

« Ty avait de sacrées traces de morsure quand on l'a écroué, dit Harbinder.

— Tant mieux.

— Qu'est-ce que ressent Georgie à propos de Ty ? demande Harbinder.

— Elle est en état de choc, mais ce matin, elle a commencé à me raconter qu'il fallait savoir pardonner. Je dois dire que je n'y suis pas encore prête. »

Georgie a été emmenée à l'hôpital hier soir, elle n'a pas subi de blessures physiques et ils l'ont laissée partir au bout de quelques heures. Ce matin, elle parlait déjà de pardon et de rédemption. « Sinon, c'est lui qui gagne, tu comprends ? » Grand-mère, qui s'était retrouvée enfermée dans le salon avec moi et qui m'écoutait hurler pendant que je croyais que ma fille se faisait assassiner, est tout aussi sereine. Elle nous prépare un énorme petit déjeuner. « Il faut prendre des forces. » C'est marrant, grand-mère et Georgie se ressemblent beaucoup. Je ne l'avais jamais remarqué auparavant.

« Et évidemment, dis-je, c'est Ty qui s'était occupé d'Herbert quand il s'était blessé à la patte.

— Oui, répond Harbinder. N'oubliez pas que Ty s'était persuadé que tout ce qu'il faisait correspondait à vos désirs. Et il savait à quel point vous êtes attachée à Herbert. Lui, je suis sûre que vous ne l'avez jamais critiqué dans votre journal.

— C'est vrai, chaque fois que je parle de lui, c'est pour dire à quel point je l'aime et à quel point je tiens à lui. Mon Dieu, c'est épouvantable. C'est comme si j'avais écrit une liste de personnes à tuer.

— Il ne faut pas penser comme ça, vous n'avez jamais demandé à Ty d'aller assassiner tout un tas de gens. Et vous n'aviez pas prévu que quelqu'un lirait votre journal.

— Et *L'Inconnu* ? dis-je. Ty a dû le lire, ça aussi. C'est de là qu'il a tiré la citation et c'est ce qui lui a inspiré… la façon de tuer Ella et Rick. »

Harbinder m'a raconté hier soir comment Rick est mort.

« Il a découvert cette nouvelle par l'intermédiaire de Georgie. Elle est obsédée par cette histoire et apparemment Ty en a trouvé un exemplaire dans sa chambre. On a retrouvé beaucoup de livres dans l'usine. Dont *La Dame en blanc*, l'exemplaire de *La Tempête* appartenant à Georgie et plusieurs éditions de *L'Inconnu*. Ça peut être dangereux de trop lire. »

Je ne sais même pas si elle plaisante.

« Nous pensons que c'est Georgie et ses amis qui lui ont soufflé l'idée de la bougie et du pot-pourri. Il a aussi pris l'obsidienne noire de Georgie. On ne sait pas pourquoi. Il semblerait que Bryony Hughes ait donné ces pierres à tous les élèves de son atelier d'écriture. Pour leur protection. J'en ai vu une dans son bureau quand je l'ai interrogée. »

Hier soir, Georgie a finalement avoué que Bryony Hughes raconte tout un tas de trucs sur le fait qu'elle est une sorcière blanche et qu'elle a appris à Georgie à exorciser les esprits. Il faut que j'en apprenne plus et que je l'empêche de participer à ces cours. Mais je suis aussi triste de penser que pendant tout ce temps elle a lu et écrit de la fiction et que je n'en savais rien. Les empreintes digitales de Georgie étaient sur la pierre, dit Harbinder comme si de rien n'était. Du coup on s'est penchés sur elle pendant un moment.

— Oh mon Dieu ! Vous l'avez soupçonnée ?

— Pas vraiment, mais j'ai trouvé dans sa chambre une photo d'Ella tachée de sang. Il s'avère que c'est le sang d'un animal, on a eu les résultats du labo ce matin. Je crois que c'était dans la poche arrière du pantalon de Georgie quand on a retrouvé Herbert et qu'il s'était coupé la patte. »

Je me souviens que Georgie tenait Herbert dans ses bras quand on attendait chez le vétérinaire. Notre petit chien héros.

« Un temps, c'est vous que j'ai soupçonnée, dit Harbinder. Il me semblait que c'était plutôt votre genre.

— Merci beaucoup.

— Mais on a tourné ensuite notre attention vers Patrick O'Leary. Il était amoureux d'Ella et il avait de bonnes raisons de détester Rick. Nous savions qu'il s'était rendu chez Ella le soir du meurtre. Et il a disparu ensuite, ce qui est généralement un signe de culpabilité. Il a envoyé en message à Natasha : "L'enfer est vide." C'est l'idée qu'il se fait d'une bonne blague apparemment.

— Il a aussi envoyé un message à Georgie, ajoutai-je. Vous avez retrouvé Patrick et Venetia ? »

Harbinder lève les yeux au ciel.

« Oui, ils sont descendus dans un hôtel d'Édimbourg et ils se demandaient comment aller à Dumfries et Galloway. Leurs parents viennent les chercher aujourd'hui. Quand je pense qu'ils s'imaginaient pouvoir aller à Gretna Green et se marier. Que se passe-t-il dans la tête des gosses, aujourd'hui ?

— Georgie m'a dit que Venetia est une grande fan de Georgette Heyer, dis-je. Et ses personnages prennent toujours la fuite pour aller se marier.

— En fait, Georgette Heyer est très terre à terre quand il s'agit de mariage, rétorque Harbinder qui m'étonne une fois de plus. Et elle n'oublie jamais qu'il faut de l'argent. Elle me fait un peu penser à une mère indienne.

— Je ne vous voyais pas comme une grande lectrice d'histoires d'amour.

— Je préfère les livres d'horreur, dit Harbinder en donnant un coup de pied dans une pierre. Mais ça dépend du moment.

— Est-ce que Ty a tout avoué ? » demandé-je.

J'espère que si c'est le cas, je n'aurai pas à aller au tribunal avec Georgie.

« Il a tout craché, répond Harbinder. Mon problème, c'était même de l'arrêter avant qu'il ait tout dit à la police écossaise. Je veux en garder pour Neil et moi-même. Je repars en avion avec lui ce soir. Ça va être gai… menottée à un assassin. Remarquez, ça pourrait être pire. Je pourrais aller à un enterrement de vie de jeune fille.

— Je vous reverrai dans le Sussex ? Je n'ai pas particulièrement envie de quitter Ullapool mais il reste encore trois semaines avant les vacances. Il faut que je rentre lundi.

— Vous n'allez pas vous débarrasser de moi si facilement, dit Harbinder. Il y a toujours beaucoup de choses à finir dans une affaire comme celle-ci.

— Ça paraît impossible de se dire que la vie va reprendre normalement. Mais c'est sûrement ce qui va se passer.

— On surestime un peu trop le normal, si vous voulez mon opinion, dit Harbinder. Mais, oui, la vie continue. Comme toujours. »

Nous avons atteint l'extrémité de la plage et nous regardons la baie. La marée monte. Nos pas ont laissé quelques traces sur le sable dur et dans quelques minutes elles seront effacées.

Rien en ce monde ne reste caché à jamais.

Épilogue

La troisième fois

Nous montons en silence l'escalier en colimaçon. C'est les vacances de Noël et l'école est fermée, mais là-bas, en dessous, j'entends une horloge qui égrène les secondes et le parquet qui craque tandis que les lattes gonflent et se rétractent.

« Ça fait drôle quand il n'y a pas de cadavre », dit Harbinder qui est une experte quand il s'agit de casser l'atmosphère.

Tony a été nommé directeur d'une autre école dans le Nord-Est. Liz Francis est le nouveau proviseur et elle m'a demandé de postuler pour être son adjointe. Liz veut se débarrasser de cette pièce et en faire un labo d'informatique. Elle a sans doute raison, mais l'école ne sera plus la même sans le fantôme de R.M. Holland.

Georgie traverse la pièce et va droit vers le bureau. Elle marque une pause, regarde les photos encadrées et fait ce que je n'oserais jamais faire : elle s'assied sur le fauteuil de R.M. Holland.

« Georgie ! Ne t'assieds pas là ! »

Je ne peux pas oublier mes deux dernières visites ici. Les derniers occupants de cette chaise étaient le mannequin (merci Patrick O'Leary) et le cadavre de Rick.

« Pourquoi pas ? me demande Georgia. C'est un bon endroit. On sent une bonne énergie. J'ai l'impression que je pourrais écrire un texte puissant ici. »

Ça a été une des plus grandes surprises de ces dernières semaines. D'apprendre que ma fille écrit. Elle m'a montré quelques-unes de ses nouvelles, et si les sujets me paraissent plutôt choquants, il n'y a aucun doute qu'elle est douée. Je devrais sans doute remercier Bryony Hughes d'avoir fait éclore ce talent mais je continue à ne pas vouloir que Georgie participe à son atelier d'écriture.

« Peut-être que dans ce cas-là je devrais m'y asseoir moi aussi, dis-je. J'ai parfois l'impression que je n'arriverai jamais à finir mon livre sur R.M. Holland.

— Henry Hamilton pense le contraire », dit Georgie avec un petit sourire narquois.

J'ai vu Henry la semaine dernière et il est toujours très enthousiaste à propos du livre. Et à ma grande surprise, il est toujours aussi enthousiaste à l'idée de me voir.

En espérant ne pas rougir, j'ajoute : « Henry pense qu'il y a encore des documents à Saint Jude. Si j'arrive à résoudre le mystère de la femme et de la fille d'Holland, c'est sûr qu'il y a là un livre.

— Ce n'est pas si facile de résoudre un mystère, dit Harbinder. Demandez à n'importe quel officier de police.

— Vous avez résolu celui-ci », dit Georgia. Elle est toujours assise derrière le bureau, les deux mains à plat sur le buvard. Ses cheveux sombres sont éclairés par le soleil hivernal qui brille derrière elle et dessine comme une auréole. Elle est très belle, comme un tableau préraphaélite, et elle me paraît soudain très adulte. Dans quelques années, déjà, elle quittera la maison.

« Ty nous a bien aidés en essayant de te tuer », dit Harbinder en s'approchant du mur rouge pour y regarder les photos dans leurs cadres.

Le procès de Ty doit avoir lieu au printemps. Comme il plaide coupable et qu'il a fait des aveux complets, Harbinder pense qu'il ne sera pas nécessaire que j'aille témoigner avec Georgie. Elle dit encore qu'elle lui pardonne, mais je n'en suis toujours pas à ce stade. Je repense souvent à Ella et à ses parents, à Daisy Lewis, et à Simon qui souffre toujours de flash-back au cours desquels il revit l'agression. Seul Herbert – Dieu merci – semble s'en être sorti sans traumatisme. Il est redevenu lui-même. Georgie lui a acheté un déguisement de renne pour Noël.

« Qu'est-ce que c'est que ce mystère à propos de sa femme et de sa fille ? demande Harbinder. Peut-être que je peux le résoudre pour vous ? » Elle parle avec l'assurance de quelqu'un qui vient de poser sa candidature au concours interne de la police pour devenir commissaire.

« La femme d'Holland, Alice, s'est sans doute suicidée, dis-je. Et nous ne savons rien de sa fille. Il mentionne une certaine Mariana dans ses lettres. Et il existe un poème : *Pour M. RIP*. Mais il n'y a aucune trace officielle de sa naissance ou de sa mort et personne n'a jamais trouvé sa tombe. Dans une des lettres qu'Henry a retrouvées, Holland parle "des défauts" que Mariana a hérités de sa mère. Il parle peut-être de sa dépression ou d'une maladie mentale. On ne sait pas.

— J'ai vu le fantôme d'Alice une fois, remarque Harbinder. Je ne vous l'ai jamais dit ? »

Georgie et moi-même nous la regardons, stupéfaites.

« Non, lui dis-je, jamais.

— C'était la fin du premier trimestre, vers Noël, j'avais quinze ans, raconte Harbinder. Je roulais des patins à mon copain Gary Carter dans une des vieilles salles de classe. M. Carter, le professeur de géographie, ajoute-t-elle à l'intention de Georgia.

— Oh mon Dieu ! fait Georgia en se couvrant le visage avec les mains. Berk !

— Bref, on se roulait des pelles, et tout à coup, la pièce est devenue glaciale. Nous sommes sortis dans le couloir et là, nous avons vu cette forme blanche qui passait à côté de nous à toute vitesse. Elle s'est jetée par-dessus la rampe et nous avons entendu ce hurlement atroce. C'est tout.

— Et est-ce que quelqu'un est mort peu après ? demandé-je d'un ton vaguement sarcastique, car je me souviens de la légende qui court dans l'école.

— Bien sûr que quelqu'un est mort, me répond Harbinder.

— C'était elle ! s'exclame Georgia avec des yeux brillants. C'était Alice Holland. On devrait essayer d'entrer en contact avec elle. Elle n'est pas heureuse ici, elle veut partir.

— Non ! »

Je m'exclame d'une voix un peu plus sonore que je ne l'aurais voulu. On m'a désormais tout raconté des prétendues séances d'exorcisme de l'esprit d'Ella. Quatre ados qui se racontent des histoires de morts-vivants au lieu de manger de la pizza en regardant *Friends*. Ça, c'est encore la faute de Bryony Hughes.

« C'est bon, maman, du calme ! dit Georgia. Après tout, c'est toi qui as le projet d'écrire sur elle. Ce n'est pas exactement comme si tu la laissais en paix.

— Ce n'est pas la même chose. Mais si je parviens à résoudre le mystère de Mariana, ce sera peut-être une forme d'exorcisme.

— Oh, ça… dit Georgia. Je l'ai déjà résolu. »

Elle se lève et se dirige vers le mur couvert de photos. Elle nous en montre une en noir et blanc, juste à hauteur du regard. Harbinder se tourne vers moi et nous nous approchons.

« Avec Mariana, dit Georgia, lisant la légende à haute voix.

— Mais il n'y a personne d'autre sur la photo, remarque Harbinder.

— Regardez de plus près, fin limier ! »

Nous nous approchons encore et Harbinder est la première à le voir, c'est une tache blanche qui se confond presque aux hautes herbes grises. Mais c'est un chien, sans aucun doute, un bâtard, avec une oreille dressée et l'autre rabattue. Et la queue qui se recourbe sur son dos.

« Les défauts de sa mère. Je parie que c'est cette queue recourbée, commente Georgia.

— Mariana, dis-je. Holland a écrit qu'elle était sa consolation, un ange, douce, gentille.

— Exactement comme Herbert, dit Georgia avec le ton qu'elle lui réserve quand elle s'adresse à lui.

— Il disait aussi que son roman avait plu à Mariana, *La Bête déchaînée*.

— Je peux comprendre ça, ajoute Georgia. Je lis souvent mes textes à Herbie. Il pense que je suis un génie.

— Qui a pris la photo ? » demande Harbinder.

Mais ça, on ne le saura jamais. Nous nous tournons toutes encore une fois vers le portrait de cet homme en compagnie de son chien, assis au milieu d'une pelouse, un cliché pris dans le temps par une main inconnue et fantomatique.

L'Inconnu par R.M. Holland

Si vous me permettez, dit l'Inconnu, je voudrais vous raconter une histoire. Après tout, nous nous sommes embarqués dans un long voyage et à en juger par le ciel, nous risquons d'être coincés dans ce wagon pendant encore un bon moment. Alors pourquoi ne pas passer le temps à échanger quelques récits ? Quoi de mieux pour un soir d'octobre ?

Êtes-vous confortablement installés ? Ne vous inquiétez pas pour Herbert. Il ne vous fera pas de mal. C'est juste que le temps joue avec ses nerfs. Où en étais-je ? Que diriez-vous d'un peu de cognac pour vous réchauffer ? Ça ne vous dérange pas s'il sort d'une flasque ?

Il s'agit d'une histoire vraie. Ce sont les meilleures, vous ne trouvez pas ? Et mieux encore, c'est à moi que ces événements sont arrivés, quand j'étais jeune. J'avais à peu près votre âge.

J'étais étudiant à Cambridge. En théologie. Il n'y a pas d'autre sujet qui vaille, à part peut-être la littérature anglaise. Nous sommes de l'étoffe dont sont faits les rêves. J'y étais depuis presque tout un trimestre. J'étais un garçon timide venu de la campagne, et je souffrais de ma solitude. Je n'étais pas un de ces enfants gâtés qui se pavanaient en habit dans les cloîtres des universités comme si Dieu lui-même les y avait inscrits. Je restais dans mon coin, je suivais les cours assidûment, je rédigeais mes dissertations et je m'étais lié d'amitié avec un autre étudiant boursier de première année, un être timide du nom de Gudgeon, le pauvre... J'écrivais à ma mère toutes les semaines. J'allais à la messe. Oui, car j'étais croyant à cette époque. J'étais même plutôt pieux. C'est pour cette raison que je fus plutôt étonné lorsqu'on m'invita à entrer au Hell Club, le « Club de l'Enfer ». Étonné et enchanté. J'en avais beaucoup entendu parler, évidemment. On entendait des histoires d'orgies à minuit, de domestiques qui s'étaient sentis mal lorsqu'ils venaient nettoyer les chambres où leurs réunions avaient eu lieu, de leurs incantations mystérieuses sorties du Livre des morts, *d'ossements enterrés et de tombes grandes ouvertes. Mais d'autres rumeurs encore circulaient. Plus d'un personnage important était passé par le Hell Club : des politiciens – y compris un ou deux ministres –, des écrivains, des avocats, des scientifiques, des hommes d'affaires immensément riches. On les reconnaissait toujours à leur insigne, une tête de mort qu'ils portaient sur le revers gauche de leur veste. Oui, comme celui-ci.*

J'étais donc heureux d'être invité à cette cérémonie initiatique. Elle se tenait le 31 octobre. Halloween, bien sûr. Et bien sûr, c'est aujourd'hui Halloween. Si l'on croit aux coïncidences, tout cela pourrait paraître quelque peu inquiétant.

Pour en revenir à mon histoire, c'était une cérémonie assez simple qui devait démarrer à minuit. Évidemment. Les trois novices devaient se rendre dans une maison en ruine, juste à l'extérieur de l'université. Chacun à notre tour, on nous mettait un bandeau sur les yeux et on nous tendait une bougie. Il fallait marcher jusqu'à la maison, monter l'escalier, allumer notre bougie à la fenêtre du premier étage. Puis crier de toutes nos forces : « L'enfer est vide ! » Lorsque nous eûmes tous accompli cette tâche, nous pûmes retirer les bandeaux que nous avions sur les yeux et rejoindre nos compagnons. Un festin et des réjouissances de toutes sortes s'ensuivaient. Gudgeon… ai-je mentionné que ce pauvre Gudgeon était un des trois novices ? Il était inquiet, car sans ses lunettes, il était presque aveugle. Mais, comme je le lui avais rappelé, nous avions de toute manière les yeux bandés. « Un homme peut voir sans yeux les agissements du monde. »

Vous avez froid ? Le vent se lève, n'est-ce pas ? Regardez comme les flocons de neige mitraillent la fenêtre. Ah, le train s'est arrêté à nouveau. Je crains que nous n'allions plus très loin ce soir.

Un peu de cognac ? Prenez un coin de ma couverture de voyage. Je me prépare toujours au pire pour ces expéditions. Un bon principe à suivre dans la vie, jeune homme. Prépare-toi toujours au pire.

Où en étais-je ? Ah oui. Donc, Gudgeon et moi-même, ainsi qu'un troisième camarade – appelons-le Wilberforce –, nous approchons de la maison. Trois membres du Hell Club nous tendent des bandeaux. Ils étaient masqués, évidemment, mais on en reconnaissait certains à leur voix. Il y avait là lord Bastian et son valet Collins. Le troisième avait un accent étranger. Arabe, peut-être.

Wilberforce fut le premier à mettre son bandeau sur les yeux. Il partit avec sa bougie et une boîte d'allumettes à la main, trébuchant comme un aveugle tandis qu'il se dirigeait vers la maison en ruine. Nous attendîmes, encore et encore et encore. Le vent d'hiver rugissait autour de nous. Comme maintenant, oui. Nous attendîmes et au bout de ce qui nous parut être une éternité, nous vîmes la flamme vacillante d'une bougie à la fenêtre. Puis, très faiblement, porté par le vent nocturne, nous entendîmes : « L'enfer est vide ! »

Nous avons poussé un cri de joie et les pierres nous ont renvoyé l'écho de nos voix. Bastian a alors tendu une bougie à Gudgeon ainsi qu'une boîte d'allumettes. Gudgeon a enlevé ses lunettes lentement et a mis son bandeau sur ses yeux.

« Bonne chance », lui dis-je.

Il me sourit alors. C'est étrange, je m'en souviens, maintenant. Il a accompagné son sourire d'un curieux geste des mains, en écartant les doigts comme un boutiquier qui vante sa marchandise. Je me revois aussi clairement que s'il se tenait devant moi. lord Bastian l'a poussé et Gudgeon est parti d'un pas incertain sur l'herbe gelée.

Nous avons attendu, encore et encore et encore. Un oiseau de nuit a fait entendre son sifflement. On toussait quelque part dans le noir, quelqu'un d'autre étouffait un rire. Je respirais plus difficilement sans vraiment savoir pourquoi.

Puis, au bout de cette attente, une bougie est apparue à la fenêtre. « L'enfer est vide ! » Nos cris de joie répondirent à celui-là. C'était maintenant mon tour. On me tendit la bougie et les allumettes. Puis je mis le bandeau. Tout à coup, la nuit me parut non seulement plus épaisse, mais plus froide et plus hostile. Je n'avais pas besoin que Bastian me pousse pour me lancer dans ce voyage. J'étais impatient que tout s'achève. Et pourtant comme mes progrès me paraissaient lents maintenant que je ne pouvais plus voir. Je fus soudain convaincu d'être parti dans la mauvaise direction et d'être totalement passé à côté de la maison en ruine.

Mais c'est alors que j'entendis la voix de Bastian derrière moi qui me disait : « Droit devant, pauvre fou ! »

Je tendis les mains devant moi et trébuchai en avant.

Mes doigts heurtèrent un mur de pierre. J'avais atteint la maison. J'avançai à tâtons le long de la façade jusqu'à ce que j'atteigne une ouverture. La porte.

Je faillis tomber sur la première marche du perron, et je m'affalai lourdement sur les dalles du sol. Mais au moins j'étais dans la place. Là, le vent soufflait moins fort, mais le froid était encore plus mordant. Et ce silence qui m'entourait de toutes parts, pesant, comme s'il voulait me plaquer au sol. J'étais quasiment plié en deux comme un vagabond sous le poids de son baluchon. J'entendais ma propre respiration irrégulière et sonore. Elle était ma seule compagne tandis que j'entrepris de monter l'escalier.

Combien de marches ? On m'avait dit qu'il y en avait vingt mais au bout de la quinzième je renonçai à compter. C'est seulement quand je voulus en monter une de plus qui n'était pas là que je me rendis compte que j'étais enfin sur le palier. J'avais cru que Gudgeon ou Wilberforce me murmureraient quelques paroles de bienvenue, mais ils restaient muets. Ils attendaient. J'avançais prudemment, il me fallait trouver l'encadrement de la fenêtre et mettre fin à cette comédie. Mes mains essuyaient le plâtre qui recouvrait les murs jusqu'à ce que… Là, enfin ! J'avais trouvé le rebord de bois. J'enlevai mon bandeau et, avec mes doigts frigorifiés, j'eus toutes les peines du monde à gratter une allumette et à allumer la bougie.

Je fis couler un peu de cire fondue sur la fenêtre pour la faire tenir droite.

« L'enfer est vide ! »

Ma propre voix me parvint extrêmement faible. Ce fut seulement à ce moment-là que je me retournai et vis les cadavres à mes pieds.

J'entendis un hurlement et les couloirs de la maison déserte en renvoyèrent l'écho. Je me rendis compte que c'était moi qui avais crié. Mon ami, Gudgeon, gisait mort à mes pieds. Wilberforce n'était qu'à quelques mètres. Je leur touchai le cou à la recherche d'un pouls, mais je savais qu'il n'y avait plus rien à faire. Quelqu'un ou quelque chose s'était abattu sur ces deux hommes comme une bête sortie de l'enfer pour les massacrer. La poitrine de Gudgeon était rouge de sang là où on l'avait poignardé à de nombreuses reprises. Il avait les bras en croix et je pus voir sur les paumes de ses mains – horrible sacrilège ! – des plaies qui ressemblaient aux stigmates de notre Seigneur. Je crus d'abord que Wilberforce avait été poignardé lui aussi, mais en y regardant de plus près à la flamme vacillante de ma bougie je vis qu'il avait été garrotté. Un chiffon blanc enserrait son cou, transformant son visage en une grimace hideuse. Toutefois, il n'avait pas échappé au couteau de l'assassin, planté dans sa poitrine.

Je tremblais, ma bougie dessinait des silhouettes folles sur les murs. Et pendant plusieurs minutes je restai pétrifié de peur. Car le monstre qui avait tué mes compagnons était sans doute encore très proche. Allait-il maintenant s'attaquer à moi avec sa lame et ses mains rouges de sang ?

Mais la maison en ruine était plongée dans le silence. On n'entendait que la course des rats sur le sol de l'étage au-dessus. Puis un cri provenant de l'extérieur. « Que se passe-t-il là-dedans ? » Puis Collins, Bastian et le troisième qui montaient l'escalier en courant. Je tenais encore la bougie et ils virent sans doute la pâleur de mon visage, illuminé par cette lumière spectrale, avant que la scène ne leur apparaisse dans toute son horreur.

Je recouvrirai d'un voile – ou plutôt d'épais rideaux – ce qui se passa ensuite. Je voulais informer les autorités de l'université quant à ce qui s'était passé, mais lord Bastian objecta que l'on s'attirerait de nombreux ennuis. Peut-être même serions-nous renvoyés. De plus, ajouta-t-il, on ne serait pas très content au sein du Hell Club si la nouvelle se répandait. Les deux autres partageaient son opinion et souvenez-vous qu'ils étaient des membres d'importance au sein du club. Pour résumer, on me persuada que la meilleure attitude à adopter était de quitter cette maison et de retourner à l'université comme si de rien n'était. On finirait par trouver les cadavres, bien sûr, et il y aurait une enquête, mais nous allions nier avoir la moindre connaissance des faits. Nous ne devions plus jamais mentionner cette nuit.

« Nous devons jurer », déclara Bastian, et à ma plus grande horreur, il s'agenouilla et, à la manière de saint Thomas face à notre Seigneur, il plongea les doigts dans la plaie sur la main de Gudgeon.

« Jurez ! dit-il. Jurez sur son sang ! »

Vous imaginez la scène ? La lumière des bougies, le vent qui soufflait de plus en plus fort à l'extérieur, Bastian avec le sang de Gudgeon sur ses mains. Nous étions tous à moitié fous. C'est la seule explication possible. Bastian appuya ses doigts tachés de sang sur nos fronts, comme un prêtre l'aurait fait avec des cendres. « Souviens-toi que tu es poussière et que tu retourneras à la poussière. »

Puis nous répondîmes l'un après l'autre : « Je jure ! »

Qu'est-il arrivé ensuite ? Ah mon cher jeune homme, pas la peine de paraître si inquiet. Le temps a passé, comme toujours. Les corps furent découverts. La police fit une enquête mais on ne trouva jamais de coupable. Le doyen du collège s'efforça de me consoler de la mort de mon ami. Et je dois avouer qu'en toute sincérité j'étais effondré. Il fit preuve de compassion mais il cita quelques mots d'Homère qui me firent froid dans le dos, même si l'intention était de m'encourager au stoïcisme. SOIS FORT, DIT MON CŒUR. JE SUIS UN SOLDAT. J'AI VU PIRE ENCORE QUE CELA. Et tout s'arrêta là. Consummatum est.

Ou du moins était-ce ce que je croyais.

Écoutez le vent hurler. On dirait qu'il va secouer le train, vous ne trouvez pas ? Mais nous sommes en sécurité ici. Après tout, il n'y a pas de porte qui *communique entre les wagons. Personne ne peut entrer ou sortir. Encore un peu de cognac ?*

Que s'est-il passé ensuite ? Eh bien pour vous livrer la vérité toute prosaïque : pas grand-chose. Les parents de Gudgeon vinrent récupérer son corps et il fut enterré chez lui dans le Gloucestershire. Je n'étais pas présent aux funérailles. J'ignore ce qu'il est advenu de Wilberforce. Comme je vous l'ai déjà dit, la police n'a jamais retrouvé l'assassin. Un an plus tard, la maison en ruine fut complètement démolie. J'ai poursuivi mes études. Je crois que je suis devenu un solitaire, mon comportement était toujours plus étrange. Les autres étudiants me lançaient des regards inquiets quand je traversais le cloître ou que j'allais prendre place dans le réfectoire. Un jour, j'entendis quelqu'un murmurer : « C'est lui ! L'autre ! » Je suis devenu « l'autre » pour la plupart des membres de Peterhouse, y compris pour moi-même.

Je n'ai pas beaucoup fréquenté Bastian ou Collins. J'étais désormais officiellement un membre du Hell Club mais je ne participais pas à leurs réunions, ni au scandaleux Bal Sanglant qui était organisé tous les ans. Je passais la plupart de mon temps dans ma chambre ou à la bibliothèque. Mes seuls contacts parmi les étudiants étaient mes camarades du club de tir. Avec eux, au moins, je passais des heures agréables dans une atmosphère de camaraderie sans grandes complications.

Je reçus mon diplôme avec la meilleure appréciation possible, ce qui était extrêmement satisfaisant. J'entendis dire que lord Bastian avait été renvoyé et que Collins avait abandonné ses études. Mais ils n'étaient pas dans la même université et nous ne nous croisions que rarement. J'entrepris d'écrire une thèse et de prolonger mon existence solitaire et studieuse de célibataire.

Puis, au cours de ma première année de troisième cycle, je reçus une lettre étrange. C'était en novembre, par une journée glaciale, je me souviens encore du givre qui craquait sous mes pieds tandis que je me dirigeais vers la loge du concierge pour aller chercher mon courrier. Même s'il était rare que je reçoive la moindre missive. Ma mère m'écrivait à l'occasion et j'étais abonné à une ou deux revues de théologie. Rien de plus. Mais cette fois, c'était différent. Une lettre avec un timbre d'un pays étranger et sur l'enveloppe une écriture penchée, étrange. Je l'ouvris avec curiosité. Je trouvai un extrait d'un journal perse à l'intérieur. Je ne pus évidemment pas lire les mots en caractères arabes mais il y avait une traduction en italique. On pouvait y lire qu'un homme du nom d'Amir Ebrahimi avait trouvé la mort dans un accident de montgolfière inhabituel. L'ascension s'était déroulée sans aucun problème, mais au cours du vol Ebrahimi était tombé de la nacelle et s'était écrasé au sol. Je retournai la lettre dans tous les sens en me demandant pourquoi on avait pu penser que je trouverais un quelconque intérêt à cet événement tragique. C'est alors que je vis les mots au verso de la lettre. L'enfer est vide. Je me souvins qu'Ebrahimi était le nom du troisième homme, le compagnon de Bastian et Collins.

L'autre.

La mort d'Ebrahimi fut évidemment un choc terrible. Je me revois encore tenant cet article de journal, puis retournant dans ma chambre pour m'allonger, tout tremblant sur mon lit. Qui donc avait pu m'envoyer ce funeste bout de papier ? Qui avait retranscrit cette traduction de cette écriture fine et penchée. Et qui avait écrit « l'enfer est vide » au verso ? Bastian ? Ou Collins ? Ça paraissait impossible, mais qui d'autre aurait pu connaître l'existence du Hell Club et les événements de cette terrible nuit ?

Ces questions me hantèrent pendant les jours qui suivirent. Je ne pouvais penser à rien d'autre. Finalement, je décidai d'ensevelir mes peurs et de reprendre ma vie comme si de rien n'était. Après tout, que pouvais-je faire d'autre ? J'étais jeune, en bonne santé, fort. Vous comprendrez sans peine, mon jeune ami. La jeunesse est arrogante et il doit en être ainsi. Je regrettais la mort d'Ebrahimi – et j'éprouvais un réel chagrin pour mon ami Gudgeon –, mais je ne pouvais rien faire pour les ramener à la vie. Je me remis donc à mes études et j'entrepris même de courtiser une jeune femme, la fille de mon professeur. La vie me fut douce ce printemps-là. D'autant que j'avais échappé à la mort. Je croyais y avoir échappé.

Comme le vent hurle !

Et que s'est-il passé ensuite ? Ah, l'éternelle question qui ne trouve pas de réponse. C'est l'essence même du récit, vous êtes d'accord ? Je t'en supplie, lis-moi une autre page, implore l'enfant avant de s'endormir. N'importe quoi pour retarder les horreurs de l'obscurité. Et vous-même, mon cher jeune ami, vous n'êtes pas si éloigné de l'enfance. Il est tout à fait normal que vous souhaitiez découvrir ce qui se passe dans le chapitre suivant.

Une autre année s'écoula. Je me fiançai à Ada, la fille de mon professeur. J'entamai les recherches pour ma thèse qui avait pour sujet l'hérésie albigeoise. J'enseignai également aux étudiants du premier cycle, même si très honnêtement j'étais de ces professeurs qui ne savaient pas inspirer de passions à leurs élèves. Parfois, je les entendais murmurer à mon sujet : « Hell Club » et « meurtre ». Mais cette année-là, je fis le choix de vivre dans la lumière. Je fis l'acquisition d'un compagnon. Oui, l'animal que vous avez devant vous dans ce wagon. Quel ami indéfectible aura été ce cher Herbert au cours de mes épreuves. Plus fidèle et plus digne de confiance que n'importe quel acolyte de la race humaine.

L'automne passa et avec lui Halloween. J'avoue avoir poussé un soupir de soulagement quand ce jour redoutable s'écoula sans incident. Mais ce fut alors, quelques semaines plus tard, que j'entendis les femmes de chambre discuter dans le couloir et prononcer les mots « Collins » et « tué ».

Je sortis en courant de ma chambre et demandai avec une impatience qui les surprit : « Que venez-vous de dire ? »

« M. Collins, de King's, me répondit l'une d'elles. On parlait de la façon dont il est mort. Tellement étrange.

— Que s'est-il passé ? » demandai-je alors que mon sang se glaçait dans mes veines. Collins, le compagnon de lord Bastian, avait été étudiant à King's.

« Il a été tué. Il conduisait sa propre calèche à travers les marécages, il était parti d'Ely et se dirigeait vers Cambridge. Personne ne sait ce qui s'est passé, mais on a retrouvé son cheval un jour plus tard, galopant comme un fou, toujours attelé à la calèche. On a envoyé un groupe de recherche, et M. Collins a été retrouvé dans un fossé. On lui avait tranché la gorge, monsieur.

— C'était quand ? »

La plus âgée des femmes de chambre me répondit : « C'est le soir d'Halloween, monsieur. Je m'en souviens parce que Bert, qui faisait partie du groupe de recherche, avait dit que ça lui avait fait froid dans le dos de voir ce cheval galoper tout seul comme si tous les molosses de l'enfer étaient à ses trousses. »

Il fallut attendre encore une semaine avant que je ne reçoive l'article découpé dans le journal.

« Ancien étudiant de Cambridge retrouvé mort dans les marais. » Puis, griffonné à la main au-dessus du titre : « L'enfer est vide. »

Je rompis mes fiançailles avec Ada. Je n'étais pas digne de vivre dans la compagnie d'une honnête personne. Je gardais la chambre, je prétendais travailler à ma thèse mais, en fait, j'écrivais l'histoire avec laquelle je vous distrais en ce moment même, mon cher ami. L'histoire du Hell Club, d'Halloween et de la maison en ruine. Des cadavres et de notre serment forgé dans le sang de nos camarades. D'Ebrahimi et de Collins. De ce châtiment qui semble me poursuivre. Et sans cesse, j'écrivais ces mots :

L'enfer est vide.

Lorsque le 31 octobre revint, je n'étais plus que l'ombre de moi-même. Je savais que l'on s'inquiétait de moi. Mon tuteur avait essayé de me parler (même s'il me haïssait désormais à cause de la façon dont j'avais traité Ada). Et le doyen m'avait convoqué pour un entretien au cours duquel il avait insisté sur la nécessité de se nourrir sainement et de faire de l'exercice. Mens sana in corpore sano. *Si seulement il avait pu voir l'état de mon esprit.*

J'attendis toute la journée. Je ne quittais pas ma chambre car je savais que le châtiment s'abattrait sur moi. Ce ne fut que le lendemain que j'appris la nouvelle. La Toussaint. J'allais faire une promenade en ville, tard le soir. J'aime errer ainsi à travers les rues désertes, seul avec mes pensées. Mais juste devant Saint John je vis un certain Egremont dans l'ombre du portail, il fumait sa pipe. Je reconnus en lui un membre du Hell Club, mais j'accélérai le pas, je ne voulais pas entamer une conversation.

« Salut, l'ami, me cria-t-il. Vous étiez un ami de Bastian, il me semble ?

— C'était une connaissance, répondis-je prudemment, mais mon cœur s'était déjà mis à battre plus vite.

— Vous avez entendu ce qui lui est arrivé ? Horrible !

— Non. Que lui est-il arrivé ?

— Je viens de l'apprendre à l'instant par une des femmes de chambre. Bastian voyageait en train. Il allait d'une voiture à l'autre quand le train s'est scindé en deux. Il a été écrasé sous les roues. Quelle mort épouvantable. »

Je lançai un regard vers Egremont, je vis son visage pâle et l'insigne avec la tête de mort sur le revers de sa veste.

« C'est arrivé quand ? demandai-je.

— À peine hier. Je suis sûr que ce sera dans le Times *demain. »*

Au bout d'une semaine, je reçus l'article avec cette citation désormais familière.

L'enfer est vide.

Eh bien, c'est aujourd'hui l'anniversaire de ce jour et il ne reste que moi. Quelle étrange pensée, mon cher jeune homme. Je suis sûr que votre cerveau agile a depuis longtemps identifié le mécanisme devant lequel nous nous trouvons. Vous devez vous demander : « Mais pourquoi diable me raconte-t-il cette histoire ? Ai-je été choisi pour assister à la fin du narrateur ? »

Ne craignez rien. Après tout, je ne suis pas près de m'envoler dans une montgolfière, ni de disparaître sur une calèche au milieu des marais. Je ne peux pas me volatiliser ni me laisser entraîner hors de ce wagon.

Je suis dans un train, c'est vrai. Mais je ne quitterai pas ce wagon.

Ah, mon cher jeune homme. Vous ne bougez plus. C'est la faute du cognac, bien sûr. Atropa belladonna. *Vous aurez bientôt d'étranges visions. Votre vue va se troubler. Je suis sûr que je suis en train de me métamorphoser en ce moment même devant vos yeux. Je me dilue, mes contours sont indistincts. Peut-être même ai-je disparu complètement. Qui peut dire ce qui est réel et ce qui ne l'est pas ? Comme je vous le disais plus tôt, un homme peut voir sans yeux les agissements du monde. Vous me lancez des regards fous. Vos yeux sont maintenant entièrement noirs. Mais vous ne pouvez pas bouger, bien sûr. Je regrette, vous savez. J'aurais aimé qu'il en fût autrement. Mais quelle que soit l'entité démoniaque qui exige mon sang – celle qui a déjà pris les vies de Gudgeon, Wilberforce, Ebrahimi, Collins et Bastian, tant de sang, hélas –, cette créature ne saura se satisfaire tant que je ne lui aurai offert une âme de plus. Oh, c'est moi qu'elle veut bien sûr. Ce jour, cette nuit d'Halloween, devait être le moment de ma mort. Le jour du Jugement dernier. L'enfer est vide. Le vampire attend. Il a faim. J'entends les hurlements du vent. La tempête crie famine. Mais je pense qu'elle se satisfera de vous, âme innocente que vous êtes.*

N'ayez crainte. Vous ne souffrirez pas. Et qui sait ce qui nous attend de l'autre côté. Peut-être vais-je simplement hâter votre départ vers l'absolue félicité. Je l'espère. Sincèrement.

Adieu, mon cher compagnon de voyage.

Remerciements

R.M. Holland et Holland House sont entièrement imaginaires. Cependant, la maison a certaines ressemblances avec West Dean College où je dirige un atelier d'écriture. Inutile de préciser que personne dans cette institution n'a le moindre rapport avec ce qui est décrit ici. Il y a bien une vieille usine désaffectée sur la route de Steyning, mais l'environnement a été modifié pour les besoins de l'histoire.

Je suis très reconnaissante envers Radhika Holmstrom pour ses commentaires et ses appréciations, particulièrement en ce qui concerne le personnage d'Harbinder. Merci aussi à Lucy Thomson pour son soutien indéfectible et pour m'avoir autorisée à utiliser le nom de son caniche, Herbert, qu'elle aime tant et qui lui manque tellement. Herbert revit dans ces pages et dans son successeur, Alfred.

Ce livre a été une nouvelle aventure pour moi et je remercie tout le monde chez Quercus pour leur soutien et leur enthousiasme. Je remercie tout particulièrement ma merveilleuse éditrice, Jane Wood, et je me souviens de ce déjeuner à Brighton lorsque le ciel devenait mordoré et que j'ai eu pour la première fois l'idée d'écrire *Le journal de Claire Cassidy*. Du fond du cœur, merci à Therese Keating, Hannah Robinson, Olivia Mead, Laura McKerrell,

Katie Sadler, David Murphy et toute l'équipe. Merci à mon agent, toujours aussi fantastique et encourageante, Rebecca Carter, et à tout le monde chez Janklow & Nesbit.

Mon éditeur américain a aussi été derrière moi depuis le début. Un grand merci à Naomi Gibbs et à tout le monde chez Houghton Mifflin Harcourt et à mon agent américain, Kirby Kim.

Tout mon amour et ma gratitude vont à mon mari Andrew et à nos enfants Alex et Juliet. Ce livre est pour Alex et Juliet et pour Gus, mon chat qui est mon compagnon de tous les instants et une muse exigeante.

E.G. 2018

13212

Composition
NORD COMPO

Achevé d'imprimer en Slovaquie
par NOVOPRINT SLK
le 2 mars 2021.

Dépôt légal : mai 2021
EAN 9782290238974
L21EPNN000502N001

ÉDITIONS J'AI LU
87, quai Panhard-et-Levassor, 75013 Paris

Diffusion France et étranger : Flammarion